HEINZ G.

KONSALIK

Geliebter, betrogener Mann

Roman

BLANVALET

Der Roman erschien bereits unter dem Autoren-Pseudonym
Jens Bekker

Umwelthinweis:
Alle bedruckten Materialien dieses Taschenbuches
sind chlorfrei und umweltschonend.
Das Papier enthält Recycling-Anteile.

Blanvalet Taschenbücher erscheinen im Goldmann Verlag,
einem Unternehmen der Verlagsgruppe Bertelsmann.

Taschenbuchausgabe Oktober 1999

Umschlaggestaltung: Design Team München
Umschlagfoto: IFA / Sinclair
Satz: DTP Service Apel, Hannover
Druck: Elsnerdruck, Berlin
Verlagsnummer: 35107
Lektorat: JE
Herstellung: Heidrun Nawrot
Made in Germany
ISBN 3-442-35107-3

1 3 5 7 9 10 8 6 4 2

Er fand es langweilig, hier zu stehen, drehte dem See den Rücken zu und steckte sich eine Zigarette an. Dabei verbarg er das Streichholz in der Handhöhlung und hielt die Zigarette schnell an die flatternde Flamme, ehe der Wind, der warm durch die See-Enge von Melide zu ihm hinwehte, das Streichholz ausblies.

Diese Langeweile war bleiern und verwandelte jeden Urlaub zu einer Qual. Er wußte es, und er hatte sich auch diesmal, und wie immer erfolglos, gegen den ärztlichen Rat gestemmt: »Herr Pohland, Sie müssen ausspannen! Konzernherr zu sein, ist eine Lebensaufgabe – aber für einen Gesunden, nicht für einen Herzinfarkt!« Wie immer hatte er mild gelächelt, aber er wußte im voraus, daß es nichts nützte; Dr. Wehrmann hatte bereits einen Platz im Süden ausgesucht, das Hotel gebucht, die Fahrkarten besorgt (kein Auto, weder die bequeme Limousine, noch der schnelle Sportwagen), hatte Spaziergänge verordnet, Bewegung und Ruhe und in weiser Voraussicht gesagt: »Und wenn es Ihnen zum Halse raushängt, Herr Pohland, und Sie die ersten Tage nervös bis zum Zerspringen werden – es wird nicht lange dauern, und auch Sie liegen in einem Liegestuhl, sehen den Schiffchen zu, trinken Ihren Campari und freuen sich, daß Sie leben.«

Michael Pohland hatte dieses Stadium des Genießens noch nicht erreicht. Er war erst seit drei Tagen in Lugano, und er fand es ausgesprochen dumm, ihn hier an einen zwar herrlichen See zu verbannen zu einer Zeit, in der er lieber mit der Colorado-Steel-Company verhandelt hätte wegen eines Projektes in Indien. Auch die weiße Leinenhose und der hellblaue, kurzärmelige Pulli erzeugten noch keine Ferienfreude in ihm, und der Blick über den See von der Riva Antonio Caccia zum Lido von Lugano und zur Straße nach Castagnola oder hinauf zum in der Sonne glänzenden Monte Bré war ihm so bekannt wie der Blick aus dem Fenster seiner Villa über den Rhein mit seinen träge durchs Wasser ziehenden Schleppkähnen.

»Tanken Sie Ruhe und südliche Lebensfreude«, hatte Dr. Wehrmann ihm zum Abschied noch durchs Fenster des anfahrenden Zuges gerufen. »Und kommen Sie nicht vor vier Wochen zurück! Ich schicke Sie – auf mein Wort – wieder zurück!«

Nun stand er am Seeufer, rauchte nervös, beobachtete einen Eisverkäufer und einen auf der Bank sitzenden Engländer, der mit Interesse die Gesellschaftsspalte seiner »Times« studierte, auch in Lugano fest mit dem Leben in Londons City verbunden.

Man kann in Lugano vieles tun, dachte Michael Pohland. Auch an einem Vormittag. Da ist der Lido. Da locken Ausflugsboote. Man kann auf den Monte Bré fahren oder auf den Monte Salvatore. Eine Fahrt nach Morcote oder hinüber nach Locarno bringt immer neue Eindrücke. Oder man setzt sich auf die Veranda eines der großen Hotels und läßt die Menschen auf der Riva Vic. Vela an sich vorbeiflanieren, dieses bunte Gemisch aus Genießen und Erwarten.

Aber alles war nicht genug, seine innere Unruhe zu besänftigen. Dreimal hatte er bereits im Werk angerufen, als befände sich der Konzern schon nach den wenigen Stunden seiner Abwesenheit im Zusammenbruch, und es war ihm eine wirkliche Freude, wenigstens die Stimmen seiner Direktoren zu hören, die versicherten: Es ist alles in Ordnung. Schöne Ferien, Herr Pohland.

Er warf die Zigarette auf die Steinplatten am Ufer, zertrat sie und ging langsam, die Hände in den Taschen der weißen Leinenhose, in Richtung der Schiffsanlegestelle am See weiter. Ein weißer Dampfer kam gerade von Gandria herüber, mit bunten Wimpeln beflaggt, in der Sonne leuchtend und das tiefblaue

Wasser lautlos durchschneidend. Am Eingang zum Laufsteg stauten sich die Menschen, die mitfahren wollten. Ein weißes Schild mit blauer Schrift zeigte an, wohin das weiße Schiff fuhr. Campione, Morcote, Ponte Tresa.

Michael Pohland blieb stehen und lehnte sich gegen die Wand des Kartenverkaufspavillons. Er wölbte ein wenig die Unterlippe vor und überlegte, ob er mitfahren sollte. Mittagessen in Morcote, auf einer Terrasse über dem See, unter einem Dach von Weinranken; nach dem Essen ein Streifzug durch die Läden unter den Kolonnaden, zu den Kupferschmieden und Antiquitätenhändlern. Es war immerhin ein Programm, mit dem man einen halben Tag totschlagen konnte.

Unschlüssig nahm er seine Sonnenbrille ab und putzte sie mit einem Zipfel seines weiten Pullis. Eine Stimme, wohlklingend und von jener leicht dunklen Färbung, die einen Mann sofort fasziniert, schreckte ihn aus seiner Putztätigkeit auf:

»Eine kleine Frage, bitte!«

Michael Pohland ließ den Pullizipfel fallen und strich ihn über dem Bauch glatt. Der erste Eindruck, den er hatte, signalisierte: Diese Frau paßt zu der Stimme: schlank, sehr selbstsicher; hochgesteckte, hellblonde Haare; in einem schmalen Gesicht große, blaue Augen und – so schnell es Pohland mit einem diskreten, abgleitenden Blick feststellen konnte – in dem großgeblümten Nylonkleid eine tadellose Figur.

Pohland behielt die Brille in der Hand und nickte leicht mit dem Kopf.

»Bitte. Wenn ich Ihnen helfen kann, gnädige Frau . . .«

»Nur eine Frage: Glauben Sie, daß Sie aus Glas sind?«

Michael Pohland zwinkerte verwirrt. Er sah an sich herunter und fand an seinen 1,85 m nichts, was zu dieser Frage berechtigte.

»Wieso?« fragte er zurück. »Erscheine ich so zerbrechlich?«

»Das entzieht sich meiner Beurteilung.« Die hellblonde Dame lächelte etwas spöttisch. »Aber Sie stehen genau vor der Tafel mit den Dampfer-Abfahrtszeiten.«

Pohland tat einen großen Schritt zur Seite und setzte seine Sonnenbrille auf. Es war eine sehr dunkle Brille, die es ihm ermöglichte, die Dame ungeniert genauer zu betrachten. Er fand seinen ersten Eindruck bestätigt. Eine Frau, für die das Wort schön noch nicht den Beigeschmack eines nichtssagenden Komplimentes hat.

»In sieben Minuten Abfahrt nach Campione, Morcote, Ponte Tresa. Bitte beeilen! Fahrkarten am Schalter um die Ecke. Garantiert schönes Wetter, blauer Himmel, rosarote Stimmung!« Pohland rief es wie ein Ausrufer. Ein paar am Landesteg Wartende sahen sich um und grinsten urlaubsfreudig. Die hellblonde Dame neigte den Kopf etwas zur Seite.

»Sie halten sich für einen witzigen Mann, nicht wahr?«

»Zumindest geht mir die Sage voraus, ich sei es.«

»Sage ist eine Abart von Märchen.«

»Leider ist es aus der Mode gekommen, Märchen zu erzählen. Ich finde es so nett, wenn man beginnen kann: Es waren einmal eine schöne, junge Frau und ein mitteljunger, charmanter Mann ...«

Die hellblonde Dame lachte. Dann sahen sie sich einen ganz kurzen Augenblick stumm an und spürten, daß es sinnlos wäre, dieses Rededuell weiterzuführen. Sie waren gleichwertig. Der weiße Dampfer aus Gandria schwenkte gegen die Landungsbrücke und tutete. Die Menschen drängten gegen die Absperrkette, zwei Männer der Reederei standen an dem losen Fallreep, um das jeden Moment hinübergeworfene Tau um den eisernen Haken am Polder zu vertäuen und die Brücke auf das anlegende Schiff zu schieben.

»Haben Sie schon eine Fahrkarte, Gnädigste?« fragte Pohland.

Sie schüttelte den Kopf. »Ich wußte ja gar nicht, ob ich fahre und wohin. Sie standen ja vor der Tafel.«

»Eine kleine Minute – die Karte ist sofort da.«

Ehe sie etwas erwidern konnte, war Pohland um die Ecke gerannt. Sie schüttelte wieder den Kopf, sah sich um und benutzte die wenigen Sekunden, um schnell einen Blick in ihren Handtaschenspiegel zu werfen und mit spitzen Fingern einige Korrekturen der hochgesteckten Haare vorzunehmen. Als Pohland zurückkehrte, eine Fahrkarte schwenkend, zog sie ein wenig abweisend die Augenbrauen hoch.

»Was haben Sie da?« fragte sie.

»Einmal Hin- und Rückfahrt Campione.«

»Sie wissen ja gar nicht, ob ich nach Campione will.«

»Campione ist ein zauberhafter Ort, eine italienische Enklave, ohne Steuern, mit herrlichem Wein, einem unvergeßlichen Blick über Lugano und Paradiso.«

»Und das reicht, mich einfach nach Campione zu verfrachten?«

»Außerdem fahre ich hin.« Pohland hob eine zweite Fahrkarte hoch. Die blonde Dame lächelte.

»Das bedeutet also für mich, mit zwei Unbekannten zu rechnen.«

Michael Pohland wurde ehrlich verlegen. Er nahm seine Brille wieder ab und spürte, wie er sogar rot wurde. Ein Benehmen wie ein Schuljunge, dachte er.

»Ich gebe zu, ich bin ein Flegel«, sagte er und verbeugte sich korrekt. »Michael Pohland, bin vierzig Jahre alt, seit zwei Jahren ...«

»Bitte!« Die blonde Dame hob die rechte Hand. »Es ist nicht wichtig, Ihr Gewicht zu wissen oder Ihre Schuhgröße.« Sie sah hinüber zu dem weißen Schiff. Es hatte angelegt, die Brücke war eingeschoben, die Menschen drängten sich über den Engpaß, als gelte es, eine Festung zu erobern. Eine Stimme übertönte den allgemeinen Lärm, ein tiefer Bierbaß.

»Julchen, nuff aufs Deck in de frische Luft. Halt'n Platz frei.«

»Ich glaube, wir müssen auch gehen, Herr Pohland.« Die blonde Dame wandte sich ab. »Ich heiße Sanders.«

»Ein kurzer Name.«

Sie lachte wieder. »Nun gut ... Gerda Sanders ...«

Als letzte sprangen sie an Bord, ehe das Fallreep eingezogen wurde. Da das Oberdeck ein dichtes Mosaik von Köpfen war, schlängelten sie sich zum Vorschiff durch und lehnten sich an die weiße Bordwand neben der Ankerrolle. Rauschend drehte der Dampfer vom Ufer ab, und der warme Wind, der aus der See-Enge von Melide herüberwehte, erfaßte Gerda Sanders' Haare und verwirrte die kunstvolle Frisur völlig. Sie lachte, beugte den Kopf zurück und schloß die Augen.

Michael Pohland betrachtete sie, und zum erstenmal seit zwei Jahren empfand er so etwas wie eine wärmende Zufriedenheit in der Nähe einer Frau. Mein Gott, dachte er plötzlich, wie ist das möglich?! Vor zehn Minuten noch stand ich dort am Ufer und fand es langweilig, zu leben. Ich war mir selbst eine Last. Und nun stehe ich hier im Wind, und vor mir dehnt sich eine Frau in der Sonne, und ich könnte die Hände ausstrecken und sie streicheln; ich wäre in der Lage, an Zärtlichkeit zu denken. Ich, ausgerechnet ich!

Er nagte an der Unterlippe, starrte auf das glückliche, der Sonne emporgehobene Gesicht Gerda Sanders', auf die im Wind flatternden, blonden Haare und auf den Körper, der sich durch das dünne Nylonkleid abzeichnete.

»Warum sind Sie so stumm, Herr Pohland?« Gerda Sanders senkte den Kopf und stützte die Arme nach hinten an die Bordwand. »Sie werden doch wohl nicht seekrank werden?«

»Ich betrachte es als eine Entweihung, Ihre Sonnenanbetung zu unterbrechen.«

Das Schiff machte einen weiten Bogen und rauschte über den See, dem weiß an einem Berg hinaufkletternden Campione entgegen. Eine Tonbandstimme erklärte in drei Sprachen über mehrere Lautsprecher die Sehenswürdigkeiten rings um den Luganer See.

Es wurde ein schöner Tag.

Sie saßen auf der gläsernen Veranda eines kleinen Ristorante über den blauen Wellen des Sees, fuhren mit einem gemieteten Motorboot die Küste entlang und aßen Fische, die man vor ihren Augen aus kleinen Schleppnetzen aus dem See holte und mit einer köstlichen Kräutersoße kochte. Mit dem letzten Schiff fuhren sie zurück nach Lugano, das ihnen in seiner Lichterfülle wie ein riesiger, angestrahlter Brillant entgegenschwamm.

An der Landungsbrücke hielt Michael Pohland die Hand Gerda Sanders' umklammert, als sie sich verabschiedeten.

»Dieser Tag war ein Geschenk«, sagte er ernst. »Es mag vielleicht dumm klingen, aber wenn Sie wüßten, wie anders vieles durch diese Stunden geworden ist ...« Er stockte und spürte, wie ihre Finger aus seiner Hand strebten. Da ließ er sie los, aber als er den Griff lockerte, blieben sie liegen. »Es ... es ist vermessen, Sie um ein Wiedersehen zu bitten, nicht wahr?« Er sah auf ihre Hand. Der schmale, ziselierte goldene Ehering glitzerte im Schein der Bogenlampe an der Landungsbrücke. Gerda Sanders bemerkte seinen Blick und schüttelte den Kopf.

»Mein Mann ist seit einem Jahr tot.«

»Verzeihung!« Pohland senkte den Kopf.

»Ein Unfall.«

»Dann sind wir – um ein dummes Wort zu sagen – Leidensgenossen. Auch ich verlor meine Frau vor zwei Jahren durch einen Unfall.« Er ließ ihre Hand los und strich sich nervös durch die schwarzen Haare, die an den Schläfen bereits weiße Strähnen zeigten. Die Gedanken an damals waren wieder da, aber jetzt wehrte er sich innerlich dagegen, in der Erinnerung unterzugehen wie bisher so oft. »Ich glaube, wir haben uns viel zu erzählen ... mehr als an diesem herrlichen Tag. Erlauben Sie mir ein Wiedersehen?«

Er bemerkte ihr kurzes Zögern, und es tat ihm körperlich weh, daß sie erst überlegen mußte, ehe sie zusagte. Ich bin ihr gleichgültig, dachte er. Natürlich, wie kann man erwarten, daß ein paar Stunden voller Plauderei zwei Menschen so nahebringen, daß kleine Dinge selbstverständlich werden. Und wenn es nur ein Wiedersehen ist.

»Wenn ich es möglich machen kann«, sagte sie leise.

»Morgen, um 15 Uhr, auf der Terrasse des Hotels Majestic.«

»Wenn es möglich ist«, sagte sie wieder. Dann wandte sie sich fast schroff ab, lief ein paar Schritte bis zu einer Autoreihe, die an der Straße unter Palmen stand, wandte sich dann noch einmal um und winkte zu Pohland zurück. In diesem Augenblick sah sie wie ein junges, glückliches, verliebtes Mädchen aus, mit wehenden, langen blonden Haaren und einem strahlenden Gesichtchen. Pohland winkte zurück und spürte, wie er trockene Lippen bekam und eine merkwürdige Schwere im Herzen.

Er sah, wie sie in einen offenen Sportwagen stieg und ihn geschickt aus der Enge des Parkraumes herausdirigierte. Erst in diesem Augenblick fiel ihm ein, daß er weder wußte, wo sie in Lugano wohnte, noch wo sie in Deutschland beheimatet war.

»Halt!« rief er und warf beide Arme hoch. »Halt!« Er lief über die Straße, aber sie bemerkte ihn anscheinend nicht, ganz mit dem Gegenverkehr auf der Straße beschäftigt. Dann gab sie Gas und heulte in Richtung Paradiso davon. Noch einmal schwenkte Pohland beide Arme und schrie: »Halt! Gerda! Warten Sie! Halt!«

Sie sah es im Rückspiegel, aber sie warf den Kopf in den Nacken und sah wieder starr auf die Straße.

Michael Pohland blickte ihr nach, bis sie im Gewühl der anderen Wagen untertauchte. Langsam ging er in Richtung Altstadt, blieb ab und zu stehen und sah über den im Mondschein silbern wiegenden See.

In eine kleine Weinstube werde ich gehen, dachte er. In eine der alten Tessiner Grotti. Und in eine Ecke werde ich mich setzen, ganz allein, und wie zu einer Feier den dunkelroten Barbera trinken. Ob es ab heute einen neuen Michael Pohland geben wird? Oh, wenn das wahr würde, wenn das möglich werden könnte ... diesen Druck von der Seele wegzuwälzen, dieses lähmende Gewissen durch ein neues Glück zu beleben ... vergessen können, was bisher unvergeßlich schien.

Morgen nachmittag um drei Uhr! Er wischte sich über das Gesicht und spürte, daß seine Hand zitterte. Ich werde glücklich sein. Wirklich, ich werde glücklich sein.

Gerda Sanders kam nicht.

Michael Pohland wartete bis halb fünf; zuerst trank er einen Campari, dann zwei Kognaks, schließlich einige doppelte Whisky pur. Als er spürte, wie der Alkohol nicht nur ins Hirn, sondern auch in die Knie zog, zahlte er und verließ in gezwungen steifer Haltung die Hotelterrasse. Auf dem Tisch blieb ein großer Strauß dunkelroter Rosen zurück. Dem Kellner, der ihm mit den Blumen nachrannte, winkte er zu und schüttelte den Kopf.

»Wegwerfen!«

Erst in seinem Hotelzimmer verließ ihn die Haltung. Er sank in einen Sessel und stützte den schweren Kopf in beide Hände.

Ein Narr bin ich, dachte er bitter. Ein eingebildeter, blöder Narr! Warum sollte sie auch kommen? Ein paar Stunden in Sonne und Wasser, was sind sie schon? Nicht einmal eine Erinnerung! Er konnte Gerda Sanders verstehen, so wenig er sich jetzt selbst verstand. Er stand auf, starrte in den Spiegel und schüttelte den Kopf vor seinem Spiegelbild.

»Du Narr!« sagte er wieder. Dann hielt er den Kopf unter die kalte Brause, bis der Alkoholnebel aus seinem Gehirn verjagt war.

Mit dem Nachtzug fuhr er zurück nach Ebenhagen. Zum maßlosen Erstaunen der Putzfrau, die jeden Morgen in Pohlands Abwesenheit die große Stadtwohnung lüftete und dort Staub wischte, stand er vor dem Spiegel und rasierte sich, als sie Wasser aus dem Bad holen wollte.

»Herr ... Herr Generaldirektor!« stotterte sie überrascht. »Ich dachte ...«

»Bin gleich fertig.« Pohland tupfte sein Gesicht mit einem Tuch ab, schlüpfte ins Jackett und fuhr hinaus zu seinen Werken. Als er den großen Komplex der Hallen und Schlote vor sich auftauchen sah, die Kesselhäuser und Walzstraßen, Hochöfen und Formpressen, hielt er den Wagen an.

Das gehört nur mir, dachte er. Seit vier Generationen haben die Pohlands daran gearbeitet, ein kleines Imperium zu schaffen. Vierzehntausend Familien finden hier ihr Brot, über neuntausend Kinder warten abends auf ihre Väter. Sie alle haben ein Zuhause, einen gedeckten Tisch, eine glückliche Gemeinschaft, eine kleine, eigene Welt. Und was habe ich?

Er fuhr weiter, hinüber zu dem zehnstöckigen, aus Beton und Glas in den Himmel ragenden Verwaltungsgebäude, von dessen Dach in großen, blauen, nachts leuchtenden Buchstaben der Name »Pohland-Stahl« über das Land schrie.

Die Direktion erfuhr schon vom Portier, daß der Chef im Hause sei, als Pohland noch mit dem Fahrstuhl nach oben in den zehnten Stock schwebte, wo sich seine Büroräume befanden und sein Zimmer, von dem aus er durch eine Riesenscheibe das gesamte Werk überblicken konnte. In der getäfelten Diele, der Endstation des Aufzuges, stand bereits Dr. Corbeck, der Rechtsberater der Werke, und nahm Pohland in Empfang.

»Aha! Das Warnsystem klappt vorzüglich!« sagte Pohland sarkastisch. »Ich nehme an, daß meine Direktoren sich erst mit einem Kognak stärken, ehe sie erscheinen.«

»Wir haben Sie nicht erwartet, Herr Pohland.«

»Das glaube ich. Aber nun bin ich da. Naturkatastrophen künden sich selten vorher an.«

»Wenn Doktor Wehrmann ...«

»Sie verhindern, daß er hierherkommt!«

»Das wird nicht möglich sein, wie Sie Doktor Wehrmann kennen.«

»Ich möchte nicht gestört werden. Auch die anderen Herren sollen noch warten. Mit Ihnen habe ich etwas zu besprechen, Doktor.«

Sie betraten das riesige Zimmer Pohlands mit den dunkelroten Afghanteppichen und den schwarzen Ledermöbeln. Pohland ging zu einer in einer Schrankwand eingebauten Bar und klappte die Tür herunter. »Kognak oder Whisky, Doktor?«

»Es kommt darauf an, was Sie vorhaben.« Dr. Corbeck lächelte unsicher. »Bei erfreulichen Dingen Whisky.«

»Also nehmen wir Kognak.«

»O weh!«

Michael Pohland setzte sich etwas burschikos auf die Lehne eines der Ledersessel. Es paßte nicht zu seiner ernsten Miene und dem verhaltenen, erregten Beben seiner Hand.

»Doktor, ich brauche Ihre Hilfe. Ihre private Hilfe.« Er machte eine Pause. Dr. Corbeck sah Pohland interessiert, aber hilflos an. »Können Sie das?«

»Ich weiß nicht. Worum geht es?«

Pohland nahm einen kleinen Schluck Kognak. »Eins haben Ärzte, Pfarrer und Juristen gemeinsam: sie werden zu Beichtvätern.«

»Wenn Sie so beginnen, muß es wirklich ernst sein«, sagte Dr. Corbeck leise.

»Es ist eine Frau, Doktor.«

»Gratuliere, Herr Pohland.«

»Das eben ist es: Gratulieren können Sie mir nicht. Ich habe mich benommen wie ein Anfänger, wie ein Sekundaner, der seine Lyzeumsliebe anschmachtet. Ich war fasziniert, ich war wie in einem Jungbrunnen, der mein Herz von allen Schlacken freispülte, und ich verlor derart den Kopf, daß ich jetzt hier stehe wie Bajazzo, über dessen Narrheit man lachen soll.«

»Das ist allerdings ein Problem.« Dr. Corbeck trank seinen Kognak schnell aus und ließ sich neu nachgießen. »Sie sind also in eine Affäre hineingeschlittert? Wir werden das unauffällig regeln, Herr Pohland.«

»Affäre! Doktor, Sie überschätzen mich maßlos. Wäre es nur eine Affäre!« Pohland sprang auf und wanderte in dem riesigen Zimmer hin und her. Das Telefon läutete, Dr. Corbeck nahm den Hörer ab und sagte: »Nein! Die Herren möchten bitte warten. Herr Pohland läßt rufen.«

»Ich weiß nicht, wie sie heißt.« Pohland blieb stehen. »Natürlich nannte sie einen Namen. Gerda Sanders. Aber ich glaube nicht mehr, daß es ihr wirklicher Name war. Ich weiß nicht, wo sie wohnt, wer sie ist, ob es stimmt, daß ihr Mann bei einem Unfall ums Leben kam ... ich weiß überhaupt nichts als das eine: Ich möchte diese Frau wiedersehen!«

Dr. Corbeck sah in den goldgelben Kognak. »Und das ist also das Problem?«

»Ja.«

»Es ist unlösbar.«

»Doktor!« Der Ruf klang fast kläglich. Dr. Corbeck hob die Schultern.

»Ich weiß, was Sie sagen wollen: Suchen Sie diese Frau. Herr Pohland – aber eher hole ich Ihnen den Mann im Mond herunter.«

Es klopfte. Pohland fuhr herum. Auch Dr. Corbeck machte ein erstauntes Gesicht.

»Ich habe alle Direktoren informieren lassen ...«, sagte er auf den fragenden Blick Pohlands. Weiter kam er nicht. Die Tür sprang auf, schlug gegen die Wand, und an dem entsetzten Gesicht der Sekretärin vorbei rannte ein kleiner, dicker Mann mit einer dunkelblonden Löwenmähne in das Zimmer. Er schlug hinter sich die Tür wieder zu, baute sich auf dem Afghanteppich auf und atmete tief und hörbar pfeifend ein.

»O Gott!« sagte Michael Pohland und schlug die Hände zusammen. »Jetzt ertönen die Trompeten von Jericho.«

»Was machen Sie hier?« Die Stimme des kleinen, dicken Mannes war erstaunlich tief und umfangreich. »Sie haben um diese Zeit in der Badeabteilung Ihres Hotels in Lugano ein Thermalbad zu nehmen, laut Kurplan!«

»In Lugano ist Wasserknappheit, Doktor.« Pohland trat auf Dr. Wehrmann zu, mit ausgestreckten Armen, aber der Arzt hob abwehrend die Hand. »Und im übrigen ...«

»Im übrigen wird ein Bote gleich eine Fahrkarte bringen für den nächsten Zug in die Schweiz.«

»Nein!«

»Doch!«

»Sie sind zwar mein Arzt, Doktor, aber ich nicht Ihr Sklave!«

»Sie sind ein Sklave Ihrer Gesundheit.« Die Stimme Dr. Wehrmanns hob sich wieder. »Ich bin verantwortlich dafür, daß der Chef der Pohland-Werke nicht eines Tages mit einem geseufzten ›Was ist denn das?‹ vom Stuhl fällt und seinen letzten Schnaufer tut. Ich kenne Ihren Körper besser als Sie und weiß, was man tun muß, um diese überlastete Pumpe, die links in Ihrem Rumpf tagaus, tagein Schwerstarbeit leistet, immer wieder zu überholen. Und wenn ich sage, Sie fahren sofort zurück nach Lugano, dann fahren Sie auch!«

»Überall hin – aber nicht mehr nach Lugano.«

»O Himmel!« Dr. Wehrmann schlug die Hände über seiner Löwenmähne zusammen. »Hätte er bloß eine Frau, mit der man vernünftig reden kann.«

»Ich bin dabei, mich zu verheiraten.«

Dieser Satz Pohlands fuhr auf Dr. Wehrmann nieder wie ein Hammer. Er duckte sich erschrocken und starrte zu Dr. Corbeck hinüber.

»Was sagt der Jurist dazu?« stotterte er. »Hier stimmt doch etwas nicht. Herr Pohland, machen Sie mal den Puls frei!«

Dr. Corbeck hob die Schultern. Sein Gesicht drückte tiefes Unglück aus. »Es stimmt, leider. Herr Pohland hat die Absicht, eine Frau, die er in Lugano kennenlernte, sofort zu heiraten.«

»Mein Gott – sofort! Sofort! Das erspart mir neunzig Prozent meiner Therapie!« rief Dr. Wehrmann begeistert. »Was hält Sie denn davon ab?«

»Herr Pohland kennt weder Namen noch Adresse der Dame.«

Dr. Wehrmann setzte sich in den nächsten Sessel und schüttelte den Kopf. »Das hier ist ein Irrenhaus«, stöhnte er.

»Ich kenne nur die Nummer ihres Schweizer Wagens.«

»Dann haben wir sie!« Dr. Corbeck rannte zum Telefon.

»Unser Schweizer Vertreter wird in einer halben Stunde alles geklärt haben. Wie war die Autonummer?«

»TI – 2679. Aber bemühen Sie sich nicht, Doktor. Der Wagen gehört dem Hotel in Paradiso, wo sie wohnte. Sie hatte ihn geliehen. Das Hotel aber gibt keine Auskunft über seine Gäste an Privatpersonen. Ich habe alles schon versucht.«

Dr. Corbeck ließ den bereits abgehobenen Hörer wieder zurückfallen. »Ich sagte schon: Eher der Mann im Mond . . .«

Pohland drehte sich weg und trat an das große Fenster. Er sah über seinen Besitz und senkte dann den Kopf. »Meine Herren«, sagte er leise. »Sie sind die einzigen Menschen, denen ich mich anvertraute. Wenn ich jemals wieder heiraten werde, dann nur diese Frau – oder sonst nie mehr.«

»Also nie mehr.« Dr. Wehrmann sprach hart aus, was auch Dr. Corbeck dachte. »Das heißt, daß ich meine Neunzig-Prozent-Therapie nicht einsparen kann. Es bleibt also dabei – Sie fahren morgen wieder weg. Ich werde Ihnen noch einen Platz in Portofino besorgen.«

»Muß das sein, Doktor?« stöhnte Pohland.

»Ja. Es muß sein.«

Am nächsten Morgen flog Michael Pohland nach Rom. Von dort brachte ihn ein Mietwagen nach Portofino. Vier Wochen lang lag er herum und dachte an Gerda Sanders, an ihr dunkles Lachen, die im warmen Wind flatternden blonden Haare und die großen, leuchtenden blauen Augen.

Dann kam er nach Ebenhagen zurück mit 180 Blutdruck. Dr. Wehrmann seufzte laut, als er die Blutdruckmanschette zusammenrollte.

»Zehn mehr als vorher. Herr Pohland, vergessen Sie diese Frau, jagen Sie keinem Phantom nach, sondern sehen Sie sich bei den Töchtern des Landes um; auch hier gibt es schöne Frauen. Ich befürchte sonst, Sie langsam, aber stetig zu einem Hypochonder werden zu sehen.«

Michael Pohland schwieg. Gerda Sanders vergessen, dachte er. Kann man einen Vulkan mit einem Spaten zuschaufeln?

Das war vor einem Jahr. Man muß es wissen, um zu verstehen, wie das Leben Michael Pohlands weiterging.

Zunächst änderte sich nichts, nach außen hin. Ein Jahr lang war er wieder der Chef der Pohland-Stahlwerke, lud zu Jagden ein, zu großen Essen, zu Sektfrühstücken und Hubertusritten, zu Rheinfahrten und Schloßfesten. Er brachte neue Verträge in die Werke für Investitionen in Indien und Ägypten, langfristige Lieferungen in die EG-Staaten und Exporte in den asiatischen Raum. Ab und zu untersuchte ihn Dr. Wehrmann, knurrte böse und sagte immer wieder: »Nur so weitermachen. Nur immer so weitermachen. Wenn Sie mit'm Gesicht nach unten auf Ihren Perserteppichen liegen, kann auch der Wehrmann nicht mehr helfen.«

Im Frühjahr fuhr er wieder zur Kur, aber nur, weil Dr. Wehrmann den Schreibtisch Pohlands abgeschlossen hatte und sich weigerte, den Schlüssel herzugeben. Resignierend gab Michael Pohland nach. Das Ziel der Reise war Capri. Drei Wochen Langeweile lagen wieder vor ihm.

Von der Felsenterrasse des Cafés Adorno kann man weit über die zerklüftete Küste Capris sehen, über die in dem Gischt untergehenden Klippen, über kleine, verträumte Felsenbuchten und schmale Plateaus, über Boote und Kähne, von denen die Sporttaucher hinabspringen in die glasklare Tiefe des Meeres.

Michael Pohland saß an diesem Nachmittag an der Balustrade des Cafés Adorno, trank einen Punt e Mes und las seine Heimatzeitung, die Dr. Corbeck ihm nachschickte. Bei einer fast mechanischen Bewegung der Hand zum Glas stieß er gegen die Blumenvase auf dem Tisch, ließ die Zeitung fallen und fing die schwankende Vase auf, ehe sie völlig umkippte. Dabei sah er zufällig hinab ins Meer und bemerkte ein Ruderboot, das ein capresischer Fischer durch das blaue Meer trieb. Am Heck des Bootes saß eine Frau in einem grünen, mit roten Blüten übersäten Badeanzug. Der Wind, der um die Klippen zischte, wehte ihre Haare wie eine goldene Fahne vom Kopf.

In Michael Pohland zerriß etwas. Er spürte es ganz deutlich.

Es war, als bräche ein Stahlband auseinander, das bisher sein Herz umklammert gehalten hatte. Er atmete tief auf, und es war ein so herrliches, freies Atmen, daß er aufsprang und beide Arme ausbreitete.

»Gerda!« schrie er. »Gerda!«

Sie hörte ihn nicht. Das Meer, das über die Klippen schäumte, erstickte jeden anderen Laut um sie herum. Der Kellner des Cafés Adorno stürzte an den Tisch und richtete die umgestoßene Vase auf.

»Signore«, sagte er betreten. »Va bene? Ist Ihnen übel?«

»Ruhe!« rief Pohland. »Seien Sie ruhig.« Er legte die Hände wie einen Trichter vor den Mund und brüllte wieder. »Gerda! Gerda!« Der Kellner trat neben ihn und blickte hinunter in die Klippen. Dann verstand er und lächelte mit der Vertrautheit des Verstehens, das allen Südländern solchen Situationen gegenüber angeboren ist.

»Bella Signorina . . .«, sagte er und blinzelte kameradschaftlich. Michael Pohland drückte ihm einen 1000-Lire-Schein in die Hand.

»Wo kann man die Boote leihen?« fragte er heiser vor Erregung.

»Überall.« Der Kellner umschrieb mit einer Armbewegung die ganze Insel. »Überall liegen diese Boote. Sie kann von Norden kommen oder von Osten.«

Pohland rannte aus dem Café. Die Zeitung flatterte über die Balustrade und schwebte ausgebreitet wie ein trunkener Schwan hinab zum Meer.

Zum nächsten Bootssteg, dachte er. Und wenn dort ein Schiff liegt . . . ich miete das ganze Schiff. Sie ist auf Capri. Sie ist hier . . . hier . . . Und ich werde sie nicht wieder verlieren. Jetzt nicht mehr.

Keuchend, schwankend vor Atemnot, gelangte er zum Meer. Ein alter Kahn mit einem röchelnden Außenbordmotor war alles, was noch am Ufer lag. Ein Fischer saß auf dem Bootsrand und drehte sich eine Zigarette.

»Presto! Presto!« rief Pohland und warf dem verblüfften alten Mann 5000 Lire in den Schoß. »Um die Ecke, zu den Klippen! Schnell!«

»Grazie mille, Signore. Zu Blaue Grotte.«

»Nicht Blaue Grotte! Nur um die Ecke. Dorthin!« Er zeigte auf einen Inselvorsprung, der den Blick zu der zerklüfteten Bucht verbarg. »Nun machen Sie doch! Legen Sie ab! Presto!«

»Uno momento, Signore.« Der alte Fischer brannte seine Zigarette an, tat einen tiefen Zug und seufzte zufrieden. Dann tappte er zu dem alten Außenbordmotor, stieß das Boot mit einer Stange ins tiefere Wasser und gab ein wenig mehr Gas. Der Kahn zitterte heftig, aber er glitt schnell auf den Vorsprung zu. Michael Pohland kniete vorn auf einem schmalen, morschen Brett und hielt sich an zwei eisernen Ringen fest.

»Schneller, schneller!« rief er.

»Motor ist Großvater, Signore!« rief der Alte zurück. »Kann Großvater noch tanzen?«

Endlich umfuhren sie den Landvorsprung. Die Welt der Felsen und Klippen öffnete sich. Der Alte drosselte den Motor. Pohland fuhr herum.

»Was machen Sie denn da? Weiter!«

»Spitze Steine ...« Der Alte zeigte mit dem Daumen ins Meer. Sie fuhren durch eine Rinne, links und rechts von ihnen lagen messerscharfe Felsenkämme dicht unter der Wasseroberfläche. Ein Schwarm goldglitzernder Fische flüchtete vor ihnen her.

In einer Bucht sah er endlich das Boot. Gerda Sanders war geschwommen. Sie mußte gerade zurück ins Boot geklettert sein und lag in der Sonne, ein grünrot schillernder Zauberfisch. Ihre nassen blonden Haare hingen über die Bordwand.

»Dorthin!« sagte Pohland heiser. »Daneben.«

»Si, si.« Der Alte grinste breit. »Pirat ... nicht wahr, Signore?«

Es dauerte wenige Augenblicke, bis ihr Kahn längsseits kam. Als die Bordwände einen Meter voneinander entfernt waren, schnellte sich Pohland ab. Er dachte nicht mehr daran, daß er seit Jahrzehnten nicht mehr gesprungen war, daß er die Entfernung verschätzen konnte, daß das Boot Gerdas durch den Aufprall umschlagen könnte ... er sprang mit dem seligen Gefühl, daß es nichts mehr auf der Welt gäbe, was ihn zurückhalten könnte.

Mit einem grellen Schrei jagte Gerda Sanders empor, als der Körper vor ihr ins Boot fiel und der Kahn heftig zu schlingern begann. Michael Pohland war richtig gelandet, aber er war mit dem linken Fuß umgeknickt und lag nun auf den Knien zwischen Gerda und dem capresischen Fischer. Ein wahnsinniger Schmerz durchzuckte sein linkes Bein, als er sich aufrichten wollte. Er fiel zurück und sah mit einem glücklichen, aber verzerrten Lächeln Gerda Sanders an.

»Ich liege vor dir auf den Knien«, sagte er stockend. »Und ich bin glücklich.«

Gerda Sanders zog die Beine an, als wolle sie damit den Zwischenraum zwischen sich und Pohland vergrößern.

»Warum ... warum haben Sie das getan?« fragte sie leise.

»Warum bist du damals nicht gekommen?« fragte er zurück. Es war für ihn selbstverständlich, daß er ›du‹ zu ihr sagte. Gibt es etwas Persönlicheres als einen Traum?

»Ich ... ich konnte nicht.«

»Du wolltest nicht.«

»Ja.«

»Ich bin an diesem Abend abgereist.«

»Ich schon in der Nacht vorher.« Gerda Sanders sah hinaus ins Meer und über die gischtumsprühten Klippen. »Bitte, stehen Sie auf.«

»Ich kann nicht.« Pohland versuchte, den linken Fuß heranzuziehen. Ein Schmerz, der ihm bis unter die Schädeldecke zuckte, ließ ihn aufstöhnen. »Der linke Fuß ...«

»Soll das ein neuer Trick sein?« fragte sie hart.

»Ich schwöre dir ...«

Sie beugte sich vor und sah auf den linken Fuß Pohlands. Der Knöchel begann dick anzuschwellen und sich zu verfärben.

»Mein Gott! Es ist ja wahr. Sie haben sich ja verletzt! Julio, schnell, schnell, zurück!« Ihre Stimme hatte bei diesen Worten einen anderen Klang bekommen, heller, härter, eine Stimme voll Energie. Sie riß aus ihrer Badetasche ein Handtuch, zog es durch das Wasser und wickelte es als Notkompresse um den Fuß Pohlands. Dabei fielen ihre Haare über sein Gesicht. Da schloß er glücklich die Augen, spitzte die Lippen und küßte die Strähnen. Bin ich schon vierzig Jahre? dachte er. O nein, ich liebe zum erstenmal ... ich bin ein Jüngling in der Seligkeit erster Empfindung ...

Er wußte nicht mehr, was sie sprachen; er sah sie nur an, sah die Bewegungen ihrer Lippen und das Leuchten ihrer Augen. Nach einer knappen halben Stunde, in der sie südlich um die Insel gerudert wurden, erreichten sie einen flacheren Strand und eine kleine, weiße Villa, die in die Felsen gebaut war. Ein schmaler Privathafen mit zwei Laternen an der Mauer nahm sie auf. Knirschend setzte der Kahn im Sand auf. Julio kam nach vorn, um zu helfen.

»Haben Sie große Schmerzen?« fragte Gerda Sanders. »Julio wird sofort einen Arzt holen.«

»Sie sind erträglich.« Pohland richtete sich mit Hilfe Julios auf; auf dem rechten Bein hüpfend kam er an Land und stützte sich auf die Schulter Gerdas. Vor ihm lag eine kleine Villa, geschickt in eine natürliche Felsenbucht hineingebaut, ein Luxusvogelnest mit Markisen und Sonnenmöbeln.

»Dein Haus?« fragte Pohland.

»Gemietet.«

Sie half ihm bis zu einem der weißen Korbsessel und wartete, bis er sich ächzend gesetzt hatte. Den geschwollenen Fuß legte er auf das kleine Tischchen, das vor dem Sessel stand.

»Warum duzen Sie mich eigentlich?« fragte Gerda Sanders. Pohland sah zu ihr hinauf, aber da er an ihr vorbei direkt in die Sonne sehen mußte, senkte er wieder den Kopf.

»Ein Jahr lang habe ich mich mit dir unterhalten«, sagte er langsam. »Ich glaube, da darf man ›du‹ sagen.«

Sie wandte sich ab und ging ins Haus. Über die Schulter rief sie zurück: »Julio wird gleich mit dem Arzt kommen. Ich hole Ihnen eine Erfrischung . . .«

Sie flüchtet vor einer Antwort, dachte Michael Pohland. Er drehte sich im Sessel und sah ihr zu, wie sie in dem großen Wohnraum, dessen breite Glastüren aufgeklappt waren, an einem Barwagen stand und einen Longdrink mixte. Cinzano, Eiswürfel, ein Schuß Gin, eine Maraschino-Kirsche und ein kurzer Druck Sodawasser. Ihr langes blondes Haar war noch immer naß und klebte an Hals und Schultern. Wie alt mag sie sein, dachte er plötzlich. Nicht einmal das wußte er. Auch zu schätzen war es nicht. Wer nur den Körper sah, konnte an ein junges Mädchen glauben. Aber sie war ja bereits verheiratet gewesen, und wer in ihre Augen blickte, erkannte eine innere Reife, die im Gegensatz zu ihrem Äußeren stand.

Gerda Sanders kam zurück und stellte das hohe Glas mit der Erfrischung auf den Tisch.

»Warum mußten Sie auch diesen Sprung machen!« sagte sie mit deutlichem Tadel. »Wenn wir nun mit dem Boot umgeschlagen wären?«

»Das war mir alles gleichgültig. Ich wollte in das Glück springen.« Pohland sah sie bittend an. »Ist es mir gelungen . . .?«

»Der Arzt ist gleich da.« Sie sah hinüber zu einem Felsenweg. »Dr. Farnecci ist unser Nachbar. Um diese Zeit liegt er im Garten und liest. Wir haben Glück.«

»Nur mit dem Arzt?«

Wieder wich sie einer Antwort aus, reichte Pohland das eisgekühlte Glas hin und nickte ihm zu.

»Trinken Sie!«

Gehorsam trank er einen Schluck und blickte über den Glasrand zu ihr hinauf. Sie beobachtete ihn, aber als sich ihre Blicke trafen, wandte sie den Kopf zur Seite.

Dr. Farnecci war ein erfahrener Arzt, der auf die Beschreibung Julios hin bereits alles mitgebracht hatte. Schiene, elastische Binden, Gipsbinden, schmerzlindernde Injektionen, Salben, reinen Alkohol ... für jede Art des Unfalls war gesorgt. Es stellte sich heraus, daß Pohland sich den Knöchel verstaucht hatte und daß sich ein Bluterguß im Gelenk bildete. Es hieß also kühlen mit Alkohol, völlige Ruhigstellung des Knöchels, keine Bewegung.

»Wie lange wird es dauern, Dottore?« fragte Pohland, als der Fuß geschient war.

»Wenn Sie die nötige Ruhe haben, Signore, immerhin vierzehn Tage ... mindestens.«

Pohland wandte den Kopf zu Gerda Sanders. Sie hatte ein Kleid übergeworfen, durch das der grünrote Badeanzug durchschimmerte wie eine glitzernde Schlangenhaut. Das blonde Haar war wieder gebändigt und hochgesteckt.

»Hast du gehört? Vierzehn Tage. So lange mußt du mich ertragen.«

Sie lächelte schwach. »Auch das wird vorübergehen.«

»Und wenn ich keine Ruhe habe, Dottore?« fragte Pohland. »Wenn ich ab und zu den Fuß bewege?«

»Dann dauert's länger. Aber so dumm werden Sie ja nicht sein.«

»Wer weiß?« Pohland lächelte zufrieden. »Es ist eine der seltenen Gelegenheiten, wo Dummheit zum Erfolg führt.«

Nach dem Abendessen, das Julio in der Wohnhalle servierte, ordnete Gerda Sanders Bettruhe an. Auf Julio und Gerda gestützt, wurde Michael Pohland mehr getragen als gehend in sein Zimmer geführt. Julio half ihm auch beim Ausziehen, brachte ihn zu Bett und stellte Sodawasser, Zigaretten und einen Korb Obst auf den Nachttisch. Daneben legte er einige Illustrierte und Zeitungen. Mißtrauisch betrachtete Pohland diese perfekte Fürsorge.

»Sie können das vollendet, Julio«, sagte er ein wenig giftig. »Sie haben Erfahrung in Herrenbesuch, was?«

»Signora Sanders hat es so gewünscht. Wir haben nie Besuch.«

»Jetzt lügst du faustdick, mein Junge!«

»Julio lügt nie. Buona notte, Signore.«

Eine halbe Stunde las Michael Pohland in den Illustrierten, ärgerte sich über einen faden, lebensunwahren Roman, knipste dann das Licht aus und überließ sich einer wohltuenden, zufriedenen Müdigkeit.

Er erwachte plötzlich durch das Gefühl, daß ihm etwas leicht über Lippen, Augen und Stirn strich. Er regte sich nicht, sondern öffnete die Augen nur einen Spalt.

Vor ihm war ein großer Schatten, der jetzt lautlos zurückglitt, zu einem Kopf wurde, zu einem Körper, über den blaß das Licht des Mondes fiel. Da öffnete er die Augen ganz. Lautlos ging Gerda Sanders zur Tür zurück; sie trug noch immer das Kleid vom Abend, nur die Schuhe hatte sie ausgezogen. Er wußte nicht, wie spät oder wie früh es bereits war, er sah nur, daß sie noch nicht geschlafen und unten gesessen hatte, Stunde um Stunde, bis zu diesem heimlichen Augenblick.

Als sie an der Tür war, hob er die Hand.

»Gerda!« sagte er leise.

Sie fuhr herum. Selbst im ungewissen Licht des Mondes sah er, wie entsetzt sie war, wie maßlos ängstlich ihre Augen starrten. »Gerda ... du hast mich geküßt ...«

Sie antwortete nicht. Sie riß die Tür auf, flüchtete aus dem Zimmer und warf die Tür hinter sich zu. Zur Bewegungslosigkeit verurteilt lag Pohland auf dem Rücken. Er versuchte, sich auf die Seite zu wälzen, aus dem Bett zu kommen, sich hochzustemmen – aber sobald er mit dem linken Fuß irgendwo anstieß, durchjagte ihn der stechende Schmerz und warf ihn zurück.

Wenn sie morgen wieder fort ist, dachte er und spürte, wie sein Herz sich zusammenkrampfte. Ich ertrag es nicht, bei Gott, ich weiß nicht, was ich tue.

In dieser Angst blieb er wach, starrte an die Decke, bis der Mondschein rötlich wurde und das Licht der aufgehenden Sonne ihn überdeckte. Er lauschte auf jedes Geräusch im Haus, auf Türenklappen, auf Schritte, auf knirschende Tritte am Strand ... aber es blieb still, bis Julio an die Tür klopfte und fragte, ob er eintreten dürfe und der Signore gut geschlafen habe.

»Wo ist Signora Sanders?« fragte Pohland heiser, als Julio ins Zimmer kam. Er ließ sich aus dem Bett heben und hüpfte zur Waschkabine.

»Signora wartet unten zum Frühstück, Signore.«

»Sie ist noch da?!« Es war wie ein Jubelschrei.

»Natürlich.« Julio trat an den großen eingebauten Kleiderschrank. »Was ziehen Signore an?«

»Wieso?« Pohland sah aus der Kabine.

»Ich habe gestern abend Ihre Koffer aus Ihrem Hotel geholt. Die Signora wollte es so.«

Michael Pohland zog den Kopf zurück und sah sich im Spiegel an. Herr Generaldirektor Pohland, dachte er und nickte sich zu, Sie sind ein Stümper. Erst jetzt merken Sie, daß Sie bereits gestern abend in Ihrem eigenen Schlafanzug zu Bett geschickt wurden, obgleich Sie ja nicht mit einem Schlafanzug ins Café Adorno gegangen waren.

»Einen hellen Anzug, Signore?« fragte Julio am Schrank.

»Nein, Julio, den schwarzen.«

»Schwarz am Morgen, Signore?« Die Stimme Julios klang mehr als verblüfft.

»Ja. Und ein weißes Hemd und einen silbergrauen Schlips.«

»Prego, Signore.«

Wie zu einem Bankett humpelte eine halbe Stunde später Michael Pohland am Arm Julios die Treppe hinab in die Wohnhalle. Im Knopfloch seines schwarzen Anzugs trug er eine weiße Rose. Gerda Sanders stand draußen auf der Terrasse unter der orangefarbenen Markise und warf einigen kreischenden Möwen Weißbrotstücke hinauf, die sie im Sturzflug aufschnappten.

Ihr Gesicht war eine einzige Frage, als sie den feierlichen Pohland in der Halle stehen sah. Julio hatte sich zurückgezogen.

»In Schwarz?« fragte auch Gerda Sanders. »Solche Trauer um einen verstauchten Knöchel?« Sie versuchte zu lachen, aber es war ein trockenes, in der Erregung ertrinkendes Lachen. Pohland atmete tief auf.

»Gerda«, sagte er fest. »Ich kann dir weder Blumen bringen, noch wie ein feuriger Jüngling vor dich hintreten. Sieh mich an: Ein Mann im mittleren Alter, der ab und zu jung sein will und sich dabei den Haxen verstaucht. Aber ein Mann, für den du alles bedeutest. Gerda . . . willst du meine Frau werden?«

»Ja – –«, sagte sie leise.

Nach zehn Minuten klopfte Julio von draußen gegen eine der Glastüren, diskret, mit dem Rücken zum Zimmer.

»Prego . . . der Tee wird kalt«, sagte er und entfernte sich wieder. Gerda beugte den Kopf weit zurück und lachte glücklich. Pohland hielt sie fest umklammert, damit sie nicht stürzte.

»Julio wird ungeduldig, Liebster«, lachte sie. »Komm hinaus! Wer Julio verärgert, hat ein schlimmes Leben.«

»Das kenne ich!« Pohland hüpfte am Arm Gerdas hinaus unter die Markise. »Mein Julio heißt Dr. Wehrmann; aber den werde ich jetzt zum erstenmal sprachlos machen.«

Das Telegramm, das Dr. Corbeck aus Capri erhielt – »Gerda gefunden stop Heiraten in Kürze stop Bereitet alles vor stop Pohland« – löste in den Pohland-Stahlwerken eine private Aktivität aus. Direktion, Betriebsrat, engste Mitarbeiter, Generalvertreter, Kollegen in den Aufsichtsräten, Freunde, Jagdgenossen und Geschäftsfreunde kamen zu Konferenzen zusammen, um zu beraten, wie man Michael Pohland durch ein besonders schönes Geschenk überraschen und erfreuen könnte. Lediglich die Verwandtschaft reagierte sauer. Eine unverheiratete Schwester Pohlands und der Schwager, Ehemann der älteren Schwester, erkundigten sich bei Dr. Corbeck, wer diese avisierte zweite Frau Michaels sei und ob er da nicht in eine Dummheit hineinrutsche, vor der ihn die Familie uneigennützig warnen müsse.

Am glücklichsten war Dr. Wehrmann. Er war durchaus nicht

sprachlos, sondern verführte den sonst etwas steifen Dr. Corbeck zu einem Exzeß: sich vor Freude einmal zu besaufen. Und in der Vertrautheit plötzlich entdeckter Freundschaft waren beide sich einig, daß nun endlich ein unausgesprochener Wunsch der Erfüllung nahe war: Ein Erbe für die Pohland-Werke.

Drei Wochen später kehrte Michael Pohland nach Ebenhagen zurück. Gerda Sanders begleitete ihn. Um die gesellschaftliche Form zu wahren, wohnte sie in einer Hotelsuite und nicht im Stadthaus Pohlands, nicht einmal in seinen Gastzimmern. Der Generaldirektor war zurückgekommen. Er stellte seine Braut im engsten Kreis vor; man küßte ihr die Hand, trieb Konversation, musterte und kritisierte sie und fand, daß Pohland ein Glückskind sei, solch eine Frau gefunden zu haben. Allein Dr. Wehrmann gab dieser Einführung in die Gesellschaft eine eigene Note durch die Bemerkung zu Pohland: »Gratuliere! Eine faszinierende Frau. Hoffentlich stimmt der Rhesusfaktor.«

Michael Pohland war so verblüfft, daß er darauf keine Antwort fand. Erst, als Dr. Wehrmann mit seinem Cocktailglas längst weitergezogen war, konnte er lachen, obwohl die Witze Dr. Wehrmanns immer etwas makaber waren.

Die Hochzeit fand zur Enttäuschung aller nicht in Ebenhagen, sondern auf Capri statt. Die standesamtliche Trauung wurde im großen Konferenzsaal des Verwaltungsgebäudes vollzogen; in einem Meer von weißen Chrysanthemen und roten Gladiolen sagten Michael und Gerda »JA«, ein Wort, das zusammen mit der gesamten Feier auf einem Tonband konserviert wurde. Dr. Corbeck und Dr. Wehrmann waren die Trauzeugen. Die Direktion überreichte eine große, alte venezianische Kristallvase, Dr. Wehrmann – Pohland brach der Schweiß aus, als er es kommen sah und doch nicht verhindern konnte – brachte als Geschenk ein Buch: »Die Mutter und ihr erstes Kind«. Gerda Pohland nahm es mit einem Lachen in Empfang und sagte: »Ich werde es mir genau durchlesen, Doktor.«

Gleich nach der standesamtlichen Trauung flogen sie ab nach Capri.

Auch hier war alles schon organisiert, aber anders als in Ebenhagen. Wohl hatte Julio den Pfarrer bestellt, die kleine Dorfkirche von Anacapri war geschmückt, aber sonst gab es keinen Auflauf, keine große Gratulationscour, keine Reden und Toaste. Fast unbemerkt standen sie vor dem Altar, knieten nieder, reichten sich die Hand und empfingen den Segen von Don Girolamo. Julio fuhr sie sofort zurück in die kleine weiße Villa in den Felsen. Dort hatte er den Tisch gedeckt, draußen auf der Felsenterrasse, umweht vom Seewind und umrauscht von den an den Klippen sich brechenden Wellen.

»Ich bin so glücklich«, sagte Gerda Pohland. Der Wind wehte den weißen Spitzenschleier über die Balustrade und zerzauste die kunstvolle Frisur unter dem Brautkranz aus kleinen, rosa-farbenen Rosenknospen. Aber sie drehte sich nicht weg, sie hob das Gesicht wie damals auf dem weißen Schiff bei der Fahrt über den Luganer See in die Sonne und breitete die Arme weit aus. »Ich könnte die ganze Welt umarmen!«

»Es genügt, wenn du bei mir anfängst.« Michael Pohland griff in die Tasche seines Cuts und holte eine längliche, flache Schatulle hervor. Vorsichtig öffnete er sie und hielt sie Gerda hin. Sie stieß einen kleinen, spitzen Schrei aus und drückte die Hände flach an das Herz.

»Micha!«

Es war das erstemal, daß sie ihn so nannte. Micha ... er fand es wundervoll.

Auf weißem Samt lag eine Halskette. Vergißmeinnichtblüten aus strahlenden blauen Saphiren, umrankt von einem Blätterwerk aus Brillanten, bildeten einen Kranz von kaum schätzbarem Wert.

»Du ... du bist verrückt«, sagte Gerda leise. Die Stimme versagte ihr. Pohland schüttelte den Kopf.

»Daß du mich niemals vergißt, ist für mich unbezahlbar.« Er nahm das Geschmeide aus der Schatulle, trat hinter Gerda und legte ihr den Schmuck um. Beim Schließen des Schlosses in ihrem Nacken spürte er, wie heftig sie innerlich zitterte und sich Mühe gab, es nicht zu zeigen. Er küßte sie in die Nackenbeuge und ließ dann seinen Kopf auf ihrer Schulter liegen. Wie glücklich ich bin, dachte er. Es ist, als begänne ich erst jetzt zu leben.

Bis zum Abend saßen sie draußen auf der Felsenterrasse, sahen Hand in Hand dem glühenden Sonnenuntergang zu, starrten in den brennenden Himmel, bis die Wolken violett wurden und die Nacht über das blutende Meer kroch wie eine schwarze, erstickende Decke. Arm in Arm gingen sie zurück zum Haus. Es war leer. Julio war gegangen. Die erste Nacht war eine eigene Welt, in der es nur Platz für zwei gab.

Als sie die große Wohnhalle betraten, die von einigen im Wind flatternden Kerzen erleuchtet war, fühlte Michael Pohland wieder, wie Gerda innerlich zusammenschauderte. Sie gingen die Treppe hinauf zu den Schlafräumen, wortlos, mit wild klopfenden Herzen. Zwei Schlafräume hatte Julio hergerichtet; sie waren durch eine Zwischentür miteinander verbunden.

Gerda blieb plötzlich stehen, als sie die Türen erreicht hatten. Als würde sie schwindelig und habe Angst, zu fallen, klammerte sie sich an Michael. Über ihr Gesicht zuckte es wild.

»Ich liebe dich, Micha ...«, stammelte sie. »Glaube es mir ... bitte, bitte glaube es mir ... ich liebe dich ...« Ihre Stimme brach; sie preßte die Hand an den Mund, als müsse sie schreien, dann riß sie sich los und rannte in ihr Zimmer. Pohland sah ihr verständnislos und ratlos nach. Er hörte, wie sie den Schlüssel im Schloß drehte. Da ging er in sein Zimmer, entledigte sich seines Cuts, badete und schlüpfte in den Schlafanzug, den Julio malerisch auf dem Bett drapiert hatte.

Immer wieder sah er die Verbindungstür an. Ein paarmal trat er leise heran, legte das Ohr an das Holz und lauschte. Im Nebenzimmer war alles still. Er ging zurück, rauchte nervös eine Zigarette bis zur Hälfte und zerknüllte sie dann zwischen den Fingern.

Gewaltsam unterdrückte er die Erinnerung an seine erste Hochzeitsnacht. Er wollte an nichts mehr erinnert werden, was einmal gewesen war. Mit dem heutigen Tage begann ein neues Leben. Mit schnellen Schritten ging er zur Verbindungstür und wollte sie öffnen.

Sie war verschlossen.

Ein Fehler Julios? Pohland nagte an der Unterlippe. Es war eine dumme Situation, jetzt um Einlaß zu bitten.

»Gerda!« rief er. »Die Tür!« Er schwieg, aber dann verjagte er alle Peinlichkeit, die er empfand. »Bitte, schließ auf, Gerda!«

Im Nebenzimmer war es still. Kein Schritt, kein Rascheln, kein Tappen von Füßen. Nur Stille. Michael Pohland rappelte an der Klinke.

»Gerda!« rief er wieder. »Man hat abgeschlossen. Hörst du mich?« Wieder rüttelte er, heftiger, drängend. Im Nebenzimmer hörte er jetzt einen Laut. Ihre Stimme.

»Bitte, Micha ...« Er hörte das Tapsen von nackten Füßen zur Tür und wartete auf das Knirschen des Schlüssels. Aber die Schritte blieben nur an der Tür stehen. Ganz nahe war Gerdas Stimme, klein, kläglich, durch ein paar Millimeter Holz von ihm getrennt.

»Bitte, Micha ...«, sagte sie wieder. »Mir ist so schlecht ... wie Migräne ... mein Kopf platzt fast ... bitte verzeih.« Und ganz leise, wie in Tränen erstickt: »Ich liebe dich, Micha ... glaub es mir ... glaub es mir!«

Hilflos stand Pohland in seinem Zimmer und starrte auf die verschlossene Tür. Nebenan lag Gerda mit dem Gesicht in den Kissen und weinte haltlos, krallte die Finger in das Bett und zerriß das Laken in unerstickbarer Qual.

Langsam ging Pohland zu einem kleinen Tisch, auf den Julio eine Flasche Sekt und zwei Gläser in Eis bereitgestellt hatte. Er goß sich sein Glas voll, dann zögerte er, goß auch das zweite Glas voll und stieß mit ihm an. Bevor er trank, zögerte er, nahm das zweite Glas auch in die Hand und ging noch einmal zurück zur Tür. Mit der Fußspitze klopfte er an.

»Gerda!« sagte er. »Nur ein Glas Sekt. Vielleicht tut es dir gut ... Komm, mach auf! Wenn du krank bist, sollst du erst recht bei mir sein ... Mach auf, Liebling!«

Er wartete und lauschte. Und es war ihm, als sei jenseits der Tür nichts anderes als ein wildes, unterdrücktes Schluchzen.

Eine ganze Zeit stand er mit den beiden Sektgläsern in den Händen vor der Tür und wartete, unschlüssig, ob er noch einmal rufen oder wieder an der Klinke rütteln sollte. Schließlich ging er zurück zum Tisch, setzte sich und trank beide Gläser leer. Die Kühle des Sektes dämpfte auch seine innere Erregung.

Ein paarmal beugte er den Kopf nach hinten und lauschte. Aber er hörte kein Geräusch. So habe ich mir meine zweite Heirat eigentlich nicht vorgestellt, dachte er sarkastisch. Allein mit einer Flasche Sekt vor einem Einzelbett. Er trat hinaus auf den kleinen Balkon und sah über die Felsenbucht und über das ruhige, tiefschwarze Meer. Morgen gegen Mittag würden sie zurück nach Deutschland fliegen. Nicht nach Ebenhagen, sondern auf das Gut Heidfeld, das Gerda noch nicht kannte. Ein weißes Herrenhaus an einem kleinen, verträumten See, umgeben von Birken, Holunder, Weiden und zerzausten Kiefern. Hier wollten sie drei Wochen unbeschwert glücklich sein, ehe der Alltag sie wieder einspannte. Die Werke, die gesellschaftlichen Pflichten, Einladungen und Gegenpartys, Jagdessen und Reiterfeste. Ein Schwall von Verpflichtungen, die zu Michael Pohland gehörten, zu seiner Stellung innerhalb der Hochfinanz, obgleich er lieber auf seinem Gut gelebt hätte, weit weg von dem lauten Treiben, das als »standesgemäß« galt.

Er legte sich schlafen, nachdem er die ganze Flasche Sekt getrunken hatte. Julio weckte ihn. Die Sonne prallte gegen die heruntergelassenen Jalousien, nebenan rauschte das Badewasser in die Wanne, von der Terrasse klang Radiomusik herauf. Michael Pohland setzte sich im Bett auf und legte die Hände flach gegen die Schläfen. Sein Kopf brummte. Ein Kater, dachte er. Es paßt alles zusammen! Katzenjammer am Morgen nach der Hochzeitsnacht.

Er stand auf, zog die Jalousie hoch und trat hinaus auf den Balkon. Unter ihm war der Frühstückstisch gedeckt. Gerda hatte Blumen geschnitten und ordnete sie in einer großen Kristallvase. Sie sah keineswegs krank aus, sondern strahlend fröhlich und von einer berauschenden Jugend.

Michael Pohland machte sich nicht bemerkbar. Er sah seiner Frau zu, an die Tür gelehnt, wie ein heimlicher Beobachter, der ein Geheimnis aufzuspüren hat. Erst als Julio wieder ins Zimmer kam und sagte, das Bad sei fertig, löste er sich aus seinem Winkel. Gleichzeitig blickte auch Gerda zum Balkon empor. »Guten Morgen, mein Ehemann!« rief sie lustig und winkte. »Mach schnell – ich habe einen Bärenhunger!«

Michael Pohland winkte zurück und trat ins Zimmer. Gerdas Burschikosität verwirrte ihn. In der Nacht noch war sie ein Bündel zitternder Nerven; jetzt schien sie von sprühender Gesundheit zu sein.

Er zwang sich, nicht weiter darüber nachzudenken, badete und wurde unten in der Wohnhalle mit einem Kuß empfangen. Wie ein verliebtes junges Mädchen hakte sich Gerda bei ihm unter und legte den Kopf an seine Schulter.

»Müssen wir wirklich am Mittag fliegen?« fragte sie und küßte seinen Hals. Pohland nickte. »Ja.«

»In das rauhe, kalte Deutschland.«

»Es wird auch wieder deine Heimat werden, Liebling. Und auf Heidfeld ist es herrlich.« Er blieb stehen und hob ihr Gesicht zu sich empor. »Wie geht es dir denn?«

»Besser, Micha, viel besser. Es war die Aufregung gestern abend ... und ... und die Erinnerung ...« Sie senkte den Kopf. »Hast ... hast du nicht auch an früher gedacht?«

»Ich wollte es nicht, Gerda.«

»Aber du hast?«

»Nur einen Gedanken.«

»Ich hatte nicht die Kraft dazu. Ich mußte an alles denken ... Du mußt mir verzeihen, Micha.«

Er drückte sie an sich und lächelte begütigend. »Ich will, daß du glücklich wirst«, sagte er leise. »Wir haben beide vieles zu vergessen, und das können wir nur gemeinsam durch unsere Liebe.«

Am Mittag flogen sie von Neapel ab. Julio brachte sie bis zur Flugplatzbarriere und verbeugte sich tief beim Abschied. »Kommen Sie bald wieder, Signora«, sagte er. »Kommen Sie bald wieder, Signore. Und viel Glück. Viel Glück ...«

Er stand noch immer an der Barriere, als sich der silberne Riesenvogel donnernd in die Luft hob und starrte ihm nach, wie er nach einer Runde über den Flugplatz in Richtung Rom abdrehte.

Julios Gesicht war nachdenklich und durchaus nicht glücklich. Er machte sich Gedanken über das doppelte Schlafzimmer. Es war für einen Italiener unverständlich.

Vor dem Herrenhaus des Gutes Heidfeld stand die gesamte Belegschaft wie zur Musterung aufgereiht, als der Wagen Pohlands von der Provinzialstraße abbog und über die Privatstraße in den Gutshof einfuhr. Gerda Pohland drückte wie ein ungeduldiges Kind das Gesicht an die Scheibe und lachte.

»Singen sie jetzt gleich oder schreien sie dreimal hoch?« rief sie.

»Sie werden eine Ansprache halten.« Pohland sah, wie der Gutsverwalter Gotthelf Petermann noch einmal schnell auf ein Blatt blickte und es dann in seine Tasche knüllte. Neben ihm stand seine Frau Anna, drall, fröhlich, mit rotblondem Haar, in einer großgeblümten Kittelschürze, die sie sich für diesen Empfang bestimmt heute morgen im Dorf gekauft hatte. Zwei Knechte, zwei Hausmädchen und ein Gärtner standen neben den Petermanns, feierlich in ihrer besten Kleidung.

Noch bevor der Wagen ganz hielt, sprang Pohland schon heraus und winkte mit beiden Armen.

»Kinder! Kein großer Bahnhof. Wir sind hundemüde! Macht es kurz.«

»Gott sei Dank.« Gotthelf Petermann reckte den dicken Bauernschädel vor. Er riß die Tür auf, half Gerda aus dem Wagen und schrie:

»Willkommen auf Heidfeld! Wir alle wünschen Glück und Segen!«

Das war eigentlich der Schluß seiner langen vorbereiteten Rede, aber es war genug, wie er selbst sah. Gerda Pohland drückte ihm fest die Hand.

»Ich danke Ihnen, Herr . . .«

»Petermann!«

». . . Petermann.« Sie wandte sich an die anderen und lachte ihnen zu. »Ihr habt mir eine große Freude gemacht.« Sie ging die Reihe entlang, gab jedem die Hand, nahm vom Gärtner einen großen Rosenstrauß entgegen und kam zuletzt zu Anna Petermann. Unter der neuen Kittelschürze wölbte sich ihr Leib. Gerdas Blick glitt schnell darüber hin.

»Sie . . . Sie freuen sich auf das Kind?« fragte sie. Ihre Stimme klang merkwürdig gepreßt. Anna Petermann nickte. Ihre runden blauen Augen glänzten wie Glaskugeln in der Sonne.

»Sehr, gnädige Frau.«

»Das wievielte ist es?«

»Das sechste, gnädige Frau.«

»Und die anderen fünf sind alle gesund?«

»Und wie, gnädige Frau. Wollen Sie sie sehen? Aber bitte erst in einer Stunde; ich muß sie erst waschen. Die sehen immer aus!«

Gerda Pohland sah über den Kopf der kleinen, drallen Frau Petermann hinweg auf das Herrenhaus, den Park und den kleinen See, der zwischen den weißen Stämmen der Birken hindurchschimmerte. Dann hob sie plötzlich die Hand und streichelte Anna Petermann über das zerzauste blonde Haar.

»Sie sind eine glückliche Frau«, sagte sie leise. »Sie wissen gar nicht, wie reich Sie sind.«

Als habe sie zuviel gesagt, wandte sich Gerda Pohland darauf schroff ab und ging die Treppe zum Eingang des Herrenhauses empor. Aus der breiten Flügeltür trat Dr. Corbeck. Ihn hatte man hier nicht erwartet, und er hob auch beide Arme, als Pohland und Gerda auf der Treppe erstaunt stehenblieben.

»Ich fahre sofort wieder!« rief Dr. Corbeck. »Keine Angst. Ich bin gewissermaßen als Geist hier. Bitte, gnädige Frau, tun Sie so, als hätten Sie mich gar nicht gesehen. Nur für zehn Minuten benötige ich den Chef des Hauses. Dann bin ich wieder verflüchtigt wie Gas.«

»Wenn es sein muß, Doktor.« Gerda Pohland lachte hell. Die plötzliche Wolke über ihren Augen war verschwunden. Nur Anna Petermann stand wie in die Erde gepflanzt am Fuß der Treppe und starrte der neuen Herrin nach, etwas ratlos, etwas verlegen, etwas ängstlich. Gotthelf Petermann trat hinter sie.

»Was wollte sie?« flüsterte er. Anna bewegte den Kopf, als verjage sie eine summende Fliege.

»Sie fragte nach den Kindern.«

»Eine tolle Frau, was?«

»Ich ... ich weiß nicht.« Anna Petermann legte die Hände wie schützend über die neue Schürze und den gewölbten Leib. »Plötzlich war sie unheimlich.«

»Oje!« Petermann fuhr sich mit der Hand über das Gesicht. Er schwitzte vor Erregung. Schließlich erlebt man nicht alle Tage den Einzug einer neuen Herrin auf Heidfeld. »Fängt das wieder an? Immer, wenn du 'n Kind kriegst, haste schlechte Laune, siehst Gespenster oder sonst was.«

Anna Petermann sah Gerda Pohland mit einem merkwürdigen Blick nach. »Wer hat das damals vorausgesagt, Gotthelf?« fragte sie leise. »Im sechsten Monat war ich, mit Fritzchen ... Damals kam die andere die Treppe herunter, und ich harkte gerade den Weg und ...«

»Mensch, Anna, hör auf!« Petermann drehte seine Frau um. »Daß ihr Weiber immer hysterisch werdet, wenn ihr Kinder kriegt. Ich muß jetzt ins Haus und ihr alles zeigen.«

Er lief den Pohlands nach und trat vor ihnen in das Haus. Er hielt einen Flügel der Tür auf, wie ein Führer durch ein Museum, der gleich mit den Erklärungen beginnen würde: »Und hier sehen Sie den Saal, in dem Karl der Kahlköpfige auf einem Cembalo musizierte ...«

Gerda Pohland drehte sich noch einmal um, ehe sie das Haus betrat. Das Personal war gegangen. Durch einen Seiteneingang war es bereits im Haus. Nur Anna Petermann stand noch an der Treppe, die Hände über dem gesegneten Leib.

Gerda Pohland atmete tief auf. Es war wie ein Seufzen. Niemand hörte es, weil die Stimme Dr. Corbecks es übertönte.

»Nur eine Unterschrift unter einen Vertrag, Herr Pohland. Wir haben die Stahllieferung nach Indonesien perfekt.«

»Gratuliere, Corbeck!«

Die Flügeltüren schlossen sich lautlos.

Das Leben Gerda Pohlands hatte wirklich begonnen.

Während Michael Pohland und Dr. Corbeck in der Bibliothek das Vertragswerk durchsprachen, standen Gerda Pohland und Gotthelf Petermann in dem großen Schlafzimmer. Eine breite Flügeltür ging zum Park hinaus. Ein Kiesweg führte direkt zum See. Petermann stand schüchtern an der Tür. Es war ihm peinlich, im intimsten Raum seiner Herrschaft zu stehen.

Gerda Pohland ging in dem großen Raum umher, öffnete eine Tür an der Seitenwand, sah in ein rostbraun gekacheltes Bad, trat hinaus auf die Terrasse, sah sich um und kam in das Zimmer zurück.

»Was ist nebenan?« fragte sie.

Petermann zeigte nach links. »Dort ist ein Ankleidezimmer. Rechts das Zimmer ist leer. Es war einmal ...«, er stockte und sah verlegen auf seine Schuhspitzen.

»Was war es?«

»... als Kinderzimmer gedacht.«

»Und das Ankleidezimmer hat eine Verbindung zum Bad?«

»Ja.«

Gerda Pohland ging durch das Bad und betrat ein kleineres Zimmer. Eingebaute Schränke bildeten die Wände. Ein schmales Fenster spendete Licht. In vier Schranktüren waren große Spiegel eingelassen.

»Sehen wir uns das andere Zimmer an«, sagte Gerda Pohland. Sie trat hinaus auf den Flur, ging am Schlafzimmer vorbei und öffnete das Kinderzimmer. Es war, wie Petermann gesagt hatte, völlig leer. Ein schöner, sonnendurchfluteter Raum mit einer zartrosa Tapete. Gerda Pohland nickte.

»Das ist gut. Hier stellen Sie bitte mein Bett auf, Petermann.«

Der Verwalter sah sie ungläubig an. Es war offensichtlich, daß er glaubte, sich verhört zu haben.

»Das Zimmer soll eingerichtet werden, gnädige Frau?« fragte er zurück.

»Ja. Als mein Zimmer.« Gerda Pohland drehte sich, das Zimmer noch einmal musternd, um sich selbst. »Kommen Sie, wir suchen die Möbel aus! Es stehen ja genug in den anderen Zimmern herum. Morgen kommen meine eigenen Sachen; es ist nur für heute.«

Eine Stunde später kam Gotthelf Petermann nach Hause. Er wohnte im Verwalterhaus, das im rechten Winkel zum Herrenhaus stand und mit der gegenüberliegenden langen Scheune einen offenen Hof bildete. Seine Frau hatte ihn schon erwartet. Sie hatte die Stunde gut ausgenutzt. Die Kinder waren gewaschen und saßen im Sonntagszeug brav am Tisch, als käme der Nikolaus. In der Wohnung roch es nach frisch aufgebrühtem Kaffee. Petermann atmete tief und setzte sich auf das Sofa.

»Du hast recht, Anna«, sagte er langsam.

Anna steckte den Kopf aus der Küche. »Wieso?«

»Sie zieht ins Kinderzimmer. Ich habe ihr Bett rübertragen müssen.«

Anna Petermann kam aus der Küche. Über der neuen Kittelschürze trug sie jetzt eine Bindeschürze. »Ich habe ein merkwürdiges Gefühl, Gotthelf. Ich hab's nun mal. Als sie mich so ansah, als sie mir über das Haar streichelte ... ich habe gefroren.«

»Jaja.« Petermann strich sich wieder über das Gesicht. »Aber dann ist sie wieder so nett, so freundlich ...«

»Und was sagt er dazu?«

»Der Chef weiß es noch nicht. Er spricht noch mit Dr. Corbeck.«

Anna Petermann band die Schürze ab. Dabei zitterten ihre Hände und konnten den Knoten kaum aufziehen. »Ich gehe heute abend ins Kino«, sagte sie mit belegter Stimme. »Und du kommst mit ... Das geht uns gar nichts an. Verstehst du ... gar nichts ...«

Am nächsten Morgen kam Dr. Wehrmann hinaus nach Gut Heidfeld. Michael Pohland empfing ihn in der Bibliothek. Sein Gesicht war bleich, übernächtig, kantig. Das Gesicht eines maßlos erregten Mannes, der sich mit letzter Kraft zwingt, in dieser Erregung nicht zu explodieren. Dr. Wehrmann stellte seine Arzttasche auf den Teppich, nahm seine Brille ab, putzte sie umständlich, fuhr sich mit der Hand durch seine Löwenmähne und drückte dann das Kinn an den Kragen.

Er wußte nicht, was geschehen war. Er hatte nur einen Anruf bekommen, nachts um ein Uhr. »Kommen Sie bitte morgen früh heraus, Doktor!« hatte Pohland mit rauher Stimme gesagt. Dann hatte er aufgelegt. Wehrmann hatte eine Zeitlang darüber nachgegrübelt, was auf Heidfeld geschehen sein könnte. Er kam zu keinem Ergebnis und war nun selbst sehr gespannt.

»Nun?« fragte er, als Pohland beharrlich schwieg. »Um ein freudiges Ereignis festzustellen, ist's noch ein bißchen zu früh.«

»Lassen Sie die dämlichen Witze, Doktor«, sagte Pohland hart. Dann ging er mit großen Schritten in der Bibliothek hin und her, blieb nach drei Runden ruckartig vor Dr. Wehrmann stehen und sah ihn aus flackernden Augen an. »Doktor, sehen Sie mich an. Genau bitte! Bin ich ein Scheusal?«

»Äußerlich kaum.« Dr. Wehrmann legte sinnend den Zeigefinger gegen die Lippen. »Charakterlich ist in jedem Menschen ein Scheusal verborgen. Das ist also eine Frage des Anstandes und der Erziehung.«

»Mit Ihnen zu diskutieren, ist wie gegen einen Sturm ansingen. Sagen Sie frei heraus: Was ist an mir? Stinke ich und rieche es selbst nicht? Habe ich Abnormitäten an mir: Himmel noch mal! Ich weiß nicht, was ich tun soll!« Plötzlich schrie er und schlug mit den Fäusten gegen einen Bücherschrank. »Ich liebe sie doch, und sie liebt mich! Immer, immer sagt sie es.«

Dr. Wehrmann setzte sich schnell. Er nahm seine Brille ab und zwinkerte Pohland zu. »Es klappt nicht?« fragte er.

Pohland blieb ruckartig stehen.

»Sie haben eine Ausdrucksweise, Doktor!«

»Wir wollen doch offen miteinander sprechen. Was ist also? Was ist heute morgen um ein Uhr passiert? Haben Sie versagt? Mit vierzig Jahren sollte man noch nicht so abgewirtschaftet sein, daß man Aufbaumittel braucht.«

»Doktor, Sie bringen mich zur Verzweiflung!« Pohland setzte sich dem Arzt gegenüber und zündete sich mit bebenden Händen eine Zigarette an. »Ich habe eine Frau geheiratet. Eine schöne Frau. Ein Ideal von einer Frau.«

»Ich weiß.«

»Ich habe alles Glück, das ein Mensch haben kann ... und ich habe nichts. Gar nichts.« Pohland senkte den Kopf. Er vermied es, Dr. Wehrmann anzusehen. Was er zu sagen hatte, kostete ihn die Überwindung einer natürlichen Schamhaftigkeit, die auch unter den besten Vertrauten herrscht. »Schon auf Capri war es so, und heute war es wieder: Sie verschließt ihr Zimmer vor mir. Sie hat hier ihr Bett ins Nebenzimmer schaffen lassen und sich eingeschlossen.«

»Und was haben Sie getan?« fragte Dr. Wehrmann nach einer Weile Schweigen.

»Ich habe wie vor den Kopf geschlagen vor dieser Tatsache gestanden. Ich habe versucht, von ihr eine Erklärung zu bekommen. Ich habe geklopft. Ich habe mich dazu erniedrigt, sie anzuflehen ... mein Gott!« Pohland legte die Hand über die Augen. »Ich liebe sie. Aber ich liebe doch kein Bild, keine bewegliche Puppe. Ich liebe eine Frau mit warmer Haut, mit ausströmender Zärtlichkeit ... ich ... ich.« Er brach ab und starrte Dr. Wehrmann wie ein kleiner Junge an, der sich in einem Irrgarten verlaufen hat und am Ende seiner Hoffnung ist, jemals wieder herauszufinden.

»Und hat sie eine Erklärung für ihr Verhalten abgegeben?« fragte Dr. Wehrmann.

»Ja. Als ich drohte, die Tür einzuschlagen.«

»Das war grundfalsch, mein Lieber.«

»Können Sie das denn nicht verstehen? Ich heirate eine Frau, die ich anbete, und dann ... dann ...«

»Und was sagte sie?«

»Ein paar Worte ... weinend, flehend ... Bitte, laß mir Zeit. Bitte, bitte, laß mir Zeit!«

Dr. Wehrmann sah auf seine Finger. Dann griff er in den Zigarrenkasten, schnitt die Spitze einer Brasil ab und zündete sie an. Nachdenklich verfolgte er die Rauchringe, die er in die Luft blies. Michael Pohland rutschte unruhig in seinem Sessel hin und her.

»Was ist, Doktor? Was halten Sie davon?«

»Es kann ein Schock sein.«

»Aber woher denn? Woher?«

»Wissen wir es? Es gibt Frauen, die durch irgendein Erlebnis innerlich völlig verkrampfen, die eine unerhörte Angst haben, eine Panik, die alles andere überdeckt. Das ändert nichts an der Liebe, die Gefühle sind genauso tief wie die der anderen Frauen ... aber nur das eine, dieses Letzte, das ist für sie wie ein Todesurteil.«

»Mein Gott. Mein Gott!« Pohland sprang auf und trat an das offene Fenster, als ersticke er und müsse Luft haben. Luft. »Können Sie helfen, Doktor?«

»Ich weiß nicht. Wo ist Ihre Gattin jetzt?«

»Noch auf ihrem Zimmer. Ich habe sie seit gestern nacht nicht mehr gesehen. Sie hat sich eingeschlossen. Sie hat auch kein Frühstück zu sich genommen. Ich habe versucht, über die Terrasse zu ihr zu kommen. Sie hat die Türen zu und die Vorhänge vorgezogen.«

»Ich werde zu ihr gehen.« Dr. Wehrmann nahm seine Arzttasche. Pohland kam vom Fenster zurück ins Zimmer. »Nein. Ich gehe allein. Sie bleiben hier.«

»Ich halte diesen inneren Druck nicht mehr aus, Doktor.«

»Dann saufen Sie sich einen an«, sagte Dr. Wehrmann grob. »Als ob es auf der Welt nichts Schlimmeres gäbe als eine ängstliche Frau. Gut, Sie sind ihr Mann, und zu einer vollkommenen Ehe gehört die Vereinigung – aber, mein Bester, was auch immer ist: Jede Frau hat das Recht auf ihren eigenen Körper, und sie hat das Recht, in ihrer Seele nicht nur Lust zu spüren, sondern auch Angst. Hier ist es die Aufgabe des Mannes, ihr diese Angst zu nehmen. Nicht, indem man vor der verschlossenen Tür jammert und fleht oder wie ein Samson die Zimmer aufsprengt, sondern indem man seine Frau verstehen lernt und sie behutsam zum Glück führt.«

»Danke für diese Strafpredigt, Doktor.« Pohland umklammerte die Sessellehne. »Ich sagte Ihnen ja, daß ich mich von heute an als Trottel betrachte.«

»Wo ist das Zimmer Ihrer Gattin?« fragte Dr. Wehrmann.

»Ich bringe Sie hin, Doktor.«

»Aber dann kehren Sie um.«

»Ja.«

»Und werden Sie nicht ungeduldig.«

»Nein.«

»Gehen wir!«

Am Rundbogen, hinter dem der Flur begann, blieb Pohland stehen. Sein Gesicht war noch bleicher und eisiger geworden. »Dort, die vierte Tür rechts«, sagte er. »Ich bin wieder in der Bibliothek.«

»Danke.« Dr. Wehrmann schüttelte den Kopf. »Ich glaube

nicht, daß ich Sie dort aufsuche. Ich habe das Gefühl, wir sehen uns erst später wieder.«

»Aber ... wieso ...«

Dr. Wehrmann faßte Pohland an den Schultern und drehte ihn herum:

»Gehen Sie. Und – wie gesagt – saufen Sie sich einen an.«

Dr. Wehrmann wartete, bis Pohland gegangen war. Dann betrat er den Schlafzimmerflur, blieb vor der Tür des Kinderzimmers stehen und klopfte leise an. Im Zimmer blieb alles still, als sei es leer.

»Hier ist weder Micha noch ein anderer Mann, der Ihnen Vorwürfe macht«, sagte Dr. Wehrmann laut. »Und es hat vor allem keinen Sinn, sich einzukapseln, denn dadurch wird es nicht besser. Man löst Probleme nicht, indem man sich vor ihnen verbirgt.«

Hinter der Tür hörte er Schritte. Der Schlüssel drehte sich. Dr. Wehrmann ergriff die Klinke und trat ein. Gerda Pohland stand schmal, mit aufgelösten Haaren und einem vom Weinen verquollenen Gesicht neben der Tür. Schnell verschloß sie sie wieder, als habe sie Angst, nach Dr. Wehrmann könne noch jemand das Zimmer betreten. Der Arzt lächelte sanft.

»Ich bin allein.«

»Sie ... Sie haben mit Micha über alles gesprochen, nicht wahr?« Ihre Stimme war tonlos, von unendlicher Trauer. »Es tut mir so leid, Doktor. Wenn Sie wüßten, wie schwer der Kampf war, wie ich mit mir gerungen habe ...«

»Ich glaube es.« Dr. Wehrmann sah sich um. Da das Bett am nächsten stand, setzte er sich darauf. Gerda Pohland lehnte sich an die Wand neben dem Fenster. Sie ist schön, dachte der Arzt. Aber wer sie genauer ansieht, merkt, daß es eine zerbrechliche Schönheit ist.

»Warum haben Sie geheiratet?« fragte er so plötzlich in die Stille hinein, daß Gerda zusammenfuhr wie nach einem Schuß.

»Weil ... weil ich Micha liebe ... Das klingt ausgesprochen dumm, nicht wahr, nach allem, was Sie jetzt wissen ...«

»Nicht dumm. Sagen wir lieber: ungewöhnlich. Im allgemeinen ersehnt sich eine liebende Frau das Zusammensein mit ihrem Mann. Sie aber sind davor dauernd auf der Flucht. Für einen normal denkenden Menschen ist es schwer, da noch Worte für Tatsachen zu halten.«

»Sie wissen nicht die Gründe, Doktor.«

»Ich sitze hier, um sie zu erfahren.«

»Man kann es nicht so einfach erklären.«

»Quatsch! Man kann alles erklären«, sagte Dr. Wehrmann grob. »Sie haben Angst.«

»Ja.«

»Warum?«

Gerda Pohland schlug die Hände vor das Gesicht, wandte den Kopf zur Wand und weinte laut.

Dr. Wehrmann ließ sie weinen. Nichts löst eine Seele mehr als weinen, als sprechen, als herausschreien all dessen, was man empfindet, und man soll diese Flut nicht unterbrechen, nicht mit Worten neue Dämme bauen . . . man soll es sprudeln lassen, bis das Gefäß der Seele leer ist und man ihren Grund erkennen kann.

»Was ist es?« fragte Dr. Wehrmann, als Gerda Pohland sich etwas beruhigt hatte. »Ein medizinisches Problem? Ich sitze hier als Ihr Helfer, nicht als Ihr Gegner. Vertrauen Sie sich mir an. Haben Sie Ihrem Mann etwas verheimlicht? Haben Sie ihn belogen?«

»Nein, Doktor, nein!« Gerda Pohland verkrampfte die Finger ineinander und lief vor dem Fenster verzweifelt hin und her. »Ich muß allein einen Ausweg finden, Doktor.«

»Nicht, indem Sie sich einschließen.« Dr. Wehrmann wiegte den Kopf mit der Löwenmähne hin und her. »Ich sah eben einen Schrecken in Ihren Augen, als ich sagte: Haben Sie Ihren Mann belogen? Ich weiß, daß Sie ihn belogen haben.«

Gerda Pohland fuhr herum. Ihre schönen, blauen Augen waren schreckensstarr. »Sie wissen?«

»Aha.« Dr. Wehrmann lächelte zufrieden. »Überrumpelt

meine Liebe. Es ist also eine Lüge. Mein Kind – ich muß Sie jetzt so nennen, denn Sie benehmen sich wie ein Kind –, gehen Sie hin zu Ihrem Micha, nehmen Sie seine Hände und sagen Sie ihm die Wahrheit.«

»Ich . . . ich kann es nicht.«

»Ganz gleich, was es ist. Ich will es jetzt nicht mehr wissen. Es gibt keine Lüge, die Michael Ihnen nicht verzeihen würde, gerade Ihnen nicht. Er liebt Sie abgöttisch. Sie können ihm alles sagen.«

»Das nicht. Doktor, das nicht.«

Dr. Wehrmann stand von dem Bett auf. Sein Kopf senkte sich, als habe er die Absicht, vorwärtszustürzen.

»Kind. Sie zwingen mich, unhöflich zu werden«, sagte er hart. »Hatten Sie eine Geschlechtskrankheit?«

»Um Gottes willen, nein!«

»War Ihr erster Mann, der Architekt Sanders, in dieser Richtung krank?«

»Nein.«

»Hängt es mit dieser Ehe zusammen?«

Gerda Pohland schwieg. Dr. Wehrmann atmete hörbar auf.

»Haben wir ein Zipfelchen der Wahrheit also in der Hand. Sie tragen eine Last aus der Vergangenheit mit sich herum. Warum haben Sie das Michael nicht gesagt?«

»Er könnte es mir nie verzeihen, Doktor.«

»Sie sind seine Frau.«

»Er hätte mich nie geheiratet.«

»Welch ein Widerspruch, mein Kind.« Dr. Wehrmann wanderte in dem Zimmer herum. »Er hätte Sie nie geheiratet. Aber Sie wollten, daß er Sie heiratet. Nun sind Sie verheiratet und Sie sind doch nicht seine Frau, im biologischen Sinne.« Er blieb stehen. »Sehen Sie wenigstens ein, daß das alles ein heilloser Quatsch ist?«

»Ja. Aber ich liebe ihn doch! Ich wußte es schon bei der ersten Begegnung in Lugano. Darum bin ich auch weggelaufen, es war eine Flucht vor mir selber. Ich wollte mich nicht wieder verlieben und nicht vor der Entscheidung stehen, vor der ich heute stehe. Dann, auf Capri, gab es kein Entweichen mehr. Ich mußte bei ihm bleiben, und ich zitterte vor der ersten Nacht. Ich habe diese ganze Tragödie kommen sehen.«

»Eine Tragödie wird künstlich daraus gemacht. Wollen Sie nicht sagen, was der Grund Ihrer Angst ist?«

Gerda Pohland starrte hinaus in den Park. Auf einer Wiese zwischen Herrenhaus und Verwalterhaus hängte Anna Petermann Wäsche auf. Wenn sie sich reckte, um die Klammern auf die Leine zu stecken, sah man ihre Schenkel. Ein Paar kräftige, gesunde Beine trugen den gesunden Körper, in dem ein Baby wachsen durfte. Um sie herum tobten drei ihrer Jungen. Sie spielten Indianer und heulten. Sie waren auf dem Kriegspfad.

Gerda Pohland ließ die Gardine zurückfallen. Ihr Gesicht war fahl und merkwürdig verzerrt.

»Man kann es nicht sagen, Doktor«, sagte sie stockend. »Man muß es sehen.«

»Sehen?« Dr. Wehrmann hob verblüfft den Kopf.

»Wir müssen dazu eine Reise machen.«

»In die Vergangenheit?«

»Nein, in Gegenwart – und Zukunft.« Sie wandte sich ab, um ihr nacktes Gesicht nicht zu zeigen. »Haben Sie Zeit dazu, Doktor?«

»Für ein solches Problem immer. Wann fahren wir?«

»In einer Stunde?«

Dr. Wehrmann sah sich überrumpelt. Er hatte für den Nachmittag Patienten bestellt, am Abend hatte er einen Vortrag vor der Medizinischen Akademie. Aber er wußte, daß alle weiteren Versuche, Klarheit in die Ehe der Pohlands zu bringen, scheitern würden, wenn er jetzt absagte.

»Gut. In einer Stunde. Ist sie weit, diese Reise?«

»Nach Süddeutschland.«

»Dann wäre es zweckmäßig, wenn ich mir von zu Hause ein frisches Hemd und die Zahnbürste holte. Und wenn es nichts ausmacht, auch meinen Schlafanzug.«

»Wir fahren bei Ihnen vorbei, Doktor.« Gerda Pohland sah auf ihre bebenden Hände. »Was werden Sie Micha sagen?«

»Daß es das Recht der Idioten ist, zu warten.«

»Sie dürfen nicht so mit ihm reden. Er tut mir so leid. Ich hätte vielleicht nie, nie heiraten dürfen.«

Es war wieder ein Aufschrei. Dr. Wehrmann verzichtete auf eine Entgegnung. Jetzt war es gut, sie in einer gewissen Verzweiflung zu lassen. Eine Wand war eingerissen worden, aber noch sah man nicht, was sich hinter den Trümmern verbarg.

»In einer Stunde also«, sagte Dr. Wehrmann. Er verließ das Zimmer, hörte, wie Gerda hinter ihm wieder abschloß, und ging sehr nachdenklich zur großen Zentralhalle zurück. Michael Pohland stürzte auf ihn zu.

»Ich habe auf Sie gewartet, Doktor. Oder glaubten Sie, ich ließe Sie so einfach gehen? Es hat ja wahnsinnig lange gedauert.«

»Wir hatten uns auch wahnsinnig viel zu erzählen.«

»Und was sagte sie?«

»Nichts.«

Pohland sah den Arzt an, als löse sich dieser in Nebel auf. Nervös suchte er in seinen Taschen nach einer Zigarette.

»Ich bitte Sie um eins, Doktor: Lassen Sie jetzt Ihre makabren Witze. Sagen Sie mir: Kann ich zu ihr?«

»Jetzt im Moment?«

»Ja.«

»Nein.«

»Und später?«

»Ist sie nicht mehr da.«

»Nicht mehr da?« Pohland packte Dr. Wehrmann an der Schulter. Sein Griff war so hart, daß der Arzt das Gesicht verzog.

»Verdammt. Ihnen brauche ich keine Kräftigungsmittel mehr zu geben«, stöhnte er.

»Doktor. Auch meine Erziehung hat eine Grenze. Ob ich Michael Pohland bin und Herr eines Konzerns, das ist mir jetzt alles egal. Verstehen Sie? Egal. Und ich werde ... ich weiß nicht, was ich werde, wenn Sie noch einmal sagen, Gerda verließe dieses Haus.«

»Das tut sie, mein Lieber. In einer Stunde.«

Pohland senkte den Kopf. Er griff sich an den Hals, als bekäme er einen Atemkrampf. »Und Sie ... Sie haben nichts erreicht.«

»Doch. Ich hole mir meine Zahnbürste und meinen Schlafanzug.«

»Doktor. Ich vergesse mich. Ich werfe Sie vor die Tür.«

»Sie sind ein unhöflicher Mensch, Pohland.« Dr. Wehrmann zupfte sein Jackett gerade. »Sie müssen doch einsehen, daß ich, wenn ich mit einer so entzückenden Frau wie Ihrer Frau eine größere Reise unternehme, wenigstens Zahnbürste und Schlafanzug mitnehmen muß. Ich weiß schließlich, was sich gehört.«

»Sie wollen mit Gerda verreisen? Doktor!« Pohland wollte wieder zugreifen, aber Dr. Wehrmann entzog sich dem Griff durch einen schnellen Schritt nach hinten. »Sie haben also etwas erreicht. Sie haben Gerdas Seele aufgebrochen ...«

»Nichts habe ich bisher. Wir fahren nach Süddeutschland. Nicht einmal den Ort kenne ich. Noch weniger, was ich dort soll. Und überhaupt nichts kann ich versprechen.«

Michael Pohland wandte sich ab. Im Mädchentrakt des Hauses schellte eine Glocke. Gerda Pohland rief eines der Hausmädchen zur Hilfe. Dr. Wehrmann sah auf seine altmodische Taschenuhr.

»Trinken wir noch einen«, sagte er. »Aber nur einen kleinen. Ich muß ja gleich in den Süden fahren.«

»Halten Sie es für möglich, daß Gerda unheilbar krank ist?« fragte Pohland heiser. »Daß sie es mir verheimlichte? Doktor, sagen Sie mir alles! Ich kann die Wahrheit ertragen. Wenn es das ist ... sie soll ein Leben haben wie im Märchen. Ob ich später daran zerbreche, Doktor ... später ... das bleibt abzuwarten.«

Dr. Wehrmann schüttelte den Kopf. »Ihre Frau ist gesund.

Das ist das einzige, was ich Ihnen mit Gewißheit sagen kann. Glauben Sie es mir?«

Pohland zögerte, dann sagte er fest und sichtlich erleichtert: »Ja, Doktor. Ich bin zutiefst glücklich. Wenn es nicht das ist. Alles andere wird sich entwirren lassen.«

Dr. Wehrmann hütete sich, diesem Optimismus zu widersprechen. Zwar ahnte er nicht im geringsten, was ihn in Süddeutschland erwartete, aber so einfach sind Probleme nicht zu lösen, wenn sie alles umfassen: Vergangenheit, Gegenwart und Zukunft.

Nach der Abfahrt Gerdas und Dr. Wehrmanns hielt es Michael Pohland nicht mehr allein auf Gut Heidfeld aus. Er ließ sich nach Ebenhagen fahren und verwirrte wieder die Direktion, die mit einer dreiwöchigen Flitterwochenzeit gerechnet hatte und anschließender Erholung irgendwo an der Riviera. Er besaß einen hervorragenden Mitarbeiterstab, der zum Teil schon in der dritten Generation den Pohland-Werken diente. Lediglich die großen Geschäfte liefen durch das Büro Michael Pohlands, die Millioneninvestitionen im Ausland und in den Entwicklungsländern. Hier spielte die gesellschaftliche Note eine große Rolle, die Repräsentation eines großen Konzerns. Und es wurde neidlos anerkannt, daß die Person Michael Pohland immer ein Mittelpunkt war, wo es galt, eiskalte Managerherzen aufzuschließen und Vorurteile wegzuräumen.

Aber die Erwartung auf neue Konferenzen und die bei Untergebenen so beliebten Berichterstattungen – Na, Herr Dr. Pfleiger, wie hoch waren die Produktionszahlen der Walzenstraße I in der vorigen Woche? Haben Sie die Tabellen mit? –, diese Gespanntheit, was der Chef, jugendlicher geworden durch eine neue Ehe, an Elan in die Firma tragen würde, wurde enttäuscht.

Michael Pohland schloß sich in seinem riesigen Zimmer ein und ließ durchgeben, daß er nicht zu sprechen sei. Selbst nicht für Dr. Corbeck. Das war ein ungutes Zeichen. In den Abteilungen richtete man sich auf ein Gewitter ein und überprüfte noch einmal die vorbereiteten Berichte.

In der Außenwand des Chefzimmers war ein Tresor eingelassen. Er war absolut diebessicher, denn niemand würde sich in schwindelnder Höhe draußen an ein Hochhaus hängen, um eine Wand aufzubrechen. Vom Zimmer aus schützte eine doppelte Stahltür mit riesigen Bolzen den Inhalt. Es gab nur zwei Schlüssel für diesen Tresor; einen trug Pohland in seiner Tasche, der andere lag in einem Banksafe, das nur nach Pohlands Tod von dem von ihm genannten Erben geöffnet werden durfte.

Nervös schloß Michael Pohland die doppelt gesicherte Panzertür auf. Im Inneren des Tresors lagen einige Akten, Zeichnungen, geheime Formeln, Aktienpakete und andere Dokumente. In einem kleinen Fach aber lag nichts weiter als ein dünner, blauer Schnellhefter, ohne Aufschrift, ohne Kennzahl. Diesen Schnellhefter holte Pohland heraus und trug ihn zu seinem Schreibtisch. Er setzte sich, starrte vor sich auf die blanke Tischplatte und rieb sich mit der Hand über die Augen, ehe er den Deckel der dünnen Akte aufschlug.

Ein amtliches Schreiben lag zuoberst. Eine Ladung zu einem Gerichtstermin. Verhandlung gegen den Industriekaufmann Michael Pohland, wohnhaft Ebenhagen, wegen fahrlässiger Tötung. Das Datum der Ladung war schon zwei Jahre alt.

Pohland blätterte weiter.

Die Anklageschrift der Staatsanwaltschaft.

Der Industriekaufmann Michael Pohland wird beschuldigt, in der Nacht zum 14. Februar gegen 23.15 Uhr durch rücksichtsloses Fahren mit seinem PKW den Tod seiner Ehefrau Lisa verursacht zu haben, indem er auf der teilweise vereisten Bundesstraße ins Schleudern kam und gegen einen Baum prallte.

Die Eingabe des Rechtsvertreters Dr. Corbeck.

Mein Mandant wurde durch ein entgegenkommendes Auto, das mit grellen Scheinwerfern fuhr, geblendet, mußte abbremsen, weil das entgegenkommende Auto in Schlangenlinien fuhr und kam infolge des Glatteises ins Schleudern. Die Geschwindigkeit betrug nicht mehr als 60 km/h, was unter den gegebenen Straßenverhältnissen nicht als überhöht anzusehen ist. Der Tod von Lisa Pohland, die aus dem aufprallenden Wagen geschleudert wurde, ist deshalb ein tragischer, von meinem Mandanten nicht verschuldeter Unfall.

Anklage gegen Aussage. Bremsspurmessungen. Ärztliche Fachgutachten. Polizeiberichte. Urteil. Freispruch wegen Mangels an Beweisen.

»Das ist mehr, als ich zu hoffen wagte«, hatte Dr. Corbeck nach der Verhandlung leise gesagt.

Pohland schloß den dünnen Schnellhefter und legte beide Hände darüber. Meine Frau, meine Gerda hat Geheimnisse vor mir, dachte er. Was es ist, wird mir Dr. Wehrmann berichten. Aber auch ich habe sie belogen. Ich habe ihr erzählt, was hier in den amtlichen Akten steht ... nicht, wie es wirklich war.

Damals, auf einer Gesellschaft bei Baron Wetterkog, wurde getanzt, und Michael Pohland war ein guter Tänzer. Er tanzte mit den jungen Baronessen, mit der schwarzlockigen, glutäugigen Gattin eines Diplomaten, mit der als großherzig bekannten Witwe des Bergassessors Dr. Dribbel. Und Lisa saß am Tisch, beobachtete ihn, schlug alle Tänze aus, trank und speicherte ihre grundlose Eifersucht. Oh, sie war eifersüchtig bis zum Irrsinn ... man wußte es nicht, man sah nur die elegante Gattin des Konzernherrn, die schöne Trägerin neiderregenden Schmucks und der neuesten Modekreationen; man sah die strahlend glückliche Frau an der Seite eines Götterlieblings, verwöhnt, wunschlos, weil alle ihre Wünsche erfüllt wurden, ein Luxusgeschöpf aus Natur und Geschenk. Aber nie sah und hörte man die andere Lisa Pohland. Die Furie, die ihren Mann anschrie, die ihn verdächtigte, bei anderen Frauen zu schlafen, wenn er müde von tagelangen Geschäftsreisen zurückkam; die Keifende, die sich auf dem Bett wälzte und Ausdrücke herausschrie, wie man sie nie von diesen schönen Lippen vermutet hätte; die Rasende, die jede andere Frau gesellschaftlich vernichtete, wenn Michael Pohland besonders galant zu ihr war. Vernichtete mit anonymen Briefen, deren Schreiber man nie entdeckte, weil niemand so etwas der Königin der Gesellschaft zutraute.

Auch an diesem Abend war es wieder so gewesen. Als Pohland von dem Tanz mit der Diplomatengattin an den Tisch zurückkam, stand Lisa auf. »Wir gehen!« sagte sie leise, aber scharf. »Es ist schamlos, wie du mit dieser Person tanzt. Alle sehen mich an, mit einem Bedauern, das mir bis unter der Haut brennt. Entschuldige uns und sage, daß mir nicht wohl ist. Das ist noch nicht einmal gelogen ... wo dir das Lügen doch so leicht fällt.«

»Du bist verrückt, Lisa«, hatte Pohland geantwortet und dabei lächeln müssen, weil man zu ihnen hinsah. »Deine Eifersucht ist unerträglich.«

»Wir gehen!« zischte sie. »Oder willst du einen Skandal? Ich falle hier im Saal um, und du mußt mich hinaustragen. Also?«

Sie gingen. Baron Wetterkog brachte sie bis zum Wagen und beteuerte immer wieder sein Mitgefühl mit dem Unwohlsein der gnädigen Frau. Mit einem leidenden Gesicht stieg Lisa in den Wagen, winkte dem Baron schwach zu – aber als sie außer Sichtweite waren, verwandelte sie sich wieder und lehnte sich wütend in die Polster zurück.

»Glaubst du etwa, du seist der einzige Mann bei dieser Ziege?« sagte sie. »Es ist doch bekannt, daß sie im Diplomatischen Korps drei Liebhaber hat. Du wärst der vierte ... vielleicht das Schlußlicht, wenn die anderen nicht mehr können.«

»Halt die Schnauze!« sagte Pohland eisig. Lisa zuckte herum.

»Oh! Der höfliche, galante Mann, wo ist er? Ist er nur bei Flittchen ein Playboy?«

»Es ist der einzige Ton, der bei dir noch möglich ist. Dein Benehmen ist ein Skandal.«

»Ein Skandal wird es sein, wenn es herauskommt, daß Michael Pohland mit drei anderen Männern unter der Bettdecke dieses Weibsbildes steckt und ›eins-zwei-drei, wer hat den Ball‹ spielt!«

Sie sah aus dem Wagenfenster und hielt plötzlich Pohlands Arm fest.

»Wohin fährst du eigentlich? Das ist doch nicht die Straße nach Heidfeld!«

»Nein. In die Stadt. Ich fahre zu Dr. Wehrmann.«

»Was sollen wir denn da?«

»Du hast gesagt, du seist krank. Kranke brauchen einen Arzt.«

»Ach, blamieren willst du mich? Bloßstellen? Du – mich?« Sie schrie und hieb auf seine Hände, die das Lenkrad umklammert hielten. »Du, der du jeder Hure nachrennst, du hast es nötig, mich ... mich ...« Ihre Stimme überschlug sich. Dann setzte sie sich quer und schlug Pohland ins Gesicht. Dreimal, mit der flachen Hand.

Michael Pohland nahm die Hände nicht vom Steuer. Sein Blick glitt auf den Tachometer. 130 km/h. Die Straße vor ihm war gerade wie mit dem Lineal durch die Landschaft gezogen.

»Wehr dich doch, du Feigling! Wehr dich! Aber nur bei diesen geilen Weibern bist du der starke Mann!« schrie Lisa.

In diesem Augenblick bremste Pohland. Nicht, weil ihm ein Wagen entgegenkam, der ihn blendete, sondern in dem Bestreben, anzuhalten und zum erstenmal das zu tun, was er als das Niedrigste im Leben eines Mannes ansah: Seine Frau wiederzuschlagen. Er konnte nicht anders, er spürte, daß nur dies, diese Tat, ihn erleichtern konnte, ihn befreite von einem wahnsinnigen Druck.

Dann – schneller, als er es erfassen konnte – schleuderte der schwere Wagen, drehte sich dreimal um sich selbst und krachte gegen einen der Straßenbäume. Lisa Pohland wurde beim Aufprall aus der aufspringenden Tür geschleudert. Sie fiel auf die Straße, mit dem Kopf zuerst, und brach sich das Genick.

Ja, so war das gewesen. Damals . . . Michael Pohland sah auf, nahm den Schnellhefter und schloß ihn wieder in den Tresor.

So war es. So und nicht anders. Ich habe Lisa getötet in dem Augenblick, als ich bereit war, sie zum erstenmal zu schlagen. Wen kümmert es, daß ich in diesem Augenblick im Inneren selbst tot war? Welches Gericht erkennt das an?

Dr. Corbeck erfand den Wagen mit den blendenden Scheinwerfern, er erreichte einen Freispruch. Die Wahrheit lag hinter doppelten Panzertüren . . . die letzten drei Seiten des dünnen Schnellhefters enthielten Michael Pohlands Geständnis. Man würde es erst lesen, wenn er begraben war. Aber ob man ihn verstehen würde . . .?

Er trat an das große Fenster und blickte über seine Fabriken. Ich habe Gerda auch belogen, dachte er. Ich habe dieses neue Glück mit einem Betrug begonnen. Ist das Schicksal so prompt, daß es mir meine Lüge jetzt heimzahlt? Ich wollte alles vergessen in dieser neuen Liebe.

Aber es gibt kein Vergessen. Es gibt nur einen Tag, an dem man bezahlen muß.

Spät am Abend – nach drei Rasten auf der Autobahn – kamen sie in dem kleinen Ort Oberholzen an. Der Gasthof, gleichzeitig Metzgerei, hatte zwei Zimmer frei. So oft kamen Fremde nicht nach Oberholzen, daß man ausverkauft war.

»Ah, die Frau Sanders«, sagte der Wirt. »Mal wieder da? Ihr altes Zimmer, wie immer?«

»Bitte.«

Dr. Wehrmann sah sich um. Eine saubere Gaststube hatte dieser Gasthof »Zur Sonne«. Und einen guten Wein, das ahnte er. Was ihn verblüffte, war die Vertrautheit des Wirtes. Gerda Pohland war hier also bekannt, sie hatte ihr festes Zimmer in der »Sonne«. Er fühlte, wie ihn Spannung überkam. Ich bin ein Mitverschworener, dachte er. Ich werde ein Geheimnis kennenlernen, das mich jetzt selbst reizt.

Gerda Pohland gab Dr. Wehrmann den Schlüssel von Zimmer 4. »Wir treffen uns zum Essen wieder, Doktor. Für das ... das andere ist es jetzt zu spät. Da müssen wir bis morgen warten.«

In der Nacht schlief Dr. Wehrmann schlecht. Er stand lange an dem kleinen Kammerfenster und starrte hinaus in die Dunkelheit. Ein kleiner Ort, eine Kirche mit Zwiebelturm, um sie herum die Häuser mit den geschnitzten Vordächern, den Sinnsprüchen in den Balken, den bunten Wandmalereien. Dahinter die Berge, erst sanft ansteigend, dann abrupt – schwarze Riesen, die den Himmel abschlossen.

Dr. Wehrmann legte sich wieder ins Bett. Man ist so alt geworden, dachte er, aber immer wieder kommt etwas, das einem das Leben völlig anders erscheinen läßt.

Am nächsten Morgen – nach dem Frühstück, in guter Bauernart mit Eiern, Schinken, Wurst und großen, runden Brotschnitten – setzte sich Gerda ans Steuer des Wagens.

»Ich habe angerufen«, sagte sie. »Man erwartet uns.«

»So?« Dr. Wehrmann sah sie von der Seite an. Er konnte sich nicht denken, wer man sein könnte. »Fahren wir also.«

»Zuvor noch eins, Doktor.« Das Gesicht Gerdas war wie voll heiligen Ernstes. »Ihre Hand.«

»Wozu?«

»Versprechen Sie mir Stillschweigen. Absolutes Stillschweigen.«

»Auch Michael gegenüber?«

»Auch ihm gegenüber. Ich will es ihm selbst sagen – wenn ich irgendwann den Mut dazu habe. Aber Sie sollen mich verstehen, Doktor, und ich weiß, daß Sie mir helfen werden.«

»Ich verspreche es Ihnen, Gerda«, sagte Dr. Wehrmann fast feierlich.

Sie fuhren aus Oberholzen hinaus, eine Bergstraße entlang. Sie stieg leicht an, machte einige Serpentinen und erschloß ein Tal, das man von Oberholzen aus nicht sehen konnte. Ein Bergkamm lag davor.

Nach einigen scharfen Kurven weitete sich das Tal. Dr. Wehrmann beugte sich vor und starrte durch die Scheibe.

Ein langgestrecktes hellgraues Haus lag am Hang.

Gerda Pohlmann hielt den Wagen an, als das Haus in ihr Blickfeld kam. Es war, als scheue sie sich, weiterzufahren, als könnten die weiteren Meter bis zu der offenen Toreinfahrt eine Fahrt in etwas Unabwendbares bedeuten. Dr. Wehrmann lehnte sich zurück.

»Ihr Haus, gnädige Frau?« fragte er vorsichtig.

»Nein.« Die Stimme Gerdas klang gepreßt. »Hier wohnt Dr. Dornburg.«

Der Arzt schwieg. Dr. Dornburg, dachte er. Das ist nur ein Name. Er kann Jurist sein, Arzt, Chemiker, Philosoph, Volkswirt, Physiker. Er wartete auf weitere Erklärungen, aber Gerda Pohland schwieg und starrte auf das große Haus.

Dr. Wehrmann räusperte sich. »So, so«, sagte er und beugte sich wieder vor. »Dr. Dornburg. Nie gehört.«

»Sie denken jetzt, Doktor, Sie stehen vor der Vergangenheit der Gerda Pohland, verwitwete Sanders, geborene Ludwig, oder gar vor deren Gegenwart ... ein verborgener Liebhaber, ein verschwiegener ständiger Fehltritt ... die Phantasie des Menschen ist ja so weitschweifig und produktiv, wenn es darum geht, Unverständlichkeiten zu erklären.« Sie lächelte schwach und legte Dr. Wehrmann die schmale Hand auf den Arm. Ihre Finger zitterten, er fühlte es durch den Stoff der Jacke. »Es ist nichts von alledem, Doktor. Es ist Vergangenheit, gewiß, und Gegenwart, auch das stimmt – und doch ist es ...« Sie schwieg wieder abrupt, als fände sie keine Worte der Erklärung für das, was sie erwartete.

»Fahren wir also«, sagte Dr. Wehrmann und legte seine Hand beruhigend auf Gerdas bebende Finger. »Keine Angst, Gerda!«

»Sie werden es niemandem erzählen, Doktor?«

»Ich habe Ihnen mein Ehrenwort gegeben.«

»Auch wenn Sie es nachher vielleicht für nötig halten, Micha doch zu informieren?«

»Auch dann.« Dr. Wehrmann sah sie erstaunt an. Plötzlich ahnte er etwas, und das, woran er dachte, war eigentlich so simpel, daß man den Kopf schütteln konnte über soviel nutzlose Aufregung. Andererseits kannte er die Gesellschaft zu gut, diese Borniertheit der Geldaristokratie, die zur Schau gestellte Überlegenheit in Platin und Brillanten eingefaßter Dummheit, diesen Ästhetizismus gewollter Überzüchtung – dies alles kannte er nur zu gut, um zu wissen, daß das banale Geheimnis der Gerda Pohland wirklich so etwas wie den gesellschaftlichen Tod Michael Pohlands bedeuten konnte, wenn es bekannt wurde.

»Es ist zum Kotzen!« sagte Dr. Wehrmann laut. Dann lächelte er verzeihend zu Gerda. »Das mußte heraus, Gerda. Das befreit. Ich bin da in eine Menschheit gesetzt worden, die es wert wäre, daß man ihr einige Hirnwindungen stillegt. Also los, fahren wir hinauf!«

Langsam rollten sie durch die breite Einfahrt, fuhren einen gepflasterten Weg zwischen hohen Büschen entlang und kamen vor das Portal des grauen Hauses. Auf der Treppe zum Eingang stand eine Frau in Schwesterntracht und erwartete sie bereits.

Dr. Wehrmann lehnte sich befriedigt zurück. Seine letzten Gedanken waren also richtig. Gerda betrachtete ihn von der Seite und erkannte, daß der Arzt das Geheimnis enthüllt hatte.

»Der Herr Doktor erwartet Sie bereits, Frau Sanders«, sagte die Schwester. Sie nickte Dr. Wehrmann zu und ging dann voraus in die Eingangshalle. Wehrmann hielt Gerda Pohland zurück.

»Man weiß hier noch nicht, daß Sie wieder verheiratet sind?«

»Nein. Ich hatte keine Zeit, es mitzuteilen. Ist das so wichtig?«

»Vielleicht. Erst mit dieser Heirat kamen doch die Probleme.«

»O nein, schon vorher, Doktor. Seit ... seit damals ist es immer akut geblieben. Ich habe diese Angst immer in mir gehabt, und jetzt ist sie unüberwindbar.«

»Das überlassen Sie mal mir.« Dr. Wehrmann hob den Kopf. Ein großer, schlanker Mann im weißen Arztkittel kam ihnen entgegen. Er war eine imponierende Erscheinung, ein grauhaariger Gelehrtenkopf mit blauen, glänzenden Augen hinter den Gläsern einer goldgefaßten Brille. Er beugte sich über Gerdas Hand, deutete einen Handkuß an und reichte dann Wehrmann die Hand.

»Ich begrüße Sie, Herr Kollege. Darf ich vorgehen? Ich habe uns in meinem Arbeitszimmer eine kleine Erfrischung zurechtstellen lassen. Frau Sanders hat Sie über alles informiert?«

»Nein, Herr Kollege.«

»Nein?« Dr. Dornburg sah Gerda kurz und fragend an. Gerda starrte auf den gefliesten Boden.

»Ich dachte, Sie übernehmen das, Doktor.«

»Wie Sie wünschen, Frau Sanders.«

»Ich heiße jetzt Pohland, Doktor.« Gerda hob den Blick. »Ich bin seit einigen Tagen verheiratet.«

»Aha.« Dr. Dornburg wandte sich an Dr. Wehrmann. Im Blick der beiden Männer lag das stumme Verständnis. »Und Sie, lieber Kollege, sind der Hausarzt, nicht wahr?«

»Ich bin alles: Arzt, Seelenmasseur, Beichtvater, der Schwarze Mann, Ehekitter, Geheimnisträger – kurzum das, was man einen Arzt der High-Society nennt.«

»Ein undankbares Geschäft, Kollege.«

»Ein miserabler Job, zugegeben. Aber interessant. Man hat alle Variationen menschlicher Schwächen und Unzulänglichkeiten in einer Hand. Und wenn man's versteht, kann man darauf spielen wie auf einer Riesenorgel – –«

Dr. Dornburg lachte schallend. »So, wie ich Sie nach dem ersten Eindruck beurteile, Kollege, sind Sie ein vorzüglicher und erbarmungsloser Orgelspieler – –« Er reichte Gerda Pohland seinen Arm und ging weiter. »Aber nun einen schönen kalten Whisky. Sie werden sehen, wie anders die Welt aussieht nach einigen Schlucken.«

Sie gingen durch einen langen, weißen Flur mit einem hellblauen Linoleumboden. Die Sauberkeit war vorbildlich, fast steril. Dr. Wehrmann ließ die Blicke wandern. Zimmer mit Nummern, ein Röntgenraum, Sekretariat, Privatzimmer ohne Nummern . . . der Eindruck einer guten Privatklinik. Und doch war es anders; der Mediziner Wehrmann spürte es sofort. Das war keine Krankenhausatmosphäre. Es war so still, so leblos, so leer. Keine Besucher, keine hastenden Schwestern, keine Stimmen, keine Radiomusik, kein Geräusch. Plötzlich drängte sich Dr. Wehrmann ein Vergleich auf, der ihn schaudern machte und zwang, Dr. Dornburg von der Seite anzustarren.

Das hier ist wie ein Leichenhaus, dachte Wehrmann. Wie eine luxuriöse Gebeinstätte. Das ist ein Sanatorium, in dem man Tote pflegt.

»Was ist, bester Kollege?« Dr. Dornburg hielt die Tür zu einem Zimmer auf. Gerda war schon eingetreten. »Sie sind so stumm geworden?«

»Ich mache mir Gedanken, Herr Dornburg.«

»Ich auch, glauben Sie mir. Darf ich sagen, daß ich Sie nicht beneide?«

»Danke.« Dr. Wehrmann straffte sich. Sein alter Kämpfergeist bekam wieder die Oberhand. »Aber, verdammt noch mal, es wäre ja lächerlich, wenn wir davor in die Knie gingen, was?«

»Trinken wir erst einen Whisky.« Dr. Dornburg schloß die Tür. Der lange Flur lag wieder verlassen, die Sonne schien durch die Fenster auf das hellblaue Linoleum, die Kahlheit der weißen Wände belegte sich mit Sonnenkringeln, und plötzlich war auch ein Laut da, irgendwoher, aus einem der Zimmer, leise, schüchtern fast. Einc Stimme, die in leiernder Monotonie immer das gleiche sagte:

»Tack-tack-tack-tack-tack . . .«

Das Mittagessen ließen sie zurückgehen; es schmeckte ihnen nicht, so gut es auch gekocht war. Aber sie bekamen keinen Bissen hinunter, ihre Kehlen waren wie zugeschnürt, und sie hatten den Drang, die zwei oder drei Gabeln Fleisch, die sie genommen hatten, wieder auszuspucken.

Dr. Wehrmann schob den Teller von sich weg. Gerda Pohland hatte die Hände im Schoß gefaltet und starrte mit zusammengekniffenen Lippen auf den Tisch. Sie waren allein in der Gaststube der »Sonne«. Auch den Wein, den der Wirt aus einem Fäßle der hintersten Kellerecke für den Herrn Doktor geholt hatte, ließ Wehrmann unberührt.

»Nun ... nun wissen Sie es, Doktor«, sagte Gerda nach langem Schweigen. »Was soll ich tun?«

Dr. Wehrmann strich sich über seine graue Löwenmähne. Die gleiche Frage hatte er mit Dr. Dornburg erörtert, als sie eine halbe Stunde allein gewesen waren. Und Dornburg hatte gesagt: »Seien Sie rücksichtslos. Man kann diese Psychose nicht anders heilen als mit dem Beweis, daß sie sinnlos ist. Reden hilft hier nichts mehr ... das Überzeugen liegt in der Tat. Aber ich sehe es an Ihrem Blick, Kollege, daß Sie da anders denken.«

Dr. Wehrmann dachte wirklich anders. Er kannte Gerda nicht so lange wie Dr. Dornburg, aber er glaubte, sie trotzdem besser zu kennen. Schock mit Gegenschock heilen, das ist zwar eine alte Therapie der Psychiatrie bei bestimmten Psychosen, vor allem hysterischer Art, aber er empfand ein Gefühl der Angst vor dieser Methode, die Angst, damit für alle Zeiten alles zu verderben.

»Was tun?« Dr. Wehrmann griff zum Glas und nippte nur an dem köstlichen Wein. Er fand ihn sauer; alles schmeckte in diesen Stunden sauer oder nach Galle.

»Sie wollen es Micha sagen, nicht wahr?« Gerdas Stimme schwankte.

Dr. Wehrmann schüttelte den Kopf. »Nein, Sie haben mein Wort, Gerda. Obgleich ich es für vernünftiger halte, wenn wir Micha ...«

»Ich weiß, ich weiß. Die Logik. Aber hier gibt es keine Logik, nur Angst.«

»Unbegründete Angst.«

»Das sagen Sie.«

»Das sage ich als Arzt.«

»Aber ich glaube es nicht.« Gerda Pohland legte beide Hände über die rotgeweinten Augen. »Wenn ich daran denke, daß Micha vor mir steht und sagt: »Warum hast du nicht verhindert, daß ... Nein! Nein!« Sie schüttelte in verzweifelter Wildheit den Kopf. »Ich liebe ihn, Doktor, und ich habe ihn geheiratet, obwohl ... Das ist so schrecklich ...«

Dr. Wehrmann beugte sich vor und hielt ihre Hände fest. »Wir werden einen Weg finden, Gerda. Wenn Sie Vertrauen zu mir haben ...«

»Operieren lasse ich mich nicht.«

»Das ist nicht nötig.«

»Alles andere ist Illusion.«

»Die moderne Medizin hat Illusionen realisiert. Auch das kommt vor. Krebs, Multiple Sklerose, Leukämie ... darum kämpfen wir noch; vor ihnen stehen wir noch mit fast leeren Händen, mit dem Skalpell und verschiedenen Bestrahlungen und erleben immer wieder, täglich, stündlich unsere Niederlage. Aber in einigen anderen Fällen wurden Träume Wirklichkeit.«

Gerda Pohland stand abrupt auf. »Sie wollen mich nur trösten – oder Sie machen sich lustig über mich!« Ihre Stimme brach wieder. Aber in ihre Augen trat ein feuriger Glanz. Wehrmann sah es mit Erschrecken. Es war die Entschlossenheit, die einen Menschen überkommen kann und gegen die nichts mehr half, auch wenn man die Katastrophe kommen sah. »Sie haben nun alles gesehen, Doktor. Ihre Worte zeigen mir, daß auch Sie sich in Sarkasmus flüchten, weil Sie keine andere Waffe haben. Ich wollte Micha glücklich machen ... wie, das habe ich mir nie überlegt, weil das, was man Eheglück nennt, zwischen uns nicht sein kann. Gehen Sie bitte eine Stunde im Ort spazieren. Wenn Sie zurückkommen, wird niemand wissen, wohin ich gefahren bin.«

»Halten Sie mich für einen verkalkten Trottel?« Dr. Wehrmann sprang ebenfalls auf. Er war ehrlich wütend und unterdrückte es auch nicht. »Wir fahren nachher zurück nach Ebenhagen. Sie glauben, Sie leben in einem ewigen Dunkel; dabei brauchen Sie nur eine Tür aufzustoßen, und Sie stehen in der goldensten Sonne. Aber das müssen Sie allein tun, da kann Ihnen keiner helfen. Ich kann nur versuchen, Ihnen dieses Dunkel erträglich zu machen. Packen Sie Ihren Koffer! Und dann los nach Hause! Ich bin überzeugt, wenn Michael wüßte ...«

»Sie haben mir Ihr Ehrenwort gegeben, Doktor!«

»Himmel noch mal! Ich halte es auch! Wenn man Sie nicht medizinisch überzeugen kann, muß es das Leben selbst tun. Das nackte Leben, die Entscheidung Entweder-Oder – und sie kommt, meine Gnädigste. Sie kommt einmal in jedem Leben.«

Dr. Wehrmann stampfte an Gerda Pohland vorbei die Treppe hinauf in sein Zimmer. Sie starrte ihm nach, bleich, aufgelöst, am ganzen Körper bebend. Sie verstand ihn nicht, und er verstand sie nicht.

Eine Stunde später verließen sie Oberholzen wieder. Sie blickten nicht zurück in den kleinen Ort und das Seitental mit dem großen, grauen Haus.

Dr. Wehrmann fuhr den Wagen. Auf dem Hintersitz saß Gerda Pohland und weinte still. Kein Wort fiel zwischen ihnen, und um die Stille zu überbrücken, stellte Wehrmann das Radio an. Erst in Ebenhagen, spät am Abend, sagte er wieder etwas. Er hielt vor seinem Haus und wandte sich zu Gerda um.

»Wir gehen erst zu mir. Wenn ich Ihrem Mann alles erzählen dürfte, wäre es leichter. So machen Sie mich zu einem Mitverschwörer. Kommen Sie!«

Während Gerda auf Gut Heidfeld zurückkehrte, fuhr Michael Pohland nach Ebenhagen. Dr. Wehrmann hatte ihn angerufen. Auf der Chaussee begegneten sich die beiden Wagen und bremsten nebeneinander. Pohland sprang heraus, und auch Gerda stieg aus. Sie hob den Kopf zu ihm, und er küßte sie auf die zitternden, kalten Lippen, zögernd, schnell, fast ängstlich, daß schon diese Liebkosung zuviel sein könnte.

»Du hast eine gute Fahrt gehabt?« fragte er, nur um etwas zu sagen.

»Ja. Danke. Dr. Wehrmann ist zurückgefahren. Und du?«

»Mir geht es gut.«

»Das ist schön, Micha.«

Sie standen auf der nachtdunklen Straße, im Widerschein ihrer Autoscheinwerfer, und sahen sich an.

»Ist ... ist das nicht alles Wahnsinn, Gerda?« sagte Pohland gepreßt. »Ich liebe dich ... und du ... du ...«

Sie legte ihm die Finger auf die Lippen. Ihr Lächeln war voll Glück und doch unendlich traurig.

»Du mußt Geduld haben und mich immer lieben, Micha.«

»Das hast du schon am ersten Abend gesagt.«

»Ich kann es nur immer wieder sagen.«

Pohland zog sie an sich. Er umschlang sie mit den Armen, als müsse er sie schützen und vor etwas Ungeheurem festhalten.

»Warum schließt du ab, Gerda«, sagte er, heiser vor innerer Erregung.

»Micha ... bitte!«

»Erklär' es doch! Mein Gott, ich mache mir Vorwürfe, ich tappe herum wie ein Blinder, ich frage mein Spiegelbild, die Wände, die Wolken, tote, stumme Dinge, als könnten sie antworten, ich bin wie ein Irrer. Hab doch Vertrauen zu mir!«

Sie lehnte den Kopf an seine Brust und weinte wieder, wie ein kleines Kind, das mit seinem Kummer bis jetzt ganz allein war.

»Komm mit nach Ebenhagen«, sagte Pohland voll Zärtlichkeit. Sie schüttelte den Kopf und strich mit den Fingerspitzen die Tränen aus den Augen.

»Dr. Wehrmann wird dir alles erklären.«

»Aber du sollst es mir sagen, Liebste. Wo ... wo wart ihr?«

Sie hatte sich wieder gefaßt und löste sich aus seiner Umarmung. Leicht streichelte sie über sein Gesicht, eine stumme Bitte um Verstehen und Verzeihung.

»Komm heute noch zurück!« sagte sie leise. Dann riß sie sich los und lief zu ihrem Wagen. Pohland versuchte sie zu fassen, aber er griff ins Leere.

»Gerda!« rief er. »Gerda! Warte doch!«

Aber sie hatte bereits gestartet und fuhr mit quietschenden und durchdrehenden Reifen an.

Er sah dem davonrasenden Wagen nach, bis die roten Rücklichter in der Ferne von der Dunkelheit verschluckt wurden. Dann stieg auch er ein, aber bevor er anfuhr, rauchte er erst eine Zigarette mit langen, durstigen Zügen, als wolle er sich berauschen.

In der Wohnung von Dr. Wehrmann erwartete ihn ein kampfbereiter alter Löwe. Ohne Einleitung zeigte Wehrmann auf einen Ledersessel.

»Setzen!«

Pohland blieb stehen. »Was ist?« fragte er steif.

»Setzen sollen Sie sich.«

»Ich bin keiner Ihrer Patienten, denen Sie befehlen können.«

»Kreuzdonnerwetter!« Dr. Wehrmann hieb mit der Faust auf einen Teewagen, der daraufhin davonrollte und gegen den Bücherschrank prallte. »Bis heute habe ich immer mit Ihnen durchexerziert, was Ihnen nützlich ist.«

»Aber einmal ist auch ein Rekrut der Schleiferei entwachsen. Ich verlange von Ihnen als meinem Arzt . . .«

»Einen Mist können Sie verlangen! So, verstehen wir uns jetzt? Und jetzt hören Sie zu, wenn Sie wollen – oder gehen Sie, wenn es Ihnen lieber danach zumute ist. Na, wie halten wir's? Gehen wir?«

Pohland setzte sich in den Ledersessel. Es war sinnlos, gegen Dr. Wehrmann anzugehen. »Also?« sagte er bloß.

»Zunächst: Ihre Frau ist gesund.«

»Das haben Sie mir schon gesagt.«

»Sie ist seelisch krank.«

»Das deuteten Sie an. Aber wieso? Und wodurch? Und wo waren Sie mit Gerda?«

»Wir haben eine kleine Landpartie gemacht. Frische, würzige Luft. Sie wissen gar nicht, wie gut das tut. Es ist übrigens eine Schande, daß die gute alte Landpartie von früher der Zivilisation zum Opfer gefallen ist. Früher ging man in den Wald, atmete kräftig durch und reinigte die Lungen und den Kreislauf. Heute sitzt man in einer knatternden, stinkenden Blechkiste und . . .«

»Doktor! Ich habe auch nur Nerven!« Pohland trommelte mit den Fingern auf die Sessellehne. Dr. Wehrmann ging zu seinem Tisch, holte zwei Tabletten und legte sie Pohland auf die Lehne.

»Sie sind gut gegen übermäßige Erregung; sie dämpfen das Zentralnervensystem.«

Pohland fegte die Tabletten auf den Teppich. »Ich habe Gerda eben getroffen. Sie war wie verstört, sie weinte und flüchtete vor mir. Doktor, wenn Sie nicht wollen, daß ich völlig durchdrehe . . .«

»Wer will denn das, mein Lieber?« Dr. Wehrmann trank einen tiefen Schluck Kognak. »Und nun passen Sie mal auf, Sie liebender Mann: Ihre Frau bedarf für einige Zeit der Schonung. Dann aber können Sie sich in die Brust werfen und Ihr verriegeltes Eheleben nachholen.«

»Ihre Frivolität, Doktor, ist unerträglich.« Pohland erhob sich. »Ihre Ironie aber ist gemein. Adieu!«

»Adieu!« Dr. Wehrmann goß sich das Glas erneut voll. »Denken Sie daran: Nichts überstürzen! Sonst machen Sie alles kaputt!«

Pohland blieb an der Tür stehen. Der Ton Wehrmanns hielt ihn fest. Das war keine Ironie mehr, das war ernst gemeint, gekleidet in typische Wehrmann-Reden.

»Erklären Sie mir das«, sagte Pohland und kam ins Zimmer zurück. »Sie behandeln meine Frau? Sie hat also doch ein Leiden?«

»Nicht direkt ein Leiden. Es ist nur – die Angst.«

»Angst? Gerda hat vor mir Angst?«

»Ja und nein. Ich kann es Ihnen nicht erklären, ohne ein Tabu zu verletzen. Aber seien Sie gewiß ... bald gibt es keine verschlossenen Türen mehr, und die Bettchen werden brav, wie es sich gehört, zusammengerückt.«

Wortlos ergriff Pohland die Klinke und riß die Tür auf.

Auf der Straße zögerte er. Er wußte sich nicht zu entscheiden, wohin er fahren sollte. Nach Heidfeld? In Ebenhagen bleiben? Es kam auf das gleiche hinaus: Ein einsames Zimmer, ein Bett, in dem man stundenlang wachlag und an die Decke starrte und sich fragte: Wo liegt hier ein Sinn? Was ist denn überhaupt los?

Nachdem er dreimal um einen kleinen Park gefahren war, bog er doch zur Chaussee nach Heidfeld ab. Es war nicht seine Art, Dingen aus dem Weg zu gehen. Er hatte es nie getan, und immer hatte ihm der Erfolg recht gegeben. Auch dieses Mal würde es so sein; es gab doch nichts auf der Welt, das man nicht in einem Gespräch klären konnte.

Nachts um 2 Uhr traf er in Heidfeld ein. Im Salon war noch Licht. Gerda wartete auf ihn.

Drei Tage gingen vorüber, als seien sie normale Tage einer glücklichen Ehe. Gerda und Micha ritten aus, jagten über die Heide und übersprangen Bäche und Zäune, und wenn den Eingeweihten nicht die getrennten Zimmer bekannt gewesen wären, hätte man neidvoll auf dieses Glück blicken können. Einige taten es, vor allem die Verwandtschaft Pohlands, die sich in der Stille bemühte, Nachforschungen über Gerda Sanders anzustellen. Aber alle kamen nur bis zu einem Punkt: Tochter des Architekten Ernst Ludwig. Erzogen in einem Schweizer Internat. Berufsausbildung als Graphikerin. Frühe Heirat mit dem Diplomingenieur Sanders, der beim Ausprobieren eines von ihm neukonstruierten Kohlenhobels unter Tage bei einer

Schlagwetterexplosion mit 17 anderen Kumpels ums Leben kam. Es hatte in allen Zeitungen gestanden und war deshalb authentisch. Lebte dann viel in der Schweiz oder auf Capri, da sie unabhängig war und die Verwertung der Patente ihres Mannes geerbt hatte.

Das war alles, und es war nichts. Ein sauberes Leben überschattet von Tragik. Die Verwandtschaft Pohlands war denkbar unzufrieden damit, und dieses Mißbehagen steigerte sich noch angesichts der glücklichen Ehe, die Michael Pohland führte.

Allein die Petermanns wußten, wie es wirklich stand. Anna Petermann, eine kleine, dralle, fruchtbare Frau, ständig umgeben vom Lärm ihrer Kinder und immer beschäftigt, mindestens einem von ihnen Wunden, Schürfungen oder Beulen zu behandeln, unterdrückte ihre instinktmäßige Scheu vor Gerda Pohland und weihte sie in den umfangreichen Gutsbetrieb ein. Gotthelf Petermann, von jeher erdverbunden und unerschütterlich, übersah alles, was im Herrenhaus vor sich ging und stellte sich dumm, wenn Pohland vorsichtig einige Bemerkungen machte, um festzustellen, was man in seiner Umgebung dachte.

Einmal kam auch Dr. Wehrmann, sprach eine halbe Stunde mit Gerda allein in deren Zimmer und fuhr dann wieder ab, ohne Pohland gesehen zu haben.

»Was wollte er?« fragte Pohland, als er Gerda beim Tee auf der Terrasse traf.

»Sich nach mir erkundigen.« Sie sah ihn groß an. »Hat es Streit zwischen euch gegeben?«

»Streit? Nein. Aber er soll sich abgewöhnen, mich wie einen kleinen ungezogenen Jungen zu behandeln.«

»Manchmal bist du es, Micha.« Sie streichelte ihm über das Haar, und es war wieder einer jener Augenblicke, in denen sich Pohland sagte, daß er wie in einem luftleeren Raum lebte.

Am vierten Tag nach der Aussprache mit Dr. Wehrmann gab ein bekannter Industrieller einen Hausball. Gegen drei Uhr morgens kamen Gerda und Micha in ihre Stadtwohnung in

Ebenhagen zurück, erfüllt von Freude und in einer prickelnden Sektlaune.

»Ich freue mich, daß du so fröhlich bist«, sagte Pohland und küßte seine Frau. »Mein Gott, ich habe seit langem nicht mehr so getanzt wie heute. Sogar diesen neumodischen Tanz habe ich auf Anhieb begriffen.«

»Du bist eben ein Universalgenie, Micha.« Gerda lachte und drehte sich nach imaginären Walzerklängen im Kreise. Das Girren ihrer Stimme verriet einen bestimmten Grad von Trunkenheit, jenes Stadium des Beschwingtseins, in dem sich die ganze Umwelt mitzudrehen scheint.

Pohland ging zur Hausbar, entkorkte eine Flasche Sekt und stellte das Radio an. Nach kurzem Suchen fand er zärtliche Musik und hielt Gerda das Sektglas entgegen.

Dann tanzten sie, eng umschlungen, Wange an Wange, stumm, mit langsamen, tastenden Schritten, nur ihre Körper fühlend, die Reibungen, das Dehnen, das Wiegen, das Gleiten über Erhebungen und Täler, das berauschende Gefühl der Gemeinsamkeit. Gerda hatte den Kopf etwas zurückgelegt, ihre Augen waren geschlossen, und ihre lächelnden Lippen zitterten etwas. Pohland starrte sie an wie einen Schatz, den er aus dunklen Höhlen herausgegraben hatte. Noch nie war er seiner Frau so nahe gewesen wie in dieser Stunde, noch nie hatte Gerda so willenlos in seinem Arm gelegen wie jetzt.

Er drückte sie ganz fest an sich, und im Anblick ihres seligen Gesichtes, im Rauschen des Blutes, das in seinen Schläfen pochte, und im Drang seines Herzens, das Glück ergriffen zu haben, vergaß er seine und Gerdas Probleme.

Ohne Übergang, stumm, aber mit einer unwiderstehlichen Kraft, ließ er sich vom Tanz auf die Couch fallen und zog Gerda mit. Und da war es wie eine Explosion, die alles zwischen ihnen aufriß. In dem Augenblick, da Gerda mit ihm niedersank, hieb sie mit den Fäusten auf ihn ein, trat um sich, stieß mit dem Kopf gegen sein Gesicht und bog den Leib wie eine wütende Schlange hin und her. Es war ein verbissener, stummer Kampf, wortlos, nur von dem Keuchen der ringenden Körper untermalt. Es war Pohland, der die gläserne Wand zertrümmerte, als er stöhnte: »Gerda, du bist doch meine Frau ... Gerda, ich bitte dich ...«

»Laß mich!« schrie sie grell. »Laß mich los. Ich will nicht! Ich will nicht! Ich zerkratze dir das Gesicht. Ich ... ich ... O du Scheusal!«

Es war ein Aufschrei, der Pohland die letzte Fassung raubte. Mit Gewalt riß er Gerda zu sich, seine Hände zerfetzten das Kleid, wie in einem Blutrausch mißhandelte er sie ... sie schlug zurück, sie trat ihn vor die Brust, er fiel gegen den Tisch, raffte sich auf und stürzte sich von neuem auf sie. Dann schrie sie, grell, langgezogen, wie ein sterbendes Pferd, dessen Todesschrei man nie vergißt, wenn man ihn einmal gehört hat ... und sie verfiel in Zuckungen und weinendes Schluchzen, als er sie bezwungen hatte und sie wehrlos seiner Männlichkeit ausgeliefert war.

Später kniete Michael Pohland vor ihr und streichelte ihren Körper, sprach ihr zu und versuchte, sie zu beruhigen.

»Ich schäme mich ... Gerda, ich bitte dich, ich bitte dich ... sieh mich an ... sieh mich doch an ... Ich weiß, ich bin ein Schuft, ich habe einfach die Nerven verloren ... bitte, sieh mich doch an ... versteh mich doch ... sag, daß du mich ein klein wenig verstehen kannst ... du bist doch meine Frau ... wir ... wir lieben uns doch!«

Sie lag auf dem Rücken, die Fäuste gegen die Brüste gepreßt, mit angezogenen Beinen, der ganze Körper in einer wilden Verkrampfung, und weinte mit offenem Mund. Die Augen starrten gegen die Decke, sie waren glänzend, aber von einer erschreckenden Leblosigkeit; blaue, gläserne Kugeln ohne Seele. Es schien, als erkenne sie ihre Umgebung nicht mehr, als höre sie die Worte Michas gar nicht ... ein nackter, weißer Leib, aus dem jedes Gefühl gewichen war.

Michael Pohland erhob sich und taumelte ins Schlafzimmer. Er holte eine Wolldecke, warf sie über seine Frau, küßte sie, aber die Starrheit ihres Gesichtes blieb, als habe er eine Wachspuppe geküßt, und ging dann zum Telefon.

Dr. Wehrmann meldete sich nach einigem Durchläuten. Er fragte gar nicht, wer da sei – nach einem Blick auf die Uhr war es ihm ohne Frage klar.

»Was ist denn nun schon wieder, Pohland?«

»Bitte, kommen Sie, Doktor.«

»Wohin?«

»Hierher. In die Stadtwohnung.«

»Was ist denn?«

»Ich habe ... ich ... Doktor, und wenn Sie mich jetzt totschlagen ... ich habe meine eigene Frau vergewaltigt ...«

Mit einem Krach warf Wehrmann den Hörer auf und sprang aus dem Bett.

Pohland öffnete ihm, so wie er war, mit zerrissenem Smokinghemd, zerfetzter Krawatte, zerwühlten Haaren und vier tiefen Kratzwunden im Gesicht, die geblutet hatten und nun verkrustet waren. Dr. Wehrmann starrte Pohland entgeistert an.

»Sind Sie verrückt geworden?« fragte er gepreßt. »Wie geht es Ihrer Frau?«

»Ich glaube, sie hat einen schweren Nervenschock. Sie liegt nebenan.«

»Wir sprechen uns noch!« Dr. Wehrmann schob Pohland zur Seite und rannte in das große Wohnzimmer. Gerda lag noch immer schluchzend, mit weit aufgerissenen Augen auf der Couch, zugedeckt mit der wollenen Decke, die Beine angezogen, die langen, blonden Haare schweißnaß und wie zerfetzt. Dr. Wehrmann beugte sich über sie, versuchte mit der Hand einen Augenreflex festzustellen und erkannte an der völlig starren Regungslosigkeit der Augen die Schwere des Schocks.

»Sie haben sich wie ein wildes Tier benommen!« schrie er Pohland an, der langsam, fast taumelnd, ins Zimmer kam. »Das hier«, seine Hand zeigte anklagend auf den verkrampften Körper, »wird unter Umständen Ihr ganzes weiteres Leben belasten. Diese Frau haben Sie auf dem Gewissen! – Und nun rufen Sie den Krankenwagen!«

»Krankenwagen?« Pohland lehnte sich haltsuchend an die Wand.

»Glauben Sie, ich lasse Ihre Frau auch nur eine Minute noch in Ihrer Nähe? Ich bringe sie ins Sanatorium und werde Anweisungen geben, daß Sie sie nicht besuchen dürfen. Und nun rufen Sie endlich an, zum Teufel noch mal!«

Am Vormittag traf der Krankenwagen mit Gerda und Dr. Wehrmann in der Nervenklinik ein. Gerda Pohland schlief. Sie hatte eine beruhigende und entkrampfende Injektion bekommen. Man trug sie in ein sonniges Einzelzimmer, von dessen Balkon sie einen weiten Blick über tiefgrüne, rauschende Tannenwälder hatte.

Dr. Carstens, der leitende Arzt des Sanatoriums, hörte den Bericht Dr. Wehrmanns ohne Zwischenfrage an. Ihm gegenüber brach Wehrmann auch das Schweigen über Oberholzen. Als er mit seinem Bericht geendet hatte, nickte Dr. Carstens ein paarmal.

»Ein völlig klarer Fall, Herr Kollege. So etwas sehen wir öfter. Völlige Sinnlosigkeiten werden zu Tragödien hochgespielt. Auf jeden Fall setzen wir Ihre Therapie fort, verbunden mit Ruhe und einer psychotherapeutischen Behandlung in Form von Aussprachen und seelischen Lockerungen. Ich glaube aber, daß Ihre Behandlung, lieber Kollege, das Fundament ist. In vierzehn Tagen können Sie Frau Pohland wieder abholen.«

»Schon?«

»Sie werden eine ungeduldige Frau vorfinden.«

»Gott erhalte Ihren Optimismus.«

Dr. Carstens lächelte schwach. »Was wären wir ohne diesen Optimismus ... gerade wir Psychiater ...?«

Vierzehn Tage verschwand Michael Pohland von der Bildfläche. Angeblich unternahm er eine Dienstreise, deren Ziel keiner kannte außer Dr. Corbeck, der Syndikus der Werke. Auch Dr. Wehrmann erfuhr nicht, daß Pohland in den Nebenort des Nervensanatoriums gezogen war. In einen kleinen Gasthof, von dem aus er mit der Privatwohnung Dr. Corbecks telefonierte.

Jeden Tag wanderte er zu Fuß in den stillen Waldflecken, dessen einziges großes Gebäude das auf einem Hügel liegende Sanatorium war, ein schloßähnliches Gebäude mit Türmchen und Zinnen, Parkanlagen und Liegeterrassen. Hier schlich er wie ein Attentäter durch die Büsche, lag im Gras und suchte mit einem starken Fernglas den blonden Haarschopf Gerdas.

Nach vier Tagen qualvollen Wartens sah er sie endlich. Sie kam auf die untere Terrasse und legte sich in einen Liegestuhl. Sie sah blaß und schmal aus, und ihr Gang war etwas starr, wie die Bewegung einer aufgezogenen Puppe. Michael Pohland lag im Gras, das Fernglas zitterte in seinen Händen. Was ist aus uns geworden, dachte er. Da liegt der Konzernherr wie ein Verbrecher im Gras und beobachtet seine Frau, die an seiner Liebe zerbrach. So unwahrscheinlich ist das Leben, so maßlos kitschig und verlogen ... Eine glänzende Fassade, die bestaunt und beneidet wird – und dahinter eine Leere, die frieren macht.

In den Tagen darauf erholte sich Gerda zusehends. Im Wald hinter den Stämmen der Tannen stehend, sah er Gerda zu, wie sie Tennis spielte, mit einem Arzt – es war Dr. Carstens selbst – oder mit einer jungen Ärztin. Wenn sie lachte, und es war wieder ihr perlendes, herrliches Lachen, spürte er einen freudigen Krampf im Herzen. An diesen Tagen war auch er fröhlich, trank Wein und scherzte mit der Gastwirtin. Am zehnten Tag sah er sie nicht; sie blieb im Haus, kam nicht zur Liegestunde auf die Terrasse, spielte kein Tennis oder ging nicht im Park spazieren. Da wurde er unruhig, umschlich das Sanatorium, blieb den ganzen Tag über auf seinem Beobachtungsposten und empfand eine panische Angst, daß etwas Schlimmes geschehen sein konnte, ein Rückfall, eine Erkrankung, ein neues Nervenfieber.

Es war der Tag, an dem ein bekannter Gynäkologe aus der Stadt in das Sanatorium kam und Gerda Pohland noch einmal untersuchte. Er und auch Dr. Carstens bestätigten darauf, daß die bedauerliche Entgleisung Pohlands keine Folgen hinterlassen hatte.

Gerda Pohlands Gesicht verlor den letzten sorgenden Ausdruck.

»Es ist also sicher . . . ich bekomme kein Kind?«

»Es ist ganz sicher, gnädige Frau.«

»Und . . . später?«

»Wenn Sie regelmäßig die kontrazeptiven Pillen nehmen, kann absolut nichts passieren. Eine Schwangerschaft ist ausgeschlossen. Und die zentraldämpfenden Pharmaka, die Dr. Wehrmann Ihnen verordnet hat, tun ein übriges, um Ihr seelisches Gleichgewicht wieder einzupendeln. Sie brauchen in Zukunft keine Angst mehr zu haben.«

Gerda Pohland sah hinaus in den sonnigen Tag. Die hohen Tannenwälder glänzten wie mit Lack überzogen.

»Dann möchte ich nach Hause, meine Herren. Morgen schon.«

»Ich glaube nicht, gnädige Frau . . .« Dr. Carstens widersprach aus Prinzip. Er wußte, daß sein Nein neue Energie in Gerda Pohland aufrief.

»Ich bin nicht krank, Doktor.« Sie sprang auf und trat an das große Fenster des Behandlungsraumes. »Ich glaube jetzt, daß ein großer Druck von mir genommen ist und ich endlich das Leben lieben kann, wie ich es mir ersehne.«

Dr. Carstens warf dem Gynäkologen einen schnellen, zufriedenen Blick zu. Die Ehrlichkeit Gerdas erfreute ihn.

»Aber Sie sollten sich noch schonen und . . .« Dr. Carstens schwieg, als sich Gerda schnell herumdrehte.

»Doktor, Sie mögen ein hervorragender Psychologe sein, ein berühmter Psychotherapeut, der sich in den Seelen der Frauen auskennt. Aber ich denke, daß Ihre Grenzen da gesetzt sind, wo das ureigenste Gebiet der Frau beginnt – der Liebe.«

»Das stimmt«, sagte Dr. Carstens aus voller Brust.

»Und deshalb fahre ich morgen.«

»Einverstanden.« Dr. Carstens verbeugte sich galant. »Sie haben mich besiegt, gnädige Frau.«

So kam es, daß Michael Pohland in verzweifelter Stimmung durch die Wälder irrte und mit dem Fernglas Gerda suchte, als sie sich schon längst auf der Heimfahrt befand. Erst am Abend erreichte ihn Dr. Corbeck durch das Telefon.

»Ihre Gattin ist da«, sagte er schlicht. Pohland umklammerte den Hörer.

»Corbeck – das ist nicht wahr!«

»Herr Pohland, ich würde mir nie erlauben . . .«

»Wo ist sie: Wo? Wo?«

»Auf dem Gut. Dr. Wehrmann rief mich schon am frühen Nachmittag an. Seitdem versuche ich, Sie zu erreichen. Ihre Gattin ist völlig überraschend zurückgekommen.«

Mehr hörte sich Pohland nicht an. Er warf den Hörer weg und schrie nach dem Hausdiener. Sie warfen die Kleider einfach in die Koffer, drückten sie zu und rannten zum Wagen. In einer halsbrecherischen Fahrt kehrte Michael Pohland von seiner »Geschäftsreise« zurück. Er überwand sich, zunächst in Ebenhagen bei Dr. Wehrmann vorbeizufahren, um sich nähere Informationen zu holen. Er raste durch bis Gut Heidfeld und drosselte den Wagen erst, als er seinen Besitz schon sah.

In einem Birkenwäldchen hielt er an. Ein neues Problem kam auf ihn zu, eine Frage, die er sich in all den Tagen gestellt hatte und die er nicht beantwortet hatte. Nun aber mußte sie eine Antwort haben, und er wußte sie immer noch nicht: Wie sollte er Gerda gegenübertreten?

Seit jener Nacht hatte es kein Wort mehr zwischen ihnen gegeben. Ihre Schreie waren noch in seinen Ohren, und seine Worte hinterher hatten sie nicht mehr erreicht. Das letzte, was er vernommen hatte, war ihr Stöhnen: »Ich will sterben! Ich will sterben!« Nun trat er ihr wieder entgegen, und er wußte nicht, was er sagen sollte.

Langsam fuhr er in den Gutshof ein. Ein fremder Wagen parkte an der Treppe des Herrenhauses. Pohland fuhr zu den Pferdeställen und hupte kurz. Gotthelf Petermann stürzte durch die Tür ins Freie.

»Chef!« rief er und riß die Tür des Wagens auf. »Da sind Sie endlich, Chef. Ich habe Sie erwartet. Die Chefin ist auch da.«

»Ich weiß, Petermann. Wem gehört der Wagen dort?«

»Dem Herrn Ludwig. Oh, hier hat sich viel verändert in den letzten Tagen. Erst kamen die Möbelwagen, alle Möbel der Chefin, der ganze linke, leere Flügel ist nun voll, und was für Möbel! Ein Rokokozimmer, ein Herrenzimmer aus Remälanz . . .«

»Renaissance!«

»Ja, so heißt's. Und 'n Schlafzimmer.« Petermann blinzelte verträumt. »Ich sage, meine Alte hat gestaunt. Betten mit gelber Seide bezogen. Und was hat Anna gesagt? ›Wennste mit deinem Speckkopf dadrin liegst, wär alles in einer Woche versaut.‹ So geht's einem nach acht Jahren Ehe. Ja, und der Herr Ludwig ist gestern gekommen, der Vater der Chefin.«

»Ach ja.« Pohland nickte und klopfte Petermann auf die Schulter. Der Vater Gerdas. Er hatte ihn nur einmal gesehen, bei der Hochzeit. Ein fröhlicher, alter Herr, der zum Frühstück eine halbe Flasche Rotwein trank. Er hatte versprochen, nach den Flitterwochen zu Besuch zu kommen. An ihn hatte keiner mehr gedacht. Nun war er da, und man würde nicht wissen, was man mit ihm anfangen sollte.

Petermann riß Pohland aus seinen Gedanken.

»Ich habe auch Rosen besorgt, Chef. Langstielige, dunkelrote, noch ganz knospig. Fünfundzwanzig Stück. Ist's recht so?«

»Wie immer, Petermann.« Pohland lachte etwas gequält. »Sie sind meine zweiten Gedanken.« Rote Rosen . . . das war eine Liebeserklärung. Wie würde Gerda sie aufnehmen?

Michael Pohland hatte Angst vor ihrem ersten Wort, ja sogar vor dem ersten Blick, der ihm galt.

Sie saßen im Salon und tranken Wein, als Michael Pohland eintrat. Der große, offene Kamin war angezündet, in den Flammen prasselte und knackte das Buchenholz und schoß Funken aus den dicken Kloben hinauf in den Rauchfang. Gerda sprang mit einem kleinen Schrei der Freude auf, und auch Ernst Ludwig erhob sich aus dem tiefen Sessel.

Ohne ein Wort hielt Pohland den großen Rosenstrauß hin. Über die blutroten Blüten hinweg trafen sich ihre Blicke, und es war nichts mehr in ihnen von Schuld oder Frage, Abwarten oder Abwehr. Sie sahen sich an wie damals auf Capri, und alles, was gewesen war, versank unter diesem Blick zu Asche, die der heiße Wind ihres Atems wegblies.

»Rote Rosen!« sagte Ernst Ludwig und räusperte sich, als der Kuß über die Blüten hinweg ein bißchen zu lang ausfiel. »Ich dachte, das Flittern ist vorbei. Bin ich zu früh gekommen, Kinder?«

»Willkommen, Vater!« Pohland reichte ihm die Hand hin. »Wenn es danach geht, ist es immer zu früh. Aber du weißt, daß du jederzeit hier zu Hause bist.«

»Ein großes Wort, mein Junge.« Der alte Ludwig lachte und trank schnell sein Glas leer. »Leider erlebe ich eure silberne Hochzeit nicht – dann hätte ich dich an dieses Wort erinnert.«

»Alte Unke!« Gerda lachte in hektischer Fröhlichkeit. »Und dabei warst du mit Mama so glücklich.«

»Man ist eben ein guter Komödiant.« Ernst Ludwig hob beide Arme, als seine Tochter ihm einen Klaps geben wollte. Dann blinzelte er seinem Schwiegersohn zu und rückte den Schlips gerade. »Und müde bin ich, Kinder. In meinem Alter ist das Autofahren wie eine Schwerarbeit. Ich haue mich hin. Ihr seid doch nicht böse, was?«

»Nein, Paps«, rief Gerda.

»Das glaube ich dir gern.«

Er winkte fröhlich und verließ schnell den Salon.

Gerda trug die Rosen zu einem Tisch und legte sie ab. Dann drehte sie sich langsam um. Pohland stand mitten im Raum, die weißen Strähnen in seinen Haaren leuchteten im Flackern des Kaminfeuers.

»Soll ich dir ein Glas Wein einschenken, Micha?« fragte sie.

»Nein, danke.« Sie sah, wie er Worte suchte, wie er hilflos war, so hilflos und einsam wie nie in seinem Leben.

»Komm!« sagte sie leise und zärtlich. »Komm her, Micha.«

Sie nahm seine Hand, zog ihn mit sich aus dem Zimmer, und er folgte ihr wie ein gehorsamer Junge, der nicht weiß, ob er belohnt oder bestraft werden soll. Erst als sie vor der Tür des Schlafzimmers stand, zögerte er. Sie stieß die Tür auf und drehte das Licht an.

Das Zimmer war umgeräumt. Die alten Möbel waren entfernt; statt dessen stand ein weißes Schlafzimmer auf hellblauen Teppichen im Raum, bezogen mit gelber Seide.

»Gerda!« sagte Pohland mit wie zugeschnürter Kehle. »Gerda ...«

Sie antwortete nicht. Als er an ihr vorbeigegangen war, schloß sie hinter sich die Tür. Dann breitete sie die Arme aus, es war eine Geste völliger Hingabe.

»Ich liebe dich, Micha«, sagte sie leise, und doch war es, als bräche ein Vulkan aus ...

Unten im Park standen Anna und Gotthelf Petermann und sahen auf die erleuchteten Fenster des Schlafzimmers. Sie standen Hand in Hand und warteten, kleine Schatten in der Dunkelheit. Als die Lichter erloschen, drückte Petermann seiner Frau die Hand.

»Nun ist alles gut«, sagte er in seiner polternden Art. »Aber einholen wird se dich nicht. Du hast immerhin sechse Vorsprung.«

Anna Petermann wurde rot und wunderte sich selbst darüber. Zum Glück war es Nacht, und Gotthelf sah sie nicht.

»Komm«, sagte sie. »Es ist unanständig, hier zu stehen.«

»Ja, gehen wir.« Petermann legte den Arm um die Hüfte seiner Frau. »Wird schon kalt, was, Anna? Muß mich heute bestimmt bei dir wärmen.«

Vom Wald her strich ein Eichelhäher über den Park. Er umflog das Herrenhaus und verschwand zum See hin. Auf Gut Heidfeld brannte nur noch hinter einem Fenster Licht. Ernst Ludwig hatte die Flasche Wein aus dem Salon geholt und genoß in friedlicher Einsamkeit Schluck um Schluck.

Im Frühstückszimmer war der Kaffeetisch gedeckt, als gälte es, eine neue Hochzeit zu feiern. Der große Rosenstrauß stand in einer Kristallvase auf der runden Platte, die Sonne funkelte in den Bestecken und wertvollen Porzellanen wider.

Michael Pohland, der zuerst in das Zimmer kam, blieb stehen und überlegte, ob er Petermann rufen sollte. Dieses Arrangement sah ganz nach seiner Leitung aus; es war mit dem Augenzwinkern des Mitwissers gestaltet. Pohland berührte das ein wenig unangenehm. Es bewies, daß trotz aller gewahrten Form das Personal über Dinge im Haus unterrichtet war, die zur intimsten Sphäre gehörten.

Das Erscheinen Gerdas enthob ihn der Entscheidung, nachzuforschen, was Petermann wußte. Sie sah strahlend aus, eine junge, glückliche Frau, die nur die Arme auszubreiten brauchte, und das Glück stürzte zu ihr. Die blonden Haare hatte sie hochgesteckt. Alle Angst war aus der Tiefe ihrer Augen verschwunden, und wie in den vergangenen Stunden sah Pohland sie verstohlen an und begriff nicht, wie diese Wandlung möglich war. Die paar Tage Sanatorium konnten es unmöglich bewirkt haben. Aus Gerda war jene Frau geworden, von der er in Lugano und auf Capri geträumt hatte. Eine Verkörperung der Seligkeit, wie sie nur ein liebender Mann empfinden kann und beschreiben kann.

»Was hast du heute vor, Liebes?« fragte er und küßte sie in die Halsbeuge.

»Ich weiß nicht.« Sie dehnte die Arme und atmete tief. »Ich möchte am liebsten die Augen schließen und glauben, es sei noch Nacht... Ich mache das, was du tun wirst.«

»Ich fahre ins Werk, Liebes.«

»Och!« Sie machte einen Schmollmund und sah nun aus wie ein kleines, beleidigtes Mädchen, das zusehen muß, wie ein anderer mit ihrer Puppe spielt. »Muß das sein?«

»Ein Betrieb ohne Chef ist wie ... wie ... mir fällt gerade kein Vergleich ein ...«

»... wie ein Kuß ins Leere.«

»Genauso.« Michael Pohland lachte. »Willst du mitfahren?«

»Um Schlote, Hochöfen und Eisenhämmer zu sehen? Ich werde das Haus weiter umräumen.«

»O weh!«

»Was heißt: O weh?« Sie zog Pohland an den Haaren und boxte ihn gegen die Brust. »Sag es ehrlich, Micha ... los, sag es ... habe ich nicht ein schönes Schlafzimmer eingerichtet? O du Barbar, du! Aber du sollst sehen ... in einer Woche kennst du Heidfeld nicht wieder.«

»Das glaube ich felsenfest.«

Er flüchtete lachend vor ihren Krallen, rannte um den großen runden Tisch und durch die Flügeltür hinaus auf die Terrasse. Wie übermütige Kinder jagten sie über den Rasen, um die Bäume, durch die im Wind flatternde Wäsche, die Anna Petermann schon am frühen Morgen aufgehängt hatte. Vom Fenster des Verwalterhauses aus sah ihnen Anna Petermann zu. Sie hatte genug zu tun, drei ihrer Kinder festzuhalten, die ebenfalls mit Onkel Pohland herumrennen wollten und schrien: »Mama, laß uns los! Ich will raus! Ich will raus!«

Am See blieb Pohland schweratmend stehen und ließ sich von Gerda einholen. Sie fiel in seine Arme und lehnte den Kopf an seine Brust.

»Wie dein Herz klopft«, sagte sie leise. »Mein Gott, wie es rast!«

»Ich bin eben schon ein alter Mann.« Pohland strich sich die schweißnassen Haare aus der Stirn. »Weiße Haare, ein lahmes Herz, ein verknöchertes Gemüt – und so etwas hast du geheiratet! In ein paar Jahren mußt du mir die Filzpantoffeln nachtragen und mich vor dem Kamin in warme Decken wickeln.«

»Ich wüßte etwas Besseres, das dich aufwärmt, Micha.«

»Welch ein frivoles Frauenzimmer!« Pohland drückte seine Frau eng an sich. »Darf ich etwas fragen, Liebes?«

»Nein.«

»Warum nicht?«

»Weil Fragen immer aufhalten.« Sie dehnte sich in seinen Armen und hob die Hand in die Sonne. »Mein Gott, ich möchte einen Vorhang vor die Sonne ziehen.«

»Warum bist du so anders, Gerda?«

»Ich bin immer ich.«

»Ich war so verzweifelt.«

»Du sollst es vergessen ... vergessen ... vergessen ... Komm, sprich es mir nach: Ich will vergessen!«

»Ich will ... Gerda!« Pohland sah sich um. Zwar sah er niemanden, aber er wußte, daß man durch die Parkbäume gut auf den See blicken konnte. »Ich weiß nicht, was ich vor Freude und Glück anstellen soll.«

»... vergessen. Das Wort hast du vergessen, Micha.«

»Ich will vergessen.« Pohland beugte sich zu seiner Frau hinunter. Ihm war es gleichgültig, ob jemand diesen Kuß beobachtete.

Anna Petermann schubste ihre Kinder vom Fenster weg und ritschte die Gardine vor. Die drei Kleinen standen maulend im Zimmer.

»Was macht denn der Onkel Pohland da mit der Tante?« fragte der größere von ihnen. Anna Petermann strich sich über den gewölbten Leib.

»Der Tante ist ein Sandkorn in die Augen geflogen. Das holt er raus. Ist euch noch kein Korn ins Auge geflogen?«

»Doch.«

»Na also, dann fragt nicht so dämlich.«

Mit einem Seitenblick überzeugte sie sich, daß sie sich noch immer küßten. Da seufzte sie und dachte an ihren Gotthelf Petermann. Der war nur bis zum zweiten Kind so zärtlich gewesen. Später hieß es bloß: »Komm, Anna, rück' was zur

Seite, ich muß dir was erzählen ...« Die Erzählung fuhr sie dann neun Monate später im Wagen spazieren.

So ist das Leben, dachte sie und legte die Hände auf den Leib. Sie spürte die Bewegung des Kindes und lächelte still. Es war so selbstverständlich, daß sie guter Hoffnung war.

Erstaunt sah Dr. Wehrmann von seiner Patientenkartei auf, als Michael Pohland in das Ordinationszimmer trat. Ohne den Gruß zu erwidern, blickte er kurz auf seinen Terminkalender und schüttelte den Kopf.

»Um elf Uhr ist Baronin Pottoch bestellt, nicht Sie. Wer hat Sie überhaupt vorgelassen?«

»Ein Zwanzig-Mark-Schein, Doktor.«

»Ich werde Fräulein Ingeborg sofort entlassen!« Dr. Wehrmann hieb auf den Tisch. »Jetzt bestechen Sie auch noch meine Angestellten. Fristlos entlasse ich sie.«

»Dann kommt sie zu mir in das Werksrevier. Mit hundert Mark mehr Gehalt, Sie alter Stänker!« Pohland lachte und setzte sich in einen der Sessel. »Sie müssen etwas für mich tun, Doktor. Ich bin vorhin ein wenig gerannt und habe verdammt mein Herz gespürt. Was kann man dagegen tun?«

»Zunächst Vergewaltigungen der eigenen Frau einstellen«, sagte Dr. Wehrmann giftig.

»Sie bösartiger Zwerg!« Pohland nahm eine Zigarette aus einer silbernen Dose und zündete sie an. Dr. Wehrmann lachte meckernd.

»Auch das stellen Sie ein. Und nichts saufen. Und vernünftig leben. Sie können es sich leisten – bei anderen Patienten ist die Therapie, die nötig wäre, eine glatte Ironie: Licht, Luft, Sonne, wenig arbeiten, viel Bewegung, Liebe in Maßen, ausspannen, keine Aufregung, das Leben als ein schönes Gottesgeschenk ansehen ... Sie haben die Mittel dazu, so zu leben. Seien Sie dankbar dafür. Hunderttausende, die es nötiger haben, können sich das nicht leisten.«

»Ich bin gekommen, Ihnen eine Frage zu stellen.«

Dr. Wehrmann sah Pohland kritisch an. »Mein Bester, für dieses fachärztliche Gespräch nehme ich ...«

»... und wenn Sie tausend Mark nähmen ... diese Frage ist es wert, Doktor. Was haben Sie mit meiner Frau gemacht?«

»Wieso?«

»Wie kommt es ...«

»Was gefällt Ihnen an Ihrer Frau nicht?«

»Nichts! Doktor, ich schwimme in einem Meer von Glück!«

»Na also. Dann halten Sie den Mund, kneifen Sie ihn fest zu, sonst ertrinken Sie! Bei jeder Frage schlucken Sie ein Stück Glück weg.«

»Aber ich mache mir Gedanken.«

»Das ist ein Fehler aller Intellektueller. Immer müssen sie alles erklären. Mensch, nehmen Sie doch einfach hin, was Ihnen geschenkt wird. Muß man immer wissen, was es kostet und wo es gekauft ist?«

»Ich kann es einfach nicht fassen! Wie ist eine solche Wandlung möglich?«

»Sie ist eben eine Frau. Bei Frauen ist alles möglich.«

»Das ist billig.«

»Noch mehr: Es kostet nichts.«

»Irgend etwas muß doch mit Gerda geschehen sein. Alle Angst ist von ihr genommen, sie ist ... ist ...«

»Lieber Pohland«, der Arzt hob die Hand. »Einzelheiten Ihres Diwans sind nicht so wichtig. Sie haben eine glückliche Ehe, und das freut mich. Und ich hoffe, daß sie so bleibt.«

»Ich weiß es.« Pohland zerdrückte die Zigarette zwischen den Fingern. »Es wäre wunderbar, wenn Gerda uns einen Erben schenkte.«

Dr. Wehrmann sah auf seine Hände und schwieg. Hier war ein Punkt, an dem er nicht weiter kam. Ein Abschluß, der etwas Endgültiges sein konnte, wenn nicht das geschah, was man landläufig ein Wunder nannte, aber in diesem Falle nichts anderes war als das Überspringen des eigenen Schattens.

Pohland stand auf, trat an den Schreibtisch Dr. Wehrmanns, streckte ihm beide Hände entgegen.

»Doktor, ich weiß, an Ihrem Granitschädel zerbrechen sogar die Meißel«, sagte er herzlich. »Ich will gar nicht weiter in Sie dringen. Ich weiß aber, daß ich mein Glück zum großen Teil Ihnen zu verdanken habe. Wenn ich in der letzten Zeit unausstehlich war ... können Sie das nicht verstehen? Ich bitte Sie um Verzeihung.«

Dr. Wehrmann sah auf seine Uhr. »Elf Uhr. Gleich kommt die Baronin Pottoch.«

»Doktor!«

»Ich komme heute abend zu Ihnen hinaus.«

»Danke. Ich stelle einen Roederer kalt.«

Zufrieden verließ Pohland die Praxis. Zwischen ihm und Dr. Wehrmann war eine Freundschaft, die alles aushielt. Undenkbar, daß sie einmal zu Ende sein könnte.

Nach der Abfahrt Pohlands kam auch Ernst Ludwig aus seinem Zimmer und frühstückte. Er hatte einen dicken Kopf, trank zwei Gläser Orangensaft und besonders starken Kaffee. Der Wein war schwer gewesen, und statt in die Beine, war er ins Gehirn gezogen. Zum erstenmal hatte er traumlos und vor allem ohne Unterbrechung geschlafen; etwas, was er seit fast zehn Jahren nicht mehr kannte. Keine Schlaftabletten hatten auf die Dauer geholfen, keine Wechselbäder, keine Kur in Kneippbädern. »Sie sind ein durch und durch nervöser Typ«, hatte der Arzt gesagt. »Sie sollten einmal eine zwölftägige Heilschlafkur machen.« Aber dazu hatte sich Ernst Ludwig nicht entschließen können. Und nun hatte er geschlafen.

Die Flasche Wein hütete er deshalb wie ein Kleinod und hatte sie sogar zum Frühstück mitgenommen, damit sie nicht weggeräumt wurde. Er war bereit, den ganzen Vorrat der Kellerei an dieser Weinmarke aufzukaufen. Den etwas schweren Kopf am Morgen wollte er dafür in Kauf nehmen.

»Guten Morgen, Paps!«

Ernst Ludwig fuhr herum. Gerda kam aus dem Garten, sie hatte Dahlien gepflückt, einen großen, bunten Strauß, Riesenblüten vom Weiß bis zum flammenden Feuerrot.

»Du siehst verkatert aus, Paps!« sagte Gerda, ehe Ludwig etwas entgegnen konnte. »Mein Lieber, hast du etwa wieder ...«

»Ein Wein, Püppchen! Ein Teufelswein!« Ludwig hielt die Flasche hoch. »Ich habe wie ein Bär geschlafen. Ich sage ja immer: Geh mir weg mit den Ärzten. Verschreiben einem Pillen und Tröpfchen, jagen einen durch Bäder und Schwitzkuren, und was kommt dabei heraus? Eine gesalzene Arztrechnung, weiter nichts. Gesund werden bloß die Onkel Doktor. Dabei wächst die Medizin, die allein hilft, auf einem besonderen Berg mit Schieferboden. Püppchen, woher bezieht dein Micha seine Weine?«

»Das weiß ich nicht.« Gerda lachte und küßte ihren Vater auf die Haare. »Wir hatten andere Probleme, als uns über Weinlieferanten zu unterhalten. Vielleicht weiß es Petermann.« Sie setzte sich Ludwig gegenüber und schmierte ihm ein Brötchen. Sie wußte, daß er es gern hatte; als Mutter noch lebte, hatte er sich nur von ihr verwöhnen lassen und sich selbst nie eine Schnitte gemacht. Er war von einer rührenden Hilflosigkeit in hausfraulichen Dingen gewesen, ein typischer Künstler, der Bauwerke zeichnete und konstruierte, die seinen Namen in Europa bekanntwerden ließen. Seit Mutters Tod mußte er sich um vieles selbst kümmern ... er tat es auch, aber immer wieder suchte er jemanden, dem er diese ungewohnte Arbeit hinschieben konnte.

»Mit Schinken, Püppchen«, sagte Ludwig zufrieden und lehnte sich zurück. »Den gekochten.«

Gerda legte ihm das Brötchen vor und goß Kaffee nach.

»Ich habe mit dir zu sprechen, Vater«, sagte sie leichthin. Ludwig blickte erstaunt auf.

»Wenn du ›Vater‹ sagst, ist's ernst. Kummer, Püppchen?« Er biß in das Schinkenbrötchen und grunzte zufrieden. Gerda hob die Schultern, sie war wieder von einer merkwürdigen, inneren Starrheit. Das strahlende Glück der vergangenen Stunden lag wie hinter einer zugeschlagenen Tür.

»Kummer? Es ist nicht der richtige Ausdruck. Ich ... ich betrüge Micha.«

Ernst Ludwig hörte mitten in einem Biß auf. Das Brötchen flog auf den Teller zurück.

»Bist du verrückt, Gerda?«

»Nein.«

Ludwig sah seine Tochter verständnislos an. »Du willst damit doch nicht sagen, daß du deinen Mann hintergehst?« setzte er wieder an, als Gerda mit gesenktem Kopf schwieg.

»Ja.«

»Wenn du nicht neunundzwanzig Jahre wärst, würde ich dich jetzt übers Knie legen und dir den Hintern versohlen.« Ludwig sprang auf und rannte erregt im Zimmer hin und her. »Erkläre mir das bitte, wenn du schon davon anfängst. Ich weiß zwar nicht, warum du mir das beichtest und was ich dabei tun soll ... o Gott, da hat man einen fabelhaften Schwiegersohn, und was macht das dumme Luder ... es fängt an und poussiert sich durch die Gegend. Zum Teufel, von wem hast du das bloß? Deine Mutter war eine treue Frau, und ich ... na ja ... aber so wie du es treibst, ist unerhört.« Ludwig blieb stehen. »Raus mit der Sprache: Wer ist der Mann? Wo wohnt er? Ich fahre sofort zu ihm und werde mit ihm ganz klar und hart reden.«

»Ein Mann? Aber Paps.« Gerda lächelte schwach, und jetzt, da sie wieder den Kopf hob, sah er, daß sie still weinte. »Du kennst mich doch.«

»Zum Teufel, kein Mann? Was dann?«

»Ich nehme Pillen. Ovulationshemmer. Ich werde kein Kind bekommen, solange ich diese Dragees nehme.«

Ernst Ludwig fuhr sich durch seine weißen Haare. »Wer hat dir denn diesen Blödsinn eingeredet?«

»Dr. Wehrmann.«

»Na, mit dem werde ich ein Hühnchen rupfen! Das also ist

der Betrug? Michael will einen Erben, und du schluckst diese Pillen, weil du kein Kind willst ...«

Gerda Pohland schüttelte wild den Kopf. »Du weißt, daß ich es nicht kann. Ich möchte so gern von Micha ein Kind ... aber ...«

»Quatsch! Blödsinn ist das! Jeder Arzt sagt dir das. Ich halte es überhaupt für ausgesprochen dumm, daß du deinem Mann nicht alles sagst.«

»Micha darf es nie erfahren, Vater. Nie!«

»Mein Gott, was ist das für eine Ehe. Man liebt sich und gleichzeitig hintergeht man sich. Und warum? Wegen nichts.«

»Wenn du das nichts nennst«, sagte Gerda leise.

»Und du glaubst, daß du mit diesen Pillen deine Ehe aufrechterhalten kannst?«

»Ja. Ich kann Micha eine liebende Frau sein, die ihm alles schenkt. Nur ein Kind werden wir nicht haben.«

»Und gerade darauf wartet er.«

Stumm wandte sich Gerda Pohland ab und verließ das Zimmer. Ludwig sah ihr nach und kaute an der Unterlippe. Um was man sich als Vater alles kümmern muß, dachte er. Da hat man eine erwachsene Tochter, und statt Ruhe zu haben, fangen die Probleme erst an. Dragees. Ovulationshemmer. Anti-Baby-Pille. So etwas hatte sie doch gar nicht nötig. Warum wollte sie keine Kinder?

Mißmutig, mit noch immer brummendem Schädel, beschloß er, in die Stadt zu Dr. Wehrmann zu fahren. Vorher sah er noch einmal bei Gerda hinein. Sie saß im Salon und starrte hinaus in den Park.

»Ich wollte dir nur sagen, Püppchen, daß ich Micha nichts verrate«, sagte Ludwig. »Nur ist mir nicht ganz klar, warum du *mich* eingeweiht hast.«

»Ich wollte von dir einen Rat haben, Paps.«

»Was soll ich dir da raten?«

»Mir sagen, daß es richtig ist, was ich tue.«

»Das kann ich erst, wenn ich mich über alles genau informiert habe. Meine persönliche Meinung kennst du. Ich halte deine Angst für unbegründet. Bekomme ein Kind, und du wirst sehen, daß alles gut ist.«

»Und ... und wenn nicht?« Ludwig schwieg. Gerda Pohland nickte mehrmals: »Siehst du, darauf weißt du keine Antwort. Keiner weiß sie. *Muß* ich Micha nicht belügen?«

»Das mußt *du* wissen. Wenn ich dein Mann wäre ...« Ludwig winkte ab, als seine Tochter etwas erwidern wollte. »Ich bin's aber nicht, und das ist ein Glück für dich.«

»Vater!«

»Ach was, Vater. Nimm eine Pille und sei still.«

Wütend, ohne erklären zu können, warum und auf was er wütend war, rannte Ludwig aus dem Zimmer und fuhr in die Stadt. Dort trank er erst zwei Kognaks und ein Bier und setzte sich in eine stille Ecke der Wirtschaft, um in aller Ruhe nachzudenken.

»Ich will Ihnen das genau erklären«, sagte Dr. Wehrmann. Er hatte einen Stapel Schriften, Zeitungsausschnitte und Broschüren vor sich liegen und blies den Rauch seiner Zigarre in Kringeln an die Decke. Ernst Ludwig hatte versucht, es nachzumachen, aber ohne Erfolg. »Wenn es möglich ist, das überhaupt laienhaft auszudrücken.«

»Versuchen Sie es, Doktor. Immerhin bin ich kein Idiot«, brummte Ludwig. Er hatte Dr. Wehrmann um eine Unterredung gebeten und war nun kurz vor dem Mittagessen zu ihm bestellt worden.

»Also denn. Die Probleme Ihrer Tochter ...«

»Kenne ich!«

»... zwangen uns, Herrn Dr. Dornburg, Herrn Dr. Carstens und mich, ihr zunächst die Angst vor einem Kind zu nehmen. Das ist mit Argumenten nicht möglich, da Ihre Tochter auf diese Art nicht zu überzeugen ist. Also gab es nur den Weg, die Angst vor einer Schwangerschaft zu überwinden, indem wir eine

Schwangerschaft unmöglich machten. Die Forschung hat nun auf dem Gebiete der Empfängnisverhütung einen großen Schritt vorwärts getan: sie hat die Natur überlistet! Die Hormonforschung hat es fertiggebracht, den an einen genau vorgeschriebenen, feinen Rhythmus gewöhnten Körper zu betrügen. Sehen Sie hier!« Dr. Wehrmann blätterte in Tabellen und Berichten. »Das sind Erfahrungsberichte von Ärzten aus aller Welt. Aus den USA, aus Deutschland, England, Frankreich, aus Asien und Afrika. Es geht darin um die Angst, daß die Welt eines Tages an einer Bevölkerungsexplosion zugrunde geht, daß die Menschheit in einer Generation auf sechs Milliarden angewachsen ist und sich selbst auffrißt oder verhungern wird. Dieses Gespenst des Unterganges durch die Fruchtbarkeit kann gebannt werden, wenn alle Stellen – Regierung, Kirche, Gesetz, Moral – diese Notwendigkeit erkennen und anerkennen.«

Dr. Wehrmann legte ein Dragee auf den Tisch und tippte mit der Fingerspitze darauf. »Hier, in dieser Pille, sind sogenannte Gestagene, chemisch dem Hormon Progesteron verwandt. Diese Gestagene wirken auf das Zwischenhirn, einer der wichtigsten ›Befehlszentralen‹ des Menschen und erzeugen eine Scheinschwangerschaft. Mit anderen Worten: Dem Körper wird suggeriert, du trägst jetzt ein Kind. Der Körper reagiert prompt. Und so ist die hundertprozentige Sicherheit gegeben, daß es von da ab keine wirkliche Konzeption mehr gibt. Solange eine Frau also regelmäßig diese Dragees nimmt, ist der Körper in ständiger Schwangerschaft, was eine echte Schwangerschaft ausschließt.«

»Ich weiß, ich weiß – die berühmte Pille!« winkte Ludwig ab. »Alle sind dafür, nur die Kirche ist dagegen. Quillt Asien von Menschen über, ersticken China und Indien am Kindersegen ... Anti-Baby-Pille her, und alles ist gerettet.«

Dr. Wehrmann starrte Ludwig an. »Sie haben eine überwältigende Art, alles zu simplifizieren. Lassen wir Asien, bleiben wir bei unserem Problem: Ihre Tochter ist jetzt eine glückliche Frau, weil ihr die Angst genommen ist. Früher oder später hat auch sie wieder Sehnsucht nach einem Kind. Würden wir ihr die Anti-Baby-Pille nicht gegeben haben – ich glaube, wir hätten sie aus dem Sanatorium nicht mehr herausholen können. Ihre Psychose stand hart an der Grenze, zum Wahn zu werden. Und sehen Sie sich Gerda jetzt an!«

»Jetzt bildet sich bei ihr ein neuer Komplex: Die Lüge vor ihrem Mann«, entgegnete Ludwig.

Dr. Wehrmann schnellte hoch. »Ist das wahr?« rief er.

»Darum kam ich ja zu Ihnen, Doktor. Gerda bat mich um Hilfe. Aber wie kann ich da helfen? Was kann ich ihr raten? Sie macht sich Vorwürfe.«

»Es ist zum Kotzen!« schrie Dr. Wehrmann. »Ich komme mit Ihnen. Ich werde dem Weibsbild den Kopf waschen, und wie ich das werde! Mein Gott, wenn man sie überrumpeln und am lebenden Beweis ihre Angst heilen könnte! Aber in diesen neun Monaten wird sie verrückt.«

»Dann lassen Sie ihr bloß die Pillen, Doktor.« Ludwig hob beide Hände. »Mit meinem Schwiegersohn werden wir schon klarkommen, wenn er es entdeckt, nicht wahr?«

»Das glaube ich nicht«, sagte Dr. Wehrmann und sprach damit aus, was auch Ernst Ludwig im Inneren fürchtete.

Die Wochen gingen schwerelos dahin. Micha und Gerda lebten in dem Gefühl, unendlich glücklich zu sein. Nur wenn er davon sprach, daß er sich einen Jungen wünschte, wurde Gerda still und zerstörte durch vermehrte Zärtlichkeit alle Gedanken, ehe Michael sie weiterspinnen konnte.

Zwei Wochen vor Weihnachten kam der Tag, an dem Petermanns sechstes Kind geboren werden sollte. Über Heidfeld und dem weiten Land lag eine dicke Schneedecke, der kleine See war zugefroren, in den Birkenwäldern klirrte der Frost. Unter großer Mühe war Dr. Wehrmann hinausgekommen und traf bereits die Hebamme an, die mit dem Rad aus dem Dorf gekommen war. Petermann, fünfmal den Betrieb gewöhnt und daher in allen Handreichungen perfekt, hatte Kübel mit heißem Wasser bereitgestellt, angewärmte Handtücher, die Wiege, einen Grog, ein großes Gummituch, das man Anna bereits untergeschoben hatte, und eine Flasche Steinhäger, mit der Petermann nun im Nebenzimmer am Tisch saß und zur Tür hin lauschte. Die Kinder waren ausquartiert worden. Eine Tante hatte sie abgeholt. Johlend vor Freude waren sie abgefahren.

»Wie geht's?« fragte Dr. Wehrmann, nahm Petermann das Glas Steinhäger aus der Hand und trank es leer.

»Wie immer. Wir warten. Sie kommen schon alle drei Minuten, die Wehen. Da – –«

Im Nebenzimmer quoll ein dunkles Stöhnen auf. Petermann goß sich neu ein und trank das Glas schnell selbst leer, ehe Dr. Wehrmann zugreifen konnte.

»Na, dann woll'n wir mal.« Dr. Wehrmann warf den Mantel ab, nahm seine Arzttasche und betrat das Schlafzimmer. Anna Petermann lag schweißbedeckt auf ihrem Gummituch, vor ihr die Hebamme, bereit zu helfen. »Wie geht's denn, Anna?« sagte Wehrmann und wusch sich die Hände im heißen Wasser. Dann tauchte er sie in eine bereitstehende Lysollösung und kam an das Bett. »Beim sechsten hat man Übung, was? Und mach mir nicht wieder so'n Quatsch wie bei Nummer vier und fünf. Draußen liegt tiefer Schnee, und ehe der Krankenwagen kommt ... also, Mädchen, zeig, was du kannst.«

Anna Petermann lächelte unter Seufzen und unterdrückten Schreien. Sie hatte ein Taschentuch zwischen den Fingern und riß daran. Das war der Ton Dr. Wehrmanns, gegen den es keine Widerrede gab. Und er gab Mut und Kraft und unbedingtes Vertrauen.

Dr. Wehrmann hob den Kopf nach der Untersuchung und nickte Anna zu. »Gleich ist's geschafft, Mädchen. So ist's im Leben – jeden Spaß muß man bezahlen.«

»Sagen Sie das meinem Alten«, stöhnte Anna Petermann. Aber sie versuchte wieder das im Zittern untergehende Lächeln. »Der sitzt nebenan und säuft.«

»Genau. Aber der kommt auch noch dran, keine Angst. Schrei mal kräftig – –«

Es bedurfte dieser Aufforderung nicht. Eine gewaltige Wehe durchzuckte den schweißnassen Körper. Der Kopf des Kindes trat aus, und Anna schrie, grell, sich überschlagend. Gotthelf Petermann stürzte in das Zimmer, bleich, mit hohlen Augen, und er sah nicht nur das geborene Kind, sondern auch den Blutschwall, der aus Anna hervorbrach und das Bett überschwemmte.

»Das Blut ...«, stammelte er. »Doktor, da ist es wieder ... das Blut.«

»Raus!« schrie Dr. Wehrmann. Während die Hebamme das Kind wegtrug, bemühte sich der Arzt um die Loslösung der Plazenta. Ein heißer Schreck durchfuhr ihn, als er unter den tastenden Fingern die Wunde fühlte, die im Uterusgrund aufgerissen war. Wie beim vorangegangenen Kind, dachte er. Die gleiche Sache. Es ist, als ob das Gewebe morsch ist, beim Loslösen der Plazenta entsteht eine Wunde, und die Blutung ist nicht zu stillen. Schon beim fünften Kind war Anna Petermann kurz vor dem Verbluten gerettet worden. Jetzt ging es wieder um Minuten. Und draußen lag tiefer Schnee, klirrte der Frost und waren die Straßen zur Stadt vereist.

»Krankenwagen!« schrie Dr. Wehrmann. »Sofort kommen mit Blutplasma und Kochsalzlösungen!«

Petermann kniete neben dem Bett. Er hatte Annas Schulter umklammert, seinen Kopf an ihrer Brust liegend, und weinte.

»Anna!« stammelte er. »Anna ... ich schwöre dir, ich schwöre dir ... es war das letzte Mal ... Anna, hörst du mich? Sieh mich doch an ... Anna!«

»Rufen Sie an, Sie Idiot!« schrie Wehrmann. »Man müßte fliegen können.«

Taumelnd rannte Petermann aus dem Schlafzimmer zum Telefon. Die Hebamme reichte Dr. Wehrmann eine Spritze mit einem blutstillenden Mittel. Sie wußten beide, daß es nur ein Aufschub war, daß die Rettung nur durch eine dauernde Bluttransfusion kommen konnte bei gleichzeitiger Eröffnung der Unterbauchhöhle und einer Naht der Wunde.

»Was ist es?« fragte Wehrmann nach der Injektion.

»Ein Mädchen.«

»Ein Mädchen«, sagte Anna leise. »Nun haben wir von jedem drei ... ich bin so herrlich müde, Doktor ... alles ist so weit weg.«

Dr. Wehrmann sprang auf, wusch sich die Hände und zog 10 ccm Clauden in die Spritze, nachdem er die Claudenampulle kurz angewärmt hatte. Dann injizierte er langsam in die Vene. Petermann kam wieder ins Zimmer, schwankend und leichenblaß. Er hielt sich am Kleiderschrank fest und starrte auf seine Frau. Wächsern lag sie in den Kissen, mit geschlossenen, eingesunkenen Augen und farblosen, schmalen Lippen. Ihr fröhlicher, immer lachender, runder Kopf war klein wie ein Kinderkopf ... es war, als schrumpfe er zusammen.

»Anna«, stammelte Petermann. »Anna ... das darfst du doch nicht ... das darfst du nicht ... Anna ...«

»Raus!« brüllte Wehrmann.

»Doktor, ich häng mich auf, wenn Anna ...« Petermann drückte das Gesicht gegen die Wand und heulte. »Ich bring mich um! Warum mußte sie das Kind noch kriegen ...«

»Das hätten Sie sich vorher überlegen müssen.«

»Vorher, Doktor. Soll ich meine Anna nicht mehr in'n Arm nehmen?«

Dr. Wehrmann stand vom Bett auf und traf auf Petermann zu. Er drehte ihn an der Schulter um und sah in das tränennasse, verzerrte Gesicht des Mannes.

»Wenn Ihre Frau durchkommt, reden wir weiter.«

»Machen Sie mit mir, was Sie wollen, Doktor«, stöhnte Petermann. »Und wenn Sie mich sterilisieren müssen, ich sag zu allem ja. Sie wissen doch, daß Anna als gute Katholikin die Pille ablehnt. Der Papst hat es verboten, sagt sie immer.«

Dr. Wehrmann sah auf Anna Petermann und dann auf die Uhr. »Wo nur der Krankenwagen bleibt ...«

Aus dem Hintergrund kam ein Quäken und dann ein helles Schreien. Die Hebamme hatte das Kind gebadet, verbunden und gewogen. Nun hing es mit dem Kopf nach unten und schrie mit blaurotem Kopf.

»Sieben Pfund und neunundvierzig Gramm. Und gesund wie alle Petermanns«, sagte die Hebamme. Aber es war keine Freude in ihrer Stimme.

»Das . . . das ist Susanne . . .« Petermann legte den Kopf auf Dr. Wehrmanns Schulter und weinte wieder. »Wenn nur Anna durchkommt . . . mein Gott . . . o mein Gott . . .«

Mit dem Krankenwagen kamen Blutplasma und physiologische Kochsalzlösung. Dr. Wehrmann schloß die Infusion im Krankenwagen an, während der Fahrt über die spiegelglatten vereisten Straßen. Über ihm drehte sich auf dem Dach des Wagens das heulende Blaulicht. Ein paarmal schleuderte der Wagen auf dem Eis, bis er die mit Sand und Kies bestreute Chaussee erreichte und der Stadt entgegenraste.

Wir kommen zu spät, dachte Dr. Wehrmann, wenn er auf das verfallene Gesicht Anna Petermanns starrte. Himmel, wir kommen zu spät. Sie verblutet mir unter den Händen, und ich kann nichts, gar nichts mehr tun . . .

Michael Pohland war um diese Zeit in Ebenhagen und saß mit verkniffenem Gesicht vor dem Telefon. Dr. Corbeck hatte einen Vortrag gehalten, aber es schien, als ob Pohland gar nicht zuhörte oder die Worte und Zahlen nicht verstand. Er nickte, als der Syndikus geendet hatte, verzichtete auf jede Frage oder Bemerkung und zuckte nur zusammen, als die Tür zuklappte und Dr. Corbeck etwas konsterniert gegangen war.

Gerda war gestern verreist. Zu ihrem Vater, wie sie gesagt hatte. Sie hatte Weihnachtsgeschenke eingepackt, für Ernst Ludwig, für einige Cousinen und für das Altersheim, das sie jedes Jahr zu Weihnachten mit einer großen Spende bedachte.

»Ich bringe Paps die Geschenke, Micha«, hatte sie gesagt.

»Er könnte ja Weihnachten zu uns kommen, aber ich bin ungeheuer egoistisch. Ich will Weihnachten mit dir allein sein; es ist unser erstes Weihnachten. Da soll uns keiner stören.«

Pohland fand diesen Gedanken beglückend. Bisher war Weihnachten stets ein Trubel gewesen. Seine erste Frau versammelte an den Festtagen immer eine große Gesellschaft um sich, gab Weihnachtspartys und stellte ihre Geschenke zur Schau. Es war ein Jahrmarkt der Eitelkeit und des Neids, der billigen Schmeicheleien und offenen Mißgunst, ein Fest der Rache an allen Freundinnen, die mit verkniffenen Augen vor den Nerzen und Schmuckstücken standen.

Nach dem Tode seiner Frau war Pohland von sich aus in das Laute geflüchtet, weil die Stille in den weiten Räumen von Gut Heidfeld an seinen Nerven riß. Die Einsamkeit, die ihn umgab, machte ihn fast verrückt, und er flüchtete in das Hektische der modernen Weihnachtszeit. Er saß in einem Hotel, ließ sich am anderen Tag einladen oder fuhr – wie im letzten Jahr – nach Cortina, um dort seine Einsamkeit in Sekt zu ertränken. Das, was man eine besinnliche Weihnacht nennt, ein brennender Baum, Pfeffernüsse, geheimnisvoll umschnürte Geschenke, Lieder beim Kerzenschein . . . diesen Zauber der Kindheitserinnerung hatte er seit seiner Heirat nicht wieder erlebt. Nur für wenige Minuten genoß er die Stille und die tiefe Freude des Festes, wenn er bei den Petermanns gratulierte und mit ihnen vor dem Lichterbaum saß, und die Kinder sangen die alten Weihnachtslieder, begleitet vom Baß Petermanns, der sich auf sein Drei-Liter-Fäßchen Kognak freute, das ihm Pohland jede Weihnachten schenkte. Dann war er innerlich froh, nahm die Kinder auf seinen Schoß und war nicht mehr der Gutsherr, der Konzerninhaber, der Chef, sondern er war nur noch ein glücklicher Mensch, der mit den Kindern in die flackernden Kerzen schaute und genauso große Augen hatte wie sie.

Nun sollte es anders werden. Gerda würde mit ihm vor einem Baum sitzen, und er würde nach langen Jahren fühlen können: Ich habe ein Zuhause. Ich bin nicht mehr einsam. Ich bin glücklich.

Als Gerda zu ihrem Vater abgefahren war, hatte Pohland noch ein Päckchen entdeckt, das sie vergessen hatte. An einer goldenen Kordel hing ein Schildchen: Für Paps.

Sie wird das Päckchen suchen, dachte er. Vielleicht ist es etwas Wichtiges. So hatte er einen Tag gewartet und dann heute morgen bei seinem Schwiegervater angerufen. Die Hausvermittlung des Architekturbüros verband ihn mit der Privatwohnung. Ernst Ludwig war selbst am Apparat.

»Na, mein Junge«, sagte er, »was gibt's? Ich muß dir übrigens mitteilen, daß ich von deiner Weinhandlung noch zweihundert Flaschen des phantastischen Weines bekommen habe.«

»Das freut mich für dich, Papa.« Pohland lächelte vor sich hin. »Ist Gerda in der Nähe? Ich hätte sie gern gesprochen.«

»Gerda? Wieso?« Die Stimme Ludwigs war voll Verblüffung.

»Sie ist doch bei dir.«

»Nee, bis jetzt noch nicht.«

»Das verstehe ich nicht. Sie ist gestern abgefahren zu dir. Sie müßte am Abend angekommen sein.«

Ludwig zögerte. »Vielleicht ein Platter, mein Junge. Oder sonst was. Die Straßen sind spiegelglatt. Es kann sein, daß Gerda ...«

»Ausgeschlossen. Dann hätte sie von unterwegs angerufen.« Pohland wischte sich über das Gesicht. Er spürte, wie kalter Schweiß auf seiner Stirn stand. »Du, ich mache mir Sorgen, Papa. Bitte, ruf sofort an, wenn Gerda angekommen ist. Nein – sie soll mich anrufen, hörst du. Wenn sie bis Mittag nicht bei dir ist, verständige ich die Polizei.«

»Junge, welch ein Rummel! Wart doch erst mal ab!« Ludwigs Stimme war beschwörend, aber sie überzeugte nicht. »Bestimmt hat sie etwas am Wagen gehabt. Du wirst sehen. Auf jeden Fall ruft sie dich gleich an, wenn sie kommt.«

Bis zum Mittag saß Pohland wartend vor dem Telefon. Dann

endlich klingelte es. Mit zitternden Fingern hob er den Hörer ans Ohr.

»Liebling, was ist denn?« Es war Gerdas Stimme, aber Pohlands Miene wurde verschlossen und steinern. »Paps sagt mir, daß du dir Sorgen machst? Ich hatte auf der Autobahn einen Batterieschaden und habe im Rasthaus übernachtet. Ich wollte dich nicht ängstigen – und nun ist gerade das Gegenteil eingetreten. Armer Micha. Es ist alles in Ordnung.«

»Du hast ein Paket an deinen Vater vergessen, Liebes«, sagte Pohland mühsam. »Soll ich es nachsenden?«

»Nein, laß es dort. Ich habe es schon gesucht. Ich gebe es Paps, wenn er Silvester zu uns kommt. Liebst du mich?«

»Ja –«, sagte Pohland gepreßt.

»Immer und ewig?«

»Immer und ewig.«

»Küßchen!« Er hörte ein Schmatzen am Telefon, dann hatte Gerda aufgelegt.

Pohland wartete ein paar Minuten, dann rief er Ernst Ludwig an. Man sagte ihm, daß Herr Ludwig nicht zu Hause sei und gab ihm die Haushälterin.

»Hier ist Pohland«, sagte er. »Rufen Sie doch bitte meine Frau an den Apparat.«

Die Haushälterin schien verwundert zu sein. »Die gnädige Frau ist nicht hier«, sagte sie.

»Nicht da? Sie ist ausgegangen?«

»Nein ... sie ist nicht hier! Ist sie denn unterwegs zu uns?«

»Ja, das ist sie. Guten Tag.«

Pohland legte auf und stützte den Kopf in beide Hände.

Sie belügt mich, dachte er, und um sein Herz bildete sich ein Druck, der ihm die Luft abdrückte. Sie hintergeht mich. Sie ist nicht bei ihrem Vater. Aber wohin ist sie gefahren? Von wo hat sie angerufen? Und ihr Vater weiß, wo sie ist, er hat sie verständigt ... Sie betrügen und belügen mich!

Erneut griff er zum Telefon und rief die Hauszentrale an.

»Stellen Sie fest, woher vorhin der Anruf für mich kam«, sagte er mit mühsam fester Stimme. »Aber schnell!«

Nach wenigen Sekunden schon meldete sich die Zentrale. Der Anruf kam über den Selbstwähldienst und war nicht feststellbar. Aber bevor der Teilnehmer sprach, hatte sich eine andere Stimme mit den Worten gemeldet: »Hier Gasthaus zur Sonne. Einen Augenblick, ich verbinde mit Zimmer drei . . .«

Gasthaus »Zur Sonne«. Zimmer drei.

Zimmer 3, in dem Gerda wohnte. In einem Gasthaus.

Pohland sprang auf und rannte in dem großen Büro hin und her. Zimmer 3, dachte er. Zimmer 3. Ein Gasthaus. Ein Gasthaus. Irgendwo ein Gasthaus und ein Zimmer 3.

Mit einem Ruck blieb er vor dem großen Fenster stehen und starrte über seine Werke.

»Wo ist dieses Gasthaus ›Zur Sonne‹?« brüllte er gegen die dicke Scheibe. »Wo ist es?« Voll Ohnmacht und Schmerz hieb er gegen die getäfelte Wand, und bei jedem Fausthieb schrie er: »Wo! Wo! Wo!«

Nach einer Stunde war er stiller geworden, saß hinter seinem Schreibtisch, starrte ins Leere und überließ sich den Gedanken und Gefühlen, die über ihn hereinstürzten. Zweifel, Eifersucht, Wut, Enttäuschung, Suchen nach Verständnis und Ringen um Konsequenzen.

In diesem Stadium traf ihn Dr. Corbeck an und hatte beim Verabschieden den Eindruck, daß Michael Pohland ihm überhaupt nicht zugehört hatte. Wenig später fuhr Pohland dann auch hinaus nach Gut Heidfeld, wo er von der Tragödie bei Petermanns erfuhr.

»Wenn es nur gutgeht«, weinte die Köchin. »Wenn es nur gut geht . . .« Pohland nickte in Gedanken.

»Ja, wenn es nur gutgeht«, sagte er gedehnt.

Er rief in der Klinik an und erfuhr, daß man jetzt gar nichts sagen könne. Frau Petermann sei noch im OP, aber man habe erfahren, daß es sehr schlecht um sie stehe. Der hohe Blutverlust . . .

»Bitte, unterrichten Sie mich sofort, sobald die Operation zu Ende ist«, sagte er und legte seufzend auf. Dann wanderte er unruhig durch die Halle, den Salon, das Eßzimmer, die Bibliothek, blieb an den Fenstern stehen, starrte hinaus in den Park, rauchte hastig eine Zigarette nach der anderen und ging dann in das Zimmer Gerdas, einen runden Raum, den sie sich als Damenzimmerchen eingerichtet hatte. Was er bisher als eine der größten Untugenden immer gehaßt hatte – und was bei zwei Hausgehilfinnen, als er sie erwischte, zur fristlosen Entlassung führte –, das tat er nun selbst: Er schnüffelte.

Systematisch ging er vor: Zuerst die Schränke und die Schubladen, dann den Schreibsekretär; zuletzt suchte er wie ein Kriminalist aus einem billigen Roman, in den Ritzen der Polstermöbel und in den Büchern. Band für Band blätterte er durch in der Hoffnung, versteckte Zettel könnten herausflattern; im Sekretär las er alles, was beschriftet war, sogar alte Rechnungen, die in einer zerschlissenen Mappe lagen und von denen Pohland nach dem Durchlesen nicht wußte, warum sie Gerda überhaupt noch aufhob.

Fast ganz am Schluß seiner Suche, zwischen alten Briefen ihres Vaters und einiger Freundinnen, mit denen Gerda nicht mehr verkehrte und die noch aus ihrer Jungmädchenzeit stammten, fand Michael Pohland so etwas wie eine sinnlose Aufstellung. Verwundert und ratlos zog er den Zettel aus den Briefen und las ihn noch einmal durch.

»Viermal DM 800, nach Oberholzen«, las er.

Und darunter eine Bemerkung.

»Soll auf DM 850 erhöht werden.«

Pohland behielt den Zettel, räumte alles wieder säuberlich in den Schreibtisch, schloß ihn ab und ging zurück in die Bibliothek.

Oberholzen? Was heißt viermal DM 800? Wann war dieser Zettel geschrieben worden? War Oberholzen ein Name, ein Ort?

Er holte aus dem Bücherregal den großen Atlas und suchte im Stichwortverzeichnis. Einen Ort Oberholzen verzeichneten die Karten nicht. Und doch hatte er das merkwürdige Gefühl, daß dieser dumme Zettel mit den viermal DM 800 ein wichtiger Fund sein mußte. Gerda hätte diese Notiz nicht gemacht, wenn sie völlig unwichtig gewesen wäre. Und die Bemerkung: »Soll auf DM 850 erhöht werden«, konnte als Beweis gelten, daß eine dauernde Verbindung mit diesem Oberholzen bestand.

Michael Pohland rief Dr. Corbeck an. »Hören Sie, Doktor, ich brauche Ihre Hilfe«, sagte er.

»Sie haben Sorgen, Herr Pohland?« fragte Dr. Corbeck sofort zurück. Pohland zog die Augenbrauen zusammen.

»Sorgen? Nein. Wie kommen Sie darauf?«

»Es schien mir vorhin, als ob Sie etwas bedrückt.«

»Ach.« Pohland versuchte, seiner Stimme einen gleichgültigen, ja sogar burschikosen Klang zu geben. »Ich habe ein Problem, Doktor, und das wälzt sich durch meine Hirnwindungen. Wenn man älter wird, ist diese Gehirnarbeit eine Schwerarbeit; es liegt soviel Kalk in den Adern.« Er lachte sogar, wenn auch etwas rauh. »Nein, Sorgen . . . ich bitte Sie. Ich möchte nur, daß Sie feststellen lassen, ob es einen Ort Oberholzen gibt?«

»Oberholzen? In Deutschland?«

»Das weiß ich eben nicht. Es kann auch in Österreich sein oder in der Schweiz, in Luxemburg, Liechtenstein, dem Elsaß – was weiß ich? Ein Dorf vielleicht nur. Können Sie das feststellen, Doktor?«

»Ich werde es versuchen, Herr Pohland. Bis wann brauchen Sie es?«

»Sofort.«

»Ich werde mich gleich darum bemühen. Ich rufe Sie dann an, ob positiv oder negativ.«

»Das wäre schön. Ich danke Ihnen, Doktor.«

Vier Stunden mußte Pohland warten, bis Dr. Corbeck wieder anrief. Dr. Wehrmann war unterdessen gekommen. Michael Pohland hatte ihn wie einen Retter empfangen; die bedrükkende Stille im Haus, das bohrende Mißtrauen, die Einsamkeit, die ihn wieder umgab und der er glaubte, entronnen zu sein, hatten seine Nerven bis zum Zerreißen angespannt. Er war nahe vor einer inneren Explosion, als Dr. Wehrmann in die Bibliothek trat.

»Doktor! Sie kommen im richtigen Moment!« rief Pohland und lief Wehrmann mit ausgestreckten Armen entgegen. »Nie empfand ich Ihren Besuch als so nützlich wie gerade jetzt. Kommen Sie, trinken Sie einen alten Chateauneuf du Pape, erzählen Sie irgend etwas, tun Sie etwas – nur bringen Sie in diese Öde einen Hauch von Leben!«

Dr. Wehrmann setzte sich schwer in den Sessel am Kamin und legte den Kopf erschöpft an die Rückenlehne zurück.

Er hörte das Klappern der Gläser, das leise Knallen des aus der Flasche gezogenen Korkens, das Gluckern des Weines im Glas. Da erst öffnete er wieder die Augen. Pohland stand vor ihm, das Glas in der Hand, und sah ihn fragend an.

»Was ist, Doktor? Sie sehen wie eine Mumie aus.«

»Ich bin mir noch nie so armselig wie heute vorgekommen.« Dr. Wehrmann nahm das Glas aus Pohlands Hand und trank einen tiefen Schluck. Er schlürfte ihn einfach hinunter, ohne – wie es sonst seine Art war – den Wein auf Aussehen und Temperatur zu prüfen, die Blume zu erschnuppern und den köstlichen Tropfen zu kauen und im Munde zu drehen, ehe er ihn hinunterschluckte. »Wissen Sie, was ich bin? Ein Stümper!«

Pohland lächelte schwach. »Ich habe es immer vermieden, so etwas deutlich werden zu lassen.«

»Mensch, machen Sie nicht in Sarkasmus. Mir ist es ernst damit. Da bin ich Hausarzt, hole fünf Kinder, sehe zu, daß die Frau bei dem letzten fast verblutet, und verhindere nicht, daß ein sechstes kommt.«

»Ach Gott, ja, die Petermanns. Wie geht es der Anna?«

»Miserabel. Aber sie lebt. Noch.«

»Das ist ja schrecklich.«

»Schrecklich. Diese abgedroschenen Vokabeln.« Dr. Wehrmann sprang auf und trank dabei das Glas vollends leer. »Wenn Sie einmal so hilflos da gestanden haben wie ich, werden Ihnen andere Worte einfallen. Und erst im OP. Immer wieder rissen die Nähte ein, als zöge man die Nadel durch morsches Fleisch. Oben wurde das Blut reingepumpt, und aus der Wunde, die man nicht schließen konnte, lief es wieder heraus. Wissen Sie, wie einem da zumute ist? Wenn man da steht mit hängenden Armen und sich immer wieder verzweifelt fragt: Wie kriegst du die Wunde zu? Wie bringst du es fertig, daß die Nähte halten? Und wenn du dir dann selbst die Antwort geben mußt: Ich weiß es nicht. Im Moment weiß ich es noch nicht. Gott, laß mir einen Deiner schöpferischen Gedanken ab ... Was wissen Sie von völliger Hilflosigkeit?«

»Mehr als Sie ahnen, Doktor«, sagte Michael Pohland leise. »Vielleicht zu viel.«

»Sie haben alles, was Ihnen das Leben bieten kann.«

»Das ist ein Irrtum.«

»Was haben Sie nicht?«

»Vertrauen.«

Dr. Wehrmann drehte sich verwundert um. »Nun werden Sie mal nicht elegisch, Pohland. Vertrauen. Wem mißtrauen Sie denn so?«

»Gerda.«

Es war ein leises Wort, aber in den Ohren Dr. Wehrmanns war es wie eine krachende Explosion. Schnell musterte er Michael Pohland, stellte das leere Glas auf den Tisch und steckte die Hände in die Taschen seines Rockes.

»Wieso?« fragte er laut. Die Lautstärke war jetzt das einzige Mittel, seine Sorge zu überdecken.

»Sie betrügt mich, Doktor.«

Michael Pohland hatte sich abgewandt und starrte in den erloschenen Kamin. Die Asche, die noch um die halbverkohlten Holzscheite lag, kam ihm wie ein Sinnbild seiner selbst vor. Asche, die einmal glühte und prasselnde Flamme war.

»Blödsinn!« rief Dr. Wehrmann rauh. »Sie sollten sich einen

Psychiater nehmen. Gibt es eine liebevollere und glücklichere Frau als Gerda? Sie stehen in der Sonne des Lebens, aber Sie vertragen anscheinend die Sonne nicht.«

»Kennen Sie Oberholzen?«

Die Frage kam plötzlich, hart, gezielt. Dr. Wehrmann senkte den Kopf wie ein Kampfstier. Er hatte sie erwartet, wenn er sich auch sagte, daß es eigentlich unmöglich sein mußte, daß Pohland von diesem Ort etwas wußte.

»Nein. Ist er ein Kollege von mir?« fragte Dr. Wehrmann zurück. Pohland sah ihn plötzlich verwirrt an.

»Wie ... wie kommen Sie darauf?« stotterte er.

»Wieso nicht? Wer oder was ist Oberholzen?«

»Es kann auch ein Ort sein.«

»Natürlich. Auch das kann es. Was ist mit diesem Oberholzen?«

»Er oder es spielt im Leben Gerdas eine Rolle.«

»Woher wissen Sie das?«

»Ich habe Beweise.«

»Interessant.« Es war ein ehrliches Wort Dr. Wehrmanns. Beweise, dachte er schnell. Wieso hat Pohland Beweise aus Oberholzen? Und welcher Art sind diese Beweise? Wer hat sie ihm geliefert? Umfassend können sie nicht sein, denn augenscheinlich weiß Pohland nicht, was er mit dem Wort Oberholzen anfangen soll. »Kann ich sie sehen, die Beweise?« fragte Dr. Wehrmann harmlos. »Wenn Sie Ihre Frau so hart verdächtigen, glaube ich ein Recht zu haben, eingeweiht zu sein.«

»Bitte!« Pohland holte aus der Brieftasche den Zettel und reichte ihn Wehrmann. Der Arzt überflog die zwei Sätze und ließ den Zettel auf den Tisch fallen. Ein dämliches Frauenzimmer, dachte er dabei. Alles hat sie getan, um ihr Geheimnis zu hüten, aber so einen dusseligen Zettel hebt sie auf.

»Na und?« fragte Dr. Wehrmann. »Was ist?«

»Genügt das nicht?« rief Pohland heiser vor Erregung.

»Nein. Wer ist Oberholzen? Diese Frage bleibt offen.«

»Wenn man viermal DM 800 bezahlt ...«

»Es kann ein Modeatelier sein. Modellkleider sind teuer, das sollten Sie wissen. Es kann ein Autohändler sein – hatte Gerda früher nicht einen eigenen Wagen? Sie kann ihn auf Raten gekauft haben, das viermal 800 DM spricht dafür. Immer die gleiche Summe.«

»Ratenkäufe hatte Gerda nie nötig.«

»Dann bleibt nur übrig, daß Ihre Frau sich einen Lustjüngling hält, der monatlich DM 800 kostet. Ein teurer Spaß.«

»Sie sind von einer geradezu gemeinen Geschmacklosigkeit, Doktor!« schrie Pohland. Dr. Wehrmann hob die Schultern.

»Ich bin eine ehrliche Person. Ich spreche nur aus, was Sie im geheimen denken. Warum regen Sie sich sonst so auf, wenn dieser Wisch da in Ihnen nicht derartige Gedanken erregt?«

Michael Pohland hob die Schultern und schwieg. Er kam an den Tisch zurück, nahm den Zettel und verbarg ihn wieder in der Brieftasche wie einen Schatz. Dr. Wehrmann schüttelte wild seine Löwenmähne.

»Kindisch. Direkt kindisch.«

»Ich weiß, Doktor.«

»Und nun werden Sie Ihrer Frau auch noch eine Szene hinlegen wie in einem Strindberg-Stück.«

»Nein.«

»Nicht? Oh, da fehlt dann aber ein Pinselstrich im Bild des vor Eifersucht rasenden Ehemannes.«

»Ich bin nicht eifersüchtig. Ich bin bloß erschüttert, erschlagen, gekränkt.«

»Das ist das vornehme Vokabular für ganz gemeine Eifersucht. Herr Pohland ...«

»Doktor?«

»Ich hatte Sie bisher für einen untadeligen Mann gehalten, für einen Energieknoten, der einen Konzern aufbauen konnte und seinen beratenden Arzt oft zur Verzweiflung brachte, weil er Raubbau mit seinen Kräften trieb. Aber nun sind Sie ein armseliger Wicht, Pohland. Ein Durchschnittsmensch wie Millionen andere, ein von Zweifeln und Leidenschaften Getriebener, der nicht die innere Kraft aufbringt, sich selbst zu bezwingen und dort die Vernunft zu rufen, wo sie am notwendigsten ist: Im eigenen Ich.«

»Gut gebrüllt, Löwe!« Pohland trat an das Fenster und trommelte mit den Fingern gegen die Scheiben. »Und wie erklären Sie sich, Doktor, daß meine Frau gestern zu ihrem Vater fährt, aber dort nicht ankommt, sondern in einem mysteriösen Gasthaus ›Zur Sonne‹ wohnt?«

»Ach!« Dr. Wehrmann griff zur Weinflasche und schenkte sich ein. »Wie denn das?«

»Sie hatte ein Päckchen für Papa vergessen. Ich rufe an ... Papa weiß von keinem Besuch. Eine Stunde später ruft Gerda an ... von Paps natürlich, der sie unterrichtet hatte. War gerade angekommen, ein Autoschaden hat sie festgehalten ...«

»Na also!«

»... Es ist alles eitel Freude. Aber ich lasse nachprüfen, woher der Anruf kommt.«

»Das war wiederum nicht gentleman like, sondern eine Tat blinder Eifersucht.«

»Ich gebe zu, daß ich nachdenklich geworden war.«

»Herrgott, sagen Sie: Ich war solch ein Trottel, meiner Frau nicht zu glauben.«

»Gut. Ich glaubte nicht. Der Anruf kam vom Selbstwähldienst, der Ort war also nicht feststellbar, aber vor Gerda meldete sich eine Vermittlung: Hier Gasthaus ›Zur Sonne‹, ich verbinde weiter.«

»Idioten!« sagte Dr. Wehrmann laut.

»Wer?«

»Die Leute von der ›Sonne‹!«

»Sie haben ein Fleischerhundgemüt, Doktor. Nun wußte ich sicher, daß Gerda nicht bei ihrem Vater, sondern in einem Gasthaus war. Irgendwo in Deutschland. Auf Zimmer drei.«

»Das sagte die Vermittlung auch?«

»Ja.«

»So entsteht aus Ehrlichkeit eine Tragödie.«

»Bitte, lassen Sie Ihre dummen Witze, Doktor.« Pohland hieb mit der Faust in die linke Hand. »Ich frage Sie: Was macht meine Frau in einem Gasthaus? Warum verheimlicht sie mir diese Reise? Warum belügt sie mich? Was macht sie in dieser Absteige? Mit wem trifft sie sich da?«

»Das werden Sie Ihre Frau nun alles selbst fragen, wenn sie zurückkommt.«

»Ich wollte es. Aber ich werde es jetzt nicht mehr tun. Ich hatte Zeit genug, zu überlegen.«

»Und *was* werden Sie tun?«

»Ich werde mich so weit erniedrigen, daß ich diesen Faden aufnehme. Ich werde den Weg meiner Frau aufrollen.«

»Prost, kleiner Sherlock Holmes!« Dr. Wehrmann hob das Glas. »Merken Sie nicht, wie lächerlich Sie sich machen?«

»Das ist mir gleichgültig. Ich werde mir Gewißheit verschaffen. Sie kennen mich gut genug – ich werde mein Ziel mit aller Energie erreichen.«

»Und dann?«

»Dann haben wir Klarheit.«

»Und was machen Sie mit der Klarheit?«

»Dann entscheide ich mich.«

»Und das alles nennt man schlicht: Die große Liebe. – Mein Gott, was bin ich glücklich, Junggeselle zu sein. Ich liebe meinen Wein, und wenn er noch einem Menschen schmeckt wie mir, so lade ich ihn ein und gebe ihm davon, ohne eifersüchtig zu sein auf die Freude und Lust des anderen.«

»Ein solcher Vergleich ist nur bei Ihnen möglich, Doktor.« Pohland wandte sich ab. »Ich erwarte nur noch einen Anruf, um zu wissen, was ich endgültig tun werde.«

Im gleichen Augenblick schellte das Telefon. Dr. Wehrmann nickte zufrieden.

»Wie auf das Stichwort: Es schellt. Die Inszenierung klappt. Eine perfekte Komödie.«

Pohland hatte den Hörer abgenommen. Dr. Corbeck berichtete über seine Nachforschungen.

»Ich habe hier eine Liste, Herr Pohland«, sagte er. »Ob Ihnen damit geholfen ist?«

»Bitte, sagen Sie durch. Dr. Wehrmann ist auch hier, er wird mitschreiben. Doktor, haben Sie etwas zur Hand?«

»Natürlich, den Rezeptblock.« Dr. Wehrmann setzte sich und machte seinen Füllhalter schreibfertig. »Es kann losgehen. Bajazzo diktiert dem blöden Beppo.«

»Fangen Sie an, Corbeck«, sagte Pohland heiser. »Ja, ich höre gut. Also dann: Oberholzen in Südbaden, Oberholzen im Sauerland, Oberholzen bei Coburg, Oberholzen in der Eifel, Oberholzen im Allgäu, Oberholzen bei Thurgau/Schweiz, Oberholzen bei St. Gallen/Schweiz, Oberholzen bei Asuncion in Paraguay . . .«

»Das dürfte es mit Bestimmtheit nicht sein«, sagte Dr. Wehrmann trocken.

»Danke.« Michael Pohland legte auf. Er trat zu dem Arzt und blickte ihm über die Schulter auf die Liste. »Da haben wir sie alle. Und ich werde sie der Reihe nach abfahren.«

»Dann fangen wir am besten in Paraguay an. Ich nehme an, es handelt sich um eine deutsche Siedlung im Urwald. Eine Gummisammelstelle in der grünen Hölle.« Dr. Wehrmann riß das Blatt aus seinem Rezeptblock und schob es Pohland hin. »Kommen Sie morgen früh zu mir. Ich muß Sie dafür gegen Gelbfieber, Cholera und Typhus impfen.«

»Ich werde bei Oberholzen in der Eifel anfangen«, sagte Pohland laut. »Es liegt am nächsten. Und wenn Sie mich auslachen, Doktor, und wenn Sie mich einen Narren nennen: Ich will Klarheit haben! Unbedingte Klarheit.« Er zögerte, aber dann sagte er es doch, leise und mit schwankender Stimme: »Ich . . . ich liebe doch meine Frau über alles . . .«

Gerda Pohland kehrte von ihrer Weihnachtsreise zurück, bevor Michael nach einem genauen Plan das Geheimnis seiner Frau aufrollen konnte.

Mit zwei neuen Koffern und den Hintersitzen voller Pakete fuhr sie laut hupend in den Innenhof von Gut Heidfeld ein und lief Pohland fröhlich wie ein kleines Mädchen entgegen.

»Nicht neugierig sein, Liebster«, rief sie, als Pohland auf die vielen Pakete sah, die von den Hausmädchen aus dem Wagen geholt wurden. »Du wirst dich wundern, was ich alles aufgetrieben habe.«

Sie küßte ihn ungeniert vor allen Leuten und merkte anscheinend nicht, wie steif und sichtlich korrekt Pohland sich verhielt. Sie hakte sich bei ihm unter, atmete tief auf und legte den Kopf an seine Schulter.

»Es ist so schön, zu Hause zu sein«, sagte sie. »So schön, wenn man weiß, daß man eine Heimat hat.«

Michael Pohland sah sich in einen neuen Widerstreit von Gedanken und Gefühlen verstrickt. Er mußte an die Worte Dr. Wehrmanns denken: Vielleicht ist Oberholzen ein Modesalon. Er mußte daran denken, wie er selbst eine Zeitlang nicht glauben wollte, daß dieser dumme Zettel eine Bedeutung habe, bis ihn die Eifersucht in allem etwas entdecken ließ.

Er führte Gerda ins Haus und war bemüht, sich von ihrer Fröhlichkeit anstecken zu lassen. »Sicherlich bist du müde von der Fahrt«, sagte er. »Soll ich dir einen Cocktail machen?«

»Das wäre lieb von dir, Micha.« Sie warf sich in den Sessel am Kamin, in dem vor kurzem noch Dr. Wehrmann gesessen hatte, streckte die schönen, schlanken Beine von sich und legte den Kopf weit zurück. Ihre blonden Haare flossen über die Rückenlehne. Michael Pohland stand an der aufklappbaren Hausbar und mischte ein Getränk aus Wermut, Gin und Eis.

Was mag er jetzt denken, was geht in ihm vor, dachte sie. Warum fragt er nicht? Gleich nach der Aussprache mit Pohland hatte Dr. Wehrmann sie in Oberholzen angerufen und davon unterrichtet, daß Michael einen handfesten Anlaß für sein Mißtrauen gefunden hatte. Er hatte Gerda dann beschimpft, sie ein dummes Luder genannt, und sie hatte es Dr. Wehrmann nicht übelgenommen. Sie war nur entsetzt gewesen, hilflos, und hatte immer wieder gefragt: Was soll ich denn tun? Was soll ich tun? Und Dr. Wehrmann hatte ihr den Rat gegeben, nichts zu tun.

»Fahren wir vor Weihnachten noch einmal in die Stadt?« fragte sie, als Pohland ihr den Cocktail brachte.

»Wenn du willst, kannst du jederzeit fahren, Gerda.«

»Und du?«

»Ich muß noch einmal verreisen.«

»Vor Weihnachten?«

»Eine dringende Sache.«

»Darf ich mitfahren?«

»Du würdest dich nur langweilen. Konferenzen, Sitzungen, trockene Wirtschaftsgespräche . . .«

»Und wohin fährst du?«

»Nach Straßburg.«

»Straßburg kenne ich noch nicht, Micha. Ich könnte mir die Stadt ansehen, das Münster.«

»Es geht nicht!« sagte er laut. Es klang gröber, als er es wollte. Pohland erkannte es an dem erstaunten Kopfheben Gerdas und versuchte ein Lächeln. »Verzeih, ich bin etwas überarbeitet.« Er legte die Hände flach gegen die Schläfen, als habe er Kopfschmerzen. »Die letzten Tage waren sehr hart«, sagte er doppelsinnig. »Wie wäre es, wenn wir nach den Feiertagen in Urlaub fahren würden?«

»Aber ja, Micha, ja!« Gerda sprang auf und klatschte in die Hände. »In den Süden! Weit weg von Deutschland . . .«

Es klopfte an der Tür. Pohland öffnete selbst, froh, dadurch einer Antwort ausweichen zu können. Gotthelf Petermann stand in der Diele und drehte den zerknüllten Hut zwischen den Händen.

»Kommen Sie rein, Petermann.« Pohland trat zur Seite. Petermann kam in das Zimmer, machte vor Gerda eine kleine Verbeugung und blieb unsicher stehen. Sein Gesicht war bleich und eingefallen; tiefe, dunkle Ränder lagen unter seinen Augen. Er sah aus, als habe er Tage und Nächte durchgezecht, und diesen Gedanken schien auch Gerda zu haben, denn sie musterte den sonst so korrekten Petermann mit unverhohlenem Tadel.

Pohland ging, ohne etwas zu sagen, zur Hausbar, goß ein Glas Kognak randvoll und reichte es Petermann. Der nahm es und hielt es mit zitternden Fingern fest.

»Trinken Sie, Petermann«, sagte Pohland. »Das ist ein vierstöckiger. Ich wage gar nicht zu fragen, was geschehen ist.«

Petermann senkte den Kopf. »Sie lebt«, sagte er kaum hörbar. Gerda schnellte aus dem Sessel auf.

»Was ... was heißt das?« rief sie. »Herr Petermann, ich bin von nichts unterrichtet, ich bin gerade erst zurückgekommen ... was ist denn geschehen ... Micha ...«

»Anna hat das sechste Kind bekommen und wäre dabei fast verblutet.«

»O mein Gott!«

»Die Ärzte haben sie gerettet.« Petermann nippte an dem Kognak. »Aber sie darf nie wieder ein Kind bekommen.« Er wischte sich mit der Hand übers Gesicht. »Das ist klar, das weiß ich, das habe ich auch gewußt. Das sechste sollte ja nicht kommen, aber ...« Er sah auf Gerda und schwieg beschämt. »Sie war fast ausgeblutet. Die Ärzte haben gesagt, wenn sie nicht so robust gewesen wäre, hätte sie's nicht überlebt. Aber sie hat ein gutes Herz, sie ist sonst ja ganz gesund ...« Er schluckte ein paarmal und sah sich hilfesuchend um. »Kann ... kann ich mich setzen?«

»Aber natürlich, Petermann.« Pohland drückte ihn in einen Sessel. »Und nun trinken Sie den Kognak und schlafen Sie erst mal aus.«

»Schlafen! Wie kann ich schlafen, Chef? Noch ist die Krisis nicht vorbei. Ich muß wieder zurück zum Krankenhaus. Ich wollte nur frische Wäsche holen.«

»Morgen früh, Petermann!« Gerda nahm ihm das Kognakglas aus der Hand. »Haben Sie überhaupt schon etwas gegessen?«

»Gegessen? Nein.«

»Dann los! Erst wird gegessen.«

»Ich bekomme keinen Bissen runter.«

»Das wollen wir erst mal sehen.« Gerda faßte Petermann unter und nickte Pohland zu. »Ich werde ihn unter meine Obhut nehmen, Micha. Und ich fahre morgen auch mit zum Krankenhaus. Es ist dir doch recht?«

»Aber selbstverständlich, Liebling. Ich komme mit und fahre dann weiter nach Straßburg.«

Gerda führte Petermann hinaus zur Küche. Von einem Mitfahren mit ihrem Mann in das Elsaß war nicht mehr die Rede. Die Petermanns brauchten sie. Diese Lösung ist Micha sehr willkommen, dachte sie, als sie die Tür schloß und mit einem schnellen Blick zurück sah, wie Pohland das Glas Petermanns leertrank. Warum sagt er nicht, was er denkt oder glaubt? Ich wäre bereit, ihm zu antworten, ich würde ihm alles sagen, alles ... Aber ich kann ja nicht damit anfangen, ohne Dr. Wehrmann zu verraten. Mein Gott, wenn er doch bloß fragen würde ...

Auch in der Nacht, nachdem sie Petermann satt und betrunken ins Bett gebracht hatten, wo er sofort einschlief, fragte Michael Pohland nicht. Sie war zärtlich zu ihm, und er ließ sich von ihrer Liebe mitreißen, betäubt von der Schönheit und dem Glück, das er sein eigen nannte. Nur in den Pausen zwischen dem Allesvergessen, wenn sie nebeneinander lagen und gegen die Decke starrten, dachten sie beide das gleiche: Warum sagst du nichts. Jetzt wäre es Zeit, jetzt wäre es so leicht zu verzeihen ... Aber keiner von ihnen sprach ... jeder wartete auf den anderen ... und so verrann die Nacht, und die Möglichkeit war vertan, ein bitteres Geheimnis auszulöschen.

Die Rundreise Pohlands war ein Schattenlaufen. Verloren stand er in den verschiedenen Oberholzen, wanderte durch die Straßen und über die Dorfwege und sagte sich, daß es absurd sei, hier nach einem Geheimnis Gerdas zu suchen. Immer wahrscheinlicher schien es ihm, daß Oberholzen kein Ort, sondern ein Name sein mußte.

Das änderte sich erst, als er in das Dorf Oberholzen im Allgäu kam. Es war der letzte Ort dieses Namens, den Pohland besuchen wollte. Er kam sich selbst dumm und tölpelhaft vor und sagte sich, daß es unwürdig eines Michael Pohland sei, solchen Sinnlosigkeiten nachzujagen.

Diese Ansicht wurde schlagartig vernichtet, als er in Oberholzen einfuhr und schon von weitem das Schild des Gasthauses »Zur Sonne« sah. Mit scharfem Bremsen hielt er an und umklammerte das Lenkrad.

Hier ist es, sagte er sich. Jetzt paßt alles zusammen. Der Gasthof, der Name des Ortes . . . Er blieb im Wagen sitzen und starrte auf das Schild mit den goldenen Buchstaben. Wenn er jetzt ausstieg, das wußte er, würde er vor einer Entscheidung stehen. Es gab kein Zurück mehr – auch als er plötzlich das Gefühl hatte, es wäre vielleicht besser, umzudrehen und ohne Wissen wegzufahren.

Hinter der Gardine im Schankraum standen der Wirt und die Wirtin der »Sonne«. Sie sahen auf den vor dem Haus haltenden Wagen und auf den Mann, der mit starren Augen zu ihnen hinschaute. »Dös is er«, sagte der Wirt leise, als könne man ihn durch die Fenster hören. »Bleib schön stad, Rosl! Nix vergesse! I kenn koane Frau Pohland. Kapiert?«

»Bin i blöd?« schnaufte die Wirtin. »I werd's ihm schon zeige.«

Michael Pohland stieg langsam aus dem Wagen. Es war, als müsse er sich unter großen Schmerzen vorwärtsbewegen. An der Tür blieb er noch einmal stehen, drehte sich um und blickte über die tiefverschneiten Berge und die im Schneenebel liegenden Taleinschnitte. Eine Welt in Weiß und Grau, versunken und wie am Rande der Erde. Was hatte Gerda hier gesucht?

Als er in die Wirtsstube trat, stand der Wirt hinter dem Tresen und putzte die kupferne Biersäule. Die Wirtin saß in der Küche – man sah sie durch die offenstehende Tür – und knetete in einer großen Schüssel Knödelteig. Es war heiß im Raum, Pohland öffnete seinen pelzgefütterten Mantel und trat an die Theke.

»Guten Tag«, sagte er. »Ist noch ein Zimmer frei?«

»Sie können den ganzen Gasthof mieten, mein Herr.« Der Wirt lachte kräftig und umklammerte die Bierhähne. »Um diese Zeit ist's zum Kotzen. Wer kommt nach Oberholzen?«

»Ich möchte Zimmer Nummer drei, wenn's geht.«

»Aber natürlich. Aber warum drei? Hat Sie jemand empfohlen?«

»Nein.« Pohland drückte das Kinn an den Kragen. »Die Drei ist meine Glückszahl. Wenn möglich, wohne ich in allen Hotels in Nummer drei. Oder ist Nummer drei bei Ihnen ein Doppelzimmer?«

»No. Dös is an Einzelkammerl.« Der Wirt klopfte mit dem Knöchel an den Tresen. Aus der Küche kam die Wirtin mit mehlbestäubten Händen.

»Grüezi Gott!« rief sie.

»Zimmer drei, Rosl. Ich bring den Herrn schon hinauf. Habens' Gepäck?«

»Nicht viel. Im Wagen. Der Kofferraum ist offen.«

Pohland sah sich um. Eine saubere, einfache Gaststube. Tische mit buntkarierten Decken. Ein runder Stammtisch. Ein Herrgottswinkel. Geschnitzte Balkendecke mit geschwärzten Sprüchen. Als Konzession an die Neuzeit auf einem Paneelbrett ein hochmoderner Fernsehapparat.

»Komfort haben wir nicht, mein Herr«, sagte der Wirt. »Man hat uns noch nicht entdeckt, wissen Sie ...« Er lachte wieder. »Dabei haben wir hier auch Hänge zum Skilaufen. Wir warten immer darauf, daß mal so'n Manager von 'ner Reisegesellschaft hierherkommt. Und eine Luft haben wir hier! Achthundertsiebzig Meter hoch sind wir. Und drüben, der Patscherkofel ist eintausendvierhundertachtundfünfzig Meter.«

Der Wirt schloß Zimmer drei auf. Ein breites Bauernbett,

eine Waschkommode, ein bemalter Bauernschrank, ein Tisch, zwei gepolsterte Stühle, ein handgewebter Teppich, drei kleine Fenster mit karierten Gardinen. Ein Zimmer wie aus einer Puppenstube. Pohland setzte sich auf einen der Stühle und atmete schwer.

Hier war Gerda, dachte er. Es besteht gar kein Zweifel mehr. Von hier aus hat sie angerufen. Er sah das schwarze Telefon auf dem Nachttisch und stellte sich vor, wie sie dort auf der Bettkante gesessen und zu ihm gesagt hatte: »Liebling, Paps läßt dich auch grüßen. Und denk immer daran: Hab mich lieb!«

»Ihre Anmeldung, bitte«, sagte der Wirt und schob Pohland den roten Anmeldeblock hin.

»Ich bin Michael Pohland«, sagte Michael.

»Angenehm. Freudlinger, Alois.«

Pohland sah den Wirt fragend an. Der Name schien ihm nichts zu sagen. War Gerda unter einem anderen Namen abgestiegen? Pohland erhob sich, trat an das Fenster und sah hinaus auf die tiefverschneite Berglandschaft.

»Ich habe einige große Werke, Herr Freudlinger. Ich könnte mir denken, daß Oberholzen und gerade Ihr Gasthof ein ganz schöner Platz sein könnten für ein Betriebserholungsheim. Sie hätten dann immer Saison.«

»Dös wär a Fressen!« Alois Freudlinger rieb sich die Hände. »Wenn S' erst sehen, wos wir bieten können.«

»Ich habe vorhin geschwindelt.« Pohland lächelte schwach. »Sie sind mir doch empfohlen worden. Eine Bekannte von mir war schon ein paarmal hier. Eine Frau Sanders ...«

Alois Freudlinger sah an die Decke und schüttelte den Kopf. »Kenn i net. Dös is a Irrtum.«

»Aber sie sagte: Oberholzen im Allgäu. Gasthaus ›Zur Sonne‹.«

»Aber an Frau Sanders, dö is unbekannt. Hier is nie an Frau Sanders abgestiegen.«

»Eine schlanke, hellblonde, auffallend hübsche Frau.«

»Kenn i net.«

Pohland nickte mehrmals. »Es ist gut, Herr Freudlinger. Ich komme später runter.«

»Heut gibts Leberknödel.«

»Danke. Ich sage noch Bescheid.«

Dann war Michael Pohland allein. Er stand am Fenster und starrte hinaus in die weißen Berge. Die Nebel hatten sich etwas gelöst, durch den graublauen Himmel leuchteten goldene Flekken, der Schnee glitzerte an einigen Stellen, und die Bergwälder hoben sich gegen die Felsen ab. Hin und wieder stieg aus Schneehügeln eine helle Qualmwolke auf. Dort waren Häuser, zugeschneit, für Wochen versunken in einen weißen Schlaf.

»Sie war hier«, sagte Pohland laut. Er schrak vor seiner eigenen Stimme zusammen. Mit einem Ruck drehte er sich um und starrte auf das breite Bauernbett. Und der häßliche Gedanke krampfte sein Herz zusammen, daß dieses Bett breit genug für zwei sei ...

Drei Tage nach der Abfahrt Pohlands – drei Tage, in denen Gerda nervös war und immer wieder Dr. Wehrmann anrief, ob es nicht besser wäre, Micha nachzufahren und alles zu erklären – erschien auf dem Gut Heidfeld ein junger Mann mit einem alten, klapprigen Sportwagen. Er sah sich erst eingehend um wie ein Taxator, nickte dann zufrieden und ließ sich der gnädigen Frau melden.

»Sagen Sie, mein Kleines«, sagte er zu dem Hausmädchen und kniff der Zurückweichenden in die Hüften, »daß Vetter Hugo angekommen ist.«

»Ich glaube kaum ...«

Hugo Bölle lächelte mokant und blinzelte mit den Augen. »Meine schöne Küchenfee! Der Name Hugo bürgt für Qualität. Melden Sie mich, oder ich komme formlos – so nennt man das wohl? – ins Haus! Und nun flieg davon, Vögelchen, und berichte meiner vornehmen Cousine von dem erfreulichen

Besuch.« Wenig später stand er vor Gerda im Salon und schüttelte ihr die Hand.

»Ein verdammt luxuriöses Aas biste geworden«, sagte er und warf sich in den Sessel. »Cousinchen, mix mir mal einen Longdrink. Mit meinem Adolar zu reisen ist eine Qual. Modell 1929, weißte. Die reinste Hinternmassage.«

»Was willst du hier, Hugo?« Gerda stand neben dem Kamin und rührte sich nicht. Sie dachte nicht daran, der Aufforderung ihres Vetters nachzukommen.

»Nicht willkommen?« Hugo Bölle streckte die Beine von sich. »Dein erster Mann, der Sanders, war ja schon ein reicher Pinkel – aber dieser Pohland, Donnerwetter! Ich habe mir die Werke beguckt. Ganz große Klasse! Bei dem ist ja jeder Furz aus Gold.«

»Weiß Tante Erna, daß du hier bist?« fragte Gerda abweisend.

»Mamachen? Aber nein. Die kümmert sich nicht um meine Geschäfte. Mamachen hat genug mit ihren Bridgerunden. Überhaupt hält sie mich knapp.«

»Sie weiß, warum.«

»Cousinchen, nicht so angriffslustig.« Hugo Bölle wedelte mit den Fingern durch die Luft. »Sieh mal an, ich bin Student im vierten Semester. Man hat seine Bienchen, seine Kneipen, seine Runden, und die kosten Geld. Vor allem die Bienchen. Süße Kerlchen, sage ich dir. Eine ist rot wie der Abendhimmel über Alassio. Mamachen kann ich deswegen nicht kommen!«

»Du hast also Schulden?«

»Das ist schon gar kein Ausdruck mehr. Mir steht's bis zum Hals. Schuldscheine, Wechsel und so'n Mist.« Hugo Bölle kratzte sich die kurzgeschnittenen Haare. »Ich hätte nie gedacht, daß ein hoher Hormonspiegel so teuer werden kann.«

»Mit anderen Worten: Du willst Geld.« Gerda Pohland verschränkte die Arme vor der Brust. Sie sah auf ihren Vetter herunter mit einer Verachtung, die Hugo deutlich spürte. Verlegen grinste er zurück und scharrte mit den Fußspitzen über den Teppich.

»Was machen dir ein paar Märkchen aus, Cousinchen? Dein Alter merkt es gar nicht. Jede Stunde verdient der mehr, als ich jemals in einem Jahr verdienen werde. Außerdem tust du ein gutes Werk.« Der letzte Satz war in einer Art gesprochen – die Stimme war härter und hatte das Burschikose verloren. Gerda hob die Augenbrauen.

»Wieso?«

»Ich nehme an, daß du mich nur anhören willst, um mir dann zu sagen: Und nun hau ab, Junge. Du kriegst kein Geld.«

»Wie gut du mich kennst.«

»Und wie schlecht du deinen Vetter Hugo kennst. Ich komme nicht mit leeren Händen. Ich will dir für einen angemessenen Preis etwas verkaufen.«

»Und das wäre?«

»Ein Briefchen. Du hast es vor vier Jahren an Mamachen geschrieben, und ich fand es zufällig, als ich für Mamachen im Sekretär etwas suchen mußte. Damals warst du noch weniger verschlossen, Cousinchen.« Hugo Bölle griff in die Rocktasche und holte ein Kuvert hervor. »Der Brief ist geschrieben in Oberholzen.«

Gerda Pohlands Gesicht wurde starr und wächsern. Sie ließ die Hände wie schützend vor der Brust, aber ihre Gestalt schien zu versteinern. Hugo Bölle wedelte mit dem Brief.

»Wieviel wert ist dir dieser Brief?«

»Keinen Pfennig!« sagte Gerda gepreßt.

»Das würde ich nicht so voreilig aussprechen, Cousinchen. Sieh einmal an, du bist doch immer ein kluges Mädchen gewesen. Und ein Mädchen mit einem unverschämten Glück. Wer so aussieht wie du . . .«

»Es ist besser, du gehst sofort, Hugo, ehe ich dich hinauswerfen lasse«, sagte Gerda ohne Erregung. »Daß es dich in der Familie gibt, ist uns allen unverständlich.«

»Ein klares Wort.« Hugo Bölle erhob sich schnell aus dem Sessel. »Wir können uns danach alle Umschreibungen sparen. Ich brauche zwanzigtausend Mark.«

»Ich würde Aktien ausgeben.«

»Laß die Ironie. Diesen Brief gegen zwanzigtausend Mark. Das soll ein Wort sein.«

»Nicht einen Pfennig!« schrie Gerda plötzlich. Sie kam auf Hugo Bölle zu, aber er blieb stehen und sah sie mit einem mokanten Lächeln an.

»Spiel nicht die Megäre, Cousinchen. Du weißt, was dieser Brief wert ist. Ich habe mich umgehört. Der Name Oberholzen ist so gut wie tabu in unserer Familie. Auch dein Goldeselchen Michael weiß nichts davon. Es gäbe einen ganz schönen Familienknatsch, wenn er diese Zeilen lesen würde.«

»Du bist ein gemeines Aas!« schrie Gerda und ballte die Fäuste. »Ein hundsgemeiner Erpresser!«

»Diese Töne sind klarer als vorhin die säuselnden Reden. Also gut, ich brauche zwanzigtausend Mark. Ich habe keine andere Wahl als diesen Weg, denn wenn die Wechsel platzen, ist meine Karriere zu Ende, bevor sie noch begonnen hat. Du tust also ein doppelt gutes Werk: Du löst mich aus, und du hältst deinen Mann bei Laune. Wenn das kein reales Geschäft ist.«

Gerda Pohland wandte sich schroff ab und ging zum Kamin zurück. Sie drehte Hugo Bölle den Rücken zu und umklammerte die Marmorabdeckung des Feuerloches.

»Geh, du Lump!« sagte sie heiser.

»Wenn du dir die Nummer meines Bankkontos notieren willst...«

»Geh, sag ich!«

»In drei Tagen sind die Wechsel fällig.«

»Ich werde Tante Erna alles schreiben.«

»Mamachen wird untröstlich sein über ihren Sprößling. Aber das ändert nichts daran, daß mir das Messer an der Kehle sitzt und ich keine Lust habe, mich abschlachten zu lassen. Dieser Brief« – er hob ihn wieder hoch und wedelte damit – »ist ein Vermögen wert. Wenn ich ihn so weit unter Preis abgebe, beweist das nur, wie sehr ich in der Klemme sitze.«

Er ging auf Gerda zu und legte ihr die Hand auf die Schulter.

Sie zuckte unter seiner Berührung zusammen und schüttelte seine Hand ab wie ein ekliges Tier. »Cousinchen, überleg es dir. Ich rufe dich morgen an.«

»Das ist völlig unnötig.«

»Wer weiß . . .«

Hugo Bölle wartete an der Tür, ob Gerda noch etwas sagte. Aber sie blieb am Kamin stehen. Da zuckte er mit den Schultern und ging. In der Halle kniff er dem Hausmädchen wieder in den Schenkel, pfiff fröhlich und ratterte wenig später mit seinem alten Sportwagen aus dem Gutshof.

Das Schrillen des Telefons schreckte Gerda aus ihrer Starrheit. Dr. Wehrmann rief an. Er hatte soeben Informationen aus Oberholzen bekommen.

»Er ist da«, sagte er. »Er wohnt sogar in Zimmer Nummer drei. Hat es verlangt. Aber er weiß nicht, was das alles bedeuten soll. Er sitzt herum, scheint auf etwas zu warten, geht durch das Dorf und kommt halb erfroren wieder zurück. Er ahnt, daß er an der richtigen Stelle sitzt, aber er kann sich nicht vorstellen, was sich hinter dem Namen Oberholzen verbirgt.«

Gerda Pohland war dem Schluchzen nahe. Sie war an der Grenze ihrer Nervenkraft angelangt. »Ich rufe ihn an, Doktor«, sagte sie tonlos. »Ich sage ihm alles . . . ganz gleich, was daraus wird.«

Dr. Wehrmann zögerte mit einer Antwort. Man merkte, daß auch er mit sich rang. Dann sagte er deutlich:

»Gerda, tun Sie es nicht. Wenn Michael ein Mann ist, der unbedingtes Vertrauen zu Ihnen hat, dann fragt er Sie von selbst. Aber dieses kindische Indianerspielen . . .« Dr. Wehrmann schien zu spüren, daß Gerda ihm kaum zuhörte. »Gerda!« rief er. »Hören Sie zu. *Ich* will mit ihm sprechen!«

»Bitte nicht! Es war dumm von uns, Doktor. Dummheit von uns beiden. Man kann so etwas nicht verschweigen. Und ich tat es ja nur aus Angst. Diese Angst haben Sie mir genommen . . .«

»Ich glaube, Sie haben recht, Gerda.« Die Stimme Dr. Wehrmanns war froher im Klang. »Sie werden Michael damit erneut erobern, und diesmal für immer.«

Gerda Pohland legte mit einem Lächeln auf. Auf der Gegenseite rauchte Dr. Wehrmann eine Zigarre an und entkorkte eine Flasche Wein.

»Na also«, sagte er zufrieden. »Haben wir sie endlich soweit. Das ist einen guten Schluck wert, Friedrich.«

Er hob das Glas und trank sich selbst zu. So etwas ist ein Lichtblick, dachte er. Nicht nur heilen soll ein Arzt, sondern auch helfen. Ein Mensch besteht nicht nur aus Knochen, Blut und Muskeln, sondern er hat auch eine Seele ... auch wenn Virchow sagte, er habe bei tausend Sektionen noch keine Seele entdecken können.

Au diesem Abend füllte Gerda Pohland einen Scheck über DM 20 000 auf den Namen Hugo Bölle aus. Es war nicht mehr nötig, aber in der Freude, ihr Inneres zu befreien, sollte auch Hugo Bölle sich sonnen.

Dann rief sie Oberholzen an und ließ sich mit Zimmer Nummer drei verbinden.

»Pohland«, hörte sie seine Stimme, und sie sagte mit ebenso fester Stimme:

»Hier auch Pohland.«

»Gerda!« Es war wie ein Aufschrei.

»Ja, Micha – –«

»Du weißt, daß ich hier bin?«

»Ja. In meinem Zimmer drei.«

»In deinem ...« Pohland atmete tief. Wie ein Röcheln klang es. »Gerda, ich flehe dich an ...«

»Ich komme zu dir«, sagte sie, und plötzlich mußte sie weinen. »Hörst du ... ich komme zu dir ... ich komme ...«

»Ja, Gerda, ja!«

»Ich fahre sofort ab, Micha.«

Dann war der Augenblick gekommen, wo sie nicht mehr die Kraft aufbrachte, weiterzusprechen. Sie ließ den Hörer fallen und weinte in die vor das Gesicht geschlagenen Hände. Vor ihren Knien pendelte der Hörer, und aus der Muschel tönte dumpf Pohlands rufende Stimme: »Gerda – – Gerda – – Gerda!«

In dieser Nacht noch ließ sie den Fahrer aus Ebenhagen kommen und stand ungeduldig auf der Eingangstreppe, als der schwere Wagen langsam in den Innenhof einfuhr.

»Gnädige Frau!« sagte der Fahrer und lüftete die Mütze. Dabei sah er kurz auf seine Armbanduhr. Es war fast Mitternacht, eine verrückte Zeit, nach einem Wagen zu verlangen. »Ich bin da.«

»Laden Sie die Koffer ein. Wir fahren sofort.«

Gerda ließ sich auf den Rücksitz fallen und schloß die Augen. Hinter ihr zitterte der Wagen, und es bumste ein paarmal dumpf. Die Koffer. Dann klappte eine Tür, ein Schatten war vor ihr. Und dieser Schatten fragte etwas. Sie öffnete die Augen und sah sich wie erschrocken um.

»Was ... was sagten Sie?«

»Ich fragte, wohin ich die gnädige Frau bringen soll.«

»Nach Oberholzen.«

»Wo liegt das?«

»In Bayern. Im Allgäu ... Fahren Sie ... ich erkläre Ihnen später die genaue Lage ...«

Der Fahrer drehte sich ruckartig um. »Jetzt nach Bayern?« fragte er, als habe er falsch verstanden.

»Ja.«

»Die Straßen sind hoffnungslos vereist. Auch die Autobahn. Wir werden ganz langsam fahren müssen.«

»Wie Sie fahren, ist mir egal. Nur fahren Sie!«

»Wir werden zwölf bis vierzehn Stunden brauchen.«

»Schon gut.« Gerda lehnte sich wieder zurück. Sie spürte das Anrucken der Räder, sie drehten ein paarmal durch auf dem gefrorenen Boden, dann packten sie, und der Wagen rollte aus dem Gut hinaus auf die Landstraße.

Er wird mich verstehen, dachte sie. Wenn ich es ihm zeige … er wird mir alles verzeihen. Kein Mensch kann bei diesem Anblick sagen: Du hast unrecht. Sieben Jahre lang war immer die Angst die Schwester der Liebe. Sieben Jahre lang habe ich versucht, diese Angst in mir zu besiegen … nun wird es möglich sein. Mit dem kommenden Tag wird auch ein neues Leben kommen. Ich werde glücklich sein.

Sie wußte nicht, wann sie eingeschlafen war. Sie wachte auf, weil der Fahrer sie vorsichtig an der Schulter rüttelte.

»Gnädige Frau … gnädige Frau!«

»Ja? Was ist?« Sie fuhr auf und starrte aus dem Fenster. Um sie herum war eine tiefverschneite, bergige Landschaft. Die Morgensonne lag wie Gold über im Schnee versunkenen Häusern. Die Hänge hinauf kletterte der Bergwald. Auf zwei abfallenden Wiesen glitten Skifahrer zu Tal. »Wo sind wir?«

»Südlich von Füssen, gnädige Frau. Im Allgäu. Ich habe vergeblich auf den Karten gesucht; ich finde dieses Oberholzen nicht. Ich hätte Sie sonst nicht geweckt.«

»Es steht auch auf keiner Karte, auf keiner normalen Karte. Es ist ein ganz kleines Dorf.« Gerda Pohland wischte sich über die Augen und reckte die Arme. »Lassen Sie mich weiterfahren, Johannes.«

»Auf gar keinen Fall, gnädige Frau.« Der Fahrer schüttelte zur Bekräftigung seiner Weigerung den Kopf. »Es hat diese Nacht gefroren. Die Straßen sind wie ein Spiegel.«

»Sie trauen mir wenig zu, Johannes.«

Der Fahrer schwieg. Schließlich sagte er: »Ich bin für Sie verantwortlich.«

»Aber ich kann Ihnen den Weg schlecht erklären. Dazu muß ich selbst fahren.«

»Sie brauchen nur rechts – links – geradeaus zu sagen. Ich fahre, wie Sie es angeben.«

»Also dann gut. Wo sind wir jetzt?« Sie beugte sich über die Karte und legte den Finger auf eine Straßengabelung. »Erst hierhin, Johannes. Und dann auf diesem Weg weiter nach

Süden bis zu dem Ort Krollberg. Von dort westlich weiter. Sehen Sie hier ... diesen schmalen Weg ...«

»Der endet doch im Nichts, gnädige Frau.«

»Und genau da, wo das Nichts anfängt, da liegt Oberholzen.«

Der Fahrer legte den Autoatlas neben sich auf den Sitz. Na gut, dachte er. Verrückt sind sie alle, wenn sie Geld haben. Der eine fährt in den Urwald, um Krokodile zu schießen, der andere sucht sich ein Nest am Ende der Welt aus. Und das zwei Tage vor Weihnachten. Geld müßte man haben und jetzt sagen können: Fahr die Kiste allein dorthin. Ich hau ab. Und im übrigen ... dreimal könnt ihr's machen, Ritze rauf und Ritze runter ... So aber muß man schön brav fahren über Straßen, die kein Hund betritt, weil's ihm zu glatt ist. Und die paar Mark netto, die ich bekomme, sind auch wichtig für Irma und die drei Kinder. Himmel, welche Scheiße ... zwei Tage vor Weihnachten am Arsch der Welt.

Der Wagen setzte sich schlitternd in Bewegung und kroch über die Landstraße. Wenn auch die Sonne schien, es war bitter kalt.

Nach weiteren drei Stunden erreichten sie das Tal, an dessen Ende dieses Oberholzen liegen sollte. Vorsichtig trat der Fahrer auf die Bremse und ließ den Wagen ausrollen, als die ersten Häuser vor ihm auftauchten. Dächer, aus Schneebergen ragend, Rauchfahnen aus weißen Hügeln. Um sie herum war völlige Stille.

»Ist es das?« fragte der Fahrer.

»Ja.«

»Sehen Sie sich das mal an.« Er zeigte nach vorn. Aus dem Dorf schoß jetzt ein Sportwagen die vereiste Straße hinauf; schleuderte in einer harmlosen Kurve, fing sich wieder und kam schnell näher. »Das muß ein Vollidiot sein! Der rammt uns glatt, wenn er so weiterfährt. Himmel noch mal – wie der die Kurve nimmt! Verzeihung, gnädige Frau, aber ich muß raus ... Der haut uns glatt vom Weg, dieser Saukerl!«

Der Fahrer sprang aus dem Wagen und rannte stolpernd und rutschend den Weg hinunter, dem Sportwagen entgegen. Dabei fuchtelte er mit beiden Armen in der eisigen Luft und schien etwas zu brüllen, denn vor seinem Mund stauten sich weiße Kondenswolken und umwehten seinen Kopf wie winzige Nebelschwaden.

Kurz vor ihm bremste der Wagen, drehte sich um sich selbst und fand Halt an den hohen Schneeverwehungen am Straßenrand. Der Fahrer Johannes blieb stehen und hob beide Fäuste.

»Komm her, du Affe!« brüllte er. »Komm heraus aus deiner Angeberkiste, du Schwein! Ich breche dir die Gräten einzeln! Los, komm schon!«

Die Tür klappte auf, und ein großer Mann stieg aus dem querstehenden Wagen. Er lachte laut und breitete die Arme weit aus.

»Aber Johannes«, sagte Michael Pohland mit einem Kopfschütteln. »Wo bleibt Ihre Erziehung?«

»Meine Fresse! Der Chef!«

Der Fahrer nahm die Mütze ab und verbeugte sich eckig. »Herr Pohland . . . ich . . . ich . . . .« Die Verlegenheit gab ihm keine Worte mehr ein. Er stand nur da, hatte einen roten Kopf und dachte bei sich: Was bist du doch für ein armseliger Kerl. Jetzt fliegst du. Und Weihnachten kannste unterm Tannenbaum sitzen und singen: Trüber die Tassen nicht klingen.

»Fahren Sie meinen Wagen ins Dorf zur ›Sonne‹«, rief Pohland und gab beim Vorübergehen dem Fahrer einen Stoß in die Seite. Es war ein freundschaftlicher Puff, und Johannes atmete auf und rannte, so gut es auf der eisigen Straße ging, zu Pohlands Rennwagen. Er sah sich nicht um, nur beim Anfahren sah er im Rückspiegel, wie sich Gerda und Michael entgegenliefen und mitten auf der Straße in die Arme fielen.

Kinder, haben die eine Not, dachte er vergnügt und fuhr die Straße hinab in ein Dorf, wie es sonst nur auf Gratulationspostkarten gemalt ist: tiefer Schnee, ringsherum Berge, ein

Kirchlein in der Mitte, darum die Kreuze der Gräber, ein Marktplatz und ein Gasthaus mit einem Zunftschild aus Schmiedeeisen.

Der Wirt der »Sonne« stand vor der Tür, als der Sportwagen hielt. Er machte große Augen, als ein anderer herauskletterte.

»Jo mei«, sagte er brummend. »Wo kommen Sie daher?«

»Ich bin der Vorbote des Weihnachtsmannes.« Johannes schlug die Tür des Wagens zu und schob die Mütze in den Nacken. »Herr und Frau Pohland kommen nach. Mir aber hauen Sie erst einmal ein paar Eier in die Pfanne. Und wie ist's mit Bratkartoffeln?«

»Dös haben's ma auch.«

»Na, dann los, liebe Sonne!« Er sah die Straße zurück. Der schwere Reisewagen war noch nicht zu sehen. Daß es denen so in der Freiheit nicht zu kalt wird? dachte er. »Und 'nen Korn trinke ich vorweg«, sagte er zufrieden. »Verdammt, ihr habt es kalt hier!«

Während der Fahrer Johannes in seinem Zimmer unter zwei dicken Federbetten schwitzte und schlief, saßen Gerda und Michael Pohland am Fenster des Zimmers Nr. 3 und sahen hinaus in die verschneiten Berge. Sie hielten sich an den Händen, und es war ihnen gar nicht bewußt, daß sie so dasaßen wie auf einem kitschigen Bild aus einem noch kitschigeren Film. Sie konnten es gar nicht empfinden, denn für sie war es selbstverständlich, die Hand des anderen zu halten, ihn zu spüren und ihm das Gefühl zu geben, geborgen zu sein und glücklich und zufrieden und voll Vertrauen und randvoll von Erwartung.

»Warum fragst du nicht, Micha?« sagte Gerda nach langer Schweigsamkeit. Pohland schüttelte langsam den Kopf.

»Warum fragen? Du wirst mir alles sagen.«

»Ja, Micha.« Sie lehnte den Kopf an seine Schulter. »Du hattest kein Vertrauen mehr zu mir, nicht wahr?«

»Aber Gerda . . .«
»Du warst eifersüchtig.«
»Nein.«
»Warum gibst du es nicht zu?«
Pohland senkte den Kopf und nickte leicht. »Ja«, sagte er gepreßt. »Ich habe nie begreifen können, daß Männer aus Eifersucht den Verstand verlieren und Dinge tun, die völlig sinnlos sind. Ich habe dieses Urteil an mir selbst revidieren müssen. Ich wäre imstande gewesen, jeden anderen zu erschießen, wenn es diesen anderen gegeben hätte.«
»Du hättest damit dein Leben, deine Werke, alles zerstört.«
»Es hätte mir auch alles nichts mehr bedeutet. Ich schäme mich fast, zu sagen, wie sehr ich dich liebe.«
»Auch nachher noch . . .?« fragte sie. Es klang kleinlaut und ungewiß. Pohland legte den Arm um ihre Schulter.
»Was heißt nachher?«
»Wenn du alles weißt.«
»Daß du hierhergekommen bist, wischt alles andere aus. Ich weiß, daß irgend etwas in diesem abseits liegenden Winkel der Erde dich festgehalten hat, daß du jeden Monat 800 Mark an irgend jemand überwiesen hast . . .« Er legte ihr die Hand auf den Mund, als sie etwas sagen wollte. »Ich habe hier gefragt, gesucht, ich bin herumgeirrt, um dieses Geheimnis aus der Anonymität zu reißen – da hast du angerufen. Und nun möchte ich fast sagen: Ich will es gar nicht wissen.«
»Du lügst schon wieder, Micha«, sagte sie sanft.
Da nickte er stumm und starrte aus dem Fenster. Eine merkwürdige Situation ist das, dachte er mit einem innerlichen Kopfschütteln. Zwei Tage vor Weihnachten sitzen wir – ein junges Ehepaar und doch schon reife Menschen mit einem prall gefüllten Sack voll Schicksal auf dem Rücken – am Fenster einer einsamen Herberge in einem noch einsameren Ort, eingeschneit und umgeben von Bergen, gefesselt von Mißtrauen, von unbeantworteten und nicht gestellten Fragen und verschwiegenen Erwartungen; wir halten unsere Hände, sind

glücklich und doch im gleichen Atem bedauernswert; wir lieben uns und doch verglühen wir einsam in uns ... o Gott, welch ein Leben ist das. Zugegeben, es gibt Schlimmeres. Unser Leid, unser persönliches Schicksal, sind ein Klacks gegen die Nöte, die es millionenfach in der Welt gibt. Man würde uns auslachen, wollte man darüber sprechen. Ihr und Not? Millionäre. Die halbe Welt könnt ihr kaufen. Seelische Not? Daß ich nicht kichere. Auch das kann man abkaufen. Ein paar Hundertmarkscheine nur, und im Bett liegen die süßesten Püppchen und trösten dich über alle seelische Qual hinweg. Sind das Probleme, Herr Pohland? Lächerlichkeiten sind das, weiter nichts. Zu gut geht es dir, das ist alles. Hier liegt das Geheimnis, wenn reiche Frauen Migräne bekommen und reiche Männer Katzenjammer. Und Liebe? Mein Gott, was heißt hier Liebe? Wirkliche Liebe empfindet der arme Mann; sie ist das Salz in seiner Lebenssuppe. Die Petermanns, die lieben sich, die Liebe ist ihre Welt geworden, und sie bevölkern sie auch mit den Früchten ihrer Liebe – aber ein Pohland? Ein Millionär? Der sich alles kaufen kann ... auch die Liebe? Der soll trauern, der soll seelische Probleme haben? Daß man nicht am Lachen erstickt, ihr Leute. Seht, so geht's einem, der nicht weiß, wohin mit den Groschen. Der 14 000 Dukatenmännlein beschäftigt, die in drei Schichten für ihn das Geld kacken. Er hat ein Problem. Und in China hungern drei Millionen Kinder, und in Indien ... in Indochina ... in Südamerika ...

»Woran denkst du, Micha?«

Ihre Stimme riß ihn aus den tobenden Gedanken. Er schüttelte sich, als müsse er sich aus unsichtbaren Fesseln befreien. Sein Gesicht war bleich und kantig.

»Es ist nichts, Gerda«, antwortete er heiser.

»Sollen wir sofort hinfahren?«

»Hinfahren? Wohin?«

»Dorthin, wo ich dir zeigen will ...«

»Dieses ... dieses Geheimnis?«

»Ja.«

Er hatte den Drang aufzuspringen und laut »Komm! Komm!« zu rufen. Aber er bezwang sich mit zusammengebissenen Zähnen und schüttelte den Kopf.

»Du wirst von der Reise müde sein. Mein Gott, daß mir das jetzt erst einfällt. Natürlich bist du müde. Du bist die Nacht durchgefahren. Ich bin ein Trottel, Gerda!«

»Ich habe im Wagen geschlafen, ganz fest. Johannes hat mich erst hinter Füssen geweckt.« Sie stand auf und trat an das Fenster. »Dort ist es!«

Michael Pohland sprang auf und trat an ihre Seite.

»Was?«

»Das Haus.«

»Ein Haus?«

»Dort, in der Schlucht. Du kannst es nicht sehen. Mit dem Wagen sind es zehn Minuten.«

»Ein Haus?« wiederholte er ungläubig.

Es sollte wie eine harmlose Frage klingen, aber sie hörte den Unterton heraus, das vibrierende Schwingen seiner Stimme, die Trockenheit, die seine Kehle ausdörrte.

»Wir fahren doch gleich«, sagte sie mit Entschiedenheit. Er nickte, plötzlich wie von einer lähmenden Hilflosigkeit überfallen.

»Wenn du meinst . . . wenn du nicht zu müde bist . . .«

»Als ob es jetzt darauf ankäme, Micha.«

»Du hast recht«, sagte er leise und schämte sich, daß er so willenlos war und doch im Innern so gespannt und so angefüllt von giftiger Eifersucht.

Er half ihr in den Pelz, suchte selbst seinen Schal, bis er ihn in der Seitentasche seines Mantels fand. Ein Haus, dachte er dabei. Welch ein Haus? 800 Mark jeden Monat . . . davon kann man ein Haus mieten. Aber wer wohnt darin? Wen versteckt sie in dieser Einsamkeit? Er warf den Kopf herum und sah Gerda wartend an der Tür stehen.

»Wird . . . wird sich etwas zwischen uns ändern?« fragte er heiser. »Sag es ehrlich, Gerda.«

Sie hob die Schultern, und nun sah er in ihren Augen diese Traurigkeit, die im Ausweglosen endet.

»Ich weiß es nicht, Micha.«

»Aber . . .«

»Es liegt ganz bei dir.«

Er stellte den Mantelkragen hoch und zupfte den Schal höher ans Kinn. Dann steckte er die Hände in die Taschen; sie beulten sich etwas aus, weil in der Verborgenheit seine Hände zu Fäusten wurden.

»Gehen wir!« sagte er fest.

Unter dem schützenden Vordach des Einganges stand bereits Dr. Dornburg und kam ihnen entgegen, als der Wagen hielt. Der Wirt der »Sonne« hatte sofort angerufen, nachdem Michael und Gerda Pohland abgefahren waren.

Michael legte verwundert die Hand auf den Arm Gerdas, als sie aus dem verschneiten Park herauskamen und das große, graue Haus vor ihnen lag.

»Ein Arzt . . .?«

»Ja. Dr. Dornburg.«

Michael Pohland hatte das Gefühl, erwürgt zu werden. Er lehnte sich zurück und nagte an der Unterlippe. Ein Arzt also, dachte er. Sie hat einen Arzt als Geliebten. Und sie fährt mich zu ihm hin, als sei es selbstverständlich, daß es diesen Dr. Dornburg in ihrem Leben gibt. Er empfand es als geschmacklos und entwürdigend, dieses Schauspiel mitzumachen und womöglich noch darüber zu konferieren, wer nun das meiste Recht an Gerda Pohland habe . . . der Ehemann, dem monatelang das eheliche Recht verweigert worden war, oder der Geliebte, der es kampflos dargeboten erhielt. Gleichzeitig stieg in ihm eine heiße Welle von Schmerz und Qual empor und überspülte alles Denken. Er drückte den Arm Gerdas so fest, daß sie leise aufschrie und auf die Bremse trat. Der Wagen schlitterte über den Anfahrtsweg und blieb dann im seitlichen Schnee stehen.

»Was ist denn, Micha?« rief sie.

»Laß uns umkehren!« Seine Stimme war ohne Ton und doch überlaut.

»Nein!«

»Du hättest mir diesen Anblick ersparen können. Es hätte genügt, zu sagen: Es gibt einen Mann ...« Er schluckte, als ersticke er an diesen Worten. »Aber dieses widerliche Schauspiel ...«

Sie schüttelte seinen Griff ab. Dann startete sie wieder, lenkte den Wagen vorsichtig auf den glatten Weg zurück und fuhr weiter, dem Haus entgegen. Dr. Dornburg hatte den kleinen Aufenthalt bemerkt und kam nun die Eingangstreppe herunter.

»Er ist sogar älter als ich«, sagte Pohland gehässig.

»Ich schäme mich für dich.« Gerda Pohland ließ den Wagen ausrollen. »Eben hast du mir bewiesen, wie wenig du mich kennst und wie gering dein Vertrauen ist. Aber auch das spielt jetzt keine Rolle mehr.«

Der Wagen hielt drei Schritte vor Dr. Dornburg. Kampfeslustig riß Pohland die Tür auf und sprang in den verharschten Schnee. Er war größer als Dr. Dornburg und breiter, das stellte er sofort fest. Außerdem hatte der Arzt schon viele graue Haare; einen Kopf, als sei er mit Rauhreif überzogen. Was findet Gerda bloß an ihm, dachte Pohland in den wenigen Sekunden, in denen sich die Männer ansahen. Nicht einmal interessant sieht er aus. Zugegeben, ein Gelehrtengesicht ... aber das ist nicht die Welt einer Gerda Pohland, die immer auf der Sonnenseite des Lebens gestanden hatte.

»Pohland«, sagte er hart.

»Dornburg.« Der Arzt machte die Andeutung einer Verneigung, half Gerda aus dem Wagen, da Michael es nicht tat, weil er zu sehr mit der Taxierung seines Gegners beschäftigt war. Als Dr. Dornburg sich über die Hand Gerdas beugte und sie küßte, hatte Pohland den Drang, ihm in den Nacken zu schlagen, so wie man ein Kaninchen auf alte Bauernart tötet. Er rieb die Handflächen an seinem kalten Mantelstoff und atmete ein paarmal tief durch, um seine Erregung zu besänftigen.

»Ich war erstaunt, gnädige Frau, daß Sie noch einmal kommen«, sagte Dr. Dornburg. Pohland verzog das Gesicht zu einem Grinsen. Welch widerliches Theater, dachte er. Gnädige Frau, Anrede in der Sie-Form ... was soll diese Komödie! Er trat an Dr. Dornburg heran und räusperte sich.

»Kommen wir gleich zur Sache, Doktor«, sagte er rauh.

»Natürlich. Aber ich glaube, daß ich im Interesse Ihrer Gattin vorweg noch einige Erklärungen geben muß.«

»Ich bin nicht gekommen, um Erklärungen zu hören, sondern um Tatsachen festzustellen.« Es war der Ton des Konzernherrn, abgehackt, fordernd, keinen Widerspruch duldend, selbstherrlich und zeitknapp. Dr. Dornburg sah schnell Gerda an; ein Blick, der um Erläuterungen bat.

»Mein Mann weiß noch nichts, Doktor«, sagte sie wie um Entschuldigung bittend. »Er sieht die Situation sicherlich falsch.«

»Wenn du meinst ...« Pohland stand steif auf der Treppe. »Ich lasse mich gern überraschen.«

Dr. Dornburg ging vor. Sie kamen in die Halle, gingen über den weißen Flur mit den vielen weißen Türen, hinter denen die Stille lag, die Dr. Wehrmann so unheimlich vorgekommen war, und betraten das Chefbüro. Pohland hatte sich bei diesem Gang verwundert umgesehen. Eine Klinik, dachte er verwirrt. Das ist eine Klinik oder ein Sanatorium. Er sah ein paar Schwestern, die mit kleinen, weißen Häubchen auf den Haaren lautlos wie Schemen hinter Türen verschwanden, auftauchten, vorbeihuschten ... mit Tabletts, mit Kannen, mit Spielzeug ...

Spielzeug. Pohland blieb stehen und sah einer Schwester nach, die einen hölzernen Eisenbahnzug auf dem Arm trug. Unter die Achsel hatte sie einen zerzausten, gelben Bären geklemmt. Eine Tür öffnete sich, für Sekunden hörte er ein Brabbeln und Greinen, ein unartikuliertes Lautgeben. Dann schloß sich die Tür wieder, und die Lautlosigkeit war wieder vollkommen. Dr. Dornburg hielt die Tür seines Zimmers offen und beobachtete Pohland.

»Darauf sind wir stolz, Herr Pohland«, sagte er. »Es ist uns gelungen, bei allem naturgemäßen Lärm ein lautloses Haus zu schaffen. Wände und Türen sind mit einem neuen Isolierstoff belegt.«

»Mit Isolierstoff ...« Pohland wiederholte es. Die Erkenntnis, in einer Klinik zu sein, zerstörte alle angestaute Wut in ihm. Er blieb mitten im Zimmer Dr. Dornburgs stehen und sah Gerda fragend an, die auf einer Couch saß und auf das Muster des großen Teppichs stierte. »Was ... was soll das alles?«

»Sie sehen, ich muß doch erklären.« Dr. Dornburg ging um Pohland herum. »Sie befinden sich hier in einer privaten psychiatrischen Klinik.«

»Ja ... aber?«

»Wir haben zur Zeit 98 Patienten, meistens Durchgangskranke, die nach einigen Wochen oder Monaten als geheilt oder zumindest gebessert entlassen werden können. Alkoholiker, Morphinisten, die hier eine Entziehungskur machen. Kranke mit Psychosen. Schizophrene, die in den Tagen ihrer sogenannten ›Schübe‹ zu uns kommen. Einige Psychopathen, Melancholiker ... kurzum, eine ganze Skala von Elend. Und dann haben wir auch noch eine Abteilung der Unheilbaren, der vererbten Geisteskrankheiten oder der unverständlichen Spiellaunen der Natur, die Menschen gebären läßt, die nicht wie Menschen aussehen. Der Volksmund sagt grausam dazu Mißgeburt, aber es sind Menschen wie Sie und ich ... auch wenn sie nicht oder kaum als Menschen erkannt werden können.«

Pohland sah wieder zu seiner Frau hinüber. Gerda saß zusammengesunken da, den Kopf gesenkt, und an dem Zucken ihrer Schultern sah er, daß sie still weinte. Ihre große Tasche stand neben ihr, und sie hatte sie aufgelassen, als sie ein Taschentuch herausgenommen hatte. Pohland sah etwas Rosiges herausragen, das in weißen, gehäkelten Stoff überging. Der Arm einer Puppe ...

Das ist doch nicht möglich, dachte er und starrte Dr. Dornburg an, der vor ihm hin und her ging. Mein Gott, das kann doch nicht sein!

»Sie kennen sicherlich verschiedene Arten, Herr Pohland«, hörte Michael den Arzt weitersprechen. »Kretinismus, Hydrozephalus, Mongolismus . . .«

»Bitte, Doktor!« Pohland rang die Hände. »Erklären Sie nicht weiter.«

»Dann können wir also gehen?«

»Ja.«

»Und Sie, gnädige Frau?«

Gerda Pohland nickte stumm. Sie wischte sich die Tränen aus den Augen und stand auf. Aus der Tasche nahm sie die Puppe und drückte sie an die Brust. Es war eine rührende Gebärde, die Pohland heiß durch das Herz schnitt. Er lief zu Gerda, faßte sie unter, und als sie das Gesicht zu ihm hob und ihn flehend ansah, schüttelte er den Kopf und lächelte sie ermutigend an.

Dr. Dornburg ging voraus. Sie kamen durch zwei stille, weiße Flure, begegneten einem jungen Arzt und zwei Schwestern und standen dann vor einer der weißen Türen, die weder eine Nummer noch eine Aufschrift trugen.

»Bitte, seien Sie stark«, sagte Dr. Dornburg, bevor er die Tür öffnete.

»Ich war vier Jahre im Krieg, Doktor.«

»Trotzdem. Ein von Granaten abgerissener Kopf sieht anders aus als ein lebender, nicht als Kopf erkennbarer Schädel.«

Er sagte es leise, damit es Gerda nicht hörte, die etwas abseits stand und mit einer Schwester sprach, die diese Station betreute. Dann drückte er die Klinke herunter und ließ Pohland eintreten.

Michael Pohland tat drei Schritte ins Zimmer, dann blieb er stehen. Er wußte nicht zu erklären, was er empfand, ob Erschrecken oder Entsetzen, Grauen oder Abscheu . . . er starrte auf das Wesen, das auf der Erde saß, und er spürte, wie sein Herzschlag bei dem ersten Blick aussetzte.

Auf dem Fußboden war eine Decke ausgebreitet. Darauf saß ein Etwas, das Gliedmaßen wie ein Mensch hatte, nur verbogen, verkrümmt, muskellos. Mit Haut bespannte Knochen. Gliedmaßen, die vielfach gebrochen schienen und schief wieder zusammengewachsen waren. Dazwischen war ein Körper, rund und prall, und auf diesem Körper saß ein Gebilde, das ein Kopf sein sollte und ein deformierter Klumpen war mit einem Schlitz als Mund, zwei verquollenen Nasenlöchern und struppigen Haaren. Nur eins war in dieser unförmigen Masse erkennbar, und es war so rein, so schön, so unendlich lebenswahr, daß Pohland krampfhaft schluckte: die Augen. Große, blaue Augen, die ihn jetzt deutlich fragend ansahen, die ihn musterten, die ihn abtasteten, die zu Dr. Dornburg wanderten und dann Gerda erkannten, die gerade in das Zimmer kam. Da hoben sich die verkümmerten und verkrümmten Arme, da krochen die Beine über die Decke, und der Schlitz in dem birnenförmigen Kopf riß auf und begann, lallende Laute auszustoßen, die in ein hohes Quieken übergingen.

»Mein Liebling«, sagte Gerda laut. »Ja, ich bin wieder da, mein Kleines . . .« Sie kniete sich auf den Boden, streckte die Arme aus, zog das nur menschenähnliche Wesen an sich, und dann küßte sie es auf den lallenden Schlitz, drückte den Kopf an die Brust, streichelte den Kugelkörper und die struppigen Haare. Der Kopf des Wesens schob sich über Gerdas Schulter empor, und während sie den Körper noch immer umfangen hielt, starrten die großen, blauen, lebendigen Augen unverwandt zu Michael Pohland.

»Theodora Sanders«, sagte Dr. Dornburg leise hinter Pohland. »Genannt Tutti. Sieben Jahre alt . . . wie Sie sehen, lebensfähig, aber mehr auch nicht.«

»Mein Gott, mein Gott«, stammelte Pohland erschüttert. »Daß es so etwas gibt, Doktor!«

»Tutti ist noch ein schönes Kind. Ich habe zwei Kinder von

syphilitischen Eltern hier. Dem einen fehlt der Hinterkopf, dem anderen . . .«

»Bitte, hören Sie auf, Doktor.« Pohland lehnte sich an die Wand. Er starrte in die herrlichen blauen Augen des Kindes und versuchte, ihm zuzunicken. Da zog es den Kopf wie eine Schildkröte zurück und verbarg ihn wieder an Gerdas Brust. Das Quieken verstummte; nun klangen die Laute wie ein Schnurren und ein rhythmisches Stammeln.

»Jetzt erzählt sie etwas«, erklärte Dr. Dornburg leise. »Selbstverständlich versteht es keiner, aber es ist erstaunlich, daß dieser Kopf denken kann und ein Mitteilungsbedürfnis hat. Wir beobachten das Mädchen seit drei Jahren. In fortschreitendem Maße, so wie sie sich altersmäßig entwickelt, wächst ihr Drang, etwas zu tun und Kontakte zu finden. In den vergangenen Jahren lag sie nur im Bettchen, ein atmender Klumpen, weiter nichts. Jetzt spielt sie, sie erkennt ihre Umgebung, sie hält alle Schwestern genau auseinander, sie hat sogar einen eigenen Willen und wird böse, wenn man ihn nicht erkennt. Dann schreit sie. Sehen Sie, sie weiß genau, daß Sie ein Fremder sind. Und sie mißtraut Ihnen, wie sie allen Fremden mißtraut.«

Gerda hatte Theodora jetzt die Puppe gegeben. Das Kind hielt sie in den froschähnlichen Fingern und sah sie an. Dann warf es sich auf den Rücken, nahm die Puppe wie ein Affe mit den Beinen und wiegte sie hin und her, auf und ab. Dabei stieß es jauchzende Laute aus. Gerda kniete neben Tutti; ihr Gesicht war bleich und eingefallen. Sie hatte die Hände im Schoß gefaltet und sah dem spielenden Kind zu. Plötzlich richtete sich Tutti auf, saß mit untergeschlagenen Beinen und starrte auf Michael Pohland. Die schönen blauen Augen waren dunkel geworden, fast schwarz. Es nahm die Puppe an den beiden Armen, sah wieder mit einem unergründlichen Blick auf Pohland und zerriß dann mit einer unerklärbaren Gewaltanwendung die Puppe. Es geschah so schnell, daß niemand es verhindern konnte, auch Gerda kam zu spät. Als sie zugreifen wollte, hatte Tutti schon den abgerissenen Arm erhoben und warf ihn auf Pohland.

Dabei schrie sie auf, grell, durchdringend. Eine Schwester stürzte ins Zimmer, aber Dr. Dornburg winkte ab. Er nahm den abgerissenen Puppenarm vom Boden und blickte kurz auf den zurückgewichenen, fahlblaß gewordenen Pohland.

Tutti saß auf dem Boden und hieb mit den Füßen auf die Decke. Sie stieß Gerda weg, als diese sie beruhigend umarmen wollte, kroch weg von ihr zum Fenster und schrie weiter.

»Gehen Sie bitte hinaus, Herr Pohland«, sagte Dr. Dornburg leise. »Sie hat Ihre Augen genau betrachtet, und sie hat das in Ihrem Blick erkannt, was jeder empfindet, der so etwas sieht. Und sie versteht zu deuten ... In diesem menschenunähnlichen Kopf sitzt ein Gehirn, das denken kann. Das ist ein schreckliches Phänomen, aber es existiert. Bitte, gehen Sie, dann beruhigt sich Tutti sofort.«

Fast fluchtartig verließ Pohland das Zimmer und lehnte sich draußen im Flur an die Wand. Mit zitternden Händen nahm er eine Schachtel Zigaretten aus der Tasche.

»Darf man, Schwester?« fragte er die Stationsschwester, die vorbeiging. Er wußte, daß seine Stimme blechern vor Entsetzen klang, aber er sah keine Regung im Gesicht der Schwester. Man war es hier gewöhnt, fassungslose Menschen zu sehen.

»Natürlich«, sagte sie. »Ich bringe Ihnen gleich einen Aschenbecher.«

»Danke, Schwester.«

Hinter der Tür hörte das kreischende Schreien auf. Bis auf die Schritte der Schwester war wieder vollkommene Stille auf dem langen Flur.

Nach ein paar hastigen, tiefen Zügen sah Pohland an der langen Reihe der Türen entlang. Er zählte. Siebzehn Türen, dann der Querflur, auch noch einmal siebzehn Türen ... vierunddreißig Zimmer, und in jedem Zimmer ein Wesen wie Theodora Sanders.

Langsam legte sich seine Erregung. Der Gedanke an Gerda und die Qual der hinter ihr liegenden sieben Jahre nahm in ihm überhand. Er stellte sich vor, wie sie entsetzt gewesen sein mußte, als ihr der Arzt und die Schwestern schonend beigebracht hatten, welches Kind sie geboren hatte. Er dachte an den Ingenieur Sanders, der ins Krankenhaus gekommen war, um seine kleine Tochter und die glückliche Mutter zu sehen und den man zur Seite führte, um ihm zu erklären, daß das Schicksal etwas Grausames mit ihm angestellt hatte. Und er dachte an die weiteren Jahre, in denen sie das Kind vor allen Blicken hier in Oberholzen verbargen, es besuchten und Hand in Hand vor diesem atmenden und greinenden Etwas standen, das einen Namen trug, das ein Lebewesen war, das man einen Menschen nennen sollte und das nur zwei große, blaue Augen besaß, aus denen das leuchtete, was man eine Seele nennt.

Jetzt verstand er auch Gerdas Flucht aus Lugano, ihre Weigerung, ihn zu heiraten, die merkwürdige Hochzeitsnacht, ihre verzweifelte Liebe zu ihm, die jeder Hingebung auswich – immer in der Angst, wieder ein Kind zur Welt zu bringen, das nichts Menschenähnliches an sich hatte. Und er verstand auch das Schweigen Gerdas, aus der Panik heraus, ihn zu verlieren, wenn er diese schreckliche Wahrheit erfuhr. Sie hatte in verzweifelter Mutterliebe ein schreckliches Geheimnis mit sich herumgeschleppt und war durch ihre neue Liebe zu ihm in einen Zwiespalt geraten, aus dem sie keinen Ausweg mehr wußte. Auch jetzt mußte es so sein ... sie war noch im Zimmer, sie spielte noch mit diesem Wesen, das aus ihr gekommen war. Und sie war dabei, sich damit abzufinden, daß sie mit dieser Stunde Michael Pohland verloren hatte.

»Nie«, sagte Michael laut. »Nie.« Er zerdrückte die Zigarette in dem marmornen Aschenbecher und wollte wieder ins Zimmer. In diesem Augenblick öffnete sich die Tür, und Gerda kam heraus. Dr. Dornburg blieb im Zimmer; er wußte, daß in diesen Minuten ein dritter völlig fehl am Platze war.

»Micha!« sagte Gerda leise. In ihrem Gesicht las er, was sie gedacht hatte. Das ist das Ende ...

Er trat auf sie zu, ergriff ihre Hände und zog sie mit sich zum Fenster.

»Du bist dumm«, sagte er heiser vor Erschütterung. »Du bist so dumm, Gerda.«

»Nun weißt du es, Micha.«

»Es ist gut, daß ich es weiß.«

»Ich werde keine Schwierigkeiten machen, Micha.« Sie starrte aus dem Fenster über die verschneiten Berge. Die Sonne war durch den Schneenebel gedrungen und ließ die Hänge bläulich leuchten. »Ich gehe zu Vater zurück.« Sie senkte den Kopf wie nach einem Schuldspruch. »Es wäre so schön gewesen mit uns.«

»Was redest du da für eine Dummheit?« sagte er grober, als er es wollte.

»Du fährst heute abend zurück nach Heidfeld, nicht wahr? Johannes will ja Weihnachten zu Hause sein. Ich bleibe hier.«

»Selbstverständlich bleibe ich auch. Johannes kann allein zurückfahren.«

»Aber die Weihnachtsfeier, die Gäste, der Empfang ...«

»Ich pfeife auf alles.« Pohland legte den Arm um Gerda und drückte ihren Kopf an sich. »Du glaubst doch nicht, daß ich dich noch eine einzige Stunde allein lasse ...«

»Aber Micha!« Sie wehrte sich gegen seine Zärtlichkeit und trat einen Schritt zurück. »Ich kann dir nicht die Frau sein, die du geheiratet hast.«

»Das darfst du nie mehr sagen, Gerda. Wir werden auch ein Kind haben. Ein schönes, gesundes Kind.«

Sie riß den Mund auf, als wolle sie aufschreien, aber die Angst lähmte jeden Ton in ihr.

»Nein ...«, stammelte sie mit letzter Anstrengung. »Nein ... nein ... ich habe Angst.«

»Ich werde dir diese Angst nehmen. Ich, Michael Pohland.«

»Und wenn ... wenn ...«

»Es gibt kein Wenn.«

Sie wandte sich ab und legte die Stirn an die Mauer. Ihre Hände zuckten.

»Noch einmal, Micha, noch einmal das ... ich würde mir das Leben nehmen.«

Dr. Dornburg kam aus dem Zimmer. Er blickte zuerst zu Pohland, dann zu Gerda, die lautlos gegen die Wand weinte.

»Was soll das?« fragte er Pohland. Sein Gesicht war verschlossen und fast feindselig.

»Ich versuche meiner Frau zu erklären, daß dies hier ein Einzelfall ist, daß er sich nicht wiederholt.«

»Erklären Sie nichts, beweisen Sie es!«

»Nein, nein, nein«, stöhnte Gerda.

Dr. Dornburg nahm Pohland etwas zur Seite.

»Sie haben eine große Aufgabe vor sich«, sagte er leise. »Sie müssen sieben Jahre überwinden helfen und dieses Trauma in ihr lösen, daß alle ihre Kinder so aussehen wie Tutti. Sie müssen mit Liebe und vor allem Geduld, Geduld und nochmals Geduld versuchen, diese Angst abzubauen. Wie Sie das machen – ich weiß es nicht. Ich kann Ihnen Ratschläge aus der psychiatrischen Praxis geben, aber die helfen hier wenig. Sie müssen das werden, was man ziemlich kitschig ›ihr Lebensinhalt‹ nennt. Sie müssen, und hier liegt das ganze Problem, stärker werden als dieses Kind. Und Sie werden es können.«

»Ich will es versuchen, Doktor.« Pohland sah auf die Tür, hinter der Theodora jetzt still mit der zerfetzten Puppe spielte. »Bitte, tun Sie alles, was nur möglich ist, um Tutti das Leben so angenehm zu gestalten, wie sie es empfindet. Ich übernehme alle Kosten, ich . . .« Er wischte mit einer Handbewegung seine eigenen Worte weg. »Ich weiß, Doktor, was Sie denken: Hier hilft auch kein Geld. Mehr, als die Lebensfunktionen erhalten, kann man nicht. Halten Sie es für gut, wenn meine Frau öfters Tutti besucht – oder ist es besser, sie zu bewegen, ihr Kind nicht mehr zu sehen?«

Dr. Dornburg hob die Schultern. »Das muß ich Ihnen überlassen und der Entwicklung der Dinge in Ihrer Ehe. Für Tutti ist es besser, wenn Ihre Gattin öfter kommt; sie hängt sehr an ihrer Mutter.«

»Sie . . . sie weiß, daß es ihre Mutter ist?«

»Aber natürlich. Haben Sie nicht die Augen gesehen? Augen

eines siebenjährigen Mädchens mit dem Verstand ihres Alters. Nur der Körper ist unmenschlich. Das Hirn ist in voller Funktion, bis auf das Sprachzentrum.«

»Mein Gott, wenn dieses Wesen begreifen lernt, daß es anders ist als andere Menschen!«

»Das erkennt es bereits. Wie wir mit diesem von Jahr zu Jahr wachsenden Problem fertig werden, wissen wir alle noch nicht. Vor allem, wenn Theodora in die Pubertät kommt.«

»Das ist auch möglich?« flüsterte Pohland entsetzt.

»Das ist sogar sicher. Alle inneren Organe sind normal, nur die Schale ist so deformiert. Stellen Sie sich einen zerknitterten, zerbeulten Karton vor, in dessen Innerem eine unversehrte Porzellanvase liegt. Eine Unvorsichtigkeit, und auch sie kann zertrümmert werden.«

»Und deshalb hat sie mich so angeschrien?«

»Ja. Sie waren ihr unsympathisch. Sie waren zu gesund, zu kräftig, zu sehr vitales Leben, zu schön aus ihrer Sicht. Und sie entdeckte in Ihren Augen das Mitleid ... das machte sie rasend.« Dr. Dornburg sah Pohland plötzlich mit einem ruckartigen Kopfheben groß an. »Ich glaube, ich habe einen Weg, auf dem Ihre Gattin die Angst verlieren könnte. Er führt über Tutti zu ihr ...«

»Über das Kind?«

»Frauen sind darin ein ewiges Geheimnis. Wenn Tutti Sie anerkennt, und wenn Sie mit dem Kind so spielen können, als sei es Ihr und Ihrer Frau eigenes Kind, glaube ich, daß sich die Angst verliert. Es ist ja keine Angst vor der Möglichkeit, wieder solch ein Kind zu bekommen, sondern nur die Angst, mit einem solchen Kind Ihre Liebe zu verlieren. Versuchen Sie es, Herr Pohland.«

Michael Pohland nickte. »Ich danke Ihnen, Doktor. Und ich glaube, ich brauche Ihnen nicht zu sagen, wie sehr ich meine Frau liebe ... gerade jetzt.«

Am Abend, als sie wieder im Dorf waren, schickte Pohland den Fahrer Johannes mit dem großen Wagen nach Hause. Dann rief er Dr. Corbeck an und sagte alle Gratulationen ab. Der Weihnachtsempfang wurde auf unbestimmte Zeit verlegt. Die Gäste wurden ausgeladen, ohne Rücksicht darauf, ob sie es als Beleidigung ansahen oder nicht.

»Erfinden Sie irgendeine Ausrede, Corbeck«, sagte Pohland am Telefon. »Von mir aus sagen Sie auch die Wahrheit. Ich habe keine Lust, jetzt in geschminkte, gepuderte und aufgedonnerte Gesichter zu sehen und hundertmal dasselbe zu sagen: Danke, Gnädigste. Sie sehen bezaubernd aus ... Es kotzt mich alles an. Sagen Sie das!«

Dr. Corbeck wischte sich den Schweiß von der Stirn. Stille Nacht, dachte er. Und das alles am Vorabend. Welch eine Arbeit kam jetzt auf ihn zu. Die Ausladungen, die Begründungen, Blumensträuße im Auftrag Pohlands, Entschuldigungen, abgestuft nach der Bedeutung der ausgeladenen Gäste.

»Ich werde sagen, Sie hätten einen Skiunfall gehabt«, schlug Dr. Corbeck vor. Es war ein billiger, aber immer wirksamer Einfall. Der sportliche Konzernherr, der sich einen Haxen gebrochen hat. Das versüßte die Ausladungen mit Schadenfreude der guten Freunde.

»Sagen Sie, was Sie wollen, Corbeck. Wir kommen erst am achtundzwanzigsten wieder.«

Er legte auf und überließ Dr. Corbeck seinem Schicksal. Er würde das Gesicht des Konzerns irgendwie zu wahren wissen.

»Das habe ich nicht gewollt«, sagte Gerda, als er zu ihr an den Tisch kam. Der würzige Geruch von Glühwein lag im Zimmer, der Duft von Zitronen und heißen Nelken.

»Aber ich.« Er lachte und baute sich mit herausgedrückter Brust vor ihr auf. »Jetzt, wo du gar kein Geheimnis mehr vor mir hast, wird überhaupt nur getan, was ich will, verstanden?«

»Ja.« Sie lachte etwas gequält. »Du bist nun mein Herr und Gebieter.«

»Und ich werde dafür sorgen, daß wir nicht verhungern. Unten gibt es Leberknödel, das habe ich gerochen. Ich werde dem Wirt mal auf die Schulter klopfen und ein paar dicke Klöße heraufbringen lassen.«

Er lief aus dem Zimmer, aber auch Gerda sah, daß seine Fröhlichkeit und Burschikosität gespielt und aufgezwungen war. Sie wartete, bis sie seine Stimme unten im Schankraum hörte. Dann stand sie auf, ging zu ihrer Handtasche und nahm den Behälter mit den Dragees heraus. Anovlar stand auf der Packung. Sie schüttete ein Dragee in die Hand, schluckte es und trank einen kleinen Schluck Wasser hinterher.

Eine Pille und ein Schluck Wasser, dachte sie. Und nie mehr die Angst, nie mehr die Gefahr ...

Er darf es nie, nie erfahren!

Als Michael Pohland zurückkam, lag Gerda im Bett und winkte ihm zu.

»Nanu?« sagte er. »Geruhen gnädige Frau im Bett zu speisen?«

»Es war kalt, Micha. Ich habe gefroren. Aber nun ist es warm ... so schön warm. Fühl einmal!«

Er ging zu ihr, setzte sich auf die Bettkante und schob die Hand unter das Federbett. Da fühlte er ihre bloße, glatte Haut, die Wärme ihres Körpers und die Weichheit ihrer Formen.

»Gerda!« sagte er leise.

»Micha ...«

Sie warf die Arme um seinen Hals und zog ihn zu sich herunter.

In der Schankstube wunderte sich der Wirt, daß die dampfenden, großen Leberknödel nicht abgeholt wurden. Als sie drohten, kalt zu werden, aß er sie selbst und machte sich mit einem neuen Tablett auf, das Essen hinaufzutragen. An der Treppe hielt ihn seine Frau fest.

»Bleibst' hier, du Lackl!« sagte sie und nahm ihm das Tablett weg. »Wenn's jetzt koa Zeit hab'n zum Essen.«

»Aba er hot doch ...«

»Jo mei, dös Mannsbild! Z'müad im Bett, z'müad im Hirn, dös paßt alles z'sammen. Wenn's di erinnern möchtst an früher ...«

Und dann begriff auch der Wirt und blinzelte seiner Frau zu, kniff ihr sogar in das dicke Gesäß. Das war ein Zeichen, daß er noch wußte, was man mit einer Frau anfangen kann.

Die Ärzte hatten den Kampf um das Leben der Anna Petermann gewonnen. Ganz knapp nur, aber sie lebte weiter, ein plötzlich dünner, im Bett kaum wiederzufindender schmaler Körper mit einem Kindergesichtchen, das von blonden Haaren eingerahmt wurde. Eine blasse Puppe mit großen Kulleraugen, die so schwach war, daß sie nicht einmal lächeln konnte, als Petermann mit einem großen Blumenstrauß im Zimmer stand und »Fröhliche Weihnachten!« rief.

»Nur fünf Minuten«, hatte der Stationsarzt gesagt. »Ihr Herz ist noch sehr schwach, und es dauert auch noch etwas, bis wir den hohen Blutverlust ausgeglichen haben. Also, Herr Petermann: fünf Minuten!«

Fünf Minuten sind eine lange Zeit, wenn man sie erwartet, aber sie sind flüchtiger als ein Wimpernzucken, wenn man sie wie Petermann in einer solchen Situation erleben muß. Deshalb hatte er vorher einen genauen Plan entworfen. Fünf Kinder standen zur Verfügung, pro Kind eine Minute – futsch ist die Zeit. Kamen immer zwei zu zwei, so gewann man zwei Minuten, und so geschah es denn auch. Nach zwei Minuten Händestreicheln und einem vorsichtigen Kuß auf die bleiche Stirn Annas kamen zuerst die beiden Ältesten. Sie gratulierten im Chor, gaben der Mama einen Kuß und verschwanden. Die beiden nächsten ... Sprüchlein, Kuß, raus ... am Ende das Jüngste ... es sagte mit leiernder Stimme ein Gedicht auf, Kuß, raus. – Petermann sah auf die Uhr. Noch dreißig Sekunden ...

»Anna!« sagte er leise und streichelte ihre Hand. »Ich bin so glücklich.«

»Es ist mein schönstes Weihnachtsfest, Gotthelf.« Das Sprechen fiel ihr schwer, und sie versuchte auch zu lächeln, aber es wurde nur eine Grimasse.

»Ich muß jetzt gehen, Anna.«

»Du kommst aber wieder?«

»Morgen, und jeden Tag. Und wenn du dann wieder nach Hause kommst . . .«

Die Stationsschwester kam herein. Petermann sah wieder auf die Uhr.

»Ihr seid aber genau, wie beim Militär«, maulte er, lief zurück zum Bett und küßte Anna noch einmal auf den blutleeren Mund. Dann rannte er hinaus, und man hörte durch die offene Tür, wie auf dem Flur die Kinder auf ihn einstürmten und ihn mit Fragen überfielen.

Anna lag zufrieden in den Kissen. Sie faltete die Hände, während die Schwester die Blumen in die Vase stellte und das Bett aufschüttelte.

»Ist er nicht ein lieber Mensch, mein Gotthelf?« sagte sie versonnen. »Nun haben wir sechs Kinder, und er ist immer noch wie früher.«

Das Weihnachtsfest in Oberholzen war ein Fest der völligen Abgeschiedenheit. Über Nacht hatte es wieder geschneit; ungeheure Schneemassen deckten das Dorf und die Täler zu, machten die einzige Straße unpassierbar. Oberholzen war von der Außenwelt abgeschnitten, nur das Telefon überbrückte noch die Hindernisse und das Radio. Im Gasthof »Zur Sonne« kamen am Heiligen Abend für eine Stunde die Honoratioren des Dorfes zusammen, hockten auf den hölzernen Schemeln um den runden Stammtisch, tranken zwei Viertel Wein, wünschten sich ein frohes Fest und berieten, daß Oberholzen – schon fünf Jahre redete man darüber – dringend einen Schneepflug brauche, um die einzige Verbindung zur Welt, die Straße, schneefrei zu halten. Auch jetzt zeigte es sich wieder, daß die modernen Menschen nicht mehr die Kraft ihrer Vorfahren in den Beinen hatten, die noch durch den tiefen Schnee zum nächsten Ort stapften. Heute fuhr alles Auto, und Oberholzen mußte sich den Erfordernissen der Neuzeit anpassen.

Nach dieser Beratung, die sich jedes Jahr wiederholte und bei der man sich heiß redete, gingen die Männer wieder auseinander und zu den eigenen Weihnachtsbäumen. Die Gaststube wurde geschlossen ... Weihnachten war gekommen.

Im Zimmer Nr. 3 saßen Michael und Gerda Pohland an dem kleinen Tisch am Fenster und sahen in die flackernden Kerzen, die die Frau Wirtin samt einem kleinen Tannenkranz auf den Tisch gelegt hatte. Über die unendlich wirkende Schneelandschaft flatterte dünn das Läuten einer Glocke. Die Dunkelheit war fahl und drückend, kaum ein Licht flimmerte durch die Schneehaufen und verriet, daß dort ein Haus stand, daß dort Wärme war, weihnachtliche Erwartung, ein geschmückter Baum, ein Tisch mit Geschenken, glänzende Kinderaugen und pfeiferauchende Männer mit Gesichtern wie knorrige Wurzelstöcke. In den Küchen standen die Frauen am Herd und kochten und backten. Es war eine wirkliche stille Nacht, eine Nacht vollkommener Einsamkeit.

Gerda legte die Hand auf Michaels Arm. Er zuckte zusammen, als habe sie ihn aus einer anderen Welt gerissen.

»Ja?« sagte er.

»Du bist so schweigsam, Micha.«

»Ich habe an vieles gedacht ...«

Sie nahm die Hand von seinem Arm, als empfinde sie wieder Scheu vor jeder Berührung.

»Du hast mir noch immer nicht gesagt, wie alles werden soll.«

Michael Pohland legte die Hände um eine der Kerzen, als müsse er sie wärmen. »Wie kannst du so fragen, Gerda? Das Leben wird wunderschön werden, so, wie wir es uns immer gewünscht haben.« Er stand auf und ging in dem kleinen Zimmer hin und her. »Wenn ich daran denke, was ich dir alles schenken wollte, was ich auf Heidfeld versteckt habe, um dich Weihnachten damit zu überraschen ... es ist alles lächerlich vor dem, was ich dir nun wirklich geben kann: endlich die Befreiung vor einer Angst, die nie nötig war.«

»Du weißt nicht, wie mich das alles bedrückte, Micha.«

»Du hättest es gleich sagen sollen, damals auf Capri: Hör mal, ich habe ein Kind, und dieses Kind ist ...« Er schwieg abrupt, weil er kein Wort fand, das nicht weh tun würde durch die Deutlichkeit des Ausdrucks.

»Damals hatte ich Angst, dich zu verlieren.«

»Und du wolltest mir Theodora immer verschweigen?«

»Nein. Ich wollte auf einen Tag warten, an dem ich es gestehen konnte. Mein Gott, war es furchtbar.« Sie schlug die Hände vors Gesicht und wandte sich ab. »Ich liebte dich so, und ich mußte die Tür abschließen, weil immer die Angst da war ... Wenn ich ein Kind bekomme, wird es wieder so sein wie Tutti.«

»Wir werden ein gesundes Kind haben!« Michael Pohland drückte Gerda an sich und streichelte ihren bebenden Kopf. Man muß mit Dr. Wehrmann sprechen, dachte er dabei. Und mit einigen bekannten Gynäkologen, mit Experten, die ihr bestätigen werden, daß sich diese Tragödie nicht wiederholen wird. Auch Dr. Dornburg wird es ihr sagen können. Wer weiß, welche Faktoren schuld daran waren, daß Theodora so geboren wurde. Äußere Ereignisse, Krankheiten während der Schwangerschaft, Infektionen, ein unbeachteter Unfall in dieser Zeit ... es kann so viele Gründe haben, oftmals Nichtigkeiten, deren Auswirkungen schrecklich sind.

»Du darfst nie, nie mehr Angst haben«, sagte er zärtlich. »Versprich mir das.«

»Ja, Micha.« Sie sah zu ihm auf. In ihren Augen las er ihre Bereitschaft. Nur was sie dabei dachte, konnte er nicht erkennen. Zwanzig Pillen im Monat, dachte sie. Jeden Tag eine am Abend. Beginnend mit dem 5. Tag der Blutung bis zum 24. Tag vor dem Einsetzen des neuen Zyklus. Dann Ruhe über acht Tage. Und wieder am 5. Tag die nächste Pille. Jeden Abend vor dem Schlafengehen. Ein Dragee, ein Schluck Wasser hinterher, eine Schluckbewegung … und so schluckt man die Angst hinunter, immer und immer wieder, jeden Monat zwanzig Tage lang. Und wenn man es vergißt, einmal oder zweimal …

Sie senkte den Kopf wieder und sah in die flackernden Kerzen.

»Es ist mein schönstes Weihnachten, Micha«, sagte sie leise. »Diesen Tag kann uns keiner nehmen. Er ist ein Geschenk für unser ganzes Leben.«

Am 1. Weihnachtstag gab es in der »Sonne« ein Gänseessen. Bis zum Speicher zog der Duft der gebratenen Gänse und legte sich lockend auf die Schleimhäute. Dazu mischte sich der herb-säuerliche Geruch von dampfendem, fettigem Rotkohl und gekochten Äpfeln. Michael Pohland stand im Pelzmantel an der Theke und ließ sich vom Wirt erklären, daß es völlig sinnlos sei, zu Fuß zum Sanatorium zu pilgern. Ein Schlitten käme überhaupt nicht durch, weil die Pferde bis zur Brust einsinken würden.

»Do hat's aanen halben Meter Schnee«, sagte der Wirt. »Und auf deren Talstraße, jo mei, da kommt's nicht mal aanen Panzer durch. Vasucht haben's schon, die blöden Lackl … An jungen Leutnant, der wöllt's wissen und hat's geschrien: Wir schaffen es! Dös Rindvieh! Wir schaffen es! So kann nur a Preiß schrei'n! Jo, und g'schafft habens: Steckenblieben sind's, bis zum Panzerturm drin im Schnee, und deren Leutnant hat's geflucht und an kalten Oarsch gekriegt! Noi, noi, da ist's nix mit, Herr Pohland. Deren Weg schaufeln wir erst frei nach Neujahr. Z'fressen haben's jo im Heim …«

Trotzdem machten sich Gerda und Michael Pohland auf, um Tutti zu besuchen. Sie liehen sich Skier und rutschten über den Pulverschnee mühsam den Hang hinauf. Die gewundene Straße lag fast unsichtbar unter dem Schnee, nur die Telegrafenmasten zeigten den Verlauf der Straße an. Sie hielten sich immer an die Masten und sahen nach drei Stunden das Haus. Sie waren erschöpft und schwitzten, und wo sie vergaßen, den Schweiß abzuwischen, gefror er zu kleinen, weißen Kristallen.

Wie Perlen hingen sie an Gerdas blonden Haaren, an den Augenbrauen, an den Wimpern.

Dr. Dornburg war baß erstaunt, als sie wie die Eismänner in sein Zimmer kamen. Auch in seinem Zimmer roch es nach Gänsebraten; der Duft kam aus dem kleinen Speiseraum, der weihnachtlich geschmückt war. Die erwachsenen Patienten saßen schon an den weißgedeckten, mit Tannengirlanden verzierten Tischen, zwischen ihnen die Schwestern und die Stationsärzte. Die Kinder wurden in den Zimmern versorgt. Von der sogenannten »geschlossenen Abteilung« war niemand zu sehen. Im Speisesaal saßen nur die harmlosen Patienten, die Alkoholiker und Morphinisten, die hier ihre Entziehungskur machten; die leichten Manisch-Depressiven, die harmlosen Schizophreniker, die Kranken mit Komplexen. Dr. Dornburg, unter dem weißen Arztmantel einen schwarzen Anzug mit hellgrauem, feierlichem Schlips tragend, setzte sich wieder. Er war gerade auf dem Weg zum Essen.

»Lassen Sie bitte anfangen, Schwester«, sagte er zu dem Mädchen, das die Pohlands hereingeführt hatte. »Ich lasse mich entschuldigen. Ich komme später.« Er wartete, bis die Schwester das Zimmer verlassen hatte, und nahm dann vor Michael und Gerda in einem der Sessel Platz. »Das ist eine Überraschung, ehrlich. Wie sind Sie bloß durchgekommen? Ich denke, wir sind wieder abgeschnitten?«

»Es war eine grausame Wanderung.« Gerda Pohland wischte sich mit einem Taschentuch Michaels die in der Wärme des Raumes auftauenden Eiskristalle aus dem Gesicht. »Aber wir wollten Weihnachten bei Tutti sein. Mein Mann wollte es so.« Dr. Dornburg sah schnell zu Pohland und dann zurück auf die Tischplatte zwischen ihnen. »Was macht sie, Doktor?«

»Sie wird gerade gefüttert.« Es klang grausam. Man hätte auch sagen können: Sie bekommt jetzt ihr Essen. Aber Dr. Dornburg liebte es nicht, etwas zu beschönigen. Theodora wurde gefüttert wie ein Säugling oder wie ein Tierbaby, Löffel um Löffel, neben der Schwester sitzend, den schmalen Mund aufreißend, wenn sich der Löffel ihr näherte, und schmatzend schluckend, wenn sich die Lippen wieder schlossen wie zwei winzige Schleusentore. Nur die Augen blickten freudig.

»Wie hat sie den Besuch aufgenommen?« fragte Pohland.

»Sie war etwas unruhig, späterhin. Aber dann ging es ganz gut. Sie fragte sogar, wer Sie seien.«

»Sie fragte ...?« Pohland sah Dr. Dornburg verständnislos an. Der Arzt nickte mehrmals.

»Ich sagte Ihnen ja schon: Dieses Kind ist auch für uns Psychiater ein Phänomen. Alles, was es an Monstrositas geben kann, hat es mitbekommen, aber das Hirn arbeitet normal, was reine Denkfunktionen betrifft. Es ist nicht bildungsunfähig, im Gegenteil, es begreift leicht. Ein Vorgang, der sonst unmöglich ist. Es kann nicht sprechen, aber es kann hören. Und mit der rechten Hand kann es sogar schreiben. Schwester Lieselotte hat Theodora in mühsamer Arbeit das Schreiben gelehrt. Und malen kann es, schön malen sogar. Es ist, als ob das Kind alle Schönheit der Natur, die man ihm nicht gegeben hat, nun auf das Papier wirft. Ich werde Ihnen nachher einige dieser Bilder zeigen.« Dr. Dornburg sah auf seine Armbanduhr. »Das Mittagessen wird noch eine halbe Stunde dauern. Es ist besser, wenn wir da das Kind nicht stören. Darf ich Sie zu unserer Feiertagstafel einladen? Es gibt Gänsebraten mit Thüringer Klößen und Apfelmus.«

Pohland nickte und sah Gerda an. »Wenn wir nicht stören.«

»Wir möchten Ihnen gar keine Umstände ...«

Dr. Dornburg winkte ab. »Aber ich bitte Sie. Wir werden uns unter die anderen setzen. Es wird übrigens für Sie interessant sein, Herr Pohland. Unter meinen Patienten ist auch ein Generaldirektor von der Ruhr.«

»Dann ist es besser, wir bleiben hier und warten. Ich bin sicher, daß ich den Herrn kenne, und es wäre peinlich ...«

»Entziehungskur. Hat haufenweise Pervitin geschluckt.« Dr. Dornburg schüttelte den Kopf, als Pohland etwas sagen wollte. »Keine Sorge, ich verletze damit nicht meine ärztliche

Diskretion. Der Herr empfängt laufend Besuche. Man betrachtet diese Pillenschluckerei nicht als verwerflich, sondern als Berufsopfer. Ich wette, daß er Sie mit Freuden begrüßen wird.«

Im Speisesaal blickte man sich kurz um, als Dr. Dornburg mit den beiden Gästen eintrat. Es herrschte die Atmosphäre eines gut geleiteten Hotels. Ein heller Saal mit großen Blumenfenstern zum Park hinaus. Vierer- und Sechsertische. Weißgekleidete Mädchen, die bedienten. Ein Büfett an der Längswand des Saales. Gedämpfte Unterhaltung, feierlich angezogene Gäste – die Herren im dunklen Anzug, die Damen mit Pelzen um den Schultern, mit Schmuck und modischen Frisuren. Nur die Hauben der Schwestern und die Ärztekittel, die zwischen diesen betont zurückhaltenden Gästen saßen, weiße, leere Flekke inmitten eines zur Schau gestellten Glanzes, verrieten die wirkliche Situation in dem üppigen Speisesaal.

An einem Vierertisch sprang ein großer, schwerer Herr auf und wedelte mit seiner Serviette durch die Luft. Sein dickes, rotes Gesicht glänzte vor Freude. Er trug einen Smoking mit einem Plisseehemd darunter.

»Pohland!« rief er durch den Saal. »Mensch, Pohland, Sie auch hier? Und wir hatten gewettet, daß Sie der einzige sind, der von Natur die Nerven hat, nicht an Gewerkschaftsforderungen verrückt zu werden! Kommen Sie her, kommen Sie her . . .«

»Dr. Barnulf«, erklärte Pohland leise. »Von den Vereinigten Stahlwerken.« Er winkte etwas gehemmt zurück. Dr. Dornburg lachte.

»Sehen Sie, er hält Sie für einen neuen Patienten. Wir setzen uns zu ihm.«

Dr. Dornburg faßte Gerda unter und nickte nach allen Seiten. »Einen recht guten Appetit, meine Damen und Herren«, rief er.

Man nickte ihm zu, beifällig, hochmütig, distinguiert, je nach Auffassung und dem Bewußtsein, wer man war. Eine Dame klatschte in die Hände. An ihren Fingern blitzten dabei eine

Reihe von Brillanten auf. Es war ein rhythmisches, forderndes Klatschen.

»Katharina die Große«, flüsterte Dr. Dornburg Gerda ins Ohr, während sie zum Tisch von Generaldirektor Dr. Barnulf gingen. »Sie bildet sich ein, die russische Kaiserin zu sein. Ihr Mann ist steinreich, Import-Export. Sie läßt sich mit Majestät anreden – aber sonst ist sie völlig harmlos und die ruhigste und angenehmste Patientin.«

Auf großen Platten wurde der Gänsebraten hereingetragen ...

Theodora saß wieder mitten im Zimmer auf der Decke und zeichnete. Sie hatte die Beine gespreizt, den Zeichenblock dazwischen geschoben und hockte nach vorn gebeugt. Von der Seite sah es aus, als schlafe ein riesiges Insekt, von hinten machte sie den Eindruck einer Mammutschildkröte. Den unförmigen Kopf hatte sie dabei tief in die Schultern eingezogen. Der Zeichenstift, festgeklemmt in den formlosen Fingern, wischte über das Papier. Aber was er auf dem Block entstehen ließ, war alles andere als sinnloses Gekritzel. Keine Kreise und Striche, Winkel und Wellenlinien ... es war, als streiche eine unsichtbare Hand über das Papier, und dort, wo sie darübergeglitten war, erblühten Blumen von ergreifender Schönheit.

Da war ein Garten, und in diesem Zaubergarten leuchteten Blüten wie in einem tropischen Wald. Auch wenn es nur eine Bleistiftzeichnung war ... man sah sie blühen, man roch den Duft, man konnte sagen: welche Farbenpracht. Inmitten dieser riesigen Blüten stand ein Mensch, ganz klein, winzig, erdrückt von den Pflanzen, gefangen in den Stengeln und Blättern. Ein Mensch in völliger Nichtigkeit vor soviel Schönheit, eine Wanze fast, eine Blattlaus, unsinnig in diesem Zaubergarten, der ganz dem Blühen gehörte. Er stand da wie ein deformierter Erdkrümel, verloren, weggeweht, ängstlich und sich seiner völligen Nichtigkeit bewußt. Und er sah empor zu den riesigen

Blüten, mit aufgerissenem Mund, als wolle er vor Einsamkeit schreien oder sich bloß sprachlos wundern. Ein Mensch mit einem dicken Kopf und spinnendünnen Beinchen, ein Zwerginsekt, eine Beleidigung des zauberhaften Blumengartens.

Dr. Dornburg blieb vor der Tür stehen und zögerte. Das Mittagessen war turbulent verlaufen. Generaldirektor Dr. Barnulf hatte, nachdem er erfahren hatte, daß Pohland und seine Frau nicht als Patienten gekommen waren, durchaus keine peinliche Situation aufkommen lassen. Im Gegenteil, er berichtete ungeniert von seinem Leiden. Es hatte damit begonnen, daß er beim Militär als Kriegsverwaltungsrat in Frankreich sich dem Suff ergeben mußte. Er sagte ›mußte‹ und dokumentierte damit die Tragik, Opfer eines Berufes und einer Landschaft geworden zu sein. Und später, als er nicht mehr trinken durfte aufgrund seiner gesellschaftlichen Stellung, wich er aus auf Pervitin, um sich dauernd aufzuputschen. »Vor allem die Gewerkschaften, Pohland«, sagte er seufzend, »die haben meine Nerven unterhöhlt. 45-Stunden-Woche, 42-Stunden-Woche, Lohnerhöhungen, bezahlter Urlaub, Urlaubsausgleich, voll bezahlter Ausfall bei Krankheit, wieder Lohnerhöhungen, neue Ecklöhne, Ankündigung der 35-Stunden-Woche . . . und dann jedesmal das große Geschrei, wenn wir diese sinnlosen Erhöhungen nur auffangen können durch Preissteigerungen, und das auch nur, bis das Ende kommt und wir nicht mehr auf dem Weltmarkt konkurrenzfähig sind. Diese schleichende Inflation, dieser Selbstmord unter dem Motto des Wirtschaftswunders, diese Zerstückelung der deutschen Mark aus Prestigegründen – das hat mich mit diesem Pervitin vollgepumpt. Und nun bin ich hier gelandet . . . hier ist es wundervoll, hier ist Ruhe, hier kann ich endlich schlafen ohne Pillen und leben ohne Pillen. Aber was wird, wenn ich wieder als geheilt herauskomme und in die Tretmühle gerate? Da draußen ändert sich doch nichts! Im Gegenteil, es wird immer schlimmer. Ich darf gar nicht daran denken.«

Nach dem Essen hieß es allgemein: Bettruhe. Eine Stunde.

Dr. Barnulf hatte sich von Gerda mit einem Handkuß verabschiedet.

»Sie sehen, gnädige Frau«, sagte er sarkastisch, »so wird aus reifen Männern ein Säugling gemacht. Erst das Fläschchen, dann husch ins Bett. Nur den Schnuller enthält man uns vor. Ich hoffe sehr, daß wir uns nach dem Schlummerstündchen noch sehen.«

Gerda versprach es, der Speisesaal leerte sich. Würdevoll, die Pelzstolas um die Schultern, verließen die Damen die Tische. Die Herren rauchten noch, tranken Fruchtsaft und bröckelten dann ab in die Zimmer. Lediglich »Katharina die Große« zog eine Schau ab. Am Arm ihres Stationsarztes verließ sie hochgereckt den Saal und winkte gnädig nach allen Seiten. Man beachtete es nicht mehr, niemand schmunzelte; es gehörte zum Mittag- und Abendtisch, daß Majestät sich so huldvoll verabschiedete.

Nun standen Dr. Dornburg, Gerda und Michael Pohland vor dem Zimmer Tuttis, und der Arzt zögerte.

»Haben Sie eine Brille, Herr Pohland?«

»Ja. Warum?«

»Setzen Sie sie bitte auf.«

»Aber bitte, wenn Sie es wünschen.« Pohland nahm aus der Jackettasche eine dunkle Sonnenbrille mit einem dicken Schildpattgestell. Dr. Dornburg nickte sehr zufrieden.

»Das ist gut. Dunkel. Als wenn Sie blind wären.«

Pohland nahm die Brille schnell wieder ab. »Was soll das, Doktor?«

»Bitte, behalten Sie sie auf. Sie erinnern sich, was ich Ihnen sagte: Sie sind für das Kind zu gesund. Sie werden das Vertrauen Tuttis nur gewinnen, wenn Sie irgendein Gebrechen haben. Diese dunkle Brille ist gut. Sie werden sagen, daß Sie sie tragen müssen, weil Sie erstens sehr schlecht sehen können und zweitens eine Augenentzündung haben, die unheilbar ist. Sie sollen sehen, das wird Tutti mit einem gewissen Wohlwollen registrieren.«

»Und ... und meine Frau?«

»Das ist etwas anderes. Sie ist die Mutter. Sie *muß* gesund sein. Ebenso wie ich oder die Schwester, die Tutti betreut. Wir gehören zu den Privilegierten, aber ihre Umwelt muß unschön sein. Haben Sie nicht gesehen, daß sie alles Spielzeug bis zu einer gewissen Grenze deformiert, ehe sie damit spielt und Freundschaft schließt? Das ist eine grausame Angleichung ihrer Umwelt an ihren eigenen Zustand, den sie sehr wohl erkennen lernt. Hier ist der wach gebliebene Geist eine gnadenlose Teufelei der Natur.«

Pohland setzte seine Sonnenbrille wieder auf. Er merkte dabei, wie seine Hand zitterte. Als er zur Seite auf Gerda schielte, sah er ihr bleiches, beherrschtes, steinernes Gesicht. Er legte ihr begütigend und tröstend die Hand auf den Arm; sie verstand ihn und nickte ihm mit einem gequälten Lächeln zu.

»Kommen Sie! Zuerst die Mutter, dann Sie. Und husten Sie etwas.«

Dr. Dornburg stieß die Tür auf. Mit einem Ruck fuhr Tutti herum und preßte den Zeichenblock an die runde Brust. Sie erkannte die Mutter, ihr Schlitzmund verzog sich, ein wimmerndes Meckern kam aus dem Rachen; es mußte eine freudige Begrüßung sein, denn die wundervollen, blauen Augen leuchteten. Dann sah sie Pohland, und die Finger verkrampften sich um den Zeichenblock. Aber dann sahen die Augen mit einer offenen Frage auf den fremden Mann. Sie erkannte ihn wieder, das war außer Zweifel ... aber jetzt war er anders, er trug eine dunkle Brille, tastete sich an der Wand entlang und krümmte sich nach vorn, wenn er husten mußte.

Michael Pohland spielte es, so gut er konnte. Einen Augenblick dachte er an seine Kindheit. Gut Heidfeld, sonntags, er war den ganzen Tag geritten und hatte nicht an die Schulaufgaben gedacht. Quartaner war er, auf dem Real-Reform-Gymnasium in Ebenhagen. Am Montag wollten sie eine Mathematikarbeit schreiben, und Mathematik war das Fach, in dem der Quartaner Michael Pohland das Schlußlicht der Klasse bildete.

Er hatte diesen Sonntag ochsen wollen ... Formeln, Gleichungen, den Pythagoras ... aber er war geritten, über die Felder, durch den Laubwald, durch die Heide mit ihren Holunderbüschen und den schlanken, weißen Birken.

Am Sonntagabend, vor der Abfahrt nach Ebenhagen, wurde er krank. Er hustete jämmerlich, bog sich, als wenn der Husten ihm die Lunge zerrisse, und er hustete so lange, bis er zu würgen begann und sich übergab. Man steckte ihn ins Bett, er versäumte die Mathematikarbeit. Am Abend dieses Montags kam der Vater zurück nach Heidfeld, riß die Decke von Michaels Bett und sagte: »Was willst du werden – Erbe der Werke oder Schauspieler? Raus aus dem Bett! Du holst morgen die Arbeit nach, ich habe es mit Dr. Bader so besprochen.« Und er mußte am Dienstag als einziger in der Klasse, in einer isolierten Ecke, die Mathematikarbeit nachholen. Es wurde eine Fünf. Aber der Quartaner Pohland bekam nie wieder einen Husten vor einer Klassenarbeit ...

Theodora nahm den Zeichenblock, legte ihn auf die Erde und schrieb in großen Buchstaben quer über das schöne Bild ihres Zaubergartens: »Was hat er, Mama?«

»Er ist sehr krank, Liebling.« Gerda setzte sich zu ihr auf die Erde. »Er hat schlechte Augen, die immer entzündet sind. Und immer muß er husten.«

Tuttis Augen bekamen einen neuen Glanz. Sie starrte Pohland an, der ihr zulächelte, und sie schien zurückzulächeln, wenigstens verzerrte sich ihr Gesicht zu einer Grimasse. Auf das Blatt schrieb sie:

»Und kann ihn der Doktor nicht heilen?«

»Nein«, sagte Gerda ohne Zögern.

Tutti schien zufrieden. Sie riß das Blatt mit dem Blumengarten vom Block und begann eine neue Zeichnung. Sie zeichnete Pohland, wie er an der Wand stand, mit einer riesigen Brille statt der Augen, zwei schwarze Flecken in einem fast dreieckigen Gesicht. Dann machte sie sich von Gerda los, kroch auf Pohland zu, hielt das Bild hoch und begann, schaurig und fast heulend zu lachen. Durch Pohland glitt es eiskalt. Er stierte auf die zwei schwarzen Flecken und auf das völlig aus der Form geratene Gesicht Tuttis.

»Sehr schön«, sagte Dr. Dornburg schnell, um die Schrecksekunde zu überbrücken. »Wunderbar, Tutti! Können Sie es erkennen, Herr Pohland?«

In dieser Frage lag bereits die Antwort. Pohland schüttelte langsam den Kopf. »Nein, Doktor. Nur ganz schwach . . .« Er hustete wieder, griff dann nach vorn, tastend, suchend, wie ins Dunkle fassend, ergriff dann das Blatt, zog es aus Tuttis krallenden Fingern und schob es ganz nahe an seine Augen.

»Das bin ja ich . . .«, sagte er und rutschte mit der Nase über das Papier. »Aber habe ich so einen Kopf, Doktor? So einen schrecklichen Kopf?«

In Tuttis herrlichen blauen Augen sprang der Funke leuchtenden Glücks auf. Sie quiekte wieder, aber es war ein anderer Ton als vorher. Ihre Hände tasteten nach Pohland, krallten sich in seinem Jackett fest und zogen ihn zu sich heran. Pohland ließ sich auf die Knie nieder, ganz nah war er dem birnenförmigen, verzerrten Gesicht und diesen unwirklichen, schönen, lebenden Augen. Er bemühte sich, zu lächeln, er drängte alle Abscheu zurück, allen Widerstand vor diesem Wesen, das ein Mensch sein sollte . . . und dann erlebte er, wie die deformierten Hände über sein Gesicht fuhren, weich wie Katzenpfoten, zärtlich und unendlich vorsichtig, wie sie ihn streichelten, wie sie auf seinen Augen liegenblieben und ihm die Sonne wegnahmen. Dann wurde es wieder hell, und er hörte über sich die fast tonlose Stimme Dr. Dornburgs sagen:

»Ich komme in einer Stunde wieder. Spielt schön miteinander.«

Pohland war allein mit Tutti. Auch Gerda war gegangen. Nur ihre Handtasche stand einsam auf der dicken Wolldecke im Zimmer. Tutti kroch auf sie zu und ließ den Verschluß aufschnappen. Sie nahm als erstes das Parfümfläschchen heraus, roch daran, schraubte den Verschluß auf und schüttete sich ein paar Tropfen auf die Handfläche. Dann überlegte sie, erinnerte sich, wie es Mama gemacht hatte, und strich sich das Parfüm hinter und über die abstehenden Ohren. Dabei lachte sie, und es war in diesem Augenblick ein wirkliches Lachen, ein kindlicher Freudenausbruch aus tiefster Seele.

Michael Pohland wurde ebenfalls mit Parfüm bespritzt. Er hielt still, während Tutti um ihn herumkroch und ihn von allen Seiten beträufelte.

»Schön«, sagte er nur immer wieder. »Schön ... schön ... wie das riecht!«

Dann nahm er den Zeichenblock, beugte sich weit über ihn und zeichnete einen Berg, ein Dorf, zugeschüttet vom Schnee, eine Straße, die ins Unendliche führte. Pohland konnte gut zeichnen, eine Zeitlang hatte er als Hobby gemalt, in Tempera und in Öl, es war eine Zuflucht gewesen, wenn seine erste Frau wieder einen ihrer hysterischen Anfälle hatte. Da hatte er sich eingeschlossen und gemalt.

Tutti saß neben ihm und sah ihm stumm zu. Als er meinte, fertig zu sein und alles gezeichnet zu haben, was möglich war, schob er das Bild dem Kind zu.

Tutti sah es mit ihren wundervollen, sprechenden Augen an. Lange, sinnend, etwas suchend. Es war deutlich, daß etwas auf dem Bild fehlte, daß es für sie unvollkommen war. Plötzlich hatte sie es entdeckt, ihre Augen bekamen einen wilden Glanz. Sie riß Pohland den Bleistift aus den Fingern und begann, Schatten in das Bild zu setzen. Nur ein paar Striche, ein paar Schraffierungen, und das Bild bekam Tiefe und Leben. Es war nicht mehr ein Blatt Papier, sondern eine plastische Landschaft. Und dann riß sie den fahlen Himmel auf, den Pohland gezeichnet hatte. Sie ließ die Sonne scheinen; man sah sie nicht, aber man spürte sie – im Glanz, der auf den Bergen lag und an den Schatten, die über das Tal wanderten.

»Die Sonne!« sagte Pohland mit erstickter Stimme. »Ja, die Sonne fehlte. Wir sollen immer in der Sonne leben, Tutti ... wie recht hast du ...«

Und er zog diesen unförmigen Körper heran, umarmte ihn

und drückte ihn fest an sich. Tutti ließ es geschehen. Ihre großen, blauen Augen waren dunkel vor Glück.

Am darauffolgenden Abend riefen zwei Bekannte aus Ebenhagen an. Zuerst Dr. Corbeck. Er hatte mit Geschick die Weihnachtsgäste ausgeladen und von dem Skiunfall erzählt. Nun stand das Problem der Silvesternacht bevor und der große Neujahrsempfang in der Halle der Pohland-Werke. Er war zur Tradition geworden. Großvater Pohland hatte damit angefangen. Er hatte am Neujahrstag seine Belegschaft um sich versammelt, hatte allen mit Handschlag für die Treue und die Arbeit des vergangenen Jahres gedankt und jedem ein goldenes Zwanzig-Mark-Stück in die Hand gedrückt. Großvater Pohland konnte das noch, damals zählte der Betrieb dreiundzwanzig Beschäftigte. Vater Pohland hatte es schon schwieriger, er überblickte an jedem Neujahrstag sechshundert Arbeiter, später sogar zweitausend, hielt wie der Großvater eine Rede und ließ Lohntüten mit einer Prämie verteilen. Jetzt waren es einige Tausend mehr, und Michael Pohland hatte die Tradition fortgesetzt und die Treueprämien beibehalten.

»Der Silvesterball fällt aus!« sagte Pohland und hörte 700 Kilometer weiter seinen Syndikus seufzen. »Wir sind zwar auf Heidfeld, aber ich möchte keinen Menschen sehen! Wenn Sie es unbedingt für nötig erachten, lieber Corbeck, dann vertreten Sie mich bitte auf dem Fest, berichten Sie von meinem Unfall – den müssen Sie jetzt über die Runden schleppen, ob Sie wollen oder nicht –, hauen Sie auf die Pauke und jubeln Sie sich ins neue Jahr. Man wird mich nicht vermissen.«

»Ich glaube, das ist eine Fehleinschätzung, Herr Pohland«, wagte Dr. Corbeck einen Einwand.

»Irrtum, mein Lieber! So wichtig bin ich gar nicht. Ob ich am kalten Büfett stehe oder nicht, das ist Wurscht. Hauptsache ist, daß das Büfett gut sortiert ist, daß der Wein schmeckt und genug Sekt kalt steht. Und wichtig ist, daß man sich sieht und gesehen wird. Daß man Verbindungen knüpfen und zwischen Gänseleber mit Trüffeln und einem Champagner-Cobbler einen Liefervertrag aushandeln kann. Darauf kommt es an! Alles andere ist gesellschaftliche Floskel, die dazu gehört wie eine beschissene Windel zum Säugling.«

Dr. Corbeck legte resignierend auf. Was ist bloß mit diesem Oberholzen los, dachte er. Er nahm sich vor, Dr. Wehrmann darüber zu befragen, obwohl er im voraus wußte, auch von dort eine dumme Antwort zu erhalten. Es mußte ein Ereignis eingetreten sein, das grundlegend in das Leben Pohlands eingriff, ja, das ihm eine andere Richtung gab. Gerda Pohland war es nicht, das glaubte Dr. Corbeck zu wissen, aber durch sie war dieses undefinierbare Ereignis herangekommen.

Er sah noch einmal auf den Telefonhörer, zuckte die Schultern und begann, sich um die Sitzordnung an der Tafel zu kümmern. Eine sehr diffizile Aufgabe, denn es galt, Personen nebeneinander und sich gegenüber zu setzen, die nicht an der Krankheit der gegenseitigen Antipathie litten.

Der zweite Anrufer in Oberholzen war Dr. Wehrmann. Er hatte Glück, daß Gerda am Apparat war; Michael Pohland stand unten vor der »Sonne« und wachste seine Skier.

»Alles in Ordnung?« fragte Dr. Wehrmann.

»Alles, Doktor.«

»Was sagt er?«

»Er hat mit Tutti über eine Stunde gespielt.«

»Und sonst?«

»Was sonst?«

»Weiß er alles?«

»Was Tutti betrifft, ja.«

»Ich rede von den Anti-Baby-Pillen!«

»Nein.«

»Und Sie wollen es ihm auch nicht sagen?«

»Nein. Er würde verlangen, daß ich sie nicht mehr nehme. Er will ein Kind ... aber ich habe Angst. Niemand wird mir jemals diese Angst nehmen können.«

»Aber wie soll das denn weitergehen? Ein paar Monate lang können Sie das durchhalten – aber dann? Er wird sich wundern, er wird Fragen stellen, er wird Experten aufbieten, um dieses Versagen erklären zu lassen. Ich kenne Michael Pohland. Und auch Sie werden ihn verstehen. Schließlich brauchen die Pohland-Werke einen Erben, und Pohland ist nicht mehr ein flotter Zwanziger, sondern vierzig Jahre alt.«

»Ich weiß das alles, Doktor. Ich weiß es.« Gerda Pohlands Stimme klang gequält. »Aber bitte, lassen Sie mir diese paar Monate Glück. Bitte schweigen Sie. Wie es dann weitergehen soll, ich weiß es noch nicht. Ich will auch nicht daran denken. Ich will nur diese Monate Glück.«

Auch Dr. Wehrmann legte seufzend den Hörer zurück und kratzte sich den Kopf. Das Leben könnte so einfach sein, dachte er, wenn der Mensch nicht alles so wahnsinnig komplizieren würde.

Die Tage gingen dahin im Gleichmaß des schwingenden Perpendikels. Michael und Gerda Pohland waren doch noch aus Oberholzen zurückgekehrt, hatten den traditionellen Neujahrsempfang in der größten Werkhalle mitgemacht. Dr. Wehrmann hatte zu diesem Auftritt das gesunde linke Bein Pohlands in Gips gelegt, um den angeblichen Unfall glaubhaft zu machen –, sie hatten Krankenbesuche empfangen, bei denen Pohland seinen Unfall in plastischer Darstellung schilderte und das Mitleid (aber auch die Schadenfreude) säckeweise einkassierte, und dann ging das Leben weiter, die geölte Maschine des Alltags schnurrte ab wie eh und je.

Ende Januar kam Anna Petermann aus dem Krankenhaus zurück. Ihr Mann Gotthelf holte sie selbst ab. Sie konnte noch nicht richtig wieder laufen, sie war noch schwach und wackelig in den Knien, aber sie wollte zurück nach Heidfeld, zu den Kindern. Sie sehnte sich nach dem kleinen Haus, nach dem Geruch von Heu, Rüben und Milch, vor allem aber zurück zu

Gotthelf, der – wie sie dem Chefarzt klagte – trotz der Pflege ihrer Cousine verwilderte.

Glücklich lag sie dann auf dem Sofa in der Wohnstube, ihre fünf Kinder um sich, das sechste neben sich in einem geflochtenen Korbwagen, und übernahm wieder das Kommando im Haus.

Drei Tage nach ihrer Rückkehr kam Dr. Wehrmann zu Besuch. Er fand Anna Petermann in den Kissen sitzend, den Säugling vor sich und ihm eine Flasche gebend. Um den Tisch herum hockten die anderen fünf Kinder und sahen zu, wie die Kleine schmatzte. Gotthelf Petermann hatte Dr. Wehrmann schon an der Haustür abgefangen.

»Eine Frage, Herr Doktor«, hatte er gesagt. »Anna hat doch eine Masse neues Blut bekommen, nicht?«

»Ja.« Dr. Wehrmann sah Petermann kritisch an. »Wieso?«

»Woher kommt das Blut?«

»Stimmt etwas nicht?« Dr. Wehrmann bekam einen Schreck. So etwas ist heutzutage unmöglich, dachte er. Jedes Blut unterliegt einer strengen Untersuchung.

»Ich weiß nicht, Herr Doktor.« Petermann kratzte sich den Kopf. »Wer gibt das Blut?«

»Die Blutspender stehen in einer Liste, aber wen interessiert das?«

»Ist das Blut, das Anna bekommen hat, von Frauen oder von Männern?«

»Eine dusselige Frage. Das ist doch Wurscht. Hauptsache, Blutgruppe und Rhesusfaktor stimmen.«

»Das sagen *Sie!*« Petermann kratzte sich wieder den Schädel. »Seit der Blutübertragung ist Anna wie verwandelt. Das kann nur vom Blut kommen.«

»Wieso ist sie verwandelt?«

»Sie kommandiert herum, sie jagt mich von einer Ecke in die andere, ich muß laufen, daß ich japse. Ich wette, Herr Doktor, der haben sie Blut von einem ehemaligen Feldwebel gegeben.«

Dr. Wehrmann wollte noch etwas sagen, aber dann tippte er Petermann bloß stumm an die Stirn und ging ins Haus.

»Na, wie geht's denn?« fragte Dr. Wehrmann und setzte sich neben Anna auf das Sofa. »Kommen Sie jetzt nicht mit der dämlichen Antwort: Beim letztenmal ging's noch. Ich verhaue Ihnen dann den Hintern, denn so weit sind Sie noch lange nicht.«

»Aber Herr Doktor«, sagte Anna verschämt und wurde rot. Auch das konnte sie wieder, ein Zeichen der wirklichen Besserung. »Die Kinder ...«

»Die verstehen das nicht. Trinkt übrigens gut, die Kleine.«

»Es ist das erste, dem ich nicht die Brust geben kann.«

»Sehen Sie, *das* verstehen die Kinder.« Dr. Wehrmann lachte, als sich Anna mit gespielter Betroffenheit abwandte. »Seien Sie froh, daß Sie überhaupt hier sitzen dürfen und die Flasche halten. So nahe wie diesmal haben Sie noch nie vor der ewigen Wolke gestanden.«

»Sie sind ein ganz lästerlicher, gottverachtender Mensch.«

»Mag sein. Aber was ich Ihnen jetzt noch sagen werde, rappelt Ihr ganzes Weltbild durcheinander.« Dr. Wehrmann hob den Arm über den Tisch. »Alle Kinder – raus! Hopphopp. Und erst wiederkommen, wenn ich rufe, verstanden?«

»Jawoll, Onkel Doktor!« brüllten die fünf und liefen hinaus. Kaum waren sie draußen, kam Gotthelf Petermann herein.

»Sie schicken die Kinder weg, Herr Doktor?« sagte er und blieb an der Tür stehen. »Dann muß was Wichtiges sein.«

»So dusselig wie er tut, ist er gar nicht, was?« Dr. Wehrmann setzte sich gemütlich auf einen Stuhl. Er griff in seine Aktentasche, holte eine Schachtel hervor und legte sie auf den Tisch. »Das ist es.«

»Was?« fragte Petermann und kam näher.

»Das Weiterleben deiner Anna.«

»Moment.« Petermann drehte sich um, füllte ein Glas mit Wasser und schob es dem Arzt über den Tisch. »Bitte, trinken Sie, Herr Doktor. Draußen ist's kalt, und wenn man dann zum

Aufwärmen ein paar nimmt . . . ich verstehe 's ja . . .« Er grinste beifällig. Dr. Wehrmann kratzte sich die Nase und fuhr sich dann mit der gespreizten Hand durch seine Löwenmähne.

»Ich bin nicht besoffen. Seht euch das mal an. Das sind zwanzig Dragees. Wenn Anna diese Pillen schluckt, jeden Tag eine, nach einem genauen Plan, dann wird sie keine Kinder mehr bekommen.«

Anna schüttelte den Kopf. »Die nehme ich nicht«, sagte sie abweisend. »Auf keinen Fall.«

»Warum?« fragte Dr. Wehrmann.

»Weil es Sünde ist.«

»Anna und ich«, schaltete Petermann sich ein, »wir haben schon ein paarmal über die Pille gesprochen. Meine Frau will dem lieben Gott nicht ins Handwerk pfuschen. Und, ehrlich gesagt: ich auch nicht! Die Kirche ist dagegen, und wenn wir uns einer Sünde schuldig machen . . .«

»Himmeldonnerwetter!« Dr. Wehrmann hieb mit der Faust auf den Tisch. Die Dragees tanzten über die Platte. »Sünde ist es, wenn Anna noch ein Kind bekommt. Vor vier Wochen hast du geheult und mich angefleht, dich zu kastrieren . . .«

»Aber Gotthelf!« rief Anna entsetzt.

»Jawoll, das hat er! Und nun, wo seine Anna noch einmal durchgekommen ist, spielt er wieder den starken Mann. Und ich wette, es wird nicht lange dauern und er kommt auf dem Zahnfleisch zu mir und wimmert: Nun ist das siebte unterwegs! Aber dann, meine Petermanns, garantiere ich, daß Anna die Geburt nicht überlebt.«

Petermann war bleich geworden und setzte sich. »Mein Gott«, stammelte er. »Das sagen Sie Anna ins Gesicht?«

»Sie weiß das besser als du.« Dr. Wehrmann scharrte die Pillen wieder zusammen auf ein Häufchen. »Jeder Arzt wird es sich ernsthaft überlegen, ob es notwendig ist, jemandem diese Dragees zu verschreiben. Sieht er aber die Notwendigkeit ein, dann ist es sogar seine Pflicht. Bei dir, Anna, ist diese Pille lebensrettend. Und du, du liebst doch deine Frau, was?«

»Aber ja, Herr Doktor. Das wissen Sie ja.«

»Und wie stellst du dir das vor, wenn Anna wieder so gesund ist, daß sie dir eine Ehefrau sein kann? Um das siebte Kind bei euch zu vermeiden, gibt's nur eins: Nicht anrühren! Als wenn du das könntest!«

»Schwer, Herr Doktor, schwer ...«

»Red' keinen Unsinn, du kannst es nicht. Ein gesunder Mensch ist nicht zum Einsiedler geboren. Ein gesunder Mensch wird von drei Triebkräften regiert, die der Erhaltung seiner Art dienen und daher unerläßlich sind: dem ›Freßtrieb‹, dem Arbeitstrieb und dem Fortpflanzungstrieb. Dagegen ist noch kein Kraut gewachsen. Wenn ein Mensch geschlechtsreif wird – der eine früher, der andere später –, drängt sein Körper nach Betätigung, der Fortpflanzungstrieb wird wach. Da nützt keine Prüderie, kein Verschweigen, kein Augenaufschlag: O Gott, wie kann man so etwas sagen? Das ist eine Tatsache, der jeder ins Auge sehen soll und kann. Und muß. Und wie ihr so vor mir sitzt, seid ihr ein Musterbeispiel dafür ...«

»Wie Sie sagen, Herr Doktor.« Petermann kratzte sich verlegen den Kopf. »Dagegen ist kein Kraut gewachsen.«

»Eben! Aber das nächste Kind ist Annas Tod. Das ist klar. Wenn du Anna das siebte Kind machst, begehst du einen Mord, Petermann!« Dr. Wehrmann sagte es mit einem neuen Faustschlag auf den Tisch. »Und deshalb diese ›Anti-Baby-Pillen‹. Du wirst sie nehmen, Anna, und du kannst ohne Sorgen deinem Gotthelf die Frau sein, die er braucht ...«

Anna Petermann sah auf das kleine Drageehäufchen. Ihre Hand glitt über den Tisch, aber kurz vor den Pillen zuckte sie zurück.

»Ich kann sie nicht nehmen ...«, sagte sie leise. »Ich muß das beichten. Und wenn der Herr Pfarrer das erfährt ...«

»Kreuzdonnerwetter! Dein Pfarrer gibt dir das Leben nicht zurück, wenn du am siebten Kind draufgehst!«

»Sie lästern wieder, Herr Doktor.«

»Er sagt, Kinder sind ein Segen Gottes. Und wen Gott liebt,

den segnet er.« Gotthelf Petermann sah auf den Säugling in Annas Arm. Er schlief, satt und zufrieden.

»Ich möchte den Segen sehen, der einen irreparablen Uterusriß verhindert!« schrie Dr. Wehrmann. »Hier hört das religiöse Dogma auf. Hier wird Gläubigkeit zum Selbstmord.«

»Um Himmels willen, wenn das der Pfarrer hörte!« Anna drückte den schlafenden Säugling an sich. »Als ich so schwer darniederlag, war er zweimal im Krankenhaus und hat mir das Bild des Heiligen Antonius geschenkt. Gott wird dir Kraft geben, hat er gesagt«

»Und das hat er denn wohl auch ... du sitzt ja wieder hier.« Dr. Wehrmann sprang auf. Anna sah ihn ängstlich an.

»Wenn der Herr Pfarrer das hörte ...«, wiederholte sie leise.

»Er wird es hören, ganz deutlich und laut, damit er kein Wort überhört.« Dr. Wehrmann wollte noch etwas hinzufügen, aber dann hielt er seine Worte zurück und nahm seinen Hut. Mit stampfenden Schritten verließ er das Haus der Petermanns.

Er fuhr geradewegs ins Dorf, zum Pastorat.

Die zwanzig Pillen hatte er auf dem Tisch zurückgelassen. Petermann schob sie vorsichtig in die Schachtel zurück und stellte diese in den Schrank. Neben eine Flasche Maggiwürze und eine Dose mit Kümmel.

Das Pastorat des kleinen Ortes Heidkamp war angelegt wie ein alter, wehrhafter Pfarrhof aus der Zeit der Sachsenmission. Pfarrhaus, Ställe, zu einer Garage umgebaute Fuhrwerksremisen und ein Vikariat bildeten ein Viereck, nach außen mit kleinen, schießschartenähnlichen Fenstern, dicken Mauern und Stützen. Eine Ringburg gewissermaßen, in der man den Glauben verteidigte. Nur durch eine große Toreinfahrt im Vikariat erreichte man den viereckigen Innenhof, der an einen mittelalterlichen Turnierplatz erinnerte. Die Kirche stand außerhalb dieser »Pfarrburg« – wie man es im Volksmund nannte –, ein breiter Bau aus Bruchsteinen, hingesetzt für Jahrhunderte.

In dieser »Burg« residierte Dechant Peter Bader. Er war ein großer, stämmiger Mann mit einem dicken Kopf und muskelbepackten Armen, einer lauten Stimme und einem rauhen Humor. »Der Bader kann wie Bonifatius Eichen umhacken«, hieß es in Heidkamp und Umgebung, und man hütete sich, irgendwie mit Dechant Bader in Streit zu kommen. Zweimal war dies versucht worden, und beide Male zogen die Angreifer den kürzeren. Einmal war es der reiche Bauer Schulze-Borbeck, der an vier Sonntagen nicht die Messe besuchte, weil Dechant Bader eine Predigt über die faulen Satten der Gemeinde gehalten hatte. Nun hatte in der Heidkamper Kirche jeder Bauer seit Generationen seine eigene Bank, auf der ein Schild mit seinem Namen stand. Und siehe da: Eines Montags kommt ein Fuhrwerk und lädt bei dem Bauern Schulze-Borbeck dessen Kirchenbank ab. »Mit einem schönen Gruß vom Herrn Dechant«, hieß es. »Er braucht die Bank nicht mehr in der Kirche.« Von diesem Tag an saß Schulze-Borbeck wieder sonntags in der Kirche, brav in der ersten Reihe wie früher. Die Bank hatte er eigenhändig wieder ins Kirchenschiff geschleppt.

Der andere Streit war langwieriger. Es dauerte zwei Jahre, bis Dechant Bader auch ihn gewann. Es ging um eine Kirchenglocke, genauer um die kleine Totenglocke, die auf dem Friedhof hinter der Kirche geläutet werden sollte, wenn ein Sarg über den geweihten Acker getragen wurde. Der Fabrikant Hans Schwennig, der wie Pohland ein Gut in der Umgebung von Heidkamp bewohnte, hatte sich zur Stiftung der Glocke angeboten. Also wurde ein Türmchen gebaut, man wartete auf die Glocke, aber sie kam nicht. Erst später sickerte durch, daß Dechant Bader und Hans Schwennig in eine Auseinandersetzung geraten waren. Schwennig wollte nämlich, daß auf der Glocke stehen sollte: Gestiftet von Hans Schwennig. Dechant Bader wollte die Inschrift: »Memento mori« haben. Da keiner davon abging, ließ Schwennig die Glocke nicht anrücken. Aber Bader gab nicht auf. Bei jedem Begräbnis wurde jetzt im Glockenturm ein weithin lesbares Schild emporgezogen. »Ich läute nicht, denn Eitelkeit macht mich stumm«. Nach einem Monat hieß es bereits, wenn jemand begraben wurde und der Sarg über den stummen Friedhof getragen wurde: »Die Schwennig-Stunde beginnt.« Das ging zwei Jahre so, bis der Fabrikant Hans Schwennig resignierte und die Glocke anbringen ließ. Mit der Inschrift: »Memento mori«.

Das alles wußte Dr. Wehrmann nur zu gut, als er durch die Toreinfahrt rollte und vor dem Pfarrhaus hielt. Er war sich sicher, daß er nicht einem Gefecht, sondern einer Schlacht entgegenging. Was Dechant Bader einmal gedacht hatte, war so fest gebaut wie seine Pfarrburg und seine Kirche.

Die Haushälterin, die Dr. Wehrmann öffnete, sah den Arzt erstaunt an. »Ist der Herr Dechant krank?« fragte sie. »Davon weiß ich ja gar nichts.«

»Was für eine Laune hat er?« fragte Dr. Wehrmann zurück.

»Grantig, Herr Doktor.« Die Haushälterin wischte sich die Hände an der Schürze ab und gab Wehrmann die Hand. »Hat er Sie angerufen?«

»Nein. Ich komme von allein.«

»Oje!«

»Was heißt: oje?« Dr. Wehrmann schob seinen Löwenschädel vor. »Ich muß mit ihm sprechen.«

»Gerade Sie?«

»Gerade ich! Warum hat er denn schlechte Laune?«

»Er ist vor einer Stunde von einem Krankenbesuch zurückgekommen. Das muß ihn so wild gemacht haben.«

»Krankenbesuch?« Dr. Wehrmann ging im Geiste alle Kranken ab, die in Heidkamp bettlägerig waren. Er fand niemanden darunter, der Dechant Bader so erregen konnte. »Wo denn?«

»Das weiß ich doch nicht.«

Dr. Wehrmann trat in die große Diele. Uralte, handgeschnitzte Schränke standen an den steinernen Wänden. Wie ein Gewölbe war es, mit Schreinen, in denen man Mumien vermuten konnte. Die Haushälterin ging weg, um Dr. Wehrmann anzumelden. Sinnend ging Wehrmann in der großen Diele hin und her, blieb vor den riesigen Schränken stehen und las die Jahreszahlen, die meistens am Kopfstück eingeschnitzt waren. Er hörte von weitem die laute Stimme des Pfarrers, gedämpft durch dicke Eichentüren. Dann war die Haushälterin wieder da, mit hochrotem Kopf und sehr verlegen.

»Nun?« fragte Dr. Wehrmann ahnungsvoll.

»Der Herr Dechant sagt, er brauche kein Klistier.« Die Haushälterin senkte den Blick. »Er hat mir aufgetragen, es Ihnen wörtlich auszurichten.«

»Das ist gut.«

Dr. Wehrmann hob den massigen Kopf. »Wir sind aus dem gleichen Holz, liebe Frau Berger, und wenn das zusammenklingt, gibt's einen vollen Ton. Gehen wir also!«

»Um Gottes willen! Sie können doch nicht einfach . . .«

Die Haushälterin wollte Dr. Wehrmann festhalten, aber der Arzt hatte bereits eine der Türen geöffnet. »Und ob ich kann!« schrie Dr. Wehrmann und trat ein. Er warf hinter sich die Tür zu und stand in einem schmalen Raum voller Bücher. Es war die Pfarrbibliothek. Im Hintergrund stand eine Tür offen und gab den Blick in einen großen, hellen Raum frei. Aus diesem Zimmer dröhnte jetzt eine Stimme. »Kommen Sie durch! Ich wußte, daß Sie so eintreten! Was kann man von einem Antichristen anderes erwarten!«

Dr. Wehrmann schob seinen Löwenschädel vor. Mit großen Schritten durcheilte er die Bibliothek und stand Dechant Bader gegenüber, der hinter einem massigen Schreibtisch saß und in der Kirchenzeitung las.

»Guten Tag!« sagte Wehrmann laut.

»Gott zum Gruße«, antwortete Bader.

»Ich habe mit Ihnen zu sprechen.«

»Ich auch.«

»Auf einmal?«

»Ja. Aber ich wollte es auf neutralem Boden tun. Hier kann ich Sie, und in Ihrer Praxis können Sie mich hinauswerfen, wenn wir uns nicht einig werden.«

»Bei solchen vorausschauenden Gedanken kann unser Gespräch wirklich interessant werden«, bellte Dr. Wehrmann. »Also los!«

Dechant Bader brannte sich eine Zigarre an. Da er Dr. Wehrmann keine anbot, griff dieser einfach über den Tisch und bediente sich selbst. Schweigend gab ihm Bader Feuer.

»Wie lange waren Sie nicht mehr in der Kirche?« fragte er, nachdem er das Streichholz ausgeblasen hatte. Dr. Wehrmann hob die buschigen Augenbrauen.

»Wollen Sie bei mir missionieren?«

»Eher hacke ich zehn Wotanseichen um!« Dechant Bader legte seine riesigen Fäuste auf den Tisch. »Ich frage nur deshalb, um zu dokumentieren, daß meine Sorgen nicht Ihre Sorgen sein können. Eben komme ich wieder von einer Schweinerei, die ihr Mediziner als ›Fall‹ hinnehmt. Bei mir rüttelt es an den Grundfesten der Moral.« Dechant Bader stand auf und ging um Dr. Wehrmann herum wie ein Bär, der in der Manege seinen Dompteur umkreist. »Sie kennen Jutta Westhues?«

»Natürlich.« Dr. Wehrmann sah den Pfarrer verblüfft an. »Hübsches Mädchen, zwanzig Jahre alt, verlobt mit einem Studenten der Medizin.«

»Und mehr wissen Sie nicht?«

»Nein.«

»Aber ich!« Baders Stimme schwoll an. »Sie liegt zu Hause im Bett. Nicht mit einer Grippe. Nein, eine Abtreibung hat sie hinter sich. Der junge Halbmediziner hat's gemacht, und irgend etwas muß schiefgegangen sein. Man hat schon bei Ihnen angerufen, aber Sie waren nicht zu Hause. Da hat man mich angerufen.«

»Und was haben Sie getan?« fragte Dr. Wehrmann leise.

»Ich habe dem Balg meine Meinung gesagt.«

»Und ist's davon besser geworden?«

Dechant Bader blieb ruckartig stehen und starrte Dr. Wehrmann an. »Diese Frage ist typisch für Sie. Die kirchliche Lehre vom gottgewollten Leben . . .«

»Moment!« Dr. Wehrmann hob die Hand und schüttelte sie. Verblüfft schwieg Dechant Bader. »Ehe Sie Ihre Predigt weiterführen, will ich Ihnen einige Zahlen nennen. Wissen Sie, daß allein in Westdeutschland jährlich eineinhalb Millionen Frauen und Mädchen abtreiben? Nach Schätzungen werden in den europäischen Großstädten drei von vier Kindern nicht geboren, sondern im Mutterleib getötet!«

»Da sehen Sie es!« schrie Dechant Bader. »Dieser Verfall der Moral! Dieser sittliche Niedergang!« Er drehte sich um, als Dr. Wehrmann schwieg. »Oder wollen Sie etwa mit diesen schrecklichen Zahlen diese Taten verteidigen?«

»Verteidigen? Nein. Aber sie sollten nachdenklich machen. In jeder Frau ist das stärkste Gefühl neben der Liebe das Muttergefühl. Wieviel Angst, wieviel Verzweiflung, wieviel seelische Qual häuft sich da auf, bis man es wagt, Hand an sich selbst zu legen oder legen zu lassen, um nicht ein ganzes Leben lang für manchmal nur eine Minute Vergessen und Glück belastet zu sein.«

»Kinder sind ein Segen, keine Last!« schrie Dechant Bader.

»So etwas sagt man aus der Sicherheit heraus, selbst nie ein Kind zu haben.«

»Doktor, ich werfe Sie hinaus«, sagte Bader gepreßt.

»Tun Sie es. Sie werfen damit aber nicht die Tatsachen über Bord, daß wir – vor allem in den sogenannten ›Entwicklungsländern‹ – vor einer Bevölkerungsexplosion stehen. Wenn sie anhält, wird es auf der Erde bald sechs Milliarden Menschen oder mehr geben. Der Großteil davon wird hungern und verhungern. Ist das der Wille Gottes? Ist das der Segen? Die Saurier starben aus, weil sie zu groß wurden und keine Nahrung mehr fanden. Soll der Mensch eines Tages zugrunde gehen, weil er zu fruchtbar ist?«

»Was haben die Saurier mit Jutta Westhues zu tun?«

»Viel. Die Übervölkerung ...«

»Reden Sie doch keinen Quatsch, Doktor!« Dechant Bader klopfte mit der Faust auf die dicke Eichenplatte des Schreibtisches. »Vergessen hat sich das Mädchen, weiter nichts. Und dann geht sie hin ... und ...«

»Ich könnte Ihnen medizinisch zu diesem ›Vergessen‹ allerlei sagen.«

»Ich will keine Medizin, ich bestehe auf der Moral. Das sittliche Weltbild wird gestört, wenn diese Art der Freiheit um sich greift.«

»Sie tut es, lieber Dechant, sie tut es. Früher, zur Zeit unserer Eltern, war es normal, daß eine Familie aus zehn oder vierzehn Kindern bestand, und man sah scheel auf jene herab, die nur drei Kinder hatten. Heute ist die Ein-Kind-Ehe modern, ja vielfach lebensnotwendig. Glauben Sie, daß unsere Eltern liebesaktiver waren als die heutigen Paare? Nein, heute ist man vernünftiger. Heute ist die Frau ein Teil unseres sozialen Aufstiegs, ein Mitbegründer unseres Weltbildes, eine nicht mehr wegzudenkende schöpferische Kraft. Es ist nicht mehr wie bei unseren Vorfahren, wo Frauen die beklagenswerten Wesen waren, deren Aufgabe es war, von einem Wochenbett ins andere zu ziehen. Ich könnte Ihnen soziale Zusammenbrüche aufzählen, die mit dem ›Kindersegen‹ begannen. Tragödien, die nicht nötig gewesen wären, wenn das Kind später oder gar nicht gekommen wäre.«

Dechant Bader trat an das breite Fenster und sah hinaus auf den großen Innenhof. Sein dicker Kopf saß fast halslos auf den breiten Schultern.

»Gott hat die Fruchtbarkeit gegeben. Es ist nicht Aufgabe des Menschen, diese Gottesgabe zu zerstören.«

»Ernährt Gott auch die Kinder?« fragte Dr. Wehrmann rauh. Bader wirbelte herum.

»Das ist wieder ketzerisch gedacht!«

»Nein, nur sozial. Unser Beispiel Jutta Westhues. Sie ist die Tochter eines Bauern, er Medizinstudent. Sie heiraten. Er wird Assistenzarzt, denn zur eigenen Praxis fehlt das Geld. Er verdient zu wenig. Jutta muß mitarbeiten, denn wie soll man bei den heutigen Preisen mit dem bißchen Geld eine Ehe aufbauen, sich einrichten, sich kleiden, die wahnsinnigen Mieten zahlen? Gut. Jutta bekommt eine Stellung. Sie hat etwas gelernt und – nehmen wir es an – sie erhält einen Posten, wo auch sie ein paar hundert Mark nach Hause bringt. Hurra, sagen die beiden jungen Leute – jetzt kann man eine Ehe anfangen. Und nun erscheint das erste Kind. Das geht noch, man kann sich einigermaßen einrichten. Aber dann kommt das zweite Kind, Jutta muß naturgemäß bei zwei Kindern ihre Stellung aufgeben, der Ehemann schuftet allein weiter. Und dann kommt – es ist ja Gottes Segen – das dritte Kind. Nun wachsen die Sorgen über den Kopf, es kommen Schwierigkeiten, Differenzen, unüberwindliche Klippen. Die Ehe zerbricht, *muß* zerbrechen, weil es keinen Ausweg gibt aus dem, was Sie ›sittliche Ordnung‹ nennen.«

»Sie sollten Politiker werden«, sagte Dechant Bader spitz. »Man kann Moral nicht mit Zahlen abschaffen.«

»Sehen Sie sich die Petermanns an, Herr Dechant . . . deshalb war ich überhaupt gekommen.«

»Ja, die Anna.« Bader nickte schwer. »Sagen Sie bloß nicht, daß sie ihre sechs Kinder als Last empfindet. Ich weiß es besser.«

»Sie wissen aber auch, daß sie dreimal dem Tode nahe war. Zuletzt hat sie nur ein Wunder gerettet.«

»Sie sagen es: Gott war bei ihr.«

»Und vier Ärzte mit allen Möglichkeiten der modernen Medizin. Mit Ihrem Segen allein wäre sie jämmerlich verblutet.«

»Ich werfe Sie doch noch hinaus, Doktor!« sagte Dechant Bader laut.

»Wissen Sie, daß Anna Petermann ein siebtes Kind garantiert *nicht* überlebt?«

»Dann muß man enthaltsam sein, Doktor.«

»Ein schönes Wort, aber nur realisierbar in der Soutane.«

»Sehen Sie. Das ist ein Beweis, daß es möglich ist. Die Kirche wird nie mehr verlangen als das, zu was sie selbst fähig ist.«

»In diesem Falle unter Niederknüppelung eines Naturtriebes.«

»Sie sagen Trieb. Das ist gut. Triebe soll man unterdrücken können.«

»Können Sie Ihren Eßtrieb unterdrücken?«

»Das ist doch wohl etwas anderes, Doktor.«

»Wenn die männliche Bevölkerung der Welt samt und sonders so zum Heiligen begabt wäre, daß sie das tut, was Ihre religiöse Moral erwartet, und wenn die Frauen ebenso eremitenhaft wären, Himmel noch mal, dann mag diese Welt untergehen, denn dann ist sie stinklangweilig! Guten Tag.«

Dr. Wehrmann rannte aus dem Zimmer. In der Bibliothek holte ihn Dechant Bader ein und hielt ihn am Mantel fest.

»Darüber sprechen wir noch, Doktor!« schrie er. »Hier geht es um Grundsätze der Kirche! Nur noch eine Frage: Was ist mit Anna Petermann? Warum sind Sie gekommen?«

»Nur, um Ihnen zu sagen, daß ich ein siebtes Kind verhindern werde. Ich werde Anna von nächster Woche an Anti-Baby-Pillen geben.«

»Sind Sie verrückt, Doktor?« stotterte Bader entsetzt. »Ich werde das verhindern.«

»Das können Sie nicht. Eine Predigt über Kindersegen wirkt nie so stark wie die Garantie, daß ein neues Kind den sicheren Tod bedeutet. Und nun fahre ich zu Jutta Westhues. Man tröstet die Ängstlichen nicht, indem man ihnen von Strafe predigt. War es nicht Christus, der die Gefallene zu sich aufhob und sprach: Wer unter euch ist ohne Sünde, der werfe den ersten Stein auf sie ...?« Dr. Wehrmann riß die Tür zur Diele auf. »Sie sehen, lieber Dechant, selbst ich erinnere mich manchmal an Gottes Wort, denn es ist gnädiger als das, was die Menschen aus ihm gemacht haben.«

Von der »Pfarrburg« aus fuhr Dr. Wehrmann nach Heidkamp zum Hof des Bauern Westhues. Auch Dechant Bader setzte sich in seinen Wagen, um zu seinem Bischof zu fahren. Allerdings machte er einen Umweg und fuhr an Gut Heidfeld vorbei.

Gotthelf Petermann, der im Pferdestall Heu aufschüttete, rannte durch einen Quergang in sein Haus.

»Der Dechant kommt, Anna!« rief er und stellte einen Blumentopf mit Hyazinthen auf den Tisch. »Kein Wort von den Pillen des Doktors. Und wenn er davon anfängt, sagste, daß doch alles Spaß war.«

Die Haustür klappte und schlug wieder zu. Ein schwerer Schritt kam durch den Flur. Anna Petermann zog die Decke bis zum Hals und schrumpfte zusammen.

Es klopfte kurz, energisch, keinen Widerspruch duldend. Ehe Gotthelf Petermann sein »Herein!« rufen konnte, war Dechant Bader schon im Zimmer und nickte Anna mit einem Lächeln zu.

»Wie geht es uns denn?« fragte er leutselig und setzte sich neben Anna auf den Rand des Sofas. Er winkte ab, als Petermann zum Wandschrank eilte, um einen reinen Korn einzuschenken. »Danke, heute nicht. Ich muß noch weiter. Ich wollte nur einmal nachsehen, wie es unserer Anna geht und dem Baby. Ich muß feststellen, sie sieht wieder gut und direkt rosig aus.«

»Die Ärzte haben wirklich ein Wunder vollbracht.« Aber schon, als Petermann noch beim letzten Wort des Satzes war, merkte er, daß er ausgeglitten war. Dechant Bader lächelte noch immer.

»Wunder kann nur Gott vollbringen«, berichtigte er sanft. »Hinter den Ärzten stand der HERR.«

»So war es sicherlich, Herr Dechant«, sagte Gotthelf Petermann demütig.

»Und was habt ihr nun vor?«

Anna sah ihren Pfarrer mit einem treuen Blick an. »Es wird so sein, wie bei den anderen fünfen ... nun beginnt die Aufzucht.«

»Das meine ich nicht.« Dechant Bader sah sich um. »Dr. Wehrmann war doch hier, nicht wahr?«

»Ja, natürlich.« Petermann schluckte an einem harten Kloß, der sich in seiner Kehle bildete. »Er behandelt ja Anna.«

»Und er hat was dagelassen, nicht wahr?«

»Ja. Medizin. Zur Blutbildung.« Petermann griff ein paar Flaschen, die auf einem kleinen Abstelltisch standen. »Hier. Eisenpräparate. Leberextrakte . . .«

»Papperlapapp!« Dechant Bader legte seine riesigen Fäuste auf den Tisch. »Ich meine die Pillen.«

»Ja. Schlaftabletten hat sie auch bekommen.«

»Gotthelf Petermann!« Bader drückte das Kinn an den runden, weißen Kragen. »Warum stellen Sie sich so dumm? Wollen Sie Ihren Seelsorger belügen? Dr. Wehrmann war vorhin bei mir, ich weiß alles.«

»Aber ich nehme sie nicht!« rief Anna, bevor Petermann etwas antworten konnte. »Ich habe es dem Herrn Doktor auch gleich gesagt. Ich habe gesagt: Da will ich erst mit dem Herrn Dechant sprechen, ehe ich so was mache.«

Dechant Bader schob die Unterlippe vor. »Zeigt mir mal diese Pillen!«

Petermann holte die Schachtel aus dem Schrank und legte sie vorsichtig, als seien es Glastabletten, auf den Tisch.

»Und was kosten die?« fragte Bader.

»Neun Mark achtzig, Herr Dechant.«

»Ein billiger Preis, um Gott ins Handwerk zu pfuschen, nicht wahr?«

Petermann kratzte sich verlegen den Kopf. »Der Herr Doktor meinte, daß Anna nicht noch einmal . . .« Er sah unsicher zur Seite und zupfte an seiner Joppe.

»Das liegt ja an Ihnen, Petermann.«

»Schon, schon. Aber man ist ja noch nicht so alt, Herr Dechant, daß man . . .« Er suchte nach Worten, fand sie nicht und zuckte mit den Schultern. Anna wurde rot und schämte sich, daß man vor einem geistlichen Herrn solche Dinge aussprechen mußte.

»Eine Schweinerei ist es, daß es überhaupt solche Pillen gibt. Daß es Christen gibt, die sie einnehmen. Daß der Mensch der Natur in den Rücken fällt.« Bader steckte die Schachtel in seine

Rocktasche und klopfte mit der flachen Hand darauf. »Die nehme ich mit.«

Er stand auf und gab Anna die Hand.

»Ich hätte sie auch nie genommen, Herr Dechant«, versicherte sie noch einmal.

»Wir werden über alles sprechen, wenn Sie wieder ganz gesund sind, Anna.« Bader sah Gotthelf Petermann an, der wie zerknirscht in der Ecke des Zimmers stand. »Und wenn Dr. Wehrmann kommt und fragt, sagen Sie ihm ruhig, daß ich die Pillen eingesteckt habe.«

Petermann wartete, bis der Wagen Dechant Baders weggefahren war und auf der Landstraße in Richtung Stadt rollte. Erst dann löste er sich vom Fenster und holte aus dem Rock ein Rezept, strich die Knitterfalten glatt und hob es hoch.

»Der Doktor hat mir ein Dauerrezept gegeben, Anna«, sagte er. »Ich muß nachher sowieso zur Apotheke, da bringe ich gleich 'ne neue Schachtel mit.«

»Aber Gotthelf!« Anna hob abwehrend beide Hände.

»Was heißt hier ›aber‹? Willst du sterben und sechs Kinder zurücklassen?«

»Nein. Aber ...«

»Soll ich dich nie mehr in den Arm nehmen können?«

»Doch. Schon. Aber ...«

»Soll jetzt unser Leben, unsere Liebe aufhören? Verdammt, ist das Gottes Wille?«

»Gotthelf!«

»Du wirst die Pillen nehmen, Anna.«

»Und wenn er mich fragt?«

»Dann lügst du.«

»Ich kann doch den Dechant nicht belügen.«

»Man wird lügen müssen, wenn das Leben daran hängt. Himmel noch mal!« Petermann hieb auf den Tisch. »Wenn das niemand einsieht, wenn die Kirche so stur ist ...«

»Du versündigst dich.«

»Die Kirche kann mir gestohlen bleiben, wenn sie mir dich

nimmt!« schrie Petermann, raffte seinen Hut vom Haken und rannte hinaus. Anna hörte, wie der Motor des Treckers aufballerte und die hohen Räder über den verschneiten Hof knirschten. Die fünf Kinder kamen herein und scharten sich um Sofa und Tisch.

»Was hat der Papa?« fragte der Älteste. »Er sieht so wütend aus.«

»Ach was, das bildet ihr euch bloß ein.« Anna legte den Finger auf die Lippen. Der Säugling schlief.

»Wo fährt er denn hin, Mama?«

»Ins Dorf. Für die Kirche eine große Kerze holen.«

»Der Herr Dechant hat mir ein Heiligenbild geschenkt, Mama.«

»Das ist schön, mein Junge.«

Anna Petermann lag flach auf dem Rücken und starrte an die alte, krumme, buckelige Zimmerdecke mit den geweißten Balken.

Ich werde es tun, dachte sie. Ich werde die Pillen nehmen. Ich werde den Dechant belügen. Und Gott wird mir verzeihen ... er muß mir verzeihen ... ich tue es ja aus Liebe.

Bei dem Bauern Westhues war die Situation eine andere. Jutta lag im Bett, bleich, vom Blutverlust geschwächt, ein kleines, kummerzerfurchtes Gesicht in einem Kissenberg. An ihrem Bett saß ihre Mutter, nebenan in der guten Stube mit den geschnitzten alten Möbeln hockten der Bauer und ein junger Mann, dem die linke Gesichtshälfte rot angeschwollen war. Dr. Wehrmann, der ohne anzuklopfen eintrat, blieb an der Tür stehen und stellte seine dicke Arzttasche auf den gescheuerten Dielenboden.

»Was ist hier los?« brüllte er. »Warum hat man mir nicht früher gesagt, daß ...«

Bauer Westhues, ein kleiner, aber stämmiger Mann mit dicken Muskelarmen, hieb mit den Fäusten auf die Knie.

»Ich hab's selbst nicht gewußt. Erst als die Jutta nebenan liegt und wimmert, kam's raus. Und der hier«, er zeigte auf den jungen Mann, der mit gesenktem Kopf wegblickte, »umbringen könnt ich den!«

»Sie also sind der zukünftige Kollege.« Dr. Wehrmann kam näher. »Ich muß sagen, daß Sie sich gleich von der bedenklichsten Seite einführen. Was haben Sie sich eigentlich dabei gedacht?«

»Nichts.«

»Das trifft genau. Nichts. Was haben Sie denn gebraucht?«

»Eine Kürette.«

»Mindestens das ist fachlich richtig. Und da haben Sie nicht aufgepaßt.«

»Es kam zu starken Blutungen und ... und ...« Der Medizinstudent sah wieder weg. Westhues ballte die Fäuste.

»Erschlagen sollte man ihn!« brüllte er.

»Das ändert nun auch nichts mehr.« Dr. Wehrmann sah auf die geschwollene Gesichtshälfte des Jungen. »Was haben Sie denn in der Backe?«

»Da habe ich ihm eine geknallt, dem Lausejungen!« schrie Bauer Westhues. »Das war mein gutes Recht!«

»Und nun? Wo ist Jutta?«

»Im Schlafzimmer. Erna ist bei ihr.«

»Ich habe die Blutung mit Clauden zum Stillstand gebracht.« Der Medizinstudent sah Dr. Wehrmann wieder an, flehend, bittend, mit dem stummen Schrei: Helfen Sie mir jetzt. Wenn Sie unsere Verzweiflung kennen würden, wenn Sie wissen könnten, wie Jutta und ich mit uns gerungen haben, wie groß, wie erdrückend unsere Angst war ...

»Und jetzt soll ich die Kürettage zu Ende bringen, was?« Dr. Wehrmann verstand den flehenden Blick des Jungen, dieses Betteln um Gnade und Verständnis.

»Ja.«

»Und schweigen soll ich auch?«

»Darüber müssen wir noch reden, Herr Doktor.« Bauer

Westhues erhob sich schwer. »Übrigens, der Schinken, Herr Doktor, den Sie so bewundert haben, ist aus'n Rauch ... Ich habe ihn zurückgelegt.«

»Was seid ihr doch für eine Bande, ihr alle«, sagte Dr. Wehrmann. »Glaubt ihr, mit einem Hinterschinken könnt ihr den alten Wehrmann bestechen? Westhues, jetzt sollte ich Ihnen eine dicke Backe feuern.«

»Tun Sie es, Herr Doktor. Irgendwie bin ich ja auch schuld, daß das mit Jutta passiert ist.«

»Nun keine ›mea culpa‹, verdammt. Dafür ist der Dechant zuständig. Ich sehe erst mal nach der verhinderten Mutter.«

Die Untersuchung verlief wie hundert andere, die Dr. Wehrmann in seiner vierzigjährigen Praxis gemacht hatte. Die Kürettage machte er sofort. Nach alter Bauernart legte er Jutta auf den Küchentisch, ließ sich heißes Wasser bringen, jagte alle hinaus und machte sich an die Arbeit.

»Den Hintern sollte man dir blau hauen, dämliches Luder!« sagte er zu Jutta, bevor er ihr die Narkose gab.

»Ich habe das nicht gewollt ...«, stammelte sie und weinte leise.

»Natürlich. Hinterher hat man's nie gewollt. Wollt ihr denn heiraten?«

»Ja. Wenn Erich sein Staatsexamen hat. Und dann will er erst noch in eine Klinik, und dann ...« Sie legte die Hände über ihr bleiches, zuckendes Gesicht. »Das Kind hätte alles anders werden lassen. Das ganze Leben wäre anders geworden, wegen ein paar Minuten ...«

»So ist das immer.« Dr. Wehrmann wickelte die Instrumente aus dem sterilen Einschlagtuch. »Ihr wollt also keine Kinder haben?«

»Doch. Erich ist sehr kinderlieb, und ich doch auch. Wir wollen bestimmt Kinder haben, zwei oder drei. Aber jetzt noch nicht, Herr Doktor. Später, wenn Erich seinen Beruf hat, wenn wir es uns leisten können ...«

Dann schlief sie ein, und während Dr. Wehrmann bei seiner

Arbeit war, saßen die anderen nervös im Nebenraum. Bauer Westhues rauchte stumm und hastig. Der Medizinstudent kaute an den Nägeln vor Verzweiflung. Erna Westhues betete still. Der Rosenkranz glitt durch ihre verarbeiteten, rauhen Finger. Als Dr. Wehrmann zurückkam, sprangen sie alle auf und starrten ihn wortlos an.

»In Ordnung. Sie liegt wieder im Bett. Morgen komme ich wieder. Und daß ihr sie mir in Ruhe laßt, verstanden? Keine Vorwürfe. Und Sie, junger Mann, kommen mit. Sie begleiten mich.«

«Wohin?« Der Medizinstudent sprang bleich auf. Ein Beben lief durch seinen Körper. »Zur Polizei? Doktor Wehrmann, Sie wissen, was das bedeutet. Ich werde nicht mehr weiterstudieren können. Jutta und ich werden nie . . . nie . . .«

»Kommen Sie mit!« sagte Wehrmann grob. »Ich konnte Klagelieder noch nie leiden.«

Mit gesenktem Kopf ging der Medizinstudent aus dem Zimmer. Erna Westhues hielt Dr. Wehrmann an der Jacke fest.

»Wollen Sie ihn wirklich bei der Polizei abliefern?«

»Soll ich nicht?«

»Er wird dann nie Arzt werden können.«

»Das ist klar wie Hechtsuppe.«

»Er hat es aus Mitleid getan. Er ist schuld, natürlich . . .«

»Stop! Ihre Jutta war schließlich auch dabei.«

»Sie wissen doch, daß eine Frau dann gar keinen Einfluß mehr hat, was geschieht. Natürlich, es hätte nie geschehen dürfen, solche Blagen, so jung noch, aber . . .«

»Seh'n Sie, Erna, dieses ›aber‹, das ist es. Sie lieben sich, die beiden, sie wollen auch heiraten, sie wollen auch Kinder haben, aber – was ganz vernünftig ist – erst dann, wenn sie wirtschaftlich über den Berg sind. Aber die Liebe, die Sehnsucht zueinander, die guckt nicht auf das Haushaltsbuch, aufs Bankkonto und auf die leeren Seiten der Zukunft. Liebe ist heißes Heute, ist glühender Augenblick, ist verbrennendes Jetzt. Und das soll man bestrafen? Das, was wir alle einmal gefühlt und durchgemacht haben ... nur mit mehr Glück ... geben wir es doch zu. Uns ist nichts passiert. Was, Westhues, was wär dann wohl los, wenn's immer geklappt hätte!«

»Schwamm drüber«, knurrte Westhues. »Was wird aus dem Jungen?«

»Ihr Schwiegersohn und – hoffen wir es –, ein guter Arzt.« Dr. Wehrmann setzte seinen Hut auf und ging. Ein wenig verdattert blieben die Westhues' zurück. Im Flur wartete der Medizinstudent auf den Arzt.

»Ich heiße übrigens Bernd Bader, Doktor«, sagte er, als Wehrmann ihn ins Freie zog. Überrascht blieb Wehrmann stehen.

»Bader? Bader? So heißt doch der Dechant.«

»Ja. Er ist mein Onkel.«

Tief zufrieden stieg Dr. Wehrmann in seinen Wagen, zog Bernd Bader auf den Nebensitz und fuhr pfeifend vom Hof.

Vier Stunden wartete Dechant Bader im Büro des bischöflichen Sekretariats, ehe er vorgelassen wurde. Da er unangemeldet kam, hatte man ihm anfangs wenig Hoffnung gemacht, daß er den Bischof überhaupt sprechen könne. Aber man kannte Peter Bader nicht. »Wenn ich den Bischof sprechen will, so ist das wichtig. Ich belästige Exzellenz nicht mit Nichtigkeiten.«

»Und worum geht es?« fragte der Sekretär, ein Monsignore.

»Um die Anti-Baby-Pille.«

Der Monsignore sah den Dechanten verblüfft an. Dann verschwand er hinter einer dicken, geschnitzten Tür, kam kurz darauf wieder und nickte mehrmals:

»Sie werden gleich vorgelassen werden.«

Die Aussprache mit dem Bischof war verwirrend und warf Peter Bader in einen großen inneren Zwiespalt. Vor allem ein Satz war ihm im Gedächtnis geblieben, den der Bischof aus einem dicken Aktenstück vorgelesen hatte.

»Das alles sind Berichte über Diskussionen, die sich mit

diesen Pillen befassen«, hatte der Bischof zunächst gesagt. »Es ist ein allgemeiner Aufbruch, und so brüderlich fest unsere Kirche auch ist – jetzt wird sie in zwei Lager gespalten. Eine neue Zeit klopft an, und wir müssen sie hereinlassen, um nicht als veraltet überrannt zu werden. Welches Lager Sie beziehen, haben Sie mir gesagt. Es ist Ihr gutes Recht, so zu denken, und Sie haben die Mehrzahl hinter sich. Auch Rom lehnt grundsätzlich eine solche Empfängnisverhütung ab . . .« Der Bischof blätterte weiter in dem dicken Aktenstück. »Leider stehe ich auf der Seite der weniger Konservativen. Christentum ist in meinen Augen keine Anhäufung von Dogmen, sondern ein göttliches Leitbild für den Menschen unter Berücksichtigung aller sozialen und – so schockierend es auch klingt – politischen Wirklichkeiten.«

Und dann las Dechant Bader jenen Satz, den Monsignore Anton Maier, Domprediger von Regensburg, niedergeschrieben und der Dechant Bader so stark beeindruckt hatte: »Drei bis vier Kinder erfüllen heute den Fortpflanzungszweck der Ehe. Warum soll denn die Liebesgemeinschaft nicht durch diese Pillen weiter ermöglicht werden? – Die Kirche will den Gatten ja Lasten tragen helfen, nicht neue auferlegen . . .«

Verwirrt verließ Bader das bischöfliche Arbeitszimmer. Er kam sich irgendwie verwaist vor, in eine Leere gestellt, die er nun ausfüllen sollte. Er suchte Halt und fand nur Nebel, den seine Hände nicht greifen konnten. Ohne Aufenthalt fuhr er zurück nach Heidkamp und machte wieder den Umweg über Gut Heidfeld. Gotthelf Petermann saß mit seiner Familie beim Abendessen – Pellkartoffeln, Sahnequark mit Schnittlauch, in kleine Würfel geschnittener roher Schinken –, als die Tür aufflog und Dechant Bader plötzlich im Zimmer stand. Petermann zuckte vom Stuhl hoch.

»Herr Dechant!«

»Essen Sie nur weiter.« Baders Stimme war irgendwie gebrochen; der bärenstarke Klang hatte keine Kraft mehr. »Ich wollte nur etwas zurückbringen, was mir nicht gehört. Hier!« Er warf die Schachtel mit den Pillen auf den Tisch und preßte die Lippen zusammen.

»Aber Herr Dechant!« stammelte Anna. »Was ... was soll ich damit ...?«

»Das müssen Sie mit Ihrem Gewissen und mit Gott allein abmachen, Anna. Die Vertreter Gottes auf Erden sind sich nicht mehr darüber einig, was Gottes Wille ist und was nicht ...«

Im Pfarrhof, am Kamin sitzend, ein schmales Häufchen Mensch, hockte Bernd Bader im Sessel und wartete auf seinen Onkel. Dechant Bader, der türenknallend zurückkam, sah ihn stumm an, ging an den Kamin, hielt die Hände über die Holzglut, rieb die riesigen Pranken aneinander und ging schließlich zu einer alten Anrichte, auf der zehn Pfeifen in einem Pfeifenständer lagen. Daneben stand eine Golddose mit Tabak. Der Dechant stopfte sich eine Pfeife, rauchte sie an und wandte sich erst dann wieder seinem Neffen zu.

»Na?« fragte er laut.

Bernd Bader schwieg. Er schielte zu seinem Onkel und wußte nicht, was dieses Na bedeuten sollte. Auch schien es ihm nicht ratsam, von sich aus ein Gespräch zu beginnen.

»Bist du zu Fuß gekommen?« fragte der Dechant.

»Nein.«

»Wer hat dich gebracht?«

»Dr. Wehrmann.«

»Dachte ich es mir doch. Der hatte einen Spaß, was?«

»Ich weiß nicht, Onkel ...«

»Du weißt nicht? Der muß doch an die Decke gesprungen sein, als er hörte, wer du bist.«

»Das ist er nicht. Er hat nur gesagt: ›Armer Don Pedró.‹«

»Das ist eine Frechheit.« Bader hieb mit der Faust auf den steinernen Kaminsims. »Und was hat er mit Jutta Westhues gemacht?«

»Er hat sie versorgt.«

»Mit diesen Pillen?«

»Nein, die hat er mir gegeben.«

»Das Unkraut wächst schneller als die Blumen; das ist immer so. Warum macht er keinen Marktstand auf und verkauft sie wie Hosenträger und Schnürsenkel? Sollen diese Pillen Freifahrtscheine für Wochenendfreundschaften werden? Für dich und deine Jutta?«

»Du weißt genau, wie es um uns steht, Onkel. Du finanzierst mein Studium. Hättest du auch den Lebensunterhalt einer plötzlich vorhandenen Familie übernommen?«

»Ja.«

Bernd Bader fuhr aus dem Sessel auf. Dieses klare Ja war wie ein Faustschlag. »Das sagst du jetzt!« schrie er zurück, in einer plötzlich aufkommenden Auflehnung gegen den großen, schweren Mann im Pfarrerkleid. »Aber als du erfuhrst, daß Jutta und ich uns lieben, hast du gesagt: Wenn durch diese Tändelei dein Studium . . .«

Dechant Bader machte eine weite, wegwischende Handbewegung. »Ich behalte die Worte, die ich sage, man braucht mich nicht mehr daran zu erinnern. Und was bist du jetzt? Ein Medizinstudent, der kriminell geworden ist.«

»Du bist an deine Schweigepflicht gebunden, Onkel.«

»Natürlich. Aber Gott wird dich einmal zur Verantwortung ziehen. Er schweigt nicht.« Dechant Bader legte die Pfeife am Kamin ab. »Ihr werdet heiraten«, sagte er nach einer Pause voll bedrückender Erwartung. »Ich will klare Verhältnisse in meiner Familie.«

»Und mein Studium?«

»Das setzt du fort.«

»Und wovon sollen wir leben?«

»Diese Sorge nehme ich dir ab, bis du selbst etwas verdienst.«

»Onkel!« Bernd Bader streckte beide Hände aus. Aber ebenso schnell ließ er sie wieder sinken. »Aber was für eine Ehe soll das werden? Eine Ehe ohne Gemeinschaft? Soll ich meine Frau nur ansehen?«

Dechant Bader schwieg. Er starrte in die Flammen des Kamins, trat einen Holzkloben in die aufzischenden Funken und ging dann, einem tappenden Bären gleich, zurück zur Anrichte, öffnete die goldene Dose und stopfte sich eine andere Pfeife.

»Ich weiß es nicht anders, Bernd«, sagte er leise. »Ich habe sechzig Jahre nach einer strengen Lehre gelebt. Man wirft es nicht in zehn Minuten über Bord. Wenn ihr Jungen das könnt ... ich werde es mit ansehen müssen, aber nicht verstehen.«

In diesem Augenblick empfand Bernd Bader tiefes Mitleid mit seinem Onkel.

Der Winter ging vorüber. Später als sonst schmolzen Eis und Schneedecke, kamen die Krokusse aus den noch fleckigen Wiesen und leuchteten die Märzenbecher fast schamhaft zwischen Placken verharschten Schnees. Aber dann kam plötzlich mit einem warmen, nächtlichen Sturm der Frühling, wehte die letzten Reste der Erinnerung an Kälte und Glätte weg und vollbrachte das Wunder, daß die kahlen Bäume einen grünen, knospigen Schimmer bekamen. Ein neues Leben aus der Tiefe der Natur.

Die Ehe Pohlands war glücklich und voller Liebe. Dreimal waren sie in diesen Monaten noch in Oberholzen bei Tutti, die sich an Michael gewöhnt hatte und stundenlang mit ihm spielte. Bei den Petermanns ging das Leben mit sechsfacher Lautstärke weiter, und Gerda Pohland kümmerte sich um Anna und den Säugling, als sei sie die Mutter und Anna nur die das Kind behütende Amme. In den Pohland-Werken lief die Produktion auf Hochtouren, die gesellschaftlichen Verpflichtungen, Besprechungen, Partys, Reiterbälle, Jagdessen und Hausbälle rissen nicht ab, und es kam vor, daß Gerda und Michael zehn Tage hintereinander von einem Essen zum anderen zogen, auf denen Pohland neue Verträge besprach und Gerda den Reichtum ihres Mannes repräsentierte. Unermüdlich war Dr. Corbeck an ihrer Seite.

Einmal sagte Pohland zu Dr. Wehrmann, der jeden Monat kam und Gerda – was niemand sah – ein neues Päckchen in die Hand drückte: »Corbeck ist eigentlich die Verkörperung dessen, was ich sein müßte. Ich esse und trinke, bringe Toasts aus, tanze Walzer und Cha-Cha-Cha, konversiere über Theater und Opern, die ich nie gesehen habe, kritisiere Bücher, die ich nur aus Zeitungsbesprechungen kenne, aber von denen man erwartet, daß ich sie gelesen habe . . . und während ich diesen Schaum schlage, ist Corbeck überall und sammelt die Unterschriften unter den Verträgen. Man sollte es eigentlich nie sagen, aber der Mann ist unbezahlbar.«

Im Mai war es, als Michael Pohland sehr nachdenklich zu Dr. Wehrmann in die Praxis kam. Er trat durch die Privattür ein und wartete, bis der letzte Patient gegangen war. Es war die Kommerzienratswitwe Seegländer, deren Mann mit einem Patent für einen Gürtelverschluß ein Vermögen gemacht hatte. Sie litt an zu hohem Blutdruck, was von den Sahnetorten herrührte – Dr. Wehrmann, ungalant wie immer, verheimlichte es nicht.

»Pohland, Sie.« Wehrmann hob den Blick zur Decke. »Wenn Sie wie ein Aussätziger durch die Hintertür kommen, wittere ich immer Unheil. Was ist denn nun schon wieder? Vorweg: Es wird wieder mal Zeit, daß Sie ausspannen. Fahren Sie ab nach Capri und erholen Sie sich da von den Strapazen der hohen Gesellschaft.«

»Es ist wegen Gerda.« Pohland setzte sich. Sein Gesicht war ernst und von einem inneren Problem gezeichnet. »Oder auch wegen mir . . . ich weiß es nun nicht mehr. Seien Sie wie immer grundehrlich zu mir, Doktor. Ist es möglich, daß es an mir liegt, wenn wir keine Kinder bekommen? Daß ich als Mann ein Versager bin?«

»Wie kommen Sie denn darauf?« Dr. Wehrmann setzte sich, ehrlich verblüfft. »Solche Komplexe sind neu bei Ihnen.«

»Sie liegen aber nahe, Doktor. Gerda hat ein Kind. Sie hat bewiesen, daß sie Mutter sein kann. Meine erste Ehe war hingegen kinderlos, und meine zweite Ehe droht, das gleiche zu werden. Seien Sie ehrlich: Kann es an mir liegen?«

»Natürlich«, sagte Dr. Wehrmann gedehnt. O Gott, dachte er dabei. An diese Version habe selbst ich nicht gedacht. So kann man das Problem natürlich auch sehen, und Michael Pohland ist nicht der Mann, der solche Ungewißheit ruhig und als gegeben hinnimmt.

Was Dr. Wehrmann insgeheim zu fürchten begann, sprach Pohland bereits in aller Klarheit aus:

»Ich möchte mich untersuchen lassen, Doktor.«

»Das ist doch Blödsinn!« rief Dr. Wehrmann fast verzweifelt.

»Ich möchte über mich ein biologisches Gutachten haben.«

»Machen Sie sich doch nicht lächerlich. Ein Mann wie Sie. Sie müssen lernen, abzuwarten. Es gibt glückliche und gesunde Ehen, in denen erst nach vier oder fünf Jahren ein Kind auftaucht. Es spielen da hundert Dinge eine Rolle.«

»Dann möchte ich diese hundert Dinge genau wissen.«

»Himmeldonnerwetter!« Dr. Wehrmann sprang auf. »Die Natur ist nicht einer Ihrer Stanzautomaten, in dem man oben Blech einwirft und unten kommt das Fertigprodukt heraus.«

»Aber die Natur läuft nach genauen Gesetzen ab. Doktor, schreien Sie nicht. Ich habe mir Fachlektüre verschafft.«

»O weh!«

»Spotten Sie nur. Ich weiß wie Sie, daß bestimmte Faktoren zusammentreffen müssen, biogenetische Grundgesetze, ohne die es keine Zeugung gibt.«

»Was Sie reden, ist absoluter Quatsch«, sagte Dr. Wehrmann grob. »Aber bitte, wenn Sie wollen ... Ich lasse Sie in der Universitätsklinik untersuchen.«

»Und wenn ... wenn sich herausstellt ...« Michael Pohland begann zu schwitzen. Mit dem Handrücken wischte er die Tropfen von der Stirn, wie ein Arbeiter an seinen Hochöfen.

»Dann bleibt Ihnen immer noch ein Weg.« Dr. Wehrmann sah keine andere Möglichkeit, dieses unerquickliche Gespräch zu beenden als durch vermehrte Grobheit. »Erstens: Sie können adoptieren. Zweitens: Sie können Ihre Frau künstlich . . .«

»Doktor!« rief Pohland und schnellte aus dem Sessel hoch.

»Drittens«, redete Dr. Wehrmann unbeirrt weiter, »bleibt immer noch die Möglichkeit, einen ausgesuchten, vertrauenswürdigen Hausfreund . . .«

Wortlos verließ Pohland die Praxis. Was er dachte, ließ er an den Türen aus. Sie knallten ins Schloß, daß die Rahmen ächzten.

Dr. Wehrmann blieb mit einem Haufen Probleme zurück. Er rief Gerda an und berichtete ihr von dem Plan Michaels und seinem Komplex.

»Sie müssen weg mit ihm«, sagte Wehrmann. »Sofort! Ab nach Capri! Ich habe nie geahnt, wie tief ernst es ihm mit einem Erben ist und mit welcher Verbissenheit er sich solcher Aufgabe widmet. Die Aufstellung eines neuen Hochofens und die Geburt eines Erben – das sind anscheinend bei ihm zwei gesteuerte und überblickbare Produktionsgänge.«

»So dürfen Sie Micha nicht sehen, Doktor.« Die Stimme Gerdas war sanft. »Er liebt mich so. Es ist eine wundervolle Liebe. Ich gehe in dieser Seligkeit auf.«

»Dann lassen Sie doch – in drei Teufels Namen – ein paar Tage die Pillen weg!« schrie Dr. Wehrmann.

»Und dann?«

»Das werden Sie schnell genug merken.«

»Und wenn es so wird wie Tutti?«

»Es ist ein Teufelskreis! Es ist zum Verzweifeln! Gerda, fahren Sie weg! Schnellstens! Bringen Sie Pohland auf andere Gedanken. Und wenn es gar nicht mehr geht, wenn Sie wirklich nicht wollen, Gerda – und das überlegen Sie sich bitte ganz genau, denn es gibt dann wirklich kein Zurück mehr –, schlagen Sie ihm eine Adoption vor. Einen Säugling aber, den Sie dann beide großziehen wie das eigene Kind, der mit Ihnen ins Leben wächst . . . überlegen Sie es sich genau, Gerda! Dieser Schritt ist endgültig.«

Ohne ihre Antwort abzuwarten, legte Dr. Wehrmann auf.

Als Pohland am Abend hinaus nach Heidfeld kam, fand er vor der Treppe den großen Reisewagen stehen. Petermann und das Zimmermädchen trugen gerade die letzten Koffer heraus. Der Fahrer stapelte sie kunstgerecht im Kofferraum.

»Was ist denn das?« sagte Pohland laut. Er stürmte grußlos ins Haus und traf Gerda im Salon. Sie telefonierte gerade mit Julio, dem Verwalter des Hauses auf Capri.

»Du willst verreisen?« rief Pohland. »So plötzlich? Was ist denn los? Warum ruft denn keiner im Werk an?«

»Es sollte eine Überraschung sein, Micha. Wir fahren nach Capri.«

»Nach ...« Pohland sah Gerda fragend an. »Du hast mit Wehrmann gesprochen!«

»Warum ... nein ...«

»Ich war heute bei ihm. Er hat mich auch nach Capri verbannen wollen.«

»Verbannen, Micha ...« Sie schlang den Arm um seinen Nacken und küßte ihn. Er ließ es geschehen, ohne den Kuß zu erwidern. »Aber ich möchte weg, ich möchte heraus aus den täglichen Verpflichtungen, ich möchte mit dir allein sein, ganz allein, wie damals. Wann habe ich dich ganz für mich? Immer sind fremde Leute um uns. Ich beginne, egoistisch zu werden. Ich will vier Wochen für mich haben, für mich allein.«

»Und so plötzlich?«

»Wenn man dich nicht überrumpelt, wird es nie. Dann heißt es: Wo ist der Terminkalender? Was, vier Wochen? Unmöglich. Dr. Corbeck, sehen Sie mal nach, was ansteht ... Ich kenne das jetzt. Ich habe keinen Konzernherrn geheiratet, sondern Micha Pohland. Und deshalb fahren wir. Es ist alles eingepackt. Und wenn du noch so böse bist; spätestens auf Capri wirst du sagen: Gerda, das war ein herrlicher Gedanke von dir.«

Michael Pohland sah, daß Gerda ehrlich von Freude und Erwartung erfüllt war. Er unterdrückte alle bösen Gedanken und das Mißtrauen, das Gerdas Worte nicht hatten verjagen können. Er schwieg, nickte und überlegte, was man in wenigen Minuten alles zu regeln habe, ehe man für vier Wochen aus der Umwelt verschwindet. Es war so viel, daß er resignierend die Schultern hob und in sein Zimmer ging, um das Persönlichste einzupacken. Gerda hielt ihn zurück.

»Wohin, Micha? Es ist alles schon im Wagen. Rasierzeug, deine Toilettenartikel, die Filmkamera, die Tennisschläger, die Angeln ...«

»Dann fehle nur noch ich.« – »Genau.«

»Weißt du was, Gerda? Ich komme mir in diesem Augenblick wie ein Gefangener vor, den man abtransportiert.«

»Das bist du auch.« Sie küßte ihn auf die Nasenspitze. »Ein Gefangener meiner Liebe. Und ich halte dich so lange in Fesseln, bis du einsiehst, daß es auf der Welt noch etwas anderes gibt als einen Konzern mit 6000 Arbeitern. Nämlich mich.«

Eine Stunde später fuhren sie ab. Die Petermanns winkten ihnen nach.

»Verstehst du das, Gotthelf?« fragte Anna, als das Schlußlicht des Wagens außer Sicht war. »So plötzlich ...«

»Soll das meine Sorge sein?« Petermann schob den Hut in den Nacken. »Viel schlimmer ist, daß zehn Morgen Weizen voll Unkraut sind.«

Julio hatte für alles gesorgt. Es war, als hätten sie die weiße Villa in der Felsenbucht erst vor einer Nacht verlassen und kämen nun von einem ausgedehnten Bummel zurück. Der Tisch war gedeckt, das Essen stand bereit, obgleich Julio nicht wissen konnte, mit welchem Schiff sie kommen würden. Auf der Terrasse blühten in großen Steinschalen Kamelienbüsche und die gelben Trauben der Mimosen kletterten an der weißen Hauswand empor fast bis zum Balkon des Schlafzimmers.

Gleich nach dem Essen fuhren sie mit dem Motorboot hinaus in die Klippen und stellten auf dem Meer den Motor ab.

Vor ihnen lag die Felsenküste Capris im rotgoldenen Schein der Abendsonne. Die Schattenseite der Felsen wurde violett, das Meer blutete.

Michael Pohland saß still und nach vorn gebeugt im Boot und sah vor sich in das leicht bewegte Wasser. Gerda lag neben ihm auf dem flachen Dach der Pantry und starrte in den glutenden Himmel.

»Woran denkst du, Micha?« fragte sie plötzlich. Er drehte langsam den Kopf zu ihr.

»Vor einem Jahr hat es hier wie in einem schlechten Roman begonnen. Ich raste mit einem Boot auf dich zu, sprang hinüber, verstauchte mir den Fuß, spielte den Schwerverletzten, ließ mich von dir pflegen und wünschte, daß es immer so bleiben möge.«

»Und ist es nicht so geworden, Micha?«

»Ja ...«

Sie legte den Kopf auf seine Schulter und umfaßte ihn. »Warum lügst du, Micha? Du bist nicht glücklich ...«

»Doch, Liebes.«

»Nein.«

»Ich bin glücklich mit dir. Nur mich selbst kenne ich nicht mehr.«

Was rede ich da, dachte er im gleichen Augenblick. Es klingt so widerlich sentimental, und doch ist es die Stimmung, in der ich bin. Die Sentimentalität eines Clowns, der in einen Spiegel schaut und das Bild bedauert, das ihm entgegensieht. Diese Stimmung war schwer zu begreifen. Sie hatte keine sichtbare Wurzel, es war ein Schatten ohne das ihn erzeugende Licht; es war eine dunkle Ahnung, der die Möglichkeit fehlte, sich zu benennen. Es war eine Krise in ihm, die er nicht begriff, weil sie seinem bisherigen Wesen so entgegengesetzt war. Da ist ein Mann, der so ziemlich alles besitzt, was ein erfolgreiches Leben symbolisiert. Ein großes Werk, Villen, ein Landgut, mehrere Wagen, Konten auf zwanzig verschiedenen Banken in zehn Ländern, eine herrlich schöne Frau – und trotzdem hockte er jetzt in einem kleinen Motorboot, schaukelte auf den leichten Wellen des abendlichen Meeres zwischen schwärzer werdenden Felsen und stierte vor sich hin und fühlte sich leer und unbegreiflich allein.

»Ich habe dich belogen«, sagte Gerda leise und drückte ihr Gesicht in seine Halsbeuge. »Ich habe doch mit Dr. Wehrmann gesprochen.«

»Das wußte ich, Liebes.«

»Er rief mich an.«

»Und er hat dir alles gesagt?«

»Ja.«

Michael Pohland atmete tief. »Ich habe Angst, dich zu verlieren, Gerda.«

»Warum solltest du das?« Sie rutschte vom Dach der Pantry neben ihn und legte sich quer über seine Schenkel. Ihr Gesicht ruhte in seinem Schoß. Groß, blau und glänzend waren ihre Augen. Mit beiden Händen zog sie seinen Kopf zu sich herunter und spitzte die Lippen.

»Küß mich, Micha.«

Er tat es, aber es war ein trockener, schneller Kuß, die Ausführung einer Bitte, weiter nichts.

»Vielleicht nennt man mich verrückt, weil ich über Dinge nachdenke, die anderen mehr als willkommen wären.« Michael Pohland hob den Kopf und sah wieder über das nun violette Meer. Seine Hand streichelte über die Haare Gerdas, eine fast mechanische Bewegung. »Vielleicht bin ich ein Pedant, den man erschlagen sollte, weil er immer alles im Leben geregelt sehen will. Ich habe das früher selbst nie empfunden, aber plötzlich erkenne ich mich, und dieses Erkennen ist niederdrückend. Vielleicht auch geht es mir zu gut. Wenn ich acht Stunden am Glühofen stünde, hätte ich andere Sorgen und würde meine Gedanken ausschwitzen.«

»Psst.« Sie legte die Hand über seinen Mund. »Wir wollen noch ein Jahr warten, ja?«

»Und dann? Wenn es so ist wie heute?«

»Dann werden wir alles genau überlegen und ein Kind adoptieren.«

Michael Pohland schwieg. Hinter seinem starren Gesicht verbarg sich die Erregung, die ihn durchglühte. Nur seine Hände wurden hart, das Streicheln wurde zum Druck, zu einem bebenden Pressen.

»Du ... du willst doch ein Kind, Gerda ...?«

»Ja, Micha.«

»Dann liegt es also an mir.« Seine Hände zuckten von ihren Haaren weg und fielen seitlich auf das Bootsdeck. »Weißt du, was das für einen Mann bedeutet? Wie schrecklich das ist, wie erniedrigend, wie abscheulich grausam, wie lächerlich und voll Erbärmlichkeit? Und wie grenzenlos beschämend ... Man hat das Gefühl, sich verkriechen zu müssen und in einer Ecke zu heulen wie ein getretener Hund.«

»Micha!« Sie fuhr auf und umklammerte ihn. Wilde Angst trat in ihre Augen. »Micha, das darfst du nicht sagen. Ich liebe dich doch ... ich liebe dich ...«

»Du liebst ein trockenes Stück Holz, weiter nichts.«

»Nein. Nein. Nein. Alles an dir ist doch Leben.«

»Es ist eine Kulisse! Eine der Attrappen, wie sie in den Schaufenstern stehen. Schöne Verpackungen, die anlocken; und wenn man sie öffnet, ist nichts drin oder nur Sand oder Sägemehl ... lebloses Sägemehl!«

»So darfst du nicht reden. So darfst du nie, nie reden, Micha!« Sie schmiegte sich an ihn, liebkoste seinen Körper, küßte ihn in einer wilden Verzweiflung und lag dann mit dem Mund an seiner Herzfläche, als könne sie jeden Schlag in sich hineinsaugen.

An diesem Abend – während Julio auf der Terrasse das Abendessen auftrug und Micha sich umzog – stand sie lange im Bad und hielt zögernd die abendliche Pille in der Hand.

Ich nehme sie nicht, sagte sie zu sich. Ich nehme sie nie mehr. Nur ein paarmal ausgesetzt, und die schreckliche Welt, in die Micha hineingeirrt ist, wird zusammenbrechen. Wir werden ein Kind haben.

Sie sah das Dragee in ihrer Hand an. Eine kleine, abgeflachte Kugel, unscheinbar, lächerlich klein, und doch ein grandioser Betrug des menschlichen Körpers und seiner natürlichen Funktionen.

Und dann kam die Angst wieder, die unbezähmbare, wilde Angst. Sie sah das Zimmer in Oberholzen, die Wolldecke auf dem Boden, das spielende, lallende Wesen, das nicht aussah wie ein Mensch, aber doch ein Mensch war. Ihr Kind, ein Stück aus ihr, durch eine grausame Laune der Natur wie eine Neuschöpfung, der man dennoch keinen Namen geben konnte als den, der hier zum Schauder wurde: Mensch.

Mit einem Ruck warf sie die Pille aus der Handhöhlung in den Mund, spülte mit einem Schluck Wasser hinterher und lehnte sich dann gegen die Wand, mit geschlossenen Augen und geballten Fäusten.

Nebenan hörte sie Michael im Ankleidezimmer. Von der Terrasse klang leise Musik herauf. Das Meer rauschte vor dem Fenster, die Wellen brachen sich an den Klippen.

Wo ist hier ein Ausweg, dachte sie. Wie soll das weitergehen? So, wie es jetzt ist, kann es nicht fortdauern. Wir werden beide daran zerbrechen ...

Als sie auf die Terrasse kam, war Michael noch nicht da. Sie hörte ihn im Schlafzimmer pfeifen, nur Töne, keine Melodie, aneinandergereihte Laute, verworren wie sein Inneres.

Sie setzte sich in ihren gepolsterten Gartenstuhl und wartete. Still trug Julio ein Glas Orangensaft auf und verschwand wieder in der Küche. Das Pfeifen Michaels hatte aufgehört. Gleich kommt er, dachte sie. Was wird er erzählen? Was sollen wir uns sagen? Nirgends ist eine Leere so vollkommen als bei einem Ehepaar, das sich stumm gegenübersitzt.

Im Badezimmer stand Michael Pohland vor dem Spiegel und kämmte sich. Als er den Kamm auf die gläserne Ablageplatte zurückwarf, sah er neben den verschiedenen Fläschchen und Nagellackflakons auch eine ihm unbekannte Schachtel liegen. Er nahm sie in die Hand, las die Aufschrift und legte die

Schachtel zurück. Ein Medikament. Sicherlich Schlaftabletten oder dergleichen. Ein Name, den er noch nie gehört oder gelesen hatte.

Er wollte das Badezimmer schon wieder verlassen, als er in der Tür zögerte, zurückkam und noch einmal die Schachtel in die Hand nahm. Eine Erinnerung war ihm plötzlich gekommen, blitzartig, ein Bild, das er längst vergessen glaubte.

Es war in Heidkamp. In der Apotheke, in der er Hustenbonbons holen wollte, weil er den ganzen Tag über soviel geredet hatte, traf er Gotthelf Petermann. Der Apotheker gab ihm gerade ein Rezept zurück und schob eine Packung über die Theke.

Es war die gleiche Schachtel, wie sie hier in Gerdas Bad lag.

Noch einmal las er den Namen des Medikamentes: Anovlar. Wahrscheinlich ein Schlafmittel, dachte Michael Pohland. Oder irgendeine Kombination mit Vitaminen. Wenn Petermann sie für seine Anna verschrieben bekommt, kann es gar nichts anderes sein. Nach der schweren Entbindung war sie wochenlang entkräftet, und erst langsam erholte sie sich wieder von dem großen Blutverlust.

Er legte die Pillen auf die Glasplatte zurück, löschte das Licht im Badezimmer und ging hinunter zum Essen.

Der Zauber einer capresischen Nacht umfing ihn. Julio hatte über die Terrasse Lampions gespannt. An unsichtbaren Nylonschnüren schaukelten sie leicht im Wind, der vom Meer herüberglitt; bunte phantastische Kugeln, die frei zu schweben schienen; winzige, vom Himmel herabgeglittene Sterne, sich drehend und wie nach einer unhörbaren Melodie sich wiegend.

In der Bucht, über die Klippen brechend, rauschte dazu das schwarze Meer, betupft mit dem Widerschein des Sternenhimmels. Michael Pohland lehnte sich weit zurück und tastete nach Gerdas Hand.

»Es war ein guter Gedanke von dir, mich zu entführen«, sagte er leise. »Es ist vielleicht für lange Zeit das letztemal, daß wir hier zusammensitzen.«

»Wieso, Micha?« Gerda beugte sich vor und legte den Kopf auf seine Hand. Aber in ihrer Zärtlichkeit schwang Erschrekken mit. »Was ist denn?«

»Ich habe es dir noch nicht gesagt. Dr. Corbeck arbeitet gerade die genauen Pläne aus. Aber ich glaube, daß ich es dir heute sagen muß. Gerade heute.«

Sie sah ihn mit einem Ausdruck von Furcht an. »Was hast du denn, Micha?«

»Ich werde zwei Monate verreisen müssen.«

»Allein?«

»Ja.«

»Das kommt nicht in Frage. Ich fahre mit.«

»Das habe ich mit Doktor Corbeck alles durchgesprochen. Er, und auch die anderen Herren, halten es für unmöglich. Das Programm, das bewältigt werden muß, ist zu anstrengend für dich. Es wird eine einzige Hetze werden.« Michael Pohland nahm aus der Jacke einen Zettel und faltete ihn auseinander. »Hier stehen nur die wichtigsten Stationen. Erst Dakar, dann weiter nach Togo, von dort mit dem Flugzeug nach Karatschi, Delhi, Rourkela, Kalkutta, dann nach Bangkok und vierhundert Kilometer hinein in den Dschungel, wo man unter Ausnutzung eines Wasserfalls ein großes Sägewerk bauen will. Die Wasserkraft ist so gewaltig, daß über Turbinen Strom für ein Gebiet so groß wie ganz Bayern erzeugt werden kann. Das wieder bedeutet, daß wir den Dschungel wirtschaftlich erschließen können; ein ungeheurer Bodenschatz, ein jungfräuliches Land, das noch gar nicht übersehbare Schätze birgt. Und die Pohland-Werke sind maßgebend an dieser Erschließung beteiligt.«

»Du willst also in den Dschungel?« Gerda richtete sich auf.

»Ich muß, Liebes. Wenn ich Millionen investiere, will ich sehen, wo sie hinfließen.«

»Ich fahre mit«, sagte sie fest. Sie warf den Kopf in den Nacken wie ein trotziges Kind. Pohland mußte lächeln. In solchen Augenblicken war sie wirklich wie ein kleines Mädchen, dem man nie zutraute, eine reife Frau und Mutter zu sein. »Da gibt es gar nichts mehr zu sagen. Ich lasse dich nicht allein in den Dschungel.«

»Allein! Doktor Corbeck fährt mit, vier Ingenieure, eine staatliche Kommission aus Bangkok, drei Planungsingenieure – es wird eine Karawane von mindestens dreißig Mann sein, nicht mitgerechnet die militärische Begleitung, die sich durch den Urwald wälzen wird. Und Straßenbauer sind auch dabei.«

»Trotzdem.« Sie nahm seinen Kopf zwischen ihre Hände, als müsse sie ihn vor einer herannahenden Gefahr schützen. »Ich lasse dich nicht gehen.«

Pohland lachte und befreite sich aus ihrem Griff. »Du wirst acht Wochen vor mir Ruhe haben, und wie ich dich kenne, wirst du in dieser Zeit Heidfeld auf den Kopf stellen. Du kannst auch hierher fahren oder nach Oberholzen.«

»Ich fahre nach Bangkok!«

Pohland zog sie zu sich und küßte sie auf die Augen. »Du wirst ein ganz vernünftiges Mädchen sein, zu Hause bleiben und dafür sorgen, daß alles so weitergeht wie bisher. Wie sagte schon Schiller: ›Und drinnen waltet die züchtige Hausfrau, die Mutter der Kinder.‹«

Er schwieg betroffen und biß sich auf die Lippen.

»Verzeih«, sagte er nach einem kurzen, lastenden Schweigen. »Das letzte wollte ich nicht sagen. Aber es steht so bei Schiller ...«

Gerda lachte gequält. »Da sieht man, wie unmodern Schiller ist.«

Die Nacht über Capri war von zauberhafter Schönheit, verwirrend im Duft der Mimosen und dem salzigen Geruch des Meeres. Und doch kam zwischen ihnen keine rechte Stimmung auf, nicht das Gefühl vollendeten Glücks oder romantischer Verliebtheit.

Sie sprachen miteinander, sie waren zärtlich in Worten und

mit Händen, sie bemühten sich, dem anderen Losgelöstheit von der Welt vorzugaukeln ... und jeder verbarg seine eigenen Gedanken, an denen er schwer zu tragen hatte.

Ich werde in Paris einen berühmten Hormonforscher konsultieren, dachte Michael Pohland. Nach New York werde ich fliegen, nach Tokio, um die ganze Welt werde ich reisen und aufsuchen, was Rang und Namen hat. Ich habe im Leben alles erreicht, und ich bin nicht bereit, mich kampflos dem Urteil der Unfruchtbarkeit zu beugen. Erst wenn hundert Kapazitäten Nein sagen, will ich es glauben. Und dann habe ich kein Recht mehr, Gerda an mich zu binden. Es war ein schrecklicher Gedanke, der ihn seelisch völlig niederdrückte.

Er flüchtet, dachte Gerda im gleichen Augenblick. Er flüchtet in den Urwald vor dem Unbekannten, das er nicht versteht. Ich hätte die Möglichkeit, ihn zurückzuhalten. Es wäre so leicht, so lächerlich einfach: ein paar Tage keine Pillen, ein wenig Mut, ein Unterdrücken der Angst, und er würde in einem Monat die Reisen absagen und sich freuen wie ein kleines, beschenktes Kind. Aber ich habe diesen Mut nicht, ich bin feige, ein ängstlicher Feigling, und das wird sich nie, nie ändern.

Sie saßen auf der Terrasse, bis Gerda die Schultern hochzog und sich an Michael lehnte.

»Mir ist kalt, Micha«, sagte sie leise. »Komm!«

Später lag sie mit weiten Augen neben ihm und starrte an die Zimmerdecke. Pohland schlief mit langen, ruhigen Atemzügen. Jede Nacht ist ein Betrug, dachte sie. Jede Stunde der Liebe ein Verrat. Jede Hingabe eine Heuchelei. Und er glaubt es alles und ist glücklich. O Micha, Micha ...

Sie drehte sich zur Seite und weinte.

Dr. Corbeck hatte das Reiseprogramm fertig. Die Visa waren beantragt, die staatlichen Stellen informiert, die Besprechungen mit den zuständigen Bonner Ministerien abgeschlossen. Ein Oberministerialrat des Ministeriums für Entwicklungshilfe reiste mit, um an Ort und Stelle zu prüfen, mit welchen Mitteln der Bund sich an diesem Projekt beteiligen konnte. Es war alles wie nach einer Generalstabsarbeit bis ins letzte vorbereitet. Es gab kein Zurück mehr ohne Millionen- und Prestige-Verluste. Michael Pohland mußte fahren, ob er nun wollte oder nicht.

Gerda sah es ein, als Dr. Corbeck nach Heidfeld hinauskam und einen Vortrag hielt.

»Also am 19. Mai ist Abreisetag, Doktor?« fragte sie nach der Aufzählung der langen Terminliste.

»Ja, gnädige Frau. Abflug von Düsseldorf nach Dakar.«

»Und Sie können garantieren, daß die ganze Reise ungefährlich ist?«

»Garantieren? Wer kann das, gnädige Frau? Es können immer unvorhergesehene Ereignisse eintreten. Nach menschlichem Ermessen aber ist diese Reise völlig gefahrlos. Bedenken Sie, daß ein Ministerialrat mitfährt. Das schließt sogar übermäßige Strapazen aus.«

Es sollte ein Witz sein, so fad er auch war, und man lachte natürlich darüber, wenn auch trocken und gezwungen. Pohland rauchte hastig und in langen Zügen, trank Kognak und wanderte in dem großen Kaminzimmer unruhig hin und her.

»Noch etwas, Herr Pohland«, sagte Dr. Corbeck. »Wir haben beim Tropeninstitut in Hamburg angefragt. Man hält es für zweckmäßig, daß Sie vor Antritt der Reise sich einigen Schutzimpfungen unterziehen. Ich habe eine Liste angefordert. Bitte!« Er reichte Pohland einen Zettel hin. »Dr. Wehrmann kann sich die Injektionen aus Hamburg kommen lassen.«

»Natürlich lasse ich mich impfen.« Pohland las die Liste durch. Cholera, Typhus, Fleckfieber, Sumpffieber. Seren gegen Schlangenbisse, die man mitführen sollte. Eine lange Liste von Medikamenten gegen mögliche Krankheiten. Dr. Corbeck hatte an alles gedacht.

»Ich werde morgen zu Dr. Wehrmann fahren.« Pohland steckte die Liste ein. »Was sagt Ihre Gattin zu der Reise?«

»Sie hat Angst, Herr Pohland.«

»Wie ich!« rief Gerda.

»Das liegt in der Natur der Frauen.« Dr. Corbeck hob wie resignierend die Schultern. »Interessehalber habe ich mich bei den anderen mitreisenden Herren umgehört. Überall dasselbe: Die Frauen schlafen bereits jetzt nicht mehr vor Angst. Für sie ist Asien gleichbedeutend mit Kopfjägern, reißenden Tigern und alles verschlingenden Dschungeln. Man kann es ihnen einfach nicht ausreden.«

»Mir auch nicht, Doktor.«

Dr. Corbeck lachte. »Gnädige Frau, die Zeiten, in denen ein Marsch durch den Dschungel zum Abenteuer des Jahrhunderts gehörte, sind vorbei. Wir bekommen von den Dschungelforts jeweils dreißig Soldaten als Schutz, fahren in Geländewagen und übernachten in Zelten mit allem Komfort. Ein eigener Küchenwagen fährt sogar mit. Das einzige, was uns zu schaffen machen wird, ist das feuchtheiße Klima. Es schlägt auf Herz und Kreislauf.«

»Erzählen Sie meiner Frau keine Räubergeschichten, Doktor.« Pohland hob sein Kognakglas hoch. »Sie bleiben natürlich zum Essen bei uns, und dann spielen wir eine Partie Schach.« Er wandte sich zu Gerda, die versunken in dem tiefen Kaminsessel saß und in die prasselnden Flammen starrte. »Es ist mir nämlich in zehn Jahren bisher nicht gelungen, zwei Partien hintereinander bei ihm zu gewinnen. Wenn mir das einmal gelingt, stifte ich eine Kiste Sekt.«

Aber es kam keine Fröhlichkeit auf. Dr. Corbeck spürte es und gab seinen Plan auf, die zweite Partie von Pohland gewinnen zu lassen.

Als er sich verabschiedete, begleitete ihn Pohland bis zum Wagen. Das war ungewöhnlich, denn trotz aller Verbundenheit und allem Vertrauen war Pohland bisher immer der Konzernherr geblieben, freundlich und kollegial bis zu einer Grenze, die Dr. Corbeck genau kannte. Ein Hinausbegleiten zum Wagen überschritt diese Grenze.

Pohland blieb an der Freitreppe stehen, bis der Wagen Corbecks in der Dunkelheit untergegangen war. Dann sah er hinüber zum Verwalterhaus. Hinter zwei Fenstern brannte noch Licht. Es war das Wohnzimmer. Gotthelf Petermann saß vor dem Fernsehapparat und sah sich das im Spätprogramm laufende Kriminalstück an. Ein amerikanischer Thriller, in dem die Ermordeten in allen Ecken lagen. Petermann liebte solche Fernsehfilme; sie brachten die Aufregung in seine Seele, die er als Ausgleich zu seiner stillen Arbeit brauchte. Er erholte sich, wenn auf dem Bildschirm Jack der Pfeifer aus einer Mülltonne heraus seinen dritten Mord beging. Meistens hockte dann Anna auf dem Sofa, mit angezogenen Knien, starrte auf das wilde Geschehen, hatte Angst, träumte später davon und kroch hilfesuchend zu Gotthelf ins Bett. Das war dann der zweite nützliche Teil des Kriminalspieles, den Gotthelf Petermann genoß.

Bisher hatte Pohland keine Gelegenheit gefunden, mit Petermann länger zu sprechen und eine Frage, die er mit sich herumtrug, beantworten zu lassen. Nun nahm er die Verabschiedung Dr. Corbecks wahr, um sich Klarheit zu verschaffen.

Es war wie immer bei den Kriminalspielen: Als Pohland unverhofft eintrat, hockte Anna mit erschrockenen Augen auf dem Sofa, während Petermann gemütlich rauchte und sich entspannte. Pohland trat gerade in dem Augenblick ein, als auf dem Bildschirm ebenfalls eine Tür aufging und sich der Lauf eines Gewehres durch die Ritze schob, Schußrichtung auf einen Nacken, der dem Helden des Stückes gehörte. Anna schrie auf, als sie ihre eigene Tür aufgehen sah und schnellte vom Sofa. Auch Petermann zuckte zusammen; er vergaß an der Zigarre zu ziehen, ja, sie fiel ihm sogar aus dem Mund.

»Mein Gott, Herr Pohland!« sagte er heiser, als er den späten Besucher erkannte, »Sie haben uns aber erschreckt.«

»Ich habe dreimal angeklopft.« Pohland sah auf den Fernseher. Der Meuchelmörder lag bereits bewußtlos auf dem Boden, der Titelheld lebte weiter, denn bis zum Ende des Spieles waren es noch zwanzig Minuten, und man brauchte ihn noch.

Anna setzte sich wieder und streifte den Rock über die Knie. Sie hatte sich gut erholt, ihr Gesicht rundete sich wieder, die frische Drallheit ihres Körpers kehrte zurück.

»Ist etwas Besonderes, Herr Pohland?« Petermann schob einen Stuhl heran und stand dann herum. Er wußte nicht, was er machen sollte. Es kam nie vor, daß Pohland abends in seinem Haus war; was man zu besprechen hatte, geschah draußen oder im Verwalterbüro. So wußte er nicht, ob er etwas anbieten sollte, ob es schicklich war, den Schnaps aus dem Wandschrank zu holen, Selbstgebackenes aufzutragen oder Herrn Pohland sonstwie zu bewirten. So unterließ er alles, auch als Anna ihm zublinkerte, und wartete zunächst ab.

Michael Pohland setzte sich.

»Ich komme in einer merkwürdigen Sache zu Ihnen, Petermann. Sie werden erstaunt sein, und ich bitte Sie, mit meiner vollsten Diskretion zu rechnen, wie ich das gleiche von Ihnen erbitte.« Er machte eine Pause. Petermann sah Anna ratlos an und wartete weiter. »Ihre Frau nimmt Medikamente, nicht wahr?« fragte Pohland unvermittelt. Anna zuckte zusammen und wurde auf ihrem Sofa klein wie ein sich verkriechender Hund. Gotthelf Petermann kratzte sich den Nasenrücken.

»Ja, natürlich. Leberpräparate, zur Blutbildung . . .«

»Auch Schlafmittel?«

»Früher. Jetzt nicht mehr.«

»Und diese Dinger mit dem Namen Anovlar?«

»Wieso?« fragte Petermann dumm zurück.

»Ich habe gesehen, wie Sie sie in der Apotheke holten. Es war ein Rezept von Doktor Wehrmann.«

»Haben Sie mit Doktor Wehrmann darüber gesprochen?«

»Ja, natürlich«, log Pohland.

»Und warum fragen Sie dann noch, Herr Pohland?« Petermann winkte ab, als Anna etwas sagen wollte. »Ich kann es mir denken. Der Herr Dechant war bei Ihnen, nicht wahr? Aber meinen Sie nicht auch, daß sechs Kinder genug sind? Und dann die akute Gefahr, wenn es ein siebtes geben sollte . . .«

»Sie haben vollkommen recht, Petermann.«

»Wieviel Leid hätte vermieden werden können, wenn es die Anti-Baby-Pillen in früheren Zeiten gegeben hätte. Wieviel Selbstmorde wären nicht passiert, wieviel Kindestötungen und Abtreibungen hätte man verhindert, wieviel wirtschaftliche Not! Das sagt auch der Herr Doktor.«

Michael Pohland war es eiskalt ums Herz geworden. Er saß wie versteinert auf dem harten Stuhl und starrte auf das flimmernde Fernsehbild, ohne aufzunehmen, was er sah. Mein uneingestandener Verdacht hat also nicht getrogen. Gerda nimmt Anti-Baby-Pillen. Sie macht sich bewußt unfruchtbar, und ich war bereit, die Schuld bei mir zu suchen und um die Welt zu fahren, von Arzt zu Arzt, um mir Gewißheit zu verschaffen.

Und Dr. Wehrmann hat sie ihr gegeben, diese Pillen. Auch er hat mich betrogen, er, dem ich ohne Vorbehalte vertraute.

»Was . . . was haben Sie denn, Herr Pohland?« fragte Anna Petermann. Pohland schreckte auf.

»Nichts, gar nichts, Anna. Ich mußte nur an etwas denken. Es ist gut.« Er stand auf und gab Anna die Hand. »Gute Nacht.«

»Gute Nacht, Herr Pohland.«

Als Petermann von draußen wieder ins Zimmer kam, saß Anna noch immer unbeweglich auf dem Sofa.

»Was wollte er denn nun?« fragte sie.

»Wenn ich das wüßte.« Petermann zündete sich die erkaltete Zigarre wieder an.

»Irgend etwas stimmt doch da nicht, Gotthelf.«

»Was du immer sagst! Er hat vom Doktor und vom Dechant gehört, daß du die Pillen hast, und da wollte er es genau wissen.«

»Aber warum? Das geht ihn doch gar nichts an.«

»Er kümmert sich eben um alles.« Petermann setzte sich und sah weiter auf den Bildschirm. Der vierte Tote lag unter einem Brückenpfeiler. Wer es war, hatte Petermann durch das Gespräch mit Pohland verpaßt. Das ärgerte ihn, er rauchte stumm und freute sich, als die Jagd nach dem Täter begann.

Draußen stand noch immer Michael Pohland und sah hinauf zu den erleuchteten Fenstern seines Herrenhauses.

Tabletten gegen ein Kind. Sein Kind!

Er wußte, daß er Gerda verloren hatte ...

Dr. Wehrmann saß gerade über der Auszählung eines Blutbildes, als Pohland hereinkam. Er winkte ab, als Pohland etwas sagen wollte und zählte weiter, färbte den winzigen Blutstropfen mit einer Pipette und sah über den Okularen des Mikroskops, wie sich Pohland setzte, nervös mit einigen medizinischen Zeitschriften spielte, mit den Schuhspitzen über den Boden schabte und mit den Fingern schnippte.

»Sie sollten ein Nervenberuhigungsmittel nehmen«, sagte Dr. Wehrmann und schob das Mikroskop nach hinten. »Ich weiß von Dr. Corbeck, daß ich Sie voll Seren pumpen soll. Haben Sie die Liste der Tropenmänner aus Hamburg bei sich? Wir werden aus Ihnen eine wandelnde Apotheke machen.«

Michael Pohland warf den Zettel auf den Tisch. Sein Gesicht war beherrscht, aber die Augen verrieten die große, innere Erregung.

»Ich würde über bestimmte Dinge weniger burschikos sprechen, Doktor«, sagte er mit mühsam fester und gedämpfter Stimme.

»Ein paar Ritzer in den Arm und ein paar Ladungen in den Hintern, das ist doch nicht tragisch.«

»Aber monatlich zwanzig Pillen ...«

Dr. Wehrmann drehte sich langsam voll zu Pohland um. Ihre Blicke trafen sich, der eine erstaunt, der andere voll Angriffslust.

»Was reden Sie denn da?« fragte Wehrmann knapp.

»Sie lügen perfekt, Doktor.«

»Wenn Sie Lust haben, jemanden zu beleidigen, fahren Sie nach Bonn. Da gibt es Gründe genug.«

»Ich habe endlich die Wahrheit erfahren.« Pohland sprang auf. »Ich weiß jetzt, was gespielt wird!« schrie er.

»In der Oper ›Rigoletto‹ und im Schauspiel ›Minna von Barnhelm‹«, sagte Dr. Wehrmann trocken.

»Nein! Der Bajazzo! Und der Trottel bin ich!« Pohlands Stimme überschlug sich fast. »Und Sie haben das alles angezettelt! Sie, der mein vollstes Vertrauen hatte! Sie haben mich mit Gerda hintergangen, Sie haben ihr Anti-Baby-Pillen verschrieben, Sie haben mich getäuscht, Sie haben ...«

»Bitte, keine Leporello-Arie – wenn wir schon beim Opernhaften sind.« Dr. Wehrmann war auch aufgesprungen. Sein mächtiger Kopf mit der Löwenmähne stieß vor. »Haben Sie etwas entbehrt, oder haben Sie etwas bekommen, wonach Sie hier in diesem Zimmer wie ein Hiob gejammert haben?«

»Sie sind von einer ekelhaften Frivolität!« schrie Pohland zurück.

»Geben Sie Antwort, Herr Pohland! Hat sich Ihre Frau noch einmal Ihnen entzogen, nachdem sie aus dem Sanatorium gekommen war?«

»Nein.« Pohland wurde rot bei diesem Nein. Das Intimste wurde hier herausgeschrien wie eine billige Ware.

»Was wollen Sie also noch?« brüllte Dr. Wehrmann.

»Ein Kind!«

»Sie haben einhundertdreiundvierzig Sekretärinnen; eine wird sich sicherlich opfern.«

»Man sollte Sie jetzt ohrfeigen, Doktor«, sagte Pohland mit knirschenden Zähnen. »Und ich weiß nicht, was mich abhält, es auch zu tun.«

»Vielleicht das Gefühl, daß ich recht habe.« Dr. Wehrmann nahm eine Zeitung, drehte sie zu einem Rohr und schlug damit immer wieder auf den Schreibtisch, jedes Wort unterstreichend mit einem Hieb. »Ich habe Ihnen das Glück in der Ehe gegeben, verdammt noch mal. Ihre Frau liebt Sie wie einen Gott ... warum, das begreife mal einer. Aber Sie kennen ihre Angst, Sie haben in Oberholzen selbst gesehen, wie die Seele einer Frau so vollkommen umklammert werden kann von Angst, daß sie unfähig wird, natürlich zu leben. Das alles habe ich von ihr genommen. Ich habe sie von der Angst befreit, habe Ihre Frau zurückgeführt zu der ersten und schönsten Aufgabe, Geliebte zu sein. Ich habe ihr Herz und wenn Sie es ganz klar hören wollen, auch ihren Schoß für Sie aufgeschlossen – und da stellen Sie sich hin und brüllen wie ein Stier und sind bereit, mit dem Kopf gegen die Wand zu rennen.« Dr. Wehrmann atmete schwer und hielt sich an der Schreibtischkante fest. »Ich bedauere, Herr Pohland«, sagte er kalt und mit ungeheurer Beherrschung, »daß ich Ihre ärztliche Betreuung nach dreißig Jahren aufgeben muß. Es ist mir unmöglich, Sie noch mit der Objektivität des Arztes und den Augen eines väterlichen Freundes zu sehen. Bitte, gehen Sie!«

Er wandte sich ab und trat ans Fenster. Pohland blieb stehen, leichenblaß, mit verkrampften Fingern und zuckenden Augenwimpern.

»Bitte gehen Sie!« sagte Wehrmann schroff.

»Noch ein Wort, Doktor«, sagte Pohland gepreßt.

»Nichts mehr. Ich möchte allein sein.«

»Sie wissen, daß ich in den Dschungel reise.«

»Ich gebe Ihnen die Adresse eines Kollegen. Er wird Sie genauso gut impfen wie ich.«

»Darum geht es nicht. Es geht um Gerda.«

»Um Ihre Gattin werde ich mich kümmern. Das einzig Schlechte an ihr ist, daß sie den Namen Pohland trägt.«

»Wenn mir etwas zustößt ...«

»Ihnen? Nie! So barmherzig ist das Schicksal nicht.«

»Ich wußte gar nicht, wie gemein Sie sein können«, sagte Pohland erschüttert. »Können Sie überhaupt nicht verstehen, was diese Entdeckung für mich bedeutet? Ich werde fast verrückt bei dem Gedanken, daß unsere Kinderlosigkeit auf ein Versagen meinerseits zurückzuführen wäre, und dabei nimmt Gerda die Anti-Baby-Pille. Dieser Schock ...«

»Bitte, dramatisieren Sie nicht, Herr Pohland.« Dr. Wehrmann drehte sich vom Fenster weg. »Können *Sie* sich nicht denken, was geschehen würde, wenn Gerda plötzlich erführe, sie wäre schwanger? Dagegen ist Ihr Schock ein harmloses Zittern der Nerven. Wir müßten sie wieder wegbringen zu Dr. Carstens in das Sanatorium, und ich wüßte nicht, ob ich Ihnen sagen könnte: Sie bekommen Ihre Frau wieder. Ihre Angst vor einem neuen verkrüppelten Kind ist so groß, daß das Bewußtsein neuer Schwangerschaft sie glatt um den Verstand bringt. Ich könnte Ihnen jetzt einen langen Vortrag aus der Psychiatrie halten, warum das so ist; ich könnte Ihnen von den Versuchen des Amerikaners Selyes und seiner Streßlehre erzählen, von der Psychosomatik, die man heute noch kaum beachtet und die man so gerne als Grenzwissenschaft abschieben will – aber das verstehen Sie ja alles nicht.«

»Natürlich. Sie halten mich für einen Emporkömmling. Für eine Wirtschaftswunderblüte ohne Duft. Für einen Dämlack, der das Glück hatte, einen Fabrikanten zum Vater zu haben. Er hatte Glück, machte einen Konzern aus der Fabrik, wurde Millionär, aber sonst ist in seinem Gehirn nur Platz für Partys und Jagdessen.«

»Kommen Sie her!« Dr. Wehrmann seufzte und zeigte auf einen Stuhl neben dem Schreibtisch. »Ich will es Ihnen erklären. Wenn Sie beginnen, einzuschlafen, sagen Sie es mir, ich nehme es Ihnen nicht übel.« Dr. Wehrmann fuhr sich mit den Händen durch seine Löwenmähne und seufzte wieder.

»Es gibt zwei Sätze, die ich behalten habe, selbst wenn ich andere wichtige Dinge vergaß. Der eine Satz stammt von Plato und lautet: ›Das ist der größte Fehler bei der Behandlung von Krankheiten, daß es Ärzte für den Körper und Ärzte für die Seele gibt, wo beides doch nicht getrennt werden kann.‹ Und den zweiten Satz sagte Professor Dr. Alexis Carrel vom Rokkefeller-Institut für ärztliche Forschungen: ›Wer die Erscheinungen des Lebens erforscht, der ist wie im dichtesten Urwald verirrt, mitten in einem Zauberwald, dessen zahllose Bäume ununterbrochen ihre Plätze und ihre Gestalt verändern. Eine

Masse von Tatsachen bricht zermalmend über einen solchen Forscher herein. Er kann sie wohl beschreiben, aber es ist ihm unmöglich, sie in algebraischen Gleichungen auszudrücken.‹«

»Das haben Sie gut auswendig gelernt, Doktor«, sagte Pohland sarkastisch.

»Ich habe es ja gesagt: Sie sind zu dumm, hier die Wurzel der Krankheit Ihrer Frau zu finden. Ich will Ihnen ein Beispiel erzählen, das nicht von mir, sondern von Professor von Weizsäcker stammt. Die Entstehung eines unheilbaren, chronischen, körperlichen Leidens aus einer seelisch bedingten, funktionellen Störung ... oder ganz klar: Eine kranke Seele erzeugt eine unheilbare körperliche Krankheit. Diese Tragik eines Menschen erfolgt in drei Stufen: Erst lösen seelische Konflikte funktionelle Störungen aus. Nehmen wir Sie, wenn Sie seelisch labil wären. Sie sehen, daß die Konkurrenz einen besseren Stahl produziert, daß sie mehr Exporte hat, daß sie Sie aus dem Handel hinausboxt, daß sie Sie glatt überrundet. Der ungeheure Ärger führt unweigerlich zu nervösen Magenkrämpfen, zu Gallensteinbeschwerden, Sie nehmen Medikamente, fahren zur Kur, man überdeckt die Krankheit bloß – denn der Ärger, das auslösende Moment, bleibt ja. Man erkennt nicht den seelischen Konflikt. Psychotherapie ist ja beim Schulmediziner so etwas wie ein rotes Tuch. Das war also der erste Akt der Tragödie.«

Dr. Wehrmann ging zu einem Schrank, nahm eine Flasche Kognak heraus, goß Pohland und sich ein und trank sein Glas in einem Zug leer.

»Akt Nummer zwei. Die funktionellen Störungen führen zu Organveränderungen, die man in gewissem Grad auch noch bereinigen kann. Eine Gallenblasenentzündung, Gallensteine, ein Magengeschwür, am Ende Eiterungen. Der Arzt bemüht sich redlich, er schneidet heraus, er pumpt hinein ... aber die Seele, Himmel, die beachtet keiner! Und der Ärger bleibt, die Konkurrenz holt immer weiter auf ... Sie haben keine Galle mehr, aber eine völlig zerrüttete Seele. Prost.«

Dr. Wehrmann trank wieder. Pohland nippte nur an seinem Glas. Die Erzählung Dr. Wehrmanns erschütterte ihn zutiefst. Langsam begann er zu begreifen, wie schwer Gerda erkrankt war und was Tutti für sie bedeutete. Den ewigen Verlust auf ein zweites Kind.

»Akt Nummer drei. Er spielt ein paar Jahre später. Die dauernde seelische Belastung führt zu irreversiblen Organveränderungen und mündet – das ist noch eine Theorie – zu einer Krebsbereitschaft und zum Karzinom selbst. Hier nun nützt nichts mehr. Radikale Operationen werden sinnlos, weil die Geschwulst bereits Metastasen bildet. Eine seelische Behandlung, die man heute gern mit der Krebsbehandlung koppelt, nutzt nun gar nichts mehr. Der Fabrikant – Sie, Herr Pohland – stirbt an einer inoperablen Organerkrankung, von der man sagen wird: Es ist ein Rätsel, wie er das bekommen konnte. Ein Rätsel? Wieso denn? Die Seele war es. Und nach wie vor wird der Ruf der Psychosomatiker verhallen, die eine Ausbildung aller Mediziner in Tiefenpsychologie fordern. Das wird wohl nie kommen, dazu sind wir Ärzte zu bequem. Es geht ja auch so. Und gestorben muß ja doch einmal werden. Wir kranken an dem Fatalismus unserer Medizin.«

Dr. Wehrmann hatte sich in Erregung geredet. Er trank den dritten Kognak und versuchte, mit bebenden Händen seine Zigarre anzuzünden.

»Um das Fazit zu ziehen«, sagte Michael Pohland langsam, »solange Gerda diese Pillen nimmt und die Gewißheit hat, daß sie kein Kind bekommt, wird sie eine fröhliche liebevolle Frau sein. Die Anti-Baby-Pillen sind eine Bremse für eine Katastrophe, die sich beim Bewußtsein einer Schwangerschaft einstellen würde.«

»Sie haben lange gebraucht, um das zu erkennen«, nickte der Arzt.

»Ich habe immer geglaubt, daß wirkliche Liebe eine solche Angst überwinden kann.«

»Denken Sie an das, was ich Ihnen erklärt habe. Eine

menschliche Seele ist ein ungeheuer feines Instrument. Und jedes Instrument ist verschieden zu spielen ... bei drei Milliarden Menschen drei Milliarden mal anders ...«

Pohland erhob sich. »Ich danke Ihnen, Doktor. Verzeihen Sie, daß ich vorhin so unbeherrscht war.«

»Schon gut.« Wehrmann sog an seiner Zigarre und nebelte sich ein.

»Und was soll ich tun?«

»Machen Sie Ihre Dschungelreise.«

»Das am Rande. Ich muß mich also mit dem Gedanken abfinden, keinen Erben von Gerda zu bekommen.«

»Das überlassen Sie bitte mir.«

»Doktor!« Pohland wirbelte auf dem Absatz herum. »Was heißt das? Was haben Sie vor?«

»Fahren Sie zu Ihren Urwaldwasserfällen und kümmern Sie sich darum, daß Sie Ihre Millionen vermehren. Das ist *Ihre* Aufgabe, dazu sind Sie geboren. Und überlassen Sie es *mir*, meine Aufgabe zu erfüllen.«

»Sie ... Sie sehen es also nicht als hoffnungslos an?«

»Hoffnungslos ist nie etwas, solange es nicht völlig leblos ist. Aber Ihre Frau lebt, sie ist das blühende, junge, herrliche Leben in Person.«

Pohland wischte sich über das heiße Gesicht. »Nun verstehe ich gar nichts mehr. Das ist genau das Gegenteil dessen, was Sie mir eben in aller Breite erklärt haben.«

Dr. Wehrmann nickte. »Denken Sie an den Ausspruch von Professor Carrel: ›... ein Zauberwald, dessen zahllose Bäume ununterbrochen ihre Plätze und ihre Gestalt verändern ...‹ Lassen Sie mich diesen Zauberwald durchstreifen, und fahren Sie unbesorgt in Ihren Dschungel.«

Stark verwirrt verließ Pohland die Praxis Dr. Wehrmanns und fuhr ins Werk zurück. Über eine Stunde saß er nachdenklich vor dem riesigen Fenster, blickte über seine Werke, über die Hallen und Hochöfen, Walzenstraßen und Veredelungsöfen, über Gießereien und Montagehallen. Ein kleines Imperium lag zu seinen Füßen, und er war sein Herrscher, sein unumschränkter Gebieter. Und doch war er so einsam und klein vor sich selbst, so erbärmlich in seiner Hilflosigkeit. Was habe ich nun davon, dachte er einen Augenblick. Die Millionen, die Stahlwerke, die Montagetrupps, die Breitbandstraße, die Tausende von Arbeitern, die ihre Frauen und Kinder gut ernähren können, die fast alle ihre schönen Wohnungen oder ihre Siedlungshäuschen haben, dieser Fleiß der Hände, der die Pohland-Werke emporgetragen hat ... was habe ich nun davon? Ich sitze hier und starre in die Weite und weiß, daß mit mir eines Tages auch diese Werke sterben werden.

Nach einer Stunde Selbstquälung rief er in Heidfeld an und ließ bestellen, daß er heute nicht nach Hause komme. Er müsse zu einer Besprechung nach Stuttgart fahren. Statt dessen fuhr er zu seinem Schwiegervater, dem Architekten Ernst Ludwig.

Der fröhliche Alte saß gerade beim Rotwein und las in einem sehr freien Buch, als Pohland sich melden ließ. »Was ist denn das?« rief Ludwig und kam seinem Schwiegersohn mit ausgebreiteten Armen entgegen. »Zeus steigt vom Olymp! Ist etwas passiert?«

»Nein, nicht direkt.«

»Das klingt ausweichend wie eine diplomatische Verlautbarung. Krach mit Gerda?«

»Aber nein, Vater.« Pohland setzte sich, nahm das Glas Ludwigs und trank einen Schluck.

»Gut, was?« Ernst Ludwigs Augen glänzten. »Ist von deinem Lieferanten. Eine Sorte, die er dir gar nicht angeboten hat. Der versteht doch nichts von Wein, hat er mir gesagt. Und die Gäste noch weniger. Ich werfe doch meine Perlen nicht vor die Säue. Haha! Ein prima Kerl, dieser Weinfritze. Ehrlich und voll Menschenkenntnis!«

»Es freut mich, daß du ein solch fröhliches Leben hast, Vater«, sagte Pohland etwas sauer. »Ich möchte dir zunächst ein Ehrenwort abnehmen.«

»Joi! Wie feierlich! Worüber Ehrenwort?«

»Dein Ehrenwort, daß mein heutiger Besuch bei dir vor Gerda verborgen bleibt.«

»Also doch Stunk in der Bude, mein Junge?« Ernst Ludwig goß sich nach und schnalzte mit der Zunge. »Gerda war immer etwas kapriziös.«

»Es geht um andere Dinge.«

»Wie ernst.« Ludwig nahm einen tiefen, schmatzenden Schluck und lehnte sich zufrieden zurück. »Also gut – Ehrenwort. Sie erfährt nichts. Und nun pack aus.«

»Ich habe entdeckt, daß Gerda mich betrügt.«

»Idiot«, sagte Ludwig schlicht.

»Nicht mit einem Mann, Vater.«

»Das ist auch ausgeschlossen. Sie liebt dich wie einen Gott.«

»Die gleichen Worte habe ich heute schon mal gehört. Die deutsche Sprache scheint arm an Vokabeln zu sein. Natürlich liebt sie mich. Aber das schließt nicht aus, daß sie mich betrogen hat.«

»Deine Rede ist wirr, mein Sohn«, sagte Ludwig gemütlich.

»Gerda nimmt Anti-Baby-Pillen.«

»Na und?«

»Das erschüttert dich nicht?«

»Nee. Warum? Das weiß ich schon seit Monaten.«

»Das hast du ... gewußt?«

»Natürlich. Ich habe eine wohlerzogene Tochter, die vor ihrem alten Vater keine Geheimnisse hat. Bevor sie diese Pillen nahm, hatte sie mit mir eine eingehende Aussprache.«

»Ihr habt mich also alle hintergangen.« Die Stimme Pohlands klang bitter. »Ihr habt mich zu einem Deppen gestempelt.«

»Ich glaube, mein Junge, du siehst das alles aus einem falschen Winkel. Wenn ich beim Hausbau einen krummen Grundrißwinkel schlage, wird's ein Unikum.« Ernst Ludwig hatte plötzlich seine burschikose Fröhlichkeit verloren. Er war ernst. »Daß Gerda das alles tut aus großer Liebe zu dir, das begreifst du wohl nicht?«

»Ich versuche, mir das einzureden. Aber es ist schwer, etwas zu verdauen, was man plötzlich in sich hineingepreßt bekommt.«

»Gut. Dann verdaue. Ein Glas Rotwein zur Unterstützung des Vorganges?«

»Danke.«

»Warum bist du eigentlich gekommen?«

»Das weiß ich jetzt selbst nicht mehr. Ich dachte ...«

»... daß ich ein ahnungsloser Mümmelgreis bin, senil gesoffen und daher zum Beichtvater bestens geeignet. Irrtum, mein Sohn!« Ernst Ludwig steckte sich eine Pfeife an. Der feuchte Tabak zischte und brutzelte im Pfeifenkopf. »Aber drehen wir den Spieß einmal rum. Was soll nun werden? Du hast mein Ehrenwort – Gerda erfährt nichts von deinem Besuch. Aber wie willst du dich verhalten? Als Vater Gerdas habe ich ein Recht, dich danach zu fragen. Gerda ist glücklich, und ihr Glück liegt mir sehr am Herzen.«

Pohland stand auf und ging unruhig hin und her.

»Ich muß verreisen. Nach Afrika und Asien. Zwei Monate.«

»Mit Gerda?«

»Ohne.«

»Ob das richtig ist?«

»Man kann ihr diese Strapazen nicht zumuten.«

»Dann schick sie zu mir, Junge. Ich werde ihr in diesen Wochen keine Gelegenheit geben, viel zu denken.«

»Wenn du meinst ...«

»Ich kann auch hinaus nach Heidfeld kommen. Mein Betrieb läuft auch ohne mich weiter. Gehässige Zungen sagen, sogar besser, weil einer weniger meckert.«

»Das wäre mir lieb, Vater.« Michael Pohland gab seinem Schwiegervater die Hand. »Auf Wiedersehen.«

»Kopf hoch, Junge.«

Pohland wandte sich rasch noch einmal um. »Die Pohland-Werke werden keinen Erben haben. Was mehrere Generationen geschaffen haben, wird nach meinem Tode zu einer Aktiengesellschaft werden, zu anonymen Besitzern.«

»Du kannst einen Sohn adoptieren.«

»Das schlug mir Gerda auch vor.«

»Oder ...«, Ludwig sah an die Decke und sog nervös an seiner Pfeife, »... es bleibt der Weg der Scheidung. In deinem Falle wird eine Scheidung ohne große Umstände möglich sein.«

»Ich liebe Gerda. Ich werde mich nie von ihr trennen.«

Ernst Ludwig hob stumm beide Arme. Pohland nickte schwer.

»Genau das denke ich auch, Vater. Ich beneide jeden meiner Arbeiter, der nach Hause kommt und seine Kinder laufen ihm entgegen. Es muß herrlich sein, an einem Tisch zu sitzen und sagen zu können: Das ist meine Familie. Ich werde es nie sagen können ...«

Ernst Ludwig saß noch lange stumm vor seinem Rotwein, als Pohland längst gegangen war. Der letzte Satz seines Schwiegersohnes hatte ihn mehr erschüttert, als er nach außen hin zeigte.

Die Pohland-Werke ohne Erben. Die Arbeit von Generationen vertan. Und es lag ganz allein an Gerda, dies zu verhindern.

Aber auch Ludwig wußte keinen Ausweg. Er kannte seine Tochter.

Die Vorbereitungen für die große Reise waren abgeschlossen. Das letzte Ereignis war die Wiederholung der erforderlichen Impfungen, der Abschluß der wochenlangen medizinischen Vorbereitungen.

Dazu hatte Dr. Wehrmann alle beteiligten Herren zu einer Party bei sich eingeladen. Auf Wunsch Pohlands waren alle Ingenieure und Techniker und natürlich auch Dr. Corbeck dabei. Es war eine Massenimpfung, die Wehrmann zum Anlaß einer handfesten Männersauferei nahm.

Morgens um neun Uhr begann das Impfen, nachts um zwei Uhr kehrten die Herren zu ihren vor Sorge und Angst nicht schlafenden Frauen zurück, singend, schwankend und mit dramatischen Schilderungen von der Durchschlagskraft tropischer Seren.

Diese Massenimpfung wurde in die Chronik der Pohland-Werke aufgenommen, vor allem das Duell zwischen dem Dipl.-Ing. Dr. Falz und Dr. Wehrmann. Dr. Falz hatte sich nach der dritten Injektion geweigert, weitere Spritzen anzunehmen. Da begann eine Jagd der bereits alkoholisierten Männer durch die Räume Dr. Wehrmanns. Dr. Falz rannte davon, der Arzt mit der Spritze hinter ihm her, bis zwei Mann Dr. Falz festhielten und ihn unter Absingen studentischer Lieder für die letzte Injektion bereitlegten.

Drei Wochen vor der Abfahrt rief Gerda Pohland bei Dr. Wehrmann an.

»Ich brauche ein neues Dauerrezept, Doktor«, sagte sie. »Das alte ist so voller Stempel der Apotheken, daß nichts mehr darauf geht. Schicken Sie mir ein neues Rezept herüber?«

»Ich komme selbst, gnädige Frau. Ich muß ein paar Patienten besuchen und den Dechanten.«

»Ist der auch krank?«

»Der? Das ist eine Eiche, aus der man einen Schiffsmast machen könnte. Aber sein Neffe macht ihm Sorge. Und ich hatte versprochen, ihn unter meine Fittiche zu nehmen. Also bis morgen!«

Am nächsten Tag erwartete Gerda Dr. Wehrmann in ihrem Rokokosalon. Michael Pohland war in Ebenhagen. Die Besprechungen rissen nicht ab, vor allem die Bonner Herren belegten jede freie Minute, um den großen Industrieplan auch bis ins letzte mit deutscher Beamtengründlichkeit zu durchtränken. Erst spät abends kam Pohland nach Heidfeld zurück. Oft mußte er sogar in Ebenhagen bleiben, weil die Verhandlungen bis in die Nacht hinein gingen.

»In drei Wochen, Doktor, ist es also soweit«, sagte Gerda und goß Dr. Wehrmann eine Tasse starken Tee ein. »Ich habe Angst.«

»Völlig unbegründet. Krank werden kann Ihr Micha nicht;

der läuft wie ein Eimer voll Gegengift herum. Und andere Gefahren? Ich bitte Sie! Abenteuer solcher Art, an die Sie denken, gibt's nur in Romanen.«

Gerda lächelte schwach. »Ich will ja auch tapfer sein. Ich habe die Frauen aller mitreisenden Herren für den Tag nach der Abreise zu mir eingeladen.«

»Großes, gemeinsames Klagen!« Dr. Wehrmann lachte. »Sie haben einen gewissen Sinn für Dramatik, Gerda. Hoffentlich rufen Sie mich nicht dazu. Ich kann nicht schwimmen, und in einem Tränenmeer schon gar nicht.«

Er griff in die Tasche und legte eine neue Packung Anovlar und ein Rezept auf den Tisch.

»So ... auf ein Neues! Bis zur Abreise Michaels reicht diese Packung.«

»Und während er fort ist?« Gerda steckte die Schachtel schnell in ihre Handtasche. »Soll ich die Dragees weiter nehmen?«

»Natürlich. Nach dem zweiten Zyklus können Sie dann einen Monat aussetzen. Diese Reise ist eine gute Gelegenheit, dem betrogenen Körper etwas Ruhe zu gönnen. Bevor Michael dann zurückkommt, fangen Sie wieder damit an.«

»Danke, Doktor. Wenn ich Sie nicht hätte.«

Dr. Wehrmann trank in kleinen Zügen seinen Tee. Er hatte eine merkwürdige Eile, wegzukommen und sich vor allem nicht länger mit Gerda Pohland zu unterhalten. Ihre fast kindliche Dankbarkeit griff ihn plötzlich ungemein an. Beim Abschied zwang er sich, sie unbefangen und frei anzusehen, dann eilte er zu seinem Wagen und fuhr mit quietschenden Rädern aus dem Innenhof, als flüchte er.

Erst auf der Chaussee hielt er an, nahm ein großes Taschentuch aus dem Rock und wischte sich den Schweiß von der Stirn.

Nun habe ich es getan, dachte er. Nun gibt es wirklich kein Zurück mehr. Alles, was nun folgt, ist meine Schuld, und ich allein muß die Konsequenzen tragen. Es kann alles gutgehen – aber es kann auch die Tragödie eintreten, von der ich zu Pohland sprach. Indessen gab es keinen anderen Weg. Es gab nur das Wagnis und die Hoffnung, daß es gut wird.

Es war ein Augenblick, in dem Dr. Wehrmann versucht war, zu sagen: Gott, hilf mir! Und deshalb fuhr er auch zu Dechant Bader. Er brauchte einen Menschen, dem er alles sagen konnte. Er brauchte einen Beichtvater, zum erstenmal in seinem Leben.

In der »Pfarrburg« war das Erstaunen groß, als – wieder unangemeldet – Dr. Wehrmann erschien. Dechant Bader ließ ihn diesmal nicht in der großen Diele warten, sondern kam ihm sogar entgegen. Er winkte mit beiden Händen, als Wehrmann den Mund öffnete.

»Sagen Sie nichts, Doktor. Ich weiß, daß mein Neffe ein windiger Bursche ist. Er wird dieses Mädchen heiraten, und was Sie als Arzt verordnen, das geht mich nichts an, das will ich auch nicht wissen. Zufrieden?«

»Nein.«

»Nicht? Sie wollen sich also mit mir streiten?« Dechant Bader reckte seine gewaltige Gestalt und stemmte die Fäuste an die Seite. »Nun ran, Doktor. An mir werden Sie sich Ihren dicken Schädel einrennen, Sie Querkopf.«

Dr.Wehrmann wedelte melancholisch mit der Hand, ging an Dechant Bader vorbei durch die Bibliothek, setzte sich in einen der Sessel, nahm eine Zigarre aus der geöffnet dastehenden Kiste und schnitt die Spitze ab. Bader folgte ihm verblüfft und blieb am Fenster stehen.

»Was soll denn das?« knurrte er. »Können Sie sich Ihre Zigarren nicht mehr leisten?«

Dr. Wehrmann rauchte die Zigarre an und blickte etwas trübsinnig dem sich ringelnden und drehenden Rauch nach.

»Ich muß mein Herz erleichtern«, sagte er nach einer Weile spannungsgeladenen Schweigens.

»Beichten?« fragte der Dechant ungläubig zurück.

»Erleichtern.« Wehrmann sah den mächtigen Priester an. Wie ein Turm stand er gegen das Licht des breiten Fensters.

»Ihre Absolution können Sie sich sparen, denn da gibt es nichts zu vergelten.«

»Haben Sie einen umgebracht?« fragte Bader betroffen.

»Nein. Im Gegenteil.«

»Aber Doktor. In Ihrem Alter!«

Dr. Wehrmann raufte sich die Löwenmähne. »So kann auch nur ein Pfarrer denken!« rief er. »Ich habe ein Medikament vertauscht.«

»Ein Unglücksfall?«

»Nein. Bewußt.« – »Bewußt? Sind Sie verrückt, Doktor?«

»Auch das nicht. Aber ich mußte zu Ihnen kommen. Ich muß jemanden haben, dem ich das erzählen kann und der, genau wie ich als Arzt, schweigen muß. Betrachten Sie das um Gottes willen nicht als Beichte, sondern nur als eine ungewöhnliche Form von Mitteilungsbedürfnis.«

»Danke.« Dechant Bader kratzte sich den Kopf. »Zum Beichten gehört ja auch das Bereuen.«

»Und bereuen kann ich es nicht.«

»Das wird ja immer fröhlicher.« Dechant Bader griff auch in die Zigarrenkiste und steckte sich eine Zigarre an. »Hat der Umtausch große Wirkungen?«

»Das kann man wohl sagen.«

»Und trotzdem ...«

»Trotzdem. Ich bin ein großer Sünder, was?«

»Lassen Sie die dummen Bemerkungen, Doktor. Worum handelt es sich?«

»Um die Anti-Baby-Pille.«

»Ein schrecklicher Name. Und was haben Sie gemacht?«

»Ich habe die Pillen gegen harmlose Kalkpillen umgetauscht. Nun wird die Frau, die in gutem Glauben an ihren Empfängnisschutz lebt, in spätestens zwei Monaten spüren, was geschehen ist.«

»Und das ist sicher?«

»Ganz sicher.«

»Und warum haben Sie das getan?«

»Es war wie eine Eingebung, wie eine Erleuchtung.«

»Stop.« Dechant Bader hob beide Hände. »Bitte, lassen Sie sich nicht dazu hinreißen, Gott als Inspirator anzuführen. Das wäre ein Grund, Sie hinauszuwerfen.«

»Sie mit Ihren dauernden Drohungen.« Dr. Wehrmann paffte den Qualm gegen die Zimmerdecke. »Aber es war so. Ich hatte plötzlich die Idee: Ein Schock kann helfen. Eine vollendete Tatsache, die nicht mehr zu ändern ist.«

»Sie sehen bei meinem Neffen ... es gibt auch andere Wege ...«

»Nicht hier, Herr Dechant. Es handelt sich um Frau Pohland.«

Der Pfarrer starrte einen Augenblick ungläubig den Arzt an. Dann setzte er sich, als spüre er seine Knie weich werden. Ein paarmal wischte er sich mit der riesigen Hand über das Gesicht, ehe er wieder Worte fand.

»Das ist doch ein fauler Witz, Doktor.«

»Säße ich bei Ihnen, wenn das nur ein Witz wäre?«

»Frau Pohland nimmt auch ...«

»Das ist eine lange Geschichte.«

»Und warum erzählen Sie mir das? Was soll ich dabei tun oder helfen? Soll ich Sie trösten? Soll ich sagen: Das ist gut, daß Sie der Natur nicht mehr ins Handwerk pfuschen? Soll ich sagen: Warum erst Antipille und nun auf einmal doch ein Kind? Ich verstehe von dem allen nichts.«

»Frau Pohland wird sicherlich zu Ihnen kommen, wenn sie spürt, was geschehen ist.«

»Aha.«

»Und sie wird verzweifelt sein. Ich möchte fast sagen: Dem Wahnsinn nahe.«

»Machen Sie mir keine Angst, Doktor.« Dechant Bader kaute auf seiner Zigarre herum. »Ich kann Frau Pohland ja nur mit dem Wort Gottes Trost geben ...«

»Genau das sollen Sie nicht.«

»Nicht?«

»Sie sollen Frau Pohland – wenn sie zu Ihnen kommt – sagen, daß Angst die Mutter vieler Krankheiten ist, und daß sie um des Kindes willen, das sie unter dem Herzen trägt, tapfer und fröhlich sein muß, damit es ein gesundes Kind wird.«

»Das ist doch wohl Sache des Arztes, so etwas zu sagen.«

»Mir wird sie kein Wort mehr glauben, das ist doch wohl sicher.« Dr. Wehrmann lächelte etwas hilflos. »Sie wird mich verdammen.«

»Wenn es ein Irrtum war ...«

»Lieber Herr Dechant!« Dr. Wehrmann schüttelte tadelnd den Kopf. »*Sie* halten mich zur Lüge an? Nein – ich werde ihr sagen, daß ich die Pillen bewußt vertauscht habe. Soviel Courage habe ich noch. Und wenn ich Ihnen die ganzen Zusammenhänge erzähle, werden Sie mich verstehen.«

»Dann fangen wir also an.« Dechant Bader ging zu einem Schrank und schloß ihn auf. »Kognak, Whisky oder Rotwein?«

»Rotwein, wenn er gut ist.«

Beleidigt stellte Bader eine Flasche Chateauneuf du Pape auf den Tisch. »Zufrieden?« knurrte er dabei.

»Erst probieren.«

»Sie haben eine gute Stunde erwischt. Ich habe Zeit.« Bader entkorkte die Flasche und roch an dem Korken. Dann reichte er ihn an Dr. Wehrmann weiter, der gleichfalls schnupperte.

»Scheint gut zu sein.«

»Besser als Ihre Medizin.« Bader goß ein. Schwarzrot glänzte der Wein im Glas. Dr. Wehrmann leckte sich über die Lippen.

»Sie sind eigentlich ein ganz brauchbarer Mensch, Herr Dechant«, sagte er darauf. Bader drückte das Kinn an den Kragen.

»Ein solches Urteil über Sie ist mir noch verwehrt«, antwortete er giftig.

»Dann Prost!«

Über drei Stunden lang erzählte Dr. Wehrmann die Geschichte der Ehe von Michael und Gerda Pohland; das bittere Geheimnis, das das Glück überschattete und das nach allen logischen Gesetzen völlig sinnlos war. Dechant Bader hörte stumm zu. Er trank nur ab und zu, goß nach und bekam einen leicht geröteten Kopf, als die Flasche am Ende der Erzählung Dr. Wehrmanns leer war.

»Das war's also?« sagte er nach einer stummen Pause.

»Ja. Das war's.«

»Ich muß Ihnen etwas sagen, Doktor.« Dechant Bader lächelte breit. »Auch Sie sind ein toller Bursche.«

»Und auch ich muß Ihnen noch etwas sagen.«

»Bitte.«

»Sie haben einen zu hohen Blutdruck und sollten etwas für Ihren Kreislauf tun. Im Moment sehen Sie aus wie eine Tomate. Sie haben bestimmt 230 Druck.«

»Das weiß ich.« Dechant Bader stand knurrend auf und knöpfte an seinem Rock. »Los, untersuchen Sie mich, Doktor. Sie sind seit siebzehn Jahren der erste Arzt, der an mich herankommt; und daß ausgerechnet Sie es sind . . .«

So begann eine Freundschaft, die nie mehr zerbrechen sollte.

Der Abflug der Pohland-Delegation wurde zu einem Familienfest. Alle Frauen und Kinder der Reisenden standen an der Absperrung, die die Besucher des Flughafens vom Rollfeld trennt. Sie winkten und riefen, schwenkten Taschentücher und Fähnchen, obwohl den Frauen die Tränen in den Augen standen. Die beiden Bonner Herren kamen sich denkbar überflüssig vor. Sie waren allein von Bonn nach Düsseldorf gekommen, standen in der Menge der Pohland-Leute und musterten den Himmel. Es war ein sonniger Morgen, der den Tau von den Feldern als Nebel aufsaugte. Aber in 2000 Metern Höhe würde herrlichstes Wetter sein, man flog dann über der Wolkendecke.

Das Winken der Frauen und Kinder hielt an, bis der große, silberglänzende Stahlvogel sich mit brüllenden Düsenmotoren in die Luft hob und wegglitt in den Morgendunst, sich auflöste im Goldgrau des Himmels, als sei er ein Zaubertrick.

Michael Pohland sah für eine Sekunde noch einmal die Gestalt Gerdas an der Absperrung. Sie winkte mit beiden Armen, ihr blonder Kopf glänzte in der Morgensonne wie aufblitzendes Gold – dann glitt die Betonpiste unter ihm weg, die Erde verlor sich. Er starrte jetzt in den näherkommenden Himmel und die Wolken, die wie riesige Wattebäusche auf ihn zuschossen.

Dr. Corbeck neben ihm las bereits die Morgenzeitung. Zuerst die Börsennotierungen, dann den Sport. Die Politik auf der ersten Seite las er zuletzt. »Man ärgert sich noch früh genug«, sagte er dazu. Dr. Corbeck flog nur bis Dakar mit. Von dort kehrte er, sobald der Vertrag abgeschlossen war, nach Ebenhagen zurück, um Pohland zu vertreten und die Werke zu leiten.

Die vergangenen Wochen waren für Pohland eine große seelische Qual gewesen. Die Liebe Gerdas schlug über ihm zusammen wie ein sturmgepeitschtes Meer, und er ließ sich mitreißen, er ertrank fast in dieser Sturmflut von Zärtlichkeit – und dann lag er bis zum Morgen wach neben ihr, starrte an die Decke und bekämpfte in sich den häßlichen Gedanken: Alles ist nur Betrug, ist nur Theater, eine widerliche Komödie; das Spiel von der Geliebten, die Hingabe heuchelt. Aber dann sah er sie an, bestaunte ihr glückliches Lächeln im Schlaf, streichelte ihren weißen, weichen Körper und legte seinen Kopf zwischen ihre Brüste. Er spürte den Schlag ihres Herzens, die Wärme ihres Lebens, das herrliche Glück, ihm zu gehören. Und er umfing sie wieder, weckte sie mit seinen Küssen und seinen kosenden Händen und ließ den Sturm wieder über sich hinweggehen, heiß, den Atem raubend und höchstes Glück spendend.

Am Tage war er dann nachdenklich und verschlossen, unausgeschlafen und knurrig. Man wertete das im Betrieb und auch auf Gut Heidfeld als Reisefieber und ging ihm aus dem Weg, so gut man das konnte. Auch Gotthelf Petermann sprach ihn nur kurz. Er hatte seine eigenen Sorgen. Seit einigen Wochen zeigte sich nämlich bei Anna eine erstaunliche Wandlung. Sie war kühler geworden, und es konnte vorkommen, daß

Gotthelf Petermann zärtlich wurde und Anna – was sie nie getan hatte – stocksteif neben ihm lag, seine Liebe zwar duldete, aber sonst unbeteiligt war, als empfinde sie keinerlei Glück. Wenn Petermann darüber seine Verwunderung äußerte, sagte sie bloß: »Ich kann nichts dafür, mir ist heute gar nicht danach.« Dann wieder, plötzlich wie ein Orkan, war sie es, die Petermann um den Verstand brachte und ihn schweratmend zu der Bemerkung hinriß: » . . . und so was nach sechs Kindern . . .«

Das alles mußte mit den Pillen zusammenhängen, eine andere Erklärung hatte Petermann nicht. Dr. Wehrmann, der sich das alles anhörte, nickte zustimmend. »Es ist bekannt, daß einige Frauen nach diesen Pillen etwas frigid werden«, sagte er. »Die Libido stellt sich um. Sie kann sich auch verstärken.«

Gotthelf Petermann merkte sich die Worte und schlug sie im Lexikon nach. »Und das alles«, sagte er nach dieser Information, »durch 'ne kleene Pille!«

Michael Pohland flog durch die Wolken. Vor ihm, über dem Eingang zur Kanzel, flimmerte auf einer Mattscheibe in roter Schrift: »Bitte anschnallen. Nicht rauchen.« Der anfängliche ohrenbetäubende Lärm der Düsenmotoren hatte aufgehört, als habe die Wolkenwatte um ihn herum sie aufgesaugt. Nur ein leichtes Zittern war zu spüren, ein deutliches Schweben, ein Hin- und Herpendeln, bis auch dies aufhörte, die Wolkendecke durchstoßen war und sie unter herrlicher Sonne und hellblauem Himmel dahinglitten, schwebend, fast lautlos, wie entrissen aller Schwere.

Die rote Leuchtschrift über der Tür erlosch. Die Stewardeß kam mit einem Tablett Erfrischungen. Dr. Corbeck schnallte sich los und schlug die Sportseite auf. Michael Pohland sah hinaus auf die Wolkendecke unter sich; ein brodelndes Meer aus kompaktem Schaum, so wirkte es.

»Ein Funkspruch, Herr Pohland«, sagte die Stewardeß und überreichte ihm einen zusammengefalteten Zettel.

»Für mich?«

»Ja. Ist soeben aufgenommen worden. Vom Flughafen Lohhausen.«

Pohland faltete das Papier auseinander. Es war nur eine Zeile.

»ich liebe dich + + + gerda«.

Pohland steckte den Zettel in seine Rocktasche und starrte wieder aus dem Fenster. Dr. Corbeck schielte zu ihm herüber. Die Stewardeß kehrte mit dem Erfrischungstablett zurück.

»Soll eine Antwort durchgegeben werden?« fragte sie.

»Nein.«

»Eine Erfrischung?« – »Einen Kognak, bitte.«

Mit rauschenden Motoren jagte die Maschine bereits über Frankreich, Paris entgegen.

Vier Tage nach dem Abflug Michaels fuhr Gerda Pohland wieder nach Oberholzen, um Tutti zu besuchen.

Aber nicht allein ihres Kindes wegen fuhr sie dorthin; es kam hinzu, daß sie seit zwei Wochen ein merkwürdiges Unwohlsein verspürte. Michael hatte sie nichts davon erzählt, um ihn nicht zu erschrecken. Er sollte seine große Reise nicht mit neuen Sorgen antreten. Sie hatte diät gegessen, auf alles Fette verzichtet, und wirklich ließ das Unwohlsein nach. Eine Magenverstimmung, dachte sie. Weiter nichts. Aber dann kam es wieder, stärker als zuvor, mit Brechreiz und trockenem Würgen, vor allem morgens, nach dem Aufstehen. Dann zuckte der leere Magen, sie wurde schwindelig und mußte schnell etwas essen, ein trockenes Brot, einen Zwieback. Darauf wurde es besser, um dann gänzlich zu verschwinden bis zum nächsten Morgen.

Gerda Pohland kam das verwunderlich vor. Sie unterdrückte alles Auffällige, bis Michael abgeflogen war. Nach dem »Festessen« der Strohwitwen aber ging sie zu Dr. Wehrmann. Der Arzt zeigte sich erstaunt und fuhr sich durch seine Löwenmähne, eine Geste, ohne die Dr. Wehrmann undenkbar gewesen wäre.

»Seit wann ist das so?« fragte er und schlug seinen Terminkalender auf. »Wann waren die ersten Symptome?«

Wenn wir Glück haben, können wir das genau berechnen, dachte er. Während er in dem Kalender blätterte, sah er Gerda unter seinen buschigen Augenbrauen hervor an. Sie war bleich, aber sie schien keinerlei Verdacht geschöpft zu haben. Sie glaubte wirklich an eine Magenerkrankung.

»Die erste Übelkeit? Lassen Sie mich nachdenken, Doktor.« Sie hob die Augen etwas und sagte dann mit sicherer Stimme: »Ja, so war es. Mit dem Magen habe ich schon immer zu tun gehabt. Aber diese Übelkeit ... vielleicht vor vierzehn Tagen ...«

»Sie hatten schon immer Beschwerden?« Dr. Wehrmann ergriff diesen Halm der Rettung.

»Ja. Als Kind schon.«

»Sicherlich ein nervöses Magenleiden.«

»Bestimmt. Alle Aufregung schlägt mir auf den Magen.«

»Und da machen Sie sich Sorgen? Beste Frau Gerda! Die innere Erregung über die Reise Michaels, der Abschied, und vor allem die vielen Aufregungen, die hinter Ihnen liegen – wundert es Sie, wenn Ihr Magen da revoltiert?«

»Nein, Doktor.« Gerda Pohland lächelte dankbar. Sie war sichtlich beruhigt. »Ich dachte schon, es hängt mit den Pillen zusammen.«

»Das auch.« Dr. Wehrmann nickte eifrig. »Ich bin dafür, daß wir ab sofort damit aussetzen und dem Körper Ruhe gönnen. Absolute Ruhe. Die vergangenen Monate waren zuviel für Ihre Nerven. Ein Vorschlag: Fahren Sie drei Wochen nach Oberholzen.«

»Und Micha?«

»Der segelt doch um die Welt.«

»Wenn er anruft ... die Briefe ...«

»Es läßt sich alles ins Gasthaus ›Zur Sonne‹ umdirigieren. Hören Sie auf Ihren alten Mitverschworenen, Gerda. Erholen Sie sich, essen Sie tüchtig, machen Sie Spaziergänge durch den Hochwald, faulenzen Sie nach Strich und Faden, essen Sie viel

Obst und frisches Gemüse. Sie werden sehen, wie gut Ihnen das bekommt. Wenn Micha zurückkehrt, hat er eine blühende, vor Temperament sprühende Frau.«

So kam es, daß Gerda Pohland nach Oberholzen fuhr. Dr. Dornburg war von Wehrmann bereits über alles informiert, als Gerda zum erstenmal in der Privatklinik erschien und Tutti besuchte. Aber auch Dr. Carstens, der Psychotherapeut, in dessen Sanatorium Gerda gelegen hatte, war unterrichtet. Er hatte Wehrmann am Telefon Vorwürfe gemacht und in aller Grobheit gesagt: »Lieber Herr Kollege, bleiben Sie bei Ihrer internen Modepraxis! Bitte, versuchen Sie sich nicht auf Gebieten, die heute noch immer von der Allgemeinmedizin scheel beäugt werden. Wie ich das wieder ausbügeln soll, wenn's schiefgeht, das weiß ich wirklich noch nicht!«

Dr. Wehrmann war weit davon entfernt, beleidigt oder brüskiert zu sein. Es geht nicht schief, dachte er immer wieder. Es kann gar nicht schiefgehen. Wenn sie merkt, wie es wirklich um sie steht, wird es ein Schock sein, gewiß; aber sie wäre keine Frau und Mutter, wenn sich ihr ganzes Denken und Fühlen nicht von da ab nur noch auf das kommende Kind konzentrieren würde.

In diesen Tagen machte Gerda zum erstenmal seit acht Jahren Spaziergänge mit Tutti. Dr. Dornburg hatte dazu mit Hilfe des Pohlandschen Konstruktionsbüros einen sich selbst bewegenden, lenkbaren Karren gebastelt, den Tutti mit eigener Armkraft vorwärtsbewegen konnte und dessen Kugellagerräder so leichtgängig waren, daß es keine Mühe kostete, den Kasten zu bewegen.

Mit diesem Gefährt an der Seite wanderte Gerda auf die blühenden Bergwiesen und durch den Wald. Tutti rollte neben ihr und stieß quiekende Laute des Wohlbehagens aus. Wenn sie rasteten, hockte Tutti im Gras vor einer Holzplatte, über die man Zeichenpapier spannen konnte, und malte, was sie sah. Nun waren es keine abstrakten Bilder aus der Phantasie mehr, keine Zaubergärten und Fabelwesen, keine Deutungen von

Gedanken, sondern sie zeichnete mit Buntstiften und Ölkreide das, was sie als eine neue Welt entdeckte. Bienen, die Blütenstaub sammelten; einen Käfer, der sich an einem Halm im Winde wiegte; einen Frosch, der auf einem Stein saß, den Hals aufblähte und laut quakte.

Von Michael Pohland kamen Telegramme, Briefe und Ferngespräche. Er rief aus Bombay an, aus Karatschi, aus Neu-Delhi, aus Rourkela, aus Benares und Kalkutta. Er erzählte von den Wunderstädten Indiens, dem Reichtum und der unvorstellbaren Armut, die nebeneinander wohnten, von den Leichenverbrennungen am Indus und den Türmen des Schweigens der Parsen – jenen Stätten, wo man die Toten den Geiern überließ.

Der letzte Brief kam aus Bangkok. Er war fünf Tage alt und Michael Pohland schrieb:

»... übermorgen beginnt die Expedition in den Dschungel zu den großen Wasserfällen, die wir bändigen wollen. Der Weg führt durch Gebiete, die noch nie ein Mensch betreten hat. Man hat diese Wasserfälle ja auch zufällig vom Flugzeug aus entdeckt und vom Flugzeug aus auch den Weg und das unbekannte Land vermessen. Bis ungefähr 400 Kilometer vor die Wasserfälle führt eine Straße, aber dann heißt es, durch den Dschungel vordringen. Hab keine Sorge, mein Liebes! Wir sind mit den modernsten Geräten ausgerüstet. Riesige Bulldozer werden einen Weg durch den Dschungel walzen, Riesenbäume werden gesprengt, Flußläufe mit Montagebrücken überquert, Sümpfe mit sogenannten ›schwimmenden Straßen‹ entschärft. Aber soviel habe ich schon gesehen: Wenn wir dieses Projekt übernehmen, wird es heißen, ein Land von der Größe Deutschlands von Grund auf zu erschließen. Eine Aufgabe, vor der ich im Augenblick noch fassungslos und fasziniert stehe ...«

Nach diesem Brief war Schweigen.

Gerda Pohland wartete acht Tage auf eine Nachricht, sie rief Dr. Corbeck in Ebenhagen an, aber auch dieser konnte nur sagen, daß die letzte Meldung aus Udon Thani, einer kleinen Stadt am Fluß Huai Luang, gekommen war. Das war die letzte

Station vor dem unerforschten Gebiet, das nördlich an den großen Mekong stieß, dem Grenzfluß zwischen Thailand und Laos.

Gerda Pohland wurde von einer ungeheuren inneren Unruhe erfaßt. Es hielt sie nicht mehr in Oberholzen, weit ab von aller Welt. Ihre Übelkeit hatte sich gelegt, nicht aber das morgendliche Schwindelgefühl. Und noch etwas anderes erschreckte sie maßlos: Der monatliche Zyklus war ausgeblieben. Sie fand dafür keine Erklärung, bis Dr. Dornburg leichthin sagte: »Das würde ich nicht tragisch nehmen, gnädige Frau. Sie haben diese Antipillen abgesetzt, und nun stellt sich der verwunderte Körper wieder um. Der nächste Zyklus wird das bestätigen.«

Das war eine faustdicke Lüge, aber sie beruhigte Gerda etwas. Mit dem Nachtzug fuhr sie zurück nach Ebenhagen und kam an dem Morgen an, als die Meldung der deutschen Botschaft in Bangkok bei Dr. Corbeck auf den Tisch gelegt wurde.

Sie war knapp und nüchtern:

»Bei einem Überfall kommunistischer Rebellen, die über die Grenze bei Vientiane in das Gebiet des Flusses Mae Nam Song Khram eingesickert sein müssen, ist die Forschungsgruppe Pohland auseinandergesprengt worden. Während sich der Großteil sammeln konnte und in einem Gegenangriff die Rebellen zurückschlug, wird bis zur Stunde eine kleine Splittergruppe im Dschungel vermißt. Es handelt sich um vier Mann: zwei Eingeborene, einen Ingenieur namens Hans Heidkamp und den Leiter der Gruppe, Herrn Michael Pohland. Nach den Vermißten wird fieberhaft geforscht.«

Dr. Corbeck las die Meldung ein paarmal durch und war so gelähmt, daß er weder zum Telefon griff und die Direktoren herbeirief, noch eine Verbindung zum Auswärtigen Amt in Bonn versuchte. Er starrte auf das Fernschreiben und fühlte, als er sich mit der Hand über die Stirn strich, daß seine Haut über und über mit kaltem Schweiß bedeckt war.

Michael Pohland im Dschungel verschollen.

Von kommunistischen Rebellen gejagt.

Von gnadenlosen Eingeborenen mit der ganzen Grausamkeit asiatischen Hasses durch Sumpf, Bambuswälder und Wildnis gehetzt.

»Mein Gott«, sagte er nach einer Weile. »Mein Gott ... was soll nun werden?«

Zehn Minuten später wurde ihm vom Pförtner die Ankunft Gerda Pohlands gemeldet. Dr. Corbeck schloß das Fernschreiben schnell in seine Schreibtischschublade ein. Er war sich klar darüber, daß er die Meldung so lange wie möglich vor Gerda Pohland verheimlichen mußte.

Nach einem arbeitsreichen Tag hatte sich Dr. Wehrmann gerade hingesetzt, die Schuhe ausgezogen, die Beine auf den Tisch gelegt und trank ein Glas Cordial médoc, als es Sturm klingelte und Gerda Pohland vor der Tür stand. Dr. Wehrmann, ungeniert in Strümpfen, ließ sie ein und stellte zunächst fest, daß sie sehr erregt war.

Jetzt weiß sie es, dachte er sofort. Übelkeit, Schwindelanfälle, kein Zyklus ... das muß dem Arglosesten auffallen. Es wird also jetzt das große Experiment beginnen, wenn ich ihr unverblümt die Wahrheit sage.

Er ging ihr nach ins Wohnzimmer, zog sich die Schuhe an, denn bei aller Freundschaft war das Kommende ein Anlaß, dem man nicht auf Strümpfen entgegengehen konnte. Gerda stand am Fenster, während sich Dr. Wehrmann herrichtete, und drehte die Gardine zwischen den Fingern.

»Haben Sie Nachricht von Micha?« fragte sie endlich. Dr. Wehrmann unterbrach das Binden der Schnürsenkelschleife.

»Ich? Wieso? Er hat mir bis heute nur eine Ansichtskarte aus Bangkok geschrieben mit dem ungeheuer intelligenten Satz: ›Mir geht es gut, hier scheint die Sonne, hoffentlich geht es Ihnen auch gut!‹ Eine bravouröse schriftstellerische Leistung; man sieht förmlich die Tropen vor sich.«

»Ich bin zu keinen Sarkasmen aufgelegt, Doktor!« rief Gerda mit schwankender Stimme. »Irgend etwas stimmt hier nicht. Ich komme von Dr. Corbeck. Er lügt mich an. Ich habe das feste Gefühl, daß er mich belügt. Er weiß etwas. Aber er beteuert: Keine Nachricht von Micha. Nach nunmehr zehn Tagen, Doktor, ich ...«

»Soweit mir bekannt ist, gibt es im hinterindischen Dschungel keine Postämter, die ihre Briefkästen viermal täglich leeren.«

»Aber zehn Tage!«

»Er wird andere Sorgen haben, als zu schreiben: Mein Mäuschen, denk an das letzte Killekille.«

»Doktor!«

»Vielleicht erfreut ihn auch eine süße Eurasierin. Für mich ist eine solche Eurasierin stets der Inbegriff des Urweiblichen gewesen. Mit ihnen bevölkert stelle ich mir das Paradies vor.«

»Micha ist etwas zugestoßen.«

»Wer sagt Ihnen das?«

»Mein Gefühl.«

»Und sonst fühlen Sie nichts? Sie Glückliche!« Das war ein ehrlicher Ausruf. Dr. Wehrmann trank schnell sein Glas leer, der starke Alkohol zog brennend durch die Gurgel, die Speiseröhre, in den Magen. Es tat ausgesprochen wohl.

»Passen Sie mal auf, Gerda«, sagte er danach. »Ich bin zwar Junggeselle, aber gerade darum habe ich mir den wachen Blick erhalten. Eins müßt ihr Frauen euch abgewöhnen, denn damit vergrault ihr unweigerlich eure Männer: Das krampfhafte Festhalten an bestimmten Gewohnheiten und das Mißtrauen.«

»Ich bin nicht mißtrauisch. Ich habe eine wilde Angst.«

»Das dürfte bei Ihnen nichts Neues sein«, sagte Dr. Wehrmann trocken. Gerda Pohland wirbelte herum.

»Sie sind gemein, gemein, gemein!« zischte sie. »Außerdem will ich Ihnen sagen, daß ich ...«

»... daß Sie immer noch morgendliche Übelkeit haben und daß Ihr Monatszyklus ausgeblieben ist. Das machen die Pillen«, sagte Wehrmann doppelsinnig.

»Genau das sagte auch Dr. Dornburg.«

»Sehen Sie!«

»Und was kann man dagegen tun?«

»Nur abwarten. Nichts als abwarten, was da herauskommt.«

Gerda Pohland setzte sich. Nach der Erregung kam nun ein Stadium der Entspannung. Sie weinte plötzlich, und Dr. Wehrmann ließ sie weinen, unterbrach sie nicht, tröstete sie nicht; er wußte, daß sich alle Verkrampfungen am besten durch dieses Weinen lösten. Erst nach ein paar stillen Minuten setzte er ihr ein Glas mit Kognak hin und lehnte sich dann wieder stumm in sein Sofa zurück.

»Wenn nun Micha wirklich etwas geschehen ist?« fragte sie kläglich.

»Nehmen wir an, es sei so.« Dr. Wehrmann hob begütigend die Hand, als ihr Kopf hochzuckte und ihn fragend anstarrte. »Nein, nein, ich weiß nichts ... ich sage: Nehmen wir an. Was bleibt Ihnen dann von Micha? Nüchterne Menschen werden darauf antworten: Oh, allerhand. Die Pohland-Werke, einige Millionen, ein sorgloses Leben, ein Landgut, eine Stadtvilla – und natürlich auch eine Urne. Sie wissen ja, daß Micha eingeäschert werden möchte.«

»Schweigen Sie, Doktor!« sagte Gerda kaum hörbar.

»Aber was bleibt Ihnen sonst von ihm persönlich? Die Erinnerung, das ist alles. Ist das genug für eine Frau, die einen Mann so liebt wie Sie?«

Gerda schloß die Augen. »Ich weiß, worauf Sie anspielen.« Ihre Stimme war erbärmlich und brüchig. »Wenn ich ...«

»Ja, wenn Sie ...«

»Ich werde nicht weiterleben, wenn Micha etwas geschehen ist«, sagte sie tief atmend. »Eben, weil ich ohne ihn völlig einsam sein werde.«

»Genau das hätten Sie sich früher überlegen sollen.«

»Das habe ich, Doktor. Ich habe es mir immer vorgesagt ... aber dann war das andere stärker ... Nun könnte es zu spät sein.«

»Allerdings.«

Das Telefon schellte. Dr. Wehrmann erhob sich seufzend und ging in Gedanken die Patienten ab, die ihn rufen könnten. Es blieb nur die Frau Direktor Starke übrig. Sie hatte einen roten Fleck auf ihrem Bauch entdeckt und war darüber so entsetzt, daß sie Wehrmann stündlich anrief und ihm von angeblichen Veränderungen des Fleckes erzählte. Beim letzten Gespräch hatte Wehrmann grob gesagt: »Meine Diagnose ist klar; Sie haben den Rotlauf.« Darauf hatte er drei Stunden Ruhe. Jetzt rief Frau Starke bestimmt wieder an.

Am Apparat war Dr. Corbeck. Wehrmann hörte den ersten Satz, dann wurde er merklich ernster und verfärbte sich etwas.

»Einen Augenblick, gnädige Frau«, sagte er zu Dr. Corbeck, der sich darüber sehr wunderte. »Ich schließe den Apparat im Sprechzimmer an. Einen Moment . . .«

Dr. Wehrmann trug den Apparat hinüber in die Ordination und meldete sich wieder.

»Frau Pohland ist bei mir, Doktor. Darum nannte ich Sie gnädige Frau, so, und nun berichten Sie. Ich gestehe, ich habe weiche Knie bekommen. Lesen Sie mir mal das Fernschreiben der deutschen Botschaft in Bangkok langsam vor.«

Bleich hörte Dr. Wehrmann die Meldung. Auch er brauchte eine ganze Zeit, um alles zu begreifen. Dr. Corbeck rüttelte ihn auf, als er fragte:

»Doktor Wehrmann! Sind Sie noch da?«

»Ja. Ich weiß nur nicht, was ich sagen soll.«

»Das wissen wir alle nicht. Wir haben sofort in Bonn nachgefragt, aber die haben auch noch keine nähere Information. Man sucht nach den Vermißten, das ist alles. Man weiß nicht einmal, ob sie gefangengenommen worden sind und ob die Rebellen sie nun mit sich herumschleppen, oder ob man sie einfach umgebracht und in den Sumpf versenkt hat. Der Dschungel hat sie aufgesaugt wie ein Schwamm einen Wassertropfen.«

»Und nun soll ich es Frau Pohland beibringen?«

»Gerade das wollte ich Sie fragen, Doktor.« Dr. Corbecks Stimme zitterte vor Erregung. »Noch ist die Presse nicht unterrichtet und alles ist geheim. Aber es wird sich nicht vermeiden lassen, daß ausländische Agenturen davon Wind bekommen. Und dann ist der Teufel los. Stellen Sie sich vor: Frau Pohland erfährt durch die Zeitungen vom Schicksal ihres Mannes ...«

»Das ist völlig ausgeschlossen. Sie begeht sofort Selbstmord.«

»Nein!« schrie Dr. Corbeck.

»Sie hat es mir vor zehn Minuten klipp und klar gesagt. Sie hat eine dumpfe Ahnung ... Frauen haben öfter solche unbestimmbaren Gefühle.«

»Dann müssen Sie ihr jetzt die Wahrheit sagen, Doktor!« rief Dr. Corbeck wie verzweifelt.

»Ich! Immer ich! Es ist zum Kotzen!« Dr. Wehrmann raufte sich die Löwenmähne. »Ich bin Arzt.«

»Eben! Sie können sofort handeln, wenn ...«

»Ich will's versuchen.« Dr. Wehrmann legte auf und starrte gegen die Wand. Ein Kalender mit einem Farbbild des Matterhorns hing dort. Versuchen, dachte er. Was soll ich da versuchen? Wie sagt man so etwas einer Frau, die zudem noch schwanger ist und auch das nicht weiß?

Er nahm seinen Telefonapparat wieder in die Hand, trug ihn hinüber zum Wohnzimmer und steckte ihn wieder um. Gerda Pohland saß noch immer in ihrem Sessel und sah starr vor sich hin. Als Wehrmann eintrat, hob sie leicht den Kopf.

»Sie müssen weg, nicht wahr, Doktor?« Sie erhob sich, als mache es Mühe, sich zu bewegen. »Ich habe Sie schon zu lange aufgehalten mit meinen Sorgen.«

»Aber nein, nein.« Dr. Wehrmann lief um die Sesselgruppe herum, als sei er ein Teil eines Karussells. Wie kann man es ihr sagen, dachte er immer wieder. Andeutungen erregen mehr als eine klare Mitteilung. Und wenn über die Auslandspresse wirklich in deutschen Zeitungen diese Meldung aus Bangkok steht, und das wird spätestens morgen früh sein, wird sie es in der ganzen Grausamkeit lesen. Allein um das zu verhindern, muß man es ihr jetzt sagen. Jetzt!

»Bitte, bleiben Sie noch, Gerda«, sagte Dr. Wehrmann. Seine Stimme war rauh und tonlos. Er wühlte sich wieder durch seine Löwenmähne und wich dem fragenden Blick Gerdas aus, die sich langsam wieder setzte.

»Sie wollten mir noch etwas sagen?« fragte sie, als Wehrmann, noch immer nach den richtigen Worten suchend, seinen Rundgang um die Sesselgruppe fortsetzte.

»Ja. Ich weiß nur nicht, wie ich es Ihnen sagen soll«, gestand er ehrlich.

»Sie haben doch sonst nicht um Worte gerungen, Doktor«, sagte sie mit leichtem Spott.

»Nie. Bei Gott nicht. Aber hier . . .« Dr. Wehrmann räusperte sich und blieb ruckartig stehen. »Der Anruf eben, das war keine Patientin.«

»Nicht?«

»Nein, es war Dr. Corbeck.«

Er sah, wie Gerda erstarrte. Es war, als zöge Kälte vom Herzen aus durch alle Blutbahnen und vereise den Körper immer mehr bei jedem Pulsschlag.

»Was wollte er von Ihnen?«

»Er bat mich, mit Ihnen zu sprechen, Gerda.«

»Wegen . . . wegen Micha?« Es war wie ein Hauch, wie die letzte Lebenswärme, die aus dem erstarrten Körper wich.

»Ja«, sagte Dr. Wehrmann laut.

»Meine Ahnung . . .«

»Man weiß gar nichts, Gerda. Dr. Corbeck hat heute morgen eine Nachricht aus Bangkok bekommen. Micha ist mit noch drei anderen Männern im Dschungel vermißt.«

»Er . . . er ist tot«, sagte sie starr.

»Nein. Das nimmt man nicht an. Man sucht nach ihnen. Und solange man nichts von ihnen weiß, bleibt immer noch die Hoffnung.« Dr. Wehrmann schwieg. Wie dumm das alles klingt, dachte er. Wie dahergeredet. Warum machen wir uns dieses Theater vor? Wir denken doch alle das gleiche.

»Er ist tot«, wiederholte Gerda leise. »Ich . . . ich weiß, daß er tot ist . . .« Und plötzlich schrie sie, warf die Hände vor das Gesicht und legte den Kopf weit zurück auf die Sessellehne. »Er ist tot! Micha! Micha!«

Dr. Wehrmann rannte hinüber ins Ordinationszimmer, um eine Beruhigungsspritze zu holen. Aber sie war nicht mehr nötig. Als er zurückkam, lag Gerda quer über dem Sofa.

Auf dem Wege zur Tür war sie ohnmächtig zusammengebrochen.

In den nächsten Tagen und Nächten kam Dr. Corbeck nicht aus dem Anzug. Er saß in Pohlands Chefzimmer und hatte eine ständige Verbindung nach Bangkok erreicht. In Abständen von mehreren Stunden schellte das Telefon, und ganz schwach, über mehrere tausend Kilometer hinweg, hörte er die Stimme eines thailändischen Offiziers, der in gepflegtem Englisch die neuesten Berichte durchgab.

Das zuerst verworrene Bild hatte sich geklärt.

Die Forschungsgruppe war in einen Hinterhalt geraten, als sie den Fluß Mae Nam Song Khram überquert hatte. In einem Schilfwald wurde sie plötzlich unter Feuer genommen, die begleitenden Soldaten waren die ersten, die fielen, weil sich der Überfall vor allem auf sie konzentrierte. Pohland, Dipl.-Ing. Dr. Heidkamp und zwei eingeborenen Trägern war es gelungen, sich seitlich in dem dichten Gestrüpp zu verstecken und dann aus dem Feuer zu kriechen. Das hatten die anderen, die sich nach alter militärischer Art einigelten, noch gesehen. Aber als die erste Überraschung vorüber war und die Überlebenden todesmutig zum Gegenangriff übergingen, fand man keine Spur mehr von Pohland und seinen Begleitern. Seit drei Tagen suchte man nun im unerforschten Dschungel. Luftlandetruppen aus der Garnison Muang Khon Kaen wurden über den riesigen Sumpfgebieten abgesetzt. Vom Flugplatz Udon Thani stiegen vier Hubschrauber auf und überflogen in niedriger Höhe die unbekannten Gebiete. Doch man fand und sah nichts als urwelthafte Wildnis, Flüsse, kleine Seen, Wasserfälle, Urwald, Dschungel, verfilzte Bambuswälder, ein Land voller Geheimnisse und unbekannter Gefahren.

Das war alles, was Dr. Corbeck in diesen Tagen und Nächten aus Bangkok hörte. Auch Bonn und das Auswärtige Amt hatten keine anderen Informationen. Die beiden Beamten des Ministeriums waren gerettet worden; in Udon Thani gaben sie das erste Presse-Interview und erzählten von den Rebellen, die wie Schatten durch das Schilf geglitten waren und Tod und Schrecken um sich verbreiteten. Der Militärgouverneur von Nong Khai hatte eine Strafexpedition angekündigt, aber sie war von Beginn an sinnlos, denn wen wollte man bestrafen? Die von Laos eingesickerten Rebellen waren längst wieder über die Grenze geflüchtet oder sie strolchten durch den Dschungel, in kleinen, schwerbewaffneten Gruppen. Nur wer den hinterasiatischen Dschungel kennt, weiß, wie unmöglich es ist, in dieser Wildnis aus Sumpf und üppigen Pflanzen, in denen ein Mensch unsichtbar wird wie ein Wurm im hohen Gras, eine Handvoll Männer aufzuspüren. Nur, wen der Dschungel selbst wieder ausspie, war dem Leben wiedergegeben. Wer in ihm blieb, der war für immer verschollen.

Die Berichte in der Presse hielten drei Tage an, dann war das kleine Drama am Fluß Mae Nam Song Khram vergessen. Es gab wichtigere Meldungen als das Verschwinden von vier Menschen, auch wenn es sich um einen Michael Pohland handelte. Selbst die Berichte aus Bangkok rissen ab. Der Befehlshaber der Truppen in Udon Thani ließ sagen, daß man nichts anderes tun könne, als abwarten. Man habe getan, was man tun konnte. Das einzige, was man noch fortsetzte, waren die Kontrollflüge der Hubschrauber. Aber sie galten mehr einem Waldbrand als der Suche nach vier kleinen Menschen.

Was ist schon ein Mensch? Selbst wenn du ein Staubkorn

wärest, gingen Tausende auf eine Wimper Buddhas, sagte ein chinesischer Philosoph.

Gerda Pohland war auf Gut Heidfeld. Dr. Wehrmann war ständig um sie, eingedenk ihrer Äußerung, daß sie sich das Leben nehmen wolle, wenn Micha etwas geschehen würde.

Auch Dechant Bader kam jetzt ab und zu nach Heidfeld, freute sich über das Gedeihen der Petermann-Kinder und trank mit Gerda den berühmten Rotwein Pohlands.

»Weiß sie, daß sie ein Kind bekommt?« fragte er einmal Dr. Wehrmann, als sie allein vor dem Kamin saßen.

»Nein.«

»Wann wollen Sie ihr das sagen?«

»Wenn sie von sich aus sagt: Jetzt, wo Micha nicht wiederkommt, wäre es schön und ein Trost, von ihm ein Kind zu haben. – Darauf warte ich.«

»Und Sie meinen, sie sagt es?«

»Ja.«

»Und dann?«

»Dann wird alles so selbstverständlich sein ... und wovor sie früher eine pathologische Angst hatte, wird ihr jetzt das höchste Glück bedeuten.«

»Bitten wir Gott darum«, sagte Dechant Bader leise.

Dr. Wehrmann nickte. Glücklich die Menschen, die Gott um alles bitten können, dachte er. Sie leben wirklich zufriedener.

Südlich des großen nördlichen Bogens, den der Fluß Mae Nam Song Khram bildet, liegt ein Gebiet von etwa 100 qkm dichtesten Dschungels. Hier führen keine Straßen hindurch. Keine Wege, nicht einmal Trampelpfade. Wer hier in die grüne Wildnis eindringen will, muß sich einen Weg durch Schilf und Bambus schlagen, muß über Mauern verfaulter Bäume klettern und über glitschigen, nach Verwesung stinkenden Boden tappen. Vom Himmel brennt eine gnadenlose Sonne und saugt die Feuchtigkeit aus dem Dschungel, aber soviel, wie die tropischen Regen wieder hinab auf die Erde schleudern, kann sie nicht verdunsten lassen. Und so ist die Luft prall voll Hitze und Feuchtigkeit, die sich auf die Lungen legt, die das Atmen schwermacht und auf das Herz drückt, auf das Hirn, auf die Nerven; ein klimatischer Hexenkessel, in dem der Mensch gebraten und gedünstet wird, aufgeweicht und gleichzeitig ausgedörrt, bis er entkräftet irgendwo stirbt, überdeckt von Millionen von Fliegen und Mücken.

Unter einem Schutzdach aus geflochtenem Schilf, das von sechs dicken Bambusstangen gestützt wurdc, lagen Michael Pohland und Dr.-Ing. Hans Heidkamp.

Heidkamp schlief. Er war verwundet worden. Ein Schuß hatte die rechte Schulter durchschlagen, aber zum Glück keinen Knochen verletzt. Es war ein Fleischschuß, schmerzhaft und stark blutend. Die beiden eingeborenen Träger hatten in den Minuten des Verschnaufens große Blätter in Wasser getaucht und sie so naß, wie sie waren, auf die blutenden Wunden gelegt. Dann hatten sie aus dem in Streifen gerissenen Hemd Heidkamps einen Verband darüber gelegt. In den ersten Stunden durchzog ein wahnsinniger beißender Schmerz die Schulter, aber die Wunden bluteten nicht mehr, und sie begannen auch nicht zu eitern. Das hatte Pohland befürchtet. Eiter und Fieber ... das bedeutete den sicheren Tod für Dr. Heidkamp.

Nun lag er unter dem Schilfdach und schlief, erschöpft und vom Blutverlust geschwächt. Die beiden Eingeborenen waren auf Nahrungssuche. Sie hatten einjährige Bambussprößlinge abgeschnitten und angespitzt, die auf diese Weise zu einer fürchterlichen Waffe geworden waren; zu Speeren, die alles durchdrangen; zu großen Pfeilen, deren Spitzen absolut tödlich waren.

Michael Pohland lag neben Dr. Heidkamp und wälzte sich unruhig auf der Erde. Auch er war verletzt. Ein Streifschuß hatte ihm die Kopfhaut über der linken Schläfe aufgerissen. Auch er trug einen Verband aus nassen Blättern und Hemdfetzen. Nach vier Tagen Umherirrens im Dschungel waren sie hier, auf einer festen Insel inmitten eines stinkenden Sumpfes, kraftlos liegengeblieben. Die beiden Eingeborenen hatten diesen Platz ausgesucht. Ihr Naturinstinkt sagte ihnen, daß sie hier sicher seien. Rundherum Sumpf, zur Insel nur ein schmaler Pfad, den man gut verteidigen konnte. Es war wie eine Festung, die uneinnehmbar war.

Dreimal kreisten Hubschrauber über ihrem Versteck. Pohland war aus dem Schilfdach hervorgekrochen und hatte mit seiner Hose gewinkt. Nackt stand er im dichten Schilf und schwenkte sie hin und her. Dr. Heidkamp versuchte neben ihm, ein Feuer zu entzünden, um durch den Rauch die Hubschrauber anzulocken. Aber die Streichhölzer waren zu feucht, sie ließen sich nicht anreiben. Das Benzin in den Feuerzeugen war verdunstet.

»Es geht nicht«, stöhnte Dr. Heidkamp und setzte sich erschöpft. »Und so sehen sie uns nicht. Wir sind für sie in diesem Schilfwald unsichtbar.«

Hilflos sahen sie zu, wie die Hubschrauber weiterflogen, über anderen Stellen kreisten und dann hinter einem Bambuswald verschwanden.

»Wir werden hier verfaulen«, sagte Dr. Heidkamp. Aber es klang nicht nach Panik, es war eine nüchterne Feststellung, als gebe er eine statische Berechnung wieder. Michael Pohland sah in den undurchdringlichen Dschungel.

»Wir müssen uns erst erholen, ein paar Tage Kräfte sammeln ... dann versuchen wir es ...«

»Und wohin?«

»Nach Norden. Zum Fluß. Damit ist viel gewonnen.«

»Wissen Sie, wie weit wir davon entfernt sind?«

»Nein.«

»Und wenn wir die Richtung verlieren?«

Pohland schwieg. Die Antwort auf diese Frage war klar, sie brauchte nicht ausgesprochen zu werden. Stumm gingen sie zu ihrem Schilfdach zurück und legten sich auf die feuchte Erde.

Die beiden Eingeborenen kamen vom Fang zurück. Sie hatten eine Otternart erlegt, ein rattenhaftes Tier, dem sie jetzt den nassen Pelz vom Körper zogen. Mit harten Wurzelknollen klopften sie das Fleisch weich und reichten es dann Pohland und Dr. Heidkamp hin.

Heidkamp wartete, bis die Thais selbst zu essen begannen. Es schien ihnen zu schmecken, denn sie lachten dabei und schmatzten zufrieden. Mit sichtbarer Überwindung griff er nach einem der weichgeklopften Fleischstücke.

»Mir steht der Ekel bis zum Kehlkopf«, sagte er dumpf. Pohland schüttelte den Kopf.

»In drei Tagen werden Sie darüber herfallen.« Er steckte sich selbst eines der Fleischstücke in den Mund. Es schmeckte etwas bitter und tranig, aber es ließ sich gut kauen. »Versuchen Sie es, Doktor. Denken Sie daran, daß wir Kraft brauchen. Ich habe nicht die Absicht, hier im Sumpf zu vermodern.«

Nun schliefen sie, bedeckt von Mücken, und spürten in ihrer Erschöpfung nicht die Stiche. Durch den Dschungel kreischten große, bunte, glitzernde Vögel, die wie Papageien aussahen, mit langen, gebogenen, spitzen Schnäbeln.

Wie lange sie so erschöpft gelegen hatten, wußten sie nicht. Michael Pohland erwachte zuerst; noch immer schien die Sonne auf das Blätterdach, der Dschungel dampfte, die feuchtheiße Luft legte sich schwer auf das Herz und die Lunge. Es war mühsam, tief durchzuatmen; man inhalierte ein Gemisch von süßlichem Blütenduft und Moder, ein Geruch wie auf einem riesigen Leichenfeld.

Die beiden Thais waren zurückgekommen, sie hockten stumm und mit gesenkten Köpfen vor dem Dach. Aber sie hatten Feuer. Zwischen einigen aufgeschichteten Baumstämmen knackte ein schwaches Feuer, darüber hing an einer Bambusgabel ein runder, verbeulter Kochtopf aus Aluminium.

Michael Pohland richtete sich erstaunt auf und stieß den noch schlafenden Hans Heidkamp an. Der Ingenieur knurrte im Schlaf, wälzte sich auf die andere Seite, grunzte und schlief weiter. Auf allen vieren kroch Pohland unter dem niedrigen Blätterdach hinaus ins Freie.

Die beiden Thais waren nicht allein. Hinter ihnen, gegen einen Erdhügel gelehnt, saß ein großer Mann in einer gefleckten, grünen Uniform, einem Tarnanzug, wie sie die französischen Fallschirmjäger trugen. Als er Pohland sah, stand er auf und hob die Hand grüßend an den bloßen Kopf.

»Guten Tag, Sir«, sagte er in vollendetem Englisch. »Ich hoffe, der Schlaf hat Sie erfrischt.«

»Danke.« Pohland richtete sich auf und wischte sich über die Augen. Dabei spürte er, daß er einen struppigen Bart bekommen hatte. Der große Mann im Tarnanzug lachte freundlich.

»Sie haben fast vierundzwanzig Stunden geschlafen, Sir.«

»Wirklich?« Pohland schüttelte die letzte Müdigkeit von sich. Er sah sich schnell um; erst jetzt kam ihm voll zum Bewußtsein, daß ein fremder Mann hier stand, in einer Uniform. Daß Feuer entfacht worden war und ein Kessel mit Suppe dampfte ... sie waren entdeckt worden, sie waren gerettet ... Der Mann im Tarnanzug schien seine Gedanken zu erraten und schüttelte langsam den Kopf.

»Ein Irrtum, Sir.«

»Was ist ein Irrtum? Wer sind Sie?«

»Colonel Nam Ngoi Phu, Sir.« Der Mann verbeugte sich leicht. »Von der Befreiungsarmee.«

»Ein Rebell«, sagte Pohland erschrocken. Oberst Nam Ngoi Phu lächelte milde.

»Diese Vokabel ist westlich, Sir. Wir sehen unseren Kampf anders. Aber warum diskutieren? Bitte, nehmen Sie Platz. Ich habe uns Tee kochen lassen.«

Er winkte. Die beiden Begleiter Pohlands sprangen auf und holten aus einem Blätterhaufen eine große irdene Kanne hervor, die dort warmgehalten worden war. In Bechern aus Ton gossen sie Tee aus und reichten sie stumm an Pohland und Oberst Nam Ngoi Phu. Ihre Gesichter waren ausdruckslos, maskenhaft starr. Der Fatalismus der Asiaten hatte sie ergriffen. Sie waren Gefangene der Rebellen, es war nicht mehr zu ändern. Also lebten sie nach deren Wünschen, so lange sie mußten oder bis sie erschossen oder erstochen wurden. Der Oberst hob den Tonbecher.

»Ich hätte Ihnen lieber einen Whisky angeboten, Sir«, sagte er, »aber ich hielt es für nützlicher, Munition mitzunehmen, als Alkohol.« Er lachte leicht und mit asiatischer Fröhlichkeit. »Wir können es im Hauptquartier nachholen.«

Pohland war stehengeblieben und sah auf Oberst Nam Ngoi Phu hinab. Die Situation war ihm klar. Statt der Regierungstruppen hatten die Rebellen sie aufgespürt. Unklar war ihm nur, warum sie nicht getötet worden waren, sondern mit solch ausgesuchter Höflichkeit behandelt wurden.

»Was haben Sie vor?« fragte er ohne große Umschweife.

»Wir trinken einen erfrischenden Tee, Sir.«

»Und dann?«

»Dann unterhalten wir uns.«

»Ich möchte zurück nach Udon Thani.«

Oberst Nam Ngoi Phu trank in schnellen kleinen Schlucken den glühendheißen Tee und wiegte den Kopf hin und her.

»Wir werden Ihnen jeden Wunsch erfüllen, Sir, soweit wir es können. Aber *diesen* Wunsch nicht. Ich bedauere es aufrichtig, daß die politischen Verhältnisse meines Landes uns zu einer sonst nicht üblichen Behandlung zwingen. Es wäre uns lieber, Sie mit allen Ehren zu bewirten.«

»Was geht mich die innerasiatische Politik an?« rief Pohland und faßte sich an den Kopf. Der Streifschuß schmerzte, in der Wunde tuckerte es, als wolle sie sich entzünden.

»Im Hauptquartier werden wir Sie auch ärztlich richtig versorgen, Sir.« Oberst Nam Ngoi Phu stellte den Tonbecher vorsichtig auf den Boden, damit er nicht umkippte. »Mir scheint, Sie verkennen die Realitäten. Sie kommen hier in dieses Land, um Millionen zum Nutzen derer zu investieren, die wir als unsere Gegner betrachten. Sie wollen eine Industrie aufbauen, die denen nützt, die wir bekämpfen. Sie haben also aktiv in unsere Politik eingegriffen.«

Pohland schwieg. Er wandte sich ab und sah in das grüne Gewirr des Dschungels. »Die rechtmäßige Regierung des Landes ...«, begann er, aber Oberst Nam Ngoi Phu hob abwehrend die Hand.

»Bitte, Sir, was ist rechtmäßig? Jede Regierung, die an der Macht ist, betrachtet sich als rechtmäßig. Und sagen Sie nicht, das Volk erkennt sie an. Das Volk wird immer den Stärkeren anerkennen, denn das Volk ist dumm, träge und feig. Wenn Sie einen Affen auf den Thron setzen und stärken die Macht des Affen durch eine Armee, wird das Volk auch dem Affen zujubeln und ihm huldigen.«

Pohland setzte sich neben den Oberst und nahm seinen Becher Tee. Er schlürfte vorsichtig den heißen Trank und empfand den leicht säuerlichen Geschmack tatsächlich als sehr erfrischend. Erst, als er den Becher halb leer getrunken hatte, sprach er weiter.

»Woher sprechen Sie so perfekt Englisch?«

Nam Ngoi Phu lächelte wieder höflich. »Ich habe in Oxford und in Michigan studiert. In London bin ich aufgewachsen, mein Vater war Leiter der dortigen Handelsniederlassung.«

»Und nun sind Sie Rebell!«

»Wir nennen uns Befreier.«

»Sie kämpfen gegen eine bestehende Ordnung.«

»Es ist nicht gesagt, daß bestehende Ordnungen auch gute Ordnungen sind, Sir.«

»Wer will das beurteilen?«

»Die Geschichte. Wir machen Geschichte.«

»Ein großes Wort, Oberst.«

»Gerade Sie sollten es verstehen, Sir. Sie waren gekommen, um den ganzen Norden unseres Landes umzugestalten. Aus Dschungel und Wildnis ein Industrieland. Die Auswirkungen auf unser Land wären geschichtlich geworden. Ein Teil Asiens erwacht am Pohland-Stahl.«

»Sie kennen meinen Namen?«

»Wir hören auch Radio im Dschungel«, sagte Nam Ngoi Phu höflich. »Wir wußten von Ihrer Ankunft, und wir sagten uns, daß wir Sie am Fluß Mae Nam Song Khram am besten für uns gewinnen können.«

»Gewinnen?«

»So ist es.« Der Oberst schlang die Arme um seine angezogenen Beine und stützte das Kinn auf die Knie. »Sie kennen unseren General?«

»Nein.«

»General Nai Tuan Dien.« – »Nie gehört.«

»Man zeigt in Europa zu wenig Interesse für uns, das ist es. Man sollte uns mehr beachten. Es könnte sein, daß eine neue geschichtliche Zeit in Asien geboren wird ... auch für Europa.« Oberst Nam Ngoi Phu sah Pohland aus seinen grünlichen, leicht geschlitzten Augen an. Er hatte ein intelligentes Gesicht, mehr europäisch als asiatisch. »Sie werden uns helfen«, sagte er unvermittelt.

»Ich?«

»Wir brauchen Fachleute. Einige Ärzte haben wir schon, zwei Radiotechniker, drei Brückenbau-Ingenieure, zwei Geologen.«

»Und alles zusammengeklaut?«

»Wenn Sie so wollen, ja.«

»Ich nütze Ihnen gar nichts. Was bin ich ohne meine Werke im Hintergrund? Was nützt Ihnen eine Nuß, wenn sie hohl ist?«

»Das wird Ihnen General Nai Tuan Dien erklären, Sir. Wir sind dabei, im Berg-Dschungel eine Stadt aufzubauen, eine Festung, eine Ausgangsbasis unserer Revolution. Dazu brauchen wir Sie, genauso wie die anderen Herren. Eine Revolution ohne Fachleute ist ein Unsinn. Wir haben unsere Soldaten, aber sie können nichts anderes als kämpfen. Wir wollen keine Horde von Zerstörern sein, sondern wir wollen mit fertigen Plänen kommen, mit Vorschlägen, mit Taten, die unser Vorgehen berechtigen. Unsere Visitenkarte soll nicht Zerstörung, sondern Aufbau sein. Sie verstehen, Sir?«

»Ja und nein.« Pohland trank den Becher Tee leer. Er kam sich wie gestärkt vor. Auf keinen Fall spürte er irgendwie Angst oder Schrecken vor dem, was nach den Worten des Obersten vor ihm lag. Nur eines war ihm völlig klar: Er war ein Gefangener der Rebellen und draußen, jenseits des Dschungels, würde er als tot gelten, als verschollen, als von der grünen Hölle aufgesaugt. Es würde keine Möglichkeit geben, Nachrichten hinauszusenden; an eine Flucht war überhaupt nicht zu denken. Oberst Nam Ngoi Phu schien auch diese Gedanken wieder zu erraten.

»Für die Welt werden Sie vorerst tot sein, Sir«, sagte er. »Nicht für immer, o nein. Den Zeitpunkt Ihrer Wiedergeburt bestimmt die politische Entwicklung.«

»Das kann bedeuten, daß er nie kommt.«

»Auch das ist möglich, Sir.« Der Oberst lächelte wieder. Aber jetzt war es das undurchdringliche asiatische Lächeln, mit dem sich alles überdecken ließ ... Glück und Grausamkeit.

Unter dem Blätterdach wurde es lebendig. Ingenieur Hans Heidkamp kroch heraus, streckte sich und starrte verwundert auf Pohland und den Oberst. Dann blickte er sich genau wie Pohland um, um einen Hubschrauber zu suchen oder andere Männer in solchen gefleckten grünen Uniformen.

»Hat man uns endlich gefunden, Herr Pohland?« rief er in plötzlicher Begeisterung. »Kommen wir endlich aus diesem Dampfkessel heraus?«

»Ich fürchte, ja.« Pohland stand auf. »Darf ich Ihnen Oberst Nam Ngoi Phu vorstellen; er und sein General haben die Absicht, mit uns Revolution zu machen.«

»Ist der Kerl verrückt?« fragte Heidkamp impulsiv.

»Nicht ganz, mein Lieber.« Pohland klopfte dem Ingenieur auf die unverletzte Schulter. »Wir sind in etwas hineingeraten, das verdammt ins Auge gehen kann. Aber nun trinken Sie erst mal einen Becher Tee. Und die Suppe kocht auch schon.«

»Wieder mit solch 'ner Ratte als Beilage?«

Pohland hielt den Becher hin, einer der Thais goß aus der Kanne ein. »Das wird das Harmloseste sein, was uns erwartet. Trinken Sie!« Pohland sah auf den Oberst. Nam Ngoi Phu saß noch immer mit angezogenen Beinen und starrte vor sich in den Dschungel. Hans Heidkamp trank in großen, durstigen Zügen. »Unsere Frauen werden als Witwen gelten.«

Heidkamp setzte den Becher abrupt vom Mund. »Das ist doch, logisch gedacht, alles Irrsinn!« rief er.

Pohland nickte und hob dabei die Schultern. »Wir sind zwischen die Mahlsteine der Politik geraten. Haben Sie schon mal erlebt, daß Politik logisch ist?«

Eine Stunde später brachen sie auf. Oberst Nam Ngoi Phu ging voran, sie bahnten sich einen Weg durch dichtes Schilf und verfilztes Bambusgestrüpp. Zweimal ratterte ein Hubschrauber über ihnen; da blieben sie stehen und sahen sehnsüchtig in den heißen, graublauen, wie kochenden Himmel. Oberst Nam Ngoi Phu lächelte tröstend.

»Sie sehen uns nicht, Sir. Auch wenn Sie winken, wozu ich Ihnen nicht rate, sieht es von oben aus wie ein sich hin und her wiegendes Gras. Darf ich Sie bitten, mir weiter zu folgen!«

»Höflich ist er ja«, sagte Hans Heidkamp. Seine Schulter schmerzte wieder, der Fußmarsch strengte ihn sehr an, die feuchtheiße Luft lähmte seine Muskeln. »Ein richtiger Gentleman.«

»Mit der gleichen Höflichkeit wird er Ihnen einen Genickschuß geben, wenn es nötig sein sollte. Verzeihen Sie, Sir, aber es wird nicht weh tun. Sie hören nicht einmal den Knall. Bitte, knien Sie nieder, und entschuldigen Sie, daß der Lauf der Pistole etwas kalt ist und für eine Sekunde Ihren Nacken kitzelt ...«

»Sie haben einen ausgesprochen schwarzen Humor, Chef.« Hans Heidkamp stolperte weiter durch das Bambusgestrüpp. Der Hubschrauber entfernte sich schnell. Er war auf einem Routineflug, er suchte nicht mehr.

Sie schlugen sich bis zum plötzlichen Einbruch der Dunkelheit durch den Dschungel. Dann trafen sie auf ein kleines Lager. Zwanzig Soldaten begrüßten den Oberst, strammstehend, Meldung machend, zackig. Hans Heidkamp schüttelte den Kopf.

»Ob in der Wahner Heide oder im Dschungel: Kommiß bleibt Kommiß. Himmel noch mal, ist unser Leben beschissen!«

Er sank auf einen Blätterberg und schlief sofort vor Erschöpfung ein.

Über einen Monat war Michael Pohland nun vermißt. Dr. Corbeck und Gerda Pohland hatten sowohl vom Außenministerium als auch aus Bangkok die Versicherung erhalten, daß man alles tun würde, um Licht in die Angelegenheit zu bringen. Man müsse sich aber mit der tragischen Tatsache abfinden, daß mit einem Ableben von Pohland und Heidkamp zu rechnen sei, denn alle Suchaktionen seien erfolglos verlaufen, und aus dem Dschungel seien sie auch nicht herausgekommen. Da sie keinerlei Ausrüstungsgegenstände bei sich hatten, keine Waffen, kein Werkzeug, nichts als das, was sie auf dem Leib trugen, wäre ein Überleben im Dschungel über diesen Zeitraum hinweg unmöglich. Die grüne Hölle hatte sie verschlungen.

Eines Abends besuchte Dechant Bader ohne Anmeldung Gerda Pohland. Er traf sie im Kaminzimmer an. Sie saß allein im Sessel, starrte in die Flammen und trug ein enganliegendes schwarzes Kleid. Die ganze Verlorenheit und einsame Trauer tat sich vor Dechant Bader auf, als er das dunkle, große Zimmer betrat, in dem die schmale, zusammengesunkene Gestalt vor den knisternden Flammen hockte. Das goldblonde Haar war der einzige leuchtende Farbfleck in der fahlen Dumpfheit, ein Hauch von Leben, ein Goldglanz des gestorbenen Glückes.

»Kommen Sie näher, Herr Dechant«, sagte Gerda, als Bader unschlüssig an der Tür stehen blieb. Ihre Stimme hatte den fröhlichen, singenden Klang verloren. Sie klang hohl und unendlich müde. »Wollen Sie mir Trost bringen? Es gibt keinen Trost mehr für mich.«

»Es irrt der Mensch, solang er lebt«, antwortete Dechant Bader. Er wußte im Augenblick keine anderen Worte als dieses Zitat. Mit einem frommen Spruch zu kommen, hielt er selbst für unangebracht. Gott kann den Gläubigen ein Trost sein, nicht den Leeren, den Ausgebrannten, den sich selbst und alles Hassenden.

Gerda Pohland zeigte auf den Sessel, der ihr gegenüberstand. Dechant Bader setzte sich und faltete die Hände im Schoß.

»Bitte, beten Sie jetzt nicht«, sagte Gerda leise. Aber es war eine wilde Auflehnung. Bader spürte es und schüttelte den Kopf.

»Ich will nur mit Ihnen sprechen, Frau Gerda. Nicht als Ihr Pfarrer, sondern einfach von Mensch zu Mensch.«

Gerda richtete sich auf. »Was darf ich Ihnen anbieten, Herr Dechant?« Sie wollte aufstehen, aber Bader wehrte mit einer Handbewegung ab.

»Nichts zu trinken und nichts zu essen. Danke.«

»Gar nichts?«

»Doch. Sie können mir etwas anbieten ...«

»Und das ist?«

»Ihr Herz.«

Gerda senkte den Kopf und kroch in sich zusammen. »Es ist bitter, Sie würden keinen Geschmack daran haben.« Sie versuchte ein schwaches Lächeln, hinter dem die Tränen schimmerten. »Ein Kognak wäre besser, Herr Dechant.«

»Warum schließen Sie sich so ab, Frau Gerda?«

»Ich habe es nicht anders gewollt.«

»Es ist durchaus nicht im Sinne Michaels, und er wäre betroffen, wenn er wüßte ...«

»Bitte!« Sie hob flehend die Hände. »Sprechen Sie nicht so, als ob Michael noch lebte.«

»Keiner weiß etwas Genaues.«

»Ich aber fühle es. Er kommt nicht wieder.« Sie sah wieder

in die Flammen, als habe sie Sehnsucht, daß sie von ihnen verbrannt würde. »Ich habe nie an diese Möglichkeit gedacht ... ich war zu glücklich, zu selbstherrlich, zu feige und zu ängstlich ... Erst als Micha wegfuhr, ahnte ich, daß es eine große Einsamkeit geben könnte ... jetzt weiß ich, was sie bedeutet. Alles um mich herum atmet sein Leben – aber es sind tote Gegenstände. Nichts Lebendes habe ich von ihm, gar nichts. Und es ist meine Schuld, ganz allein meine Schuld.«

»Davon könnte Sie niemand freisprechen«, sagte Bader. Er sagte »könnte«, aber Gerda erkannte nicht diese Einschränkung. Sie nickte langsam, müde.

»Ich weiß. Erkenntnisse kommen meist zu spät. Wenn Micha jetzt hier wäre ... ich ... ich würde vor seinen Augen etwas vernichten, und ich täte es freudig.«

»Ihre Anti-Baby-Pillen?«

»Sie wissen davon?« Gerdas Kopf zuckte hoch.

»Doktor Wehrmann hat mich ins Vertrauen gezogen. Priester und Arzt sollten immer zusammenhalten. Im Altertum waren sie ja beides in einer Person.«

»Dann brauche ich keine großen Worte mehr zu machen. Sie wissen, warum ich mich abschließe.« Sie beugte sich wieder vor, und Dechant Bader zog ein Bein an, um zuzuspringen, falls sie sich in den Kamin stürzen würde. Die Flammen zuckten über ihr bleiches Gesicht, die schönen, blauen Augen waren weit und starr.

»Sie wären jetzt glücklich, wenn Sie ein Kind von Michael hätten«, sagte er leise.

Sie nickte stumm.

»Und Ihre Angst?«

»Ich hätte keine Angst mehr.«

»Der Gedanke an Theodora?«

»Er wäre kein Schrecken mehr. Und wenn es ein Kind wäre wie Tutti ... es wäre *sein* Kind, Herr Dechant. Es wäre *sein* Leben ...«

Dechant Bader hielt einen Augenblick den Atem an. Dann

beugte er sich gleichfalls vor und nahm allen Mut zusammen. Er, der bärenstarke Mann, hatte für Sekunden das Gefühl, über einer dünnen Eisdecke zu balancieren, so dünn, daß er das Wasser darunter sah und die Tiefe, die ihn verschlingen würde, wenn er durchbrach.

»Ich komme von Doktor Wehrmann. Genauer gesagt: Doktor Wehrmann ist auch hier. Er wartet bei den Petermanns auf mich. Er hat es mir überlassen, es Ihnen zu sagen ... Sie tragen von Michael ein Kind ... im zweiten Monat ...«

Gerdas Kopf wandte sich langsam dem Pfarrer zu. Ein langer, stummer, fragender Blick traf ihn, gefesselt von Unglauben und wilder Erregung. Dechant Bader nickte schwer.

»Ja, es ist so, Gerda.« Seine Stimme war trocken und brüchig. »Wehrmann hat es mir gestanden. Er hat vor drei Monaten schon die Pillen gegen harmlose Kalkpillen umgetauscht ...«

Lautlos glitt Gerda aus dem tiefen Sessel in die Arme Baders. Die Ohnmacht erstickte ihren Aufschrei.

Sie waren ärztlich versorgt worden, hatten richtige Verbände bekommen, Tetanusspritzen und Penicillininjektionen, sie hatten geschlafen, Hammellende gegessen mit gedünstetem, rundkörnigem Reis und waren in die Kleider geschlüpft, die ein stummer Offizier ihnen brachte. Nun sahen sie aus wie die Revolutionssoldaten. Sie trugen Fallschirmjägerhosen, Stiefel mit dicken Gummisohlen, eine Art Feldbluse mit großen Taschen und eine Mütze, die an die Kopfbedeckung der Gebirgsjäger erinnerte. Alles war aus grünem Drillichstoff, mit braunen und sandgelben Farbflecken bedruckt.

Hans Heidkamp sah an sich herunter und schüttelte den Kopf. »Und ich hatte geschworen, nie mehr im Leben eine Uniform anzuziehen. In Hinterindien muß mir das passieren. Wenn das alles nicht so traurig wäre, könnte es ein guter Witz sein.«

Oberst Nam Ngoi Phu erschien in der Bambushütte, um

sich nach dem Wohlbefinden zu erkundigen. »Der General erwartet Sie, Sirs«, sagte er. »Man hat Sie übrigens aufgegeben. Das ist die neueste Meldung aus Bangkok.«

»Also lebende Leichen«, sagte Pohland bitter.

»Kann Ihnen Besseres widerfahren, Sir?« Nam Ngoi Phu lächelte breit und zufrieden. »Die besten Werke sind die, die in der Stille reifen. Darf ich bitten?«

Er trat zur Seite. Pohland nickte Heidkamp zu.

»Jetzt beginnt unser zweites Leben, Heidkamp.«

»Wenn ich an Frieda denke . . .« Heidkamp sah bedrückt zu Boden. »Sie wird nicht glauben, daß ich tot bin.«

Pohland antwortete nicht. Was wird Gerda denken, fuhr es ihm durch den Kopf. Wie hat sie die Nachricht aufgenommen? Sie wird jetzt vielleicht über vieles nachzudenken haben, vor allem über die Zeit des Glücks, das sie belogen hat.

Er straffte sich, klopfte Heidkamp gegen den Rücken und ging zuerst hinaus aus der Hütte. Ein kleines Heerlager umgab ihn; grün uniformierte Soldaten, wohin er blickte, Bambushütten; Zelte, durch Netze getarnt; Höhlen in den vom Dschungel überwucherten Felsen, Erdbunker, Stapel von Material, ebenfalls durch Netze mit eingesteckten Zweigen getarnt.

General Nai Tuan Dien war ein kleiner, zierlicher Mann mit einem glatten Gesicht und weißen Augenbrauen. Er saß hinter einem Klapptisch, als Pohland, Heidkamp und Nam Ngoi Phu in seine Hütte traten, und schrieb mit einem Füllhalter. Er nickte stumm, winkte zu ein paar Hockern und schrieb weiter. Da Nam Ngoi Phu sich nicht setzte, blieben auch Pohland und Heidkamp stehen.

Der General hatte zu schreiben aufgehört. Er las seinen Brief noch einmal durch, faltete ihn dann zusammen und schob ihn in eine lederne, dünne Mappe. Erst dann sah er auf und lächelte Pohland gütig und vertrauensvoll an.

»Es sieht für europäische Begriffe etwas unordentlich aus, nicht wahr?« sagte er in einem ebenfalls reinen Englisch. »Sie wundern sich über die Primitivität bei uns. Wir sind ein armes

Volk, Sir, und dabei könnten wir so reich sein. Das ist ein Ziel, das wir erreichen möchten. Aber so, wie ein Bäcker, bevor er das fertige Brot aus dem Ofen zieht, erst Mehl und Wasser mischen und verkneten muß, müssen wir unser Land durchkneten, bevor es ein homogener Teig wird.«

»Sehr anschaulich, General.« Michael Pohland zerrte nervös an der Schnalle seiner Feldbluse. »Man vergißt aber, daß ich nicht zu Ihrem Land gehöre.«

»Ein guter Bäcker schafft sich Maschinen zum Kneten an. Betrachten Sie sich mit etwas Phantasic als cine solche Maschine.«

»Danke.«

»Bitte, seien Sie nicht beleidigt, Sir. Das wäre mir peinlich. Sie sind meine Gäste, und Sie sollen sich so wohl fühlen, wie wir die Möglichkeit haben, Ihnen dieses Wohlfühlen zu schaffen. Sie sehen die Probleme zu simpel, Oberst Nam Ngoi Phu berichtete mir schon davon. Wenn Sie mir erlauben, möchte ich Ihnen die Lage erklären.«

»Das wäre vielleicht nützlich, General«, sagte Heidkamp laut.

Nai Tuan Dien erhob sich. Jetzt erst sah man, daß er nicht der Greis war, als den man ihn auf den ersten Blick einschätzte. Er hatte einen drahtigen Körper und bewegte sich mit einer lautlosen Eleganz auf den dicken Gummisohlen seiner Fallschirmjägerstiefel. Sein Gang, seine Haltung, seine Art zu sprechen verbreiteten Energie und Autorität. Er kam auf Pohland und Heidkamp zu, lächelnd, freundlich, aber hinter dieser Maske des Wohlwollens die Gefährlichkeit ahnen lassend.

»Ihr Land ist berühmt für seine Milliarden, die es als Entwicklungshilfe den jungen Völkern zahlt. Es sind Hilfen rein politischer Natur. Ein Wall aus Geldstücken gegen den Kommunismus, eine neue chinesische Mauer aus Gold. Daß dabei die Korruption gefördert wird, daß Millionenbeträge gar nicht dafür verwendet werden, wozu sie gedacht sind, daß man Paläste baut, Privatflugzeuge kauft oder goldene Betten – das nimmt man hin, um die jungen Politiker bei Laune zu halten.

Man kann auch sagen: Diese Art der jungen Staaten, Geld zu bekommen, ist die eleganteste und legalste Spielregel der Erpressung. Geld oder Moskau – und der Westen wird weich gekocht ... Man nennt auch uns Kommunisten.«

»Das nehme ich an«, sagte Pohland ehrlich.

»Wie wenig kennt man uns Asiaten. Wir sind Nationalisten.«

»Das ist fast noch schlimmer«, sagte Pohland sarkastisch.

»Nirgendwo auf der Welt ist ein Mensch so korrupt wie im Orient und Asien. Das ist eine menschliche Schwäche, an die wir uns bis zu einer gewissen Grenze gewöhnt haben. Es gehört zu uns. Wir wollen damit aufräumen. Wir wollen den Reichtum des Landes nicht unter der herrschenden Klasse aufteilen, sondern dem ganzen Volke zugute kommen lassen, in Form von Straßen, Schulen, Krankenhäusern, modernen Landmaschinen, einer aufzubauenden Industrie, sanitären Einrichtungen, Hygiene, Wohnbauten; wir wollen den Kampf aufnehmen gegen Seuchen und Kindersterblichkeit; kurz: Wir wollen aus unserem Land ein reiches, gutes Land machen. Ist das Kommunismus?«

»Nein«, sagte Pohland erstaunt. »Aber die Voraussetzungen ...«

»Sie sind da. Wissen Sie, daß China in Sikiang nach Uran sucht? Wir wissen, daß wir sehr uranhaltige Berge haben. Wir könnten tauschen: Uran gegen Maschinen, Uran gegen Straßenbau, Uran gegen Elektrizitätswerke, Uran gegen den Aufbau einer bodenständigen Industrie. Wir haben auch Eisenvorkommen, Bauxit, Kupfer und Blei. Wir könnten es Sibirien gleichtun, wo in der Taiga ein riesiges Industriegebiet entstand. Unser Land könnte glücklich werden, und keiner brauchte mehr zu verhungern, wenn Trockenheit oder Regenzeit die Reisfelder vernichten. Dafür kämpfen wir, Sir, für das Glück von zwanzig Millionen Brüdern – und nicht für das Wohlleben von fünftausend Privilegierten. Wir haben Zinn, Wolfram und Goldvorkommen, wir haben der Welt viel anzubieten, und Sie sollen mithelfen, dieses Angebot auf den Markt zu bringen.«

»Und wie stellen Sie sich das vor, General?«

Nai Tuan Dien legte die Hände auf den Rücken und lächelte freundlich.

»So wie der Bäcker es macht, mit dem unser Gespräch begann: Indem wir Mehl und Wasser vermischen. Jeder, der uns hilft, uns so stark zu machen, daß die Revolution ein Erfolg wird, darf später sagen: Ich bin ein Retter dieses Landes. Fangen wir ganz klein an. Ich habe mir zusammengestohlen, was ich am nötigsten brauche: Ärzte, Techniker, Geologen ...«

»Oberst Nam Ngoi Phu erzählte es uns schon.«

»Sie möchte ich bitten, Sirs, für mich die Pläne für die Energiegewinnung durch Wasserkraft auszuarbeiten, und darüber hinaus den Aufbau einer Schwerindustrie an den großen Rohstoffplätzen unseres Landes.«

»Das ist doch Dummheit, General. Verzeihen Sie diesen Ausdruck.« Pohland ging erregt in dem Raum hin und her. Nai Tuan Dien folgte ihm mit den Blicken, er war weder beleidigt, noch zeigte er überhaupt eine Regung. »Erstens bin ich Konzernherr und kein Ingenieur ...«

»Aber Mr. Heidkampf ist einer.«

»Heidkamp, bitte«, sagte der Ingenieur laut.

»... und zweitens: was nützen alle Pläne, wenn Sie keine Lieferanten haben, kein Geld, keine Arbeiter, keine Techniker? Sie können doch in der Illegalität keine Industrie aufbauen!«

»Wer sagt Ihnen das?« Der kleine General lächelte milde. »Zuerst die Pläne. Wenn wir die Revolution gewonnen haben, stehen wir nicht mit leeren Händen da. Wir haben etwas zu bieten: Gold wird die Lieferanten heranlocken, und fertige Pläne, die sofort realisiert werden können, werden die Investitionen herbeirufen ... Ich will es nicht nötig haben, einige Jahre mit Versprechungen zu regieren. Ich will vom ersten Tag an handeln, aufbauen, gestalten. Verstehen Sie mich jetzt?«

»Ja«, sagte Pohland, ehrlich verblüfft über diese Zusammenballung von Energie und Willenskraft. »Und wenn die Revolution mißlingt?«

»Dann gehen wir alle unter«, sagte Nai Tuan Dien hart. »Wir sind nicht nur ein schönes und reiches, sondern auch ein gnadenloses Land.«

Wenig später saßen Pohland und Heidkamp wieder in ihrer Bambushütte. Man hatte ihnen eine Flasche Whisky hingestellt und einen Tonkrug mit frischem Wasser. Vor der Hütte standen zwei Soldaten mit Maschinenpistolen.

»Zu Ihrem Schutz, Sir«, hatte Oberst Nam Ngoi Phu mit gewinnendem Lächeln erklärt. »Sie sind für uns zwei wertvolle Personen.«

Heidkamp mischte ein Glas Whisky mit Wasser und trank es in einem Zug leer. »Diese Leute hier haben Nerven«, sagte er dann. »Wie stellt der Alte sich das vor? Pläne machen! Ich kann dem doch Zeichnungen hinlegen, die völlig idiotisch sind. Er merkt's doch gar nicht.«

»Ich würde vorsichtig sein, Heidkamp.« Pohland saß auf seinem Feldbett und dachte noch einmal an die Worte Nai Tuan Diens. »Der General ist kein Phantast. Er wird Ihre Pläne natürlich von anderen Experten gegenkontrollieren lassen. Bei Sabotage kennt man kein Erbarmen mehr. Seien wir froh, daß wir noch leben.«

»Ich denke da an Rußland.« Hans Heidkamp goß sich einen neuen Whisky ein. »In der Gefangenschaft, bei Swerdlowsk, bauten wir für Transformatoren und Walzenstraßen riesige Betonfundamente. Und was haben wir getan? Wir haben jeder Mischung eine Handvoll Salz beigegeben. Das fiel gar nicht auf. Aber es wird auffallen, wenn man sich in einigen Jahren wundert, warum die Fundamente plötzlich weich werden.«

Pohland ließ sich nach hinten auf das Feldbett fallen und sah gegen die Decke aus gespaltenem dicken Bambus.

»Hier werden Sie kein Salz haben«, sagte er leise. »Hier werden Sie glücklich jede neue Sonne begrüßen, die einen Tag beginnt. Und aufatmen, wenn sie wieder versinkt, denn diesen Tag haben Sie noch einmal überlebt.«

Es war gar nicht notwendig, daß Dr. Wehrmann seine Arzttasche aufriß und nach einem Herzstärkungsmittel und einer Spritze griff. Gerda Pohland erholte sich auch ohne seine Hilfe überraschend schnell und sprang von dem Sofa auf, zu dem Dechant Bader sie getragen hatte, ehe er von Petermann den wartenden Dr. Wehrmann holte.

Sie schüttelte die Haare, als käme sie gerade aus dem Wasser, in das man sie untergetaucht hatte. Ihr erster Blick fiel auf Wehrmann, der die Spritze aufzog und die Nadel gegen das Licht hielt, um die Luft herauszudrücken.

»Lassen Sie das, Doktor«, sagte sie mit klarer Stimme. »Von Ihnen nehme ich überhaupt kein Medikament mehr an.«

Dr. Wehrmann legte mit lautem Seufzer die gefüllte Spritze zurück auf eine Watteunterlage. »Das hat man nun von seinem Schicksalspielen. Statt Dankbarkeit wird man in den Hintern getreten. Dechant, gehen wir! Für Sonntag haben Sie ein gutes Predigtthema: Undank ist der Welt Lohn. – Hier zeigt es sich.«

»Wie können Sie Witze machen, Doktor«, sagte Gerda leise, »wo für mich eine neue Welt beginnt. Ich ... ich kann es noch gar nicht begreifen. Und ich habe Angst, daß ...«

»Himmel, Arsch und Zwirn!« brüllte Dr. Wehrmann. »Wenn ich das dämliche Wort Angst noch einmal von Ihnen höre, vergesse ich mich! Springen Sie vor Glück an die Decke – das steht Ihnen zu!«

»Ich möchte es, Doktor, aber ich bin wie gelähmt von dem Wissen: Micha wird durch mich weiterleben ... Mein Gott, o mein Gott!« Sie schlug die Hände vor das Gesicht und weinte laut. »Er ist nicht gestorben, er ist in mir ...«

»Hören Sie auf zu heulen!« rief Dr. Wehrmann.

»Ich bin doch so glücklich.«

»Auf einmal! Dechant, jetzt müßten Sie eine Standpauke halten à la Abraham a Sancta Clara. Hätte ich nicht die Pillen ...«

»Doktor, seien Sie still.« Dechant Bader wedelte mit seinen großen Händen durch die Luft. »Frau Gerda braucht jetzt Ruhe.«

»Das weiß ich als Arzt besser.« Dr. Wehrmann trat an Gerda Pohland heran und zog ihr die Hände vom Gesicht. Hinter Tränen schimmerten ihre Augen voll Glück und unfaßbarer Freude. »Mit dem heutigen Tag wird es eine andere Gerda Pohland geben. Bis heute war sie eine schöne, liebliche, betörende Larve, aber im Grunde doch nur eine taube Nuß.«

»Doktor!« rief Dechant Bader entsetzt.

»Ab jetzt ist sie eine Pohland. Micha ist nicht da, also wird sie an seine Stelle treten. Jetzt hat sie ein Erbe nicht nur zu verwalten, sondern zu vermehren. Für das Kind, das die Pohland-Linie weitertragen wird. Sie haben nicht nur ein Kind unter dem Herzen, Gerda, sondern einen ganzen Industriekonzern. Das klingt zwar widerlich pathetisch, aber es trifft die Tatsache genau.« Er klopfte Gerda auf die Schulter, daß Dechant Bader glaubte, sie bräche dabei zusammen. »So, mein Kind, und nun trinken wir eine dicke Pulle. Sekt ist gerade richtig in Ihrem Zustand, er regt den Kreislauf an.«

Gerda Pohland nickte und ging zu dem großen geschnitzten Schrank, der innen als Hausbar umgearbeitet worden war. Sie ging wie eine aufgezogene Puppe, in der das Federwerk zittert und sich auf den Körper überträgt. Dechant Bader beugte sich zu Dr. Wehrmann vor.

»Sie sind ein unmöglicher Mensch«, flüsterte er wütend. »Erkennen Sie nicht, daß sie ins Bett muß.«

»Warum?«

»Dieser Schock ...«

»Er hat sie geheilt, Sie sehen es ja.«

»Die Reaktion wird später kommen, in der Nacht.«

»Nichts wird kommen, lieber Dechant. Doch, ja ... Sie werden in Kürze Gerda nicht mehr wiedererkennen. Bisher hatte sie die Aufgabe, schön und Geliebte zu sein; jetzt hat sie einen Konzern zu tragen. Ich habe die große Hoffnung, daß sie es kann. Sie ahnen nicht, wie vollgepumpt mit ungenützter Energie diese Frau ist. Jetzt habe ich den Hahn aufgedreht, Sie werden staunen.«

»Gott füge es so«, sagte Dechant Bader und faltete die Hände. »Und Michael Pohland? Glauben Sie an seinen Tod?«

»Ja«, sagte Dr. Wehrmann gedehnt. »Auch wenn ich mich dagegen wehre, was bleibt uns anderes übrig? Das ist eine Tatsache, die mich zum alten Mann macht.« Er sah plötzlich wirklich wie verfallen aus. Sein immer wütendes Gesicht mit der Löwenmähne darüber zerfloß zu einer traurigen Maske. »Ich habe Micha wie einen Sohn geliebt, Dechant«, sagte er kaum hörbar. »Ich habe ihn ja mit großgezogen.« Er wandte sich ab, als schäme er sich seines Schmerzes. »Ich darf gar nicht daran denken.«

Gerda Pohland kam mit drei Gläsern und einer Flasche Sekt zurück. Wehrmann nahm ihr die Flasche aus der Hand und löste die Drahtsicherung des Korkens. In diesem Augenblick beugte sich Gerda zu ihm herunter, nahm seinen Kopf zwischen ihre Hände und küßte den verblüfften Arzt mit aller Innigkeit auf den Mund.

»Ich danke Ihnen«, sagte sie, als sie ihn wieder losließ. »Ihr Betrug hat mich wieder zu einem Menschen gemacht. Ich danke Ihnen!«

»Prost!« Dechant Bader hatte die Flasche entkorkt und schüttete die Gläser voll. »Nun, wie fühlen Sie sich, Doktor?«

Dr. Wehrmann zerwühlte wieder seine Löwenmähne und leckte mit der Zunge über die Lippen.

»Dechant, ich könnte darauf einen Eid leisten: Zwanzig Jahre jünger, und Sie könnten mich wie einen Auerhahn balzen sehen!«

Unter Gelächter tranken sie, aber als sie die Gläser wieder absetzten, sahen sie sich stumm und fast verschämt an. Sie dachten alle das gleiche und wagten es nicht auszusprechen: Mit dieser Stunde hatten sie Michael Pohland begraben. Sie war ein Abschluß gewesen. Die Vermutung, daß er nicht mehr zurückkam, war zur Gewißheit geworden.

Gerda Pohland ergriff die Hände Dr. Wehrmanns. Ein Zittern durchzog sie.

»Helfen Sie mir weiter, Doktor«, stammelte sie.

Dr. Wehrmann nickte. Seine Stimme schwankte arg, als er sagte: »Wir werden in Michas Sinne alles gut machen!«

»Nun sind wir also doch am Ziel, allerdings von der anderen Seite«, sagte Ingenieur Heidkamp und blickte hinüber zu dem riesigen Wasserfall, der über Felsen und Steinplateaus schoß, sich in einem natürlichen, fast runden Becken sammelte und dann noch einmal mit breiten Wassermassen über einen Hang hinabstürzte in ein zerklüftetes, ausgewaschenes Flußbett. Das Wasser dampfte und brodelte, Gischt staubte über die Felsen und Bäume und zerbrach die Sonnenstrahlen in schillernde Spektralfarben. Pohland, Heidkamp und ihre Begleitung standen erst seit wenigen Minuten am Rande des Felsenbeckens, und doch waren sie schon von dem sie einhüllenden Gischt völlig durchnäßt. Oberst Nam Ngoi Phu lachte breit, seine gelben Zähne waren wie ein Affengebiß.

»Das haben Sie nicht erwartet, Sirs?« rief er gegen den brüllenden Lärm der niederstürzenden Wasser an.

»So etwas nicht.« Pohland wischte sich die Nässe aus den Augen. »Die Luftaufnahmen gaben kein genaues Bild. Wir wußten aber, daß hier eine ungeheure Wasserkraft ausgenutzt werden kann.«

»Nutzen Sie sie, Sir.«

»Theoretisch.« Heidkamp setzte sich auf einen Felsblock und starrte in das brodelnde Wasser. »Kinder, was könnte man damit anfangen. Dieses natürliche Staubecken und der Nachlauf, den wir oben, wo er aus dem Felsen kommt, schon vorher auffangen könnten – das ergäbe eine Stromerzeugung, mit der man den ganzen Norden des Landes versorgen könnte, einschließlich einer aufzubauenden Industrie. Und ohne große Kosten. Es ist ja alles da: ein Staubecken, ein Überlauf, die natürliche Verengung, an der wir die ersten Turbinen montieren können, knallharter Felsboden ... wir brauchen nur ein paar ausgleichende Betonmauern und natürlich die Turbinenhäuser und Transformatoren. Aber das könnte in gut zwei Jahren laufen wie eine Eins.«

»Was sagt der Herr?« fragte Oberst Nam Ngoi Phu, der die deutschen Worte nicht verstand.

»Dr. Heidkamp ist begeistert.« Pohland schüttelte den Kopf. »Aber sagen Sie selbst, Oberst: Es ist doch Dummheit, jetzt hier Pläne für ein Stau- und Kraftwerk zu machen, die vielleicht nie realisiert werden können.«

»Der General wünscht es so«, antwortete Nam Ngoi Phu verschlossen. »Sie kennen seine Gründe, und wir haben zu gehorchen.«

»Gut denn.« Pohland hob resignierend die Schultern. »Aber was soll ich dabei? Ich finanziere Projekte, aber ich zeichne sie nicht.«

»Sie sind Gast des Generals, Sir.« Nam Ngoi Phu lächelte wieder unergründlich. »Aus Sicherheitsgründen können wir Sie nicht zurückbringen, Sie verstehen doch. Es war sowieso ein Fehlschlag, daß wir nur Dr. Heidkamp einladen und daß die anderen Herren sich absetzen konnten. Wir hatten den Plan, die ganze Gruppe einzuladen ...« Seine asiatische Höflichkeit war entwaffnend. Statt entführen sagte er einladen, statt Gefangener gebrauchte er das Wort Gast. Er sprach es so vollendet aus, daß man fast daran glauben konnte. »Es wird Ihnen sicherlich nicht langweilig werden, Sir«, fügte er hinzu. »Ich glaube, annehmen zu dürfen, daß der General Sie als Finanzberater beschäftigen wird.«

»Gratuliere, Chef«, Dr. Heidkamp lachte laut. »Asien gesundet an Pohland.« Er sah wieder auf den Wasserfall und schien einen Gedanken zu haben. Sein verkniffenes Gesicht hellte sich auf. »Fragen Sie mal, wie lange wir hier leben sollen.«

Pohland wandte sich an den Oberst. »Es liegt an Ihnen, Sirs. Bis die Pläne fertig sind. Wir werden ein festes Lager bauen, wir werden alles heranschaffen, was Sie brauchen. Unsere geologischen Gäste sind schon unterwegs, um bei den Bodenuntersuchungen zu helfen ... es liegt in Ihrer Hand.«

Dr. Heidkamp, der soviel Englisch konnte, um die Worte des Obersten zu verstehen, nickte zufrieden.

»Das ist gut, Herr Pohland.« Er rieb sich die Hände. »Wenn wir den Fluß abwärts ziehen, kommen wir in die von Regierungstruppen besetzten Gebiete. Ich glaube nicht, daß wir hier länger als vierzehn Tage sind.«

Oberst Nam Ngoi Phu legte den Kopf etwas zur Seite. Er verstand zwar nichts, aber ein unheimlicher Instinkt ließ ihn ahnen, was Heidkamp dachte.

»Ich würde vorsichtig sein, Sir«, sagte er leichthin. »Meine Soldaten mögen unaufmerksam werden – die Tiger in dieser Gegend sind es nie. Ohne Waffen ist ein Mensch hier verloren, und bis zur nächsten Siedlung müßten Sie acht Tage durch den Dschungel. Unsere Tiger sind hungrig, Sir.«

»Das war deutlich, Chef.« Hans Heidkamp trat aus dem Gischt zurück, hielt sich an einigen starken Luftwurzeln fest und zog sich auf das trockene Uferplateau zurück. Oberst Nam Ngoi Phu und Pohland folgten ihm. Einige Soldaten halfen ihnen, sich an den Umhängeriemen der Maschinenpistolen emporzuziehen.

»Was machen wir jetzt zuerst, Oberst?« fragte Pohland und sah wieder zu dem riesigen Wasserfall.

»Wir fangen an, als wollten wir die Welt erschaffen.« Nam Ngoi Phu grinste freundlich. Er machte eine den Wasserfall, den Dschungel, die Felsen und das Plateau umfassende Armbewegung und nickte dabei mehrmals. »Es ist der Wille des Generals, daß wir hier ein Dorf bauen – also fangen wir damit an.«

»Ein Dorf? Woher wollen Sie das Material bekommen?«

Oberst Nam Ngoi Phu steckte sich eine Zigarette an. Es ging schwer, denn die Streichhölzer waren feucht geworden. Erst als die Zigarette brannte, gab er Antwort.

»Es wird alles herbeigeschafft, Sir.«

»Und wie? Hier gibt es doch keine Straßen.«

»Aber Menschen!«

»Es ist unmöglich, ein ganzes Dorf auf dem Rücken heranzuschleppen.«

»Bei uns ist alles möglich, Sir.«

»Mit anderen Worten: Es kommt gar nicht darauf an, wie viele Träger dabei krepieren.«

»Sie sehen das falsch, Sir. Der asiatische Mensch ist es gewöhnt, Opfer zu bringen. Er weiß, daß sein Körper nur ein Baustein ist. Das unterscheidet ihn von Ihnen, den Europäern, die mit ihren Leibern kein Haus bauen, sondern es nur bewohnen wollen. Ich glaube, Sir, diese Einstellung wird einmal das Gesicht unserer Welt verändern.«

»Gut. Ein Dorf.« Hans Heidkamp sah neidisch auf die brennende Zigarette zwischen den Lippen Nam Ngoi Phus. »Aber wie sollen wir hier arbeiten? Soll ich mit den Fingern die Pläne in den Sand malen? Chef, fragen Sie den Knaben mal, wie er sich das denkt, und ob er eine Zigarette übrig hat.«

»Dr. Heidkamp fragt, wie es mit seinem Material ist«, übersetzte Pohland. »Außerdem hat er Appetit auf eine Zigarette.«

»Aber gern!« Oberst Nam Ngoi Phu hielt Heidkamp ein goldenes Etui hin. Der Ingenieur nahm sich eine Zigarette heraus und sah erstaunt, daß der Tabak mit grünen, geschnittenen Blättern vermischt war. Schon nach dem ersten kräftigen Zug atmete Heidkamp tief auf, wurde ein wenig blaß und warf die Zigarette weit weg zwischen die Steine.

»Der will mich vergiften«, keuchte er. Nam Ngoi Phu hob lächelnd die Schultern und rauchte genußvoll weiter.

»Wir mischen ein Blatt unter den Tabak«, erklärte er Pohland, »das die Eigenschaft des Marihuana hat, nur schwächer und den Körper nicht lähmend, sondern belebend. Wer es nicht kennt, dem verursacht es zunächst Übelkeit. Aber später gewöhnt man sich daran.« Der Oberst zerdrückte seinen Zigarettenrest an einem Baumstamm. »Sie wundern sich, Sir? Nimmt man bei Ihnen nicht Millionen von Pillen gegen Kopfschmerzen und Schlaflosigkeit? Sie schlucken, wir rauchen – es bleibt sich gleich.« Er lehnte sich gegen einen verkrüppelten Baum und starrte hinüber zu dem tosenden Wasserfall. »Die Ausrüstung für Herrn Heidkamp ist bereits unterwegs. Wir glauben, daß alles komplett ist. Sie werden sehen, daß wir die feinsten Vermessungsinstrumente haben.«

»Auch mit Trägern?«

»Nur mit Trägern. Im Dschungel sind sie aus der Luft kaum zu erkennen.«

Wie Oberst Nam Ngoi Phu es angekündigt hatte, so wurde es auch. Nachdem die kleine Kolonne unter den üblichen Blätterdächern und Bambusstangen übernachtet hatte, traf gegen Mittag des nächsten Tages die erste Kolonne ein. Ein langer Zug elender, ausgemergelter, halbverhungerter, stier blickender Thais, in zerfetzten Kleidern, mit blutigen Striemen über Rücken, Schultern und Oberschenkeln. Sie gingen hintereinander, eine Riesenschlange, die sich durch den Dschungel wälzte, auf einem schmalen Pfad, über dem das Ast- und Blattgewirr der grünen Hölle zusammenschlug. Dreißig Soldaten des Generals Nai Tuan Dien bewachten sie und trieben die Müden durch Kolbenstöße oder mit langen, dünnen, biegsamen, durch die Luft pfeifenden Bambusgerten an.

Pohland und Heidkamp standen am Wasserfall, als der Trägerzug aus dem Dschungel brach: zuerst ein Offizier mit drei Mann; dann, eng hintereinander, stolpernd, keuchend unter den schweren Säcken, Kisten und Paketen, mit aufgerissenen Augen und Mündern, die Thais. Heidkamp umklammerte den Arm Pohlands.

»Man sollte dreinschlagen. Das ist ja langsamer Mord«, keuchte er.

»Für Ihre sittliche Erregung haben sie hier kein Verständnis.« Er nickte zu Oberst Nam Ngoi Phu, der die Meldung des Offiziers entgegennahm und nun auf sie zukam. »Es scheint alles nach Plan gegangen zu sein. Wir werden es hören.«

Die Schlange der Träger riß nicht ab. Auf dem Plateau und

am Dschungelrand warfen sie die Lasten ab und hockten sich auf den Boden. Stumpfsinnig sahen sie auf ihre Lasten und rührten sich nicht – zweihundert halbnackte, knochige Gestalten, fahlgelb, mit faltiger Haut überzogene Gerippe. Pohland kam dem Oberst entgegen.

»Wie sehen denn diese armen Menschen aus?« fragte er laut. Nam Ngoi Phu hob erstaunt die dünnen Augenbrauen.

»Wieso?«

»Verhungert.«

»Wir sind ein armes Land, nur die Reichen werden bei uns satt.«

»Wann haben diese Menschen zum letztenmal etwas zu essen bekommen?«

»Beim Abmarsch.«

»Also vor zwei Tagen«, sagte Pohland erschüttert.

»Und sie werden gleich etwas bekommen, Sir. Sattsein ist bei uns eine Belohnung. Sie haben die Lasten gut bis hierher gebracht, also werden sie zu essen bekommen.« Nam Ngoi Phu lächelte wieder freundlich. »Sie haben alles mitgebracht, was Mr. Heidkamp braucht. Übermorgen können Sie anfangen.«

Er wartete keine Antwort ab, sondern drehte sich um und ging zu seinen Soldaten zurück. Einige Thais hatten begonnen, Holz zu sammeln, um an mehreren Feuern Reis in großen, verbeulten Kesseln zu kochen. Dazu gab es aufgequollene Bohnen, die in drei großen Fässern wässerten.

Ingenieur Heidkamp faßte Pohland wieder am Arm. Er zeigte auf einen Träger, der neben seiner Last, einer Kiste, auf der Erde lag, mit verdrehten Augen und stöhnend aufgerissenem Mund. Blutiger Speichel tropfte ihm über die knochige Brust, die in Abständen von wenigen Sekunden von Krämpfen erschüttert wurde.

»Da muß man doch helfen, Herr Pohland.«

»Oberst!« rief Pohland laut. Nam Ngoi Phu drehte sich verwundert um.

»Sir?«

»Sehen Sie sich das an!« Pohland trat an den Träger heran und beugte sich hinunter. Er rüttelte ihn, aber der Thai zeigte keinerlei Regungen; er stöhnte und verkrampfte sich. »Der Mann ist doch todkrank.«

»Ihm wird sofort geholfen werden.« Der Oberst winkte zwei Soldaten. Sie hoben den Thai an Beinen und Armen hoch und trugen ihn seitlich in den Dschungel. Kurz darauf bellte ein einzelner Schuß auf. Heidkamp verfärbte sich.

»Das ist Mord!« schrie er.

Nam Ngoi Phu hob bedauernd die Schulter. »Es war notwendig, Sirs. Meine beiden Leute waren Sanitäter. Sie haben den Befehl, eine Epidemie zu verhindern. Der Mann war anscheinend sehr krank.«

Er ging wieder zurück zu seinen Soldaten und ließ Heidkamp und Pohland mit ihrem bleiernen Entsetzen allein.

»Jetzt wissen wir, wie es uns ergehen wird«, sagte Heidkamp nach einer ganzen Weile leise. »Hier gilt der Mensch einen Dreck.«

»Noch weniger, Heidkamp. Aus Dreck kann man Häuser bauen.« Pohland wischte sich über die Stirn. »Es wird uns nichts anderes übrigbleiben: Wir müssen die Arbeit so lange hinausziehen, bis ein Wunder geschieht.«

»Glauben Sie daran?«

»Nein.«

»Mit anderen Worten: Wir sind schon tot.«

»So kann man es nennen.« Pohland atmete tief auf; er spürte, wie sich seine Kehle verkrampfte. »Sehen Sie, dort baut man jetzt Zelte auf. Ich nehme an, die großen Kisten sind für Sie. Gehen wir!«

Innerhalb von vierzehn Tagen stand der Kern des neuen Dschungeldorfes. Es war verblüffend und erschütternd zugleich zu sehen, wie die Thais die Hütten bauten, wie sie

Stämme sägten und die Eckpfähle der Häuser in den harten Steinboden rammten.

Aus dem Dschungelwald schleppten sie armdicke, biegsame Lianen heran, die kunstvoll zu Wänden geflochten wurden, an die man dann die nasse Erde verschmierte. Eine Woche grelle Sonne, und die Wände waren hart wie Beton. Die Dächer waren Geflechte aus Bambusstangen, auf die man wie Schindeln dicke, lange Blätter legte und sie mit Lianen regelrecht zusammennähte.

In diesen beiden Wochen waren noch drei Trägerkolonnen angekommen, elend wie die erste, durch die grüne Hölle gepeitscht und angetrieben von dem verlockenden Gedanken: Am Ziel gibt es Reis. Reis für jeden. Eine Handvoll oder gar eine Schüssel voll, und man wird satt sein, zum erstenmal seit Wochen satt. Oder man wird im Sumpf versinken, mit einem Einschuß im Genick. Man sah es ja jeden Tag auf der Strecke von den Gebirgen zum Wasserfall: Wer unterwegs unter der Last zusammenbrach, verschwand im Sumpf. Aber man nahm es nicht tragisch; wieder eine Handvoll Reis mehr für uns, dachten die anderen. Sie verteilten das Gepäck des Erschossenen untereinander und zogen weiter. Durch eine Welt feuchtheißer Sumpfwälder, umschwirrt von Myriaden Mücken und Schnaken, schillernden Vögeln, Wasserratten und kleinen, höckrigen Wasserschweinen.

Eines Morgens trat Oberst Nam Ngoi Phu an die Arbeitsplätze Heidkamps und Pohlands. Man hatte eine Baracke nahe den Wasserfällen aufgeschlagen, ein festes Standquartier, das Teil für Teil auf den Rücken der Hungernden herangeschafft worden war. Die Zimmer waren europäisch eingerichtet. Eisenbetten, Decken, Spinde. Im Konstruktionssaal standen vier große Zeichentische mit sämtlichen zeichnerischen Hilfsmitteln. Zu den Außenvermessungen hatte Heidkamp die modernsten Geräte bekommen. Man hatte mitten im Dschungel ein Konstruktionsbüro aufgebaut, wie es neuzeitlicher an keiner europäischen Planungsstelle zu finden war.

»Alles aus Rotchina«, hatte Heidkamp gesagt, als er die kompliziertesten Winkelmeßgeräte betrachtete. »Moderne Technik und Sklaventum; das ist eine Verbindung, mit der diese Asiaten wirklich Gebirge versetzen könnten.«

Oberst Nam Ngoi Phu stand eine Weile still hinter dem großen Zeichenbrett. Er sah über Heidkamps Schulter zu, wie dieser nach den vorliegenden Messungen einen Querschnitt der linken Wasserfallseite zeichnete. Hier sollte in die Felsen eine Verengungsmauer verankert werden, die den Druck des Wassers auf die Turbinenschleusen verstärken würde.

»Haben Sie Lust, eine Jagd mitzumachen?« fragte Nam Ngoi Phu unvermittelt. Heidkamp zuckte zusammen, als er den Atem des Obersten in seinem Nacken spürte. Es war, als fühle er den Druck einer Pistole an seinem Haaransatz. Plötzlich fror er auch und wagte nicht, sich umzudrehen. Er starrte auf seine Zeichnung und dachte blitzschnell darüber nach, ob er etwas falsch gemacht hatte, ob eine Berechnung nicht stimmte. Er wußte ja, daß General Nai Tuan Dien alles noch einmal von einem Expertenstab nachprüfen ließ. Diese Männer im Hintergrund waren nüchterne Rechenmaschinen, ihnen fehlte das Genie, die Idee zur Neukonstruktion. Sie konnten ein gegebenes Material lediglich kontrollieren.

»Geht Herr Pohland auch mit?« fragte Heidkamp in mühsamem Englisch zurück.

»Ja. Er zieht sich schon um.« Oberst Nam Ngoi Phu trat an die Seite Heidkamps. »Man hat eine ziehende Herde Wasserschweine gesichtet. Sie könnten unseren Speisezettel bereichern, Sir. Ich glaube, auch der General hat nichts dagegen, wenn Sie einen Nachmittag mal nicht am Zeichenbrett stehen. Sie gehen mit?«

»Ja«, sagte Heidkamp und nickte.

»Ziehen Sie feste Stiefel und Ihren Tarnanzug an. Sie werden sich leider als Zuschauer betätigen müssen, denn ich darf Ihnen auf ausdrücklichen Befehl keine Waffe aushändigen. Sie werden das verstehen.«

»Natürlich.« Heidkamp verzog das Gesicht zu einem sauren Grinsen. »Ein Deutscher mit einem Taschenmesser ist schon eine Gefahr.«

In Ermangelung des Englischen hatte er diesen letzten Satz auf deutsch gesagt. Nam Ngoi Phu zögerte und überlegte, was er wohl bedeuten könnte. Aber dieses Mal versagte sein Instinkt. Es mochte daher kommen, daß er den Ruf, den die Deutschen in der Welt hatten, so genau noch nicht kannte.

Eine Stunde später befanden sie sich im dichtesten Dschungel. Pohland und Heidkamp war es ein Rätsel, wie sich Oberst Nam Ngoi Phu in dieser grünen Wildnis zurechtfand, durch die man stundenlang kriechen und gehen oder sich mit einem Buschmesser durchschlagen mußte und die doch überall gleich aussah: Riesenpflanzen, Sumpf, Gebüsche von Waldgröße, verfilzt und ineinander verschlungen als undurchdringbares Flechtwerk, dazwischen kleine Flußläufe, Seen, Wasseradern. Und doch war es, als sei der Oberst hier zu Hause, als kenne er jeden Baum, jedes sumpfige Gewässer.

Plötzlich blieb Nam Ngoi Phu stehen. Er lauschte, beugte sich vor und streckte den Kopf aus wie ein witterndes Wild. Seine Augen waren klein und verschwanden fast in den schmalen Fettpolstern, die den Asiaten das schlitzäugige Aussehen verliehen.

»Da ... hören Sie ...«, sagte er leise.

Pohland strengte sein Gehör an. Er hörte das Kreischen von Vögeln, ein Plumpsen im Wasser, das Brechen von jungem Bambusrohr und Schilf.

»Nein. Was denn?«

»Psst!« Der Oberst feuchtete seinen Zeigefinger an und hielt ihn in die Luft. Heidkamp lächelte. Darin sind wir alle gleich, dachte er. Das haben wir auch gemacht ... Finger naß, spüren, woher der Wind weht ... aber hier war kein Wind. Die Sonne stand fast senkrecht über ihnen, und der Dschungel dampfte. Der Schweiß drängte aus den Poren, der Körper schien trotz der Feuchtigkeit um ihn herum zu verdorren.

»Es kann die Herde sein«, flüsterte Nam Ngoi Phu. Er ließ die Maschinenpistole von seiner Schulter in die Hände gleiten und lud durch. Es klickte leise, der umklappbare Kolben schnellte herum, der Zeigefinger legte sich vor den Abzug. »Bleiben Sie hier stehen, es geschieht Ihnen nichts ...«

»Wo sollten wir auch hin?« sagte Pohland müde.

Der Oberst tastete sich lautlos durch das Schilf weiter. Die Riesenhalme schlugen hinter ihm zusammen wie gierige Zähne, die ihn in einen ungeheuren Rachen zogen. Pohland und Heidkamp blieben wie angewurzelt dort stehen, wo sie gerade waren. Sie sahen sich stumm an und gestanden sich mit Blicken ein, daß ihnen unheimlich zumute war.

Ein lauter Schrei ließ sie zusammenzucken. Es war ein menschenunähnlicher Schrei, ein Gellen, das aufquoll zu einem Kreischen und dann unterging in ein dumpfes Gurgeln. Gleichzeitig ratterte die Maschinenpistole, ein kurzer Feuerstoß nur, dem ein lautes Brechen von Zweigen folgte, ein helles Fauchen und plötzlich ein trockenes, merkwürdiges Gebrüll.

»Was ... was ist denn das?« fragte Heidkamp, nachdem es wieder still geworden war. Pohland hob schwach die Schultern und lauschte.

Der Dschungel um sie herum war erfüllt vom Kreischen der Vögel, das langsam verebbte. Dann wurde es wieder still, unheimlich leblos fast.

»Oberst Nam Ngoi Phu!« rief Pohland. Und als er keine Antwort bekam, rief er lauter und zuletzt schrie er mit voller Stimme: »Nam Ngoi Phu! Oberst! Wo sind Sie?!«

Niemand antwortete. Pohland wischte sich den Schweiß aus dem Gesicht. Er sah, wie Heidkamp sich an einen Stamm lehnte. Ihm schien schlecht zu werden, die Augen quollen hervor, der Mund zuckte wild.

»Es war alles nur ein Trick ...«, stammelte er tonlos. »Herr Pohland ... es war eine Falle ... man hat uns ausgesetzt ... einfach ausgesetzt ...«

»Dummheit, Heidkamp.« Pohland riß seine Tarnuniform

vor der Brust auf. Er bekam keinen Atem mehr vor Entsetzen. »Warum sollten sie das? Oder haben Sie Quatsch gemacht?«

»Ich? Nein.«

»Sie haben keine versteckten Fehler in die Pläne gezeichnet?«

»Aber nein!« schrie Heidkamp schrill. »Ich will doch weiterleben.«

»Dann ... dann ist dort eben etwas Grauenhaftes passiert.« Pohland zeigte auf das Schilf, in dem der Oberst vor wenigen Minuten untergetaucht war. »Der Schrei ... er hat ja auch geschossen ... das Brüllen ...«

»Das ... das ist doch nicht möglich«, stotterte Heidkamp.

»Kommen Sie!«

»Ohne Waffen?«

»Wollen Sie hier stehenbleiben und verfaulen? Irgendwie müssen wir ja weiter. Unsere Chancen sind sowieso Null. Los, Doktor, denken Sie an die Pripjet-Sümpfe 1944.«

»Da war ich auch fast zwanzig Jahre jünger. Und ich hatte ein MG vor der Brust ...« Aber Heidkamp stieß sich trotzdem von seinem Baum ab und stapfte zu Pohland.

Vorsichtig, Schritt um Schritt, tasteten sie sich durch das Schilf. Sie sahen undeutlich die Spur, die Nam Ngoi Phu gebrochen hatte. Nach einigen Metern wurde das Schilf lichter, ein kleiner Wasserlauf leuchtete wie geschmolzenes Blei in der Sonne, und um diesen Bach breitete sich zu beiden Ufern eine Art Grasfläche aus, ungefähr zwanzig Meter breit. Am jenseitigen Ufer begann wieder der Dschungel.

Am Ufer des Wasserlaufes, auf dem Rücken, in verkrampfter Haltung, lag der Oberst. Pohland jagte ein Schauer über den Rücken, als er an die Gestalt herantrat. Die Brust Nam Ngoi Phus war aufgerissen bis auf die Rippen, das Gesicht war auf der linken Seite ein einziger Fleischfetzen, über den aus der zertrümmerten Schläfe eine gelbweiße Masse Gehirn quoll. In den Händen hielt er noch immer, im Tode festgekrallt, die Maschinenpistole. Die Beine waren an den Leib gezogen, letzter Ausdruck eines wahnsinnigen Schmerzes, der ihn durchtobt haben mußte, bis der Tod alles auslöschte.

Hans Heidkamp wandte sich ab. Der Anblick des Toten jagte ihm weniger Schauer ein als der Gedanke an die Tatsache, wie nahe sie selbst am Tode standen.

»Tiger – –«, sagte er heiser. »Das war ein Tiger.«

Er bückte sich, riß die Maschinenpistole aus den verkrampften Fingern des Toten und lud wieder durch. Auch Pohland hatte in diesem Augenblick nur einen Gedanken. Er nestelte die Pistole aus dem Futteral des Obersten und nahm ihm das Buschmesser ab, das im Koppel steckte.

»Sehen Sie dort!« Pohland zeigte zum Ufer. Dort schimmerte aus dem hohen Gras eine runde, gefleckte Masse, weißgelb mit schwarzen Streifen.

Heidkamp riß die Maschinenpistole an die Schulter und feuerte sofort. Er sah die Schüsse einschlagen, aber die Masse rührte sich nicht.

»Er hat ihn im Sterben noch erlegt.« Pohland sah auf die schrecklich zugerichtete Leiche Nam Ngoi Phus. »Was er uns angedroht hat ...« Er schwieg, griff in die Tasche, zog ein Taschentuch hervor und breitete es über das zerfetzte Gesicht des Obersten. »Der Tiger muß ihn ganz plötzlich angesprungen haben. Erst hat er zweimal zugeschlagen, ehe der Oberst mit letzter Verzweiflung und schreiend schießen konnte.«

Heidkamp ging bis zum Ufer und betrachtete den toten Tiger. Ein mächtiges, altes Tier; ein Einzelgänger, der alles riß, was lebendig war. Zwischen den Zähnen hatte er noch das blutige Brustfleisch des Obersten, an den Krallen der rechten Tatze klebten Haare und Knochensplitter.

Als Heidkamp zurückkam, saß Pohland neben dem Toten und hatte dessen Habseligkeiten vor sich ausgebreitet. Einen Ausweis, die goldene Zigarettendose mit den Rauschgiftzigaretten, eine Armbanduhr, einen Ring, eine Brieftasche, die leer war bis auf zwei Bilder. Sie zeigten eine schöne, junge Frau in der bis zu den Schenkeln geschlitzten Tracht der Vietnamesinnen. Auf der Rückseite war eine Widmung in der Landesschrift.

»Wir haben jetzt eine Maschinenpistole«, sagte Pohland und sah zu Heidkamp auf, »eine Pistole, ein Buschmesser, für jede Waffe fünfundzwanzig Schuß Reservemunition. Das muß genügen, um zu überleben.«

Heidkamp schwieg. Er wußte wie Pohland, wie aussichtslos ihre Lage war. Sie standen mitten im Dschungel, nach einem stundenlangen Marsch, und der einzige, der einen Weg zurück aus der grünen Hölle kannte, lag von einem Tiger zerrissen vor ihnen.

Der Ingenieur hakte das Magazin der Maschinenpistole aus und zählte die Patronen. »Noch zehn Schuß.«

»Wir haben also sechzig Schuß. Das sind sechzigmal Fleisch, wenn jeder Schuß trifft.«

»Und Wasser?«

»Wir müssen den Regen auffangen.«

»Und wohin sollen wir uns durchschlagen?«

»Nach Süden, ganz gleich, was uns in den Weg kommt ... nach Süden.« Pohlands Gesicht war kantig und zu allem entschlossen. »Im Süden liegt unsere einzige Chance.«

Hans Heidkamp nahm die Uhr des Obersten von der Erde und hielt sie in die Sonne. Es war drei Uhr nachmittags. Nach dem Stand der Sonne berechnete er in etwa, wo Süden lag.

»Wir müßten den Flußlauf hinunter«, sagte er und band die Uhr um sein Handgelenk. Dann blickte er wieder auf Nam Ngoi Phu. »Und er ...«

»Wir haben keine Möglichkeit, ihn zu begraben.«

»Steine aus dem Fluß.«

»Das wäre eine Lösung.«

Über eine Stunde schleppten sie Steine aus dem Fluß und schichteten sie um den Obersten, bauten ein Grab und warfen die Ritzen mit Erde zu, die sie mit den Händen zusammenkratzten. Dann saßen sie erschöpft neben dem Grabhügel, durstig und ausgedörrt, und schnappten nach Luft.

Aus dem Schilf, nicht weit von ihnen, aber unbestimmbar, woher und wie nahe, klang plötzlich ein dumpfes, fauchendes Brüllen auf. Heidkamp drückte die Maschinenpistole an sich. Aus leeren Augen stierte er Pohland an, der in der Rechten die Pistole und in der Linken das breite, scharfe Buschmesser umklammerte.

»Tiger«, sagte er tonlos. »Es wird dämmrig, da kommen sie zur Tränke.«

Sie saßen mit dem Rücken an den Grabhügel gelehnt, und warteten ... schwer atmend, mit angstvoll zusammengebissenen Zähnen.

An einem Augusttag bekam Dr. Wehrmann unverhofften Besuch. In seiner Stadtpraxis erschienen Anna und Gotthelf Petermann.

»Bevor ihr den Mund aufmacht«, knurrte Dr. Wehrmann ahnungsvoll, »rate ich euch eins: Wenn ihr mir gesteht, daß Anna wieder ein Kind bekommt, macht euch aus dem Staub. Liebe und Fruchtbarkeit sind etwas Schönes, aber bei euch wird's zum Verbrechen. Also – wollt ihr das sagen?«

»Nein.« Petermann nagte an der Unterlippe und sah seine Frau hilfesuchend an. »Im Gegenteil, Herr Doktor ... es ist schon wegen Anna ... aber anders herum ...«

»Anders herum? Was soll der Quatsch.«

»Die Pillen wirken bei Anna so merkwürdig.«

Das war ein Geständnis, das Dr. Wehrmann mobilisierte. Er schickte seine Sprechstundenhilfe hinaus mit dem Auftrag, im Wartezimmer sagen zu lassen, daß es bis zum nächsten Patienten länger dauern würde. Wer morgen wiederkommen könnte, sollte gehen. Dann sah er Anna Petermann nachdenklich an und klopfte mit den Knöcheln auf die Schreibtischplatte. »Also, was ist? Wieso wirken die Pillen komisch auf Anna?«

»Sie ist nicht mehr so wie früher«, sagte Petermann.

»Was heißt das: Nicht wie früher?«

»Tja, wie soll ich das sagen?« Gotthelf Petermann sah seine Frau an. Wie sagt man so etwas, dachte er verzweifelt.

»Haben Sie Beschwerden?« fragte Dr. Wehrmann. Daß er sie plötzlich mit Sie ansprach, war ein Zeichen, daß er jetzt ganz Arzt war und nicht nur Vertrauter der Familie Petermann. »Übelkeit? Schwindelanfälle? Kopfschmerzen?«

»Nein ... nur ...«

»Läßt Ihr Interesse an der Liebe nach?«

»Das ist es, Herr Doktor!« rief Petermann wie befreit.

»Das also«, sagte Dr. Wehrmann nachdenklich. »Wie äußert sich das denn, Anna?«

Anna Petermann gab keine Antwort. Sie hatte ein Taschentuch vor das Gesicht gepreßt und weinte leise. Gotthelf Petermann scharrte mit den Schuhspitzen über den Teppich.

»Sie ... sie empfindet nichts mehr ...«, sagte er mit belegter Stimme.

»Kaum ... oder gar nichts?«

»Da müssen Sie Anna fragen.«

Dr. Wehrmann trat zu Anna und streichelte ihr über das zerwühlte Haar. »Nun sag doch mal die Wahrheit, Anna. Wir sind doch unter uns. Wenn dein Mann dich in den Arm nimmt ... ist es nicht mehr wie früher?«

Anna Petermann schüttelte stumm den Kopf.

»Du empfindest nichts mehr dabei?«

Wieder das Kopfschütteln. Petermann schnaufte erregt, was ihm einen strafenden Blick Wehrmanns einbrachte.

»Seit wann ist es denn so?«

»Seit ein paar Wochen.« Petermann antwortete, nachdem sie vergeblich auf Annas Worte gewartet hatten. »Wie ein Holzklotz liegt sie da.«

»Das ist anschaulich.« Dr. Wehrmann setzte sich an seinen Schreibtisch und hob die Augenbrauen. »Da kann man nichts machen, ihr Lieben.«

»Wieso?« Petermanns Gesicht war ein einziges Erschrecken. Auch Annas Kopf zuckte herum.

»Anna gehört zu den fünf Prozent Frauen, bei denen die Pillen einen Verlust des sexuellen Gefühls auslösen.«

»Aber das ist doch schrecklich, Herr Doktor.«

»Bei Anna ist es das kleinere Übel. Ein siebtes Kind, das wißt ihr ja, bedeutet das Ende überhaupt.«

»Und ... und es gibt keine Mittel, die doch ...« Petermann schluckte.

»Nein. Nicht im Zusammenhang mit diesen Pillen.«

»Dann lassen wir die Pillen weg.«

»Und dann kommt das siebte Kind.«

»Aber es muß doch ein anderes Mittel geben!« rief Petermann verzweifelt. »Ein Kind darf sie nicht mehr haben, also nimmt sie die Pillen. Nimmt sie die Pillen, wird sie kalt wie 'ne Hundeschnauze.«

»Gotthelf!« sagte Anna strafend.

»Mein Gott, es ist doch so. Was soll ich denn machen? Soll ich mich von jetzt an hintern Ofen setzen? Ich bin doch kein alter Mann, und Anna ist erst dreißig. Wir können doch jetzt nicht mit dem Leben aufhören. Da muß es doch etwas geben.«

»Vernunft und Selbstbezwingung, wenn ihr's so wollt«, sagte Dr. Wehrmann mit saurer Miene. Petermann fuhr sich mit einer wilden Bewegung durch die Haare.

»Daß Sie so etwas Blödsinniges sagen, Herr Doktor!« rief er. »Sie wissen doch selbst, wie dumm das ist.«

»Natürlich«, antwortete Wehrmann ehrlich. »Aber es bleibt nichts mehr übrig.«

»Und da sagt man, die Medizin sei fortschrittlich!« rief Petermann. »Genau nichts weiß sie!«

»Von der Schädeldecke bis zur kleinen Zehe kennen wir den Menschen, innen und außen. Wir können Adern durch Kunststoffröhrchen ersetzen und können durch einen kleinen Schnitt im Frontalhirn eine völlig andere Persönlichkeit fabrizieren. Nur wenn es um den Geschlechtstrieb geht, stehen wir ein bißchen dumm herum. Wir können bremsen und anregen, wir können Geburten verhindern und fördern – aber wenn das eintritt, was jetzt bei Anna geschehen ist, da versagt unser Können. Wir haben es gewagt, die Natur zu betrügen, nun schlägt sie mit der einzigen und grausamsten Waffe zurück: Sie macht den Laden zu. Jalousie runter. Aus. Und es wird erst wieder normal, wenn wir die Pillen absetzen. Dann allerdings . . .« Dr. Wehrmann hob beide Hände. Die Petermanns verstanden. Es war die Sprache, die allein überzeugte. Gotthelf Petermann setzte sich, als würden seine Beine weich.

»Mit anderen Worten: Es ist aus«, stöhnte er. »Unsere Ehe ist kaputt.« Er verkrampfte die Finger ineinander und sah Dr. Wehrmann mit einem kindlich-flehenden Blick an. »Es *muß* doch etwas anderes geben, Herr Doktor.«

»Nichts, was so hundertprozentig ist wie die Pille.«

»Dann laß es neunzig Prozent sein.«

»Und die zehn Prozent? Petermann! Anna ist verloren, wenn sie wieder schwanger wird. Ich kann das nur immer wieder sagen, wie die Zeitansage im Telefon . . . sie ist verloren . . . verloren . . .«

»Hören Sie auf.« Petermann sprang hoch. »Ich habe gehört, daß man operieren kann.«

»Natürlich.«

»Dann tun Sie das, Herr Doktor.« Gotthelf Petermann sah zu seiner Anna hin, die wie ein Häuflein Elend auf dem Sofa hockte. »Anna will es auch. Dann . . . dann ist doch alles gut, nicht wahr?«

»Ja.« Dr. Wehrmann wandte sich ab und sah aus dem Fenster. Als letzter Ausweg bleibt immer noch eine Ovarektomie oder die Tubensterilisation. Aber auch diese Operation würde bei den schlechten Heilmöglichkeiten für Anna sehr gefährlich werden.

»Wir bitten Sie darum, Herr Doktor«, sagte Petermann leise. Dr. Wehrmann fuhr herum.

»Ich werde mit dem Chefarzt der gynäkologischen Klinik sprechen. Wenn wir es verantworten können . . .«

»Es geht um unser Glück, Herr Doktor. Um unsere Ehe. Um

die sechs Kinder.« Es war Anna, die es sagte. Leise, gefaßt und doch klar. Dr. Wehrmann nickte.

»Das wäre ein Thema für Dechant Bader«, sagte er seufzend. »Warum schenkt Gott so reiches Glück und läßt es dann so schwer werden ... Ob es darauf eine Antwort gibt?«

Der Zustand Gerda Pohlands begann sichtbar zu werden. Und je deutlicher es wurde, um so mehr verlor sie den letzten Rest der Angst, die noch in einem Winkel ihrer Seele hockte. Sie war von einem inneren Glück erfüllt, von dem Bewußtsein eines Auftrages, von einem herrlichen Sinn ihres ferneren Lebens.

Von der Regierung in Bangkok war unterdessen eine formelle Bestätigung gekommen, daß mit dem Tode Michael Pohlands und Dr. Hans Heidkamps fest zu rechnen sei. Sie waren Opfer der Rebellen geworden, und es war völlig ausgeschlossen, daß man die Körper jemals finden würde. Es war unmöglich, einen riesigen Dschungel Meter um Meter durchzukämmen.

Das Schreiben war amtlich. Michael Pohland wurde daraufhin auch in Deutschland juristisch für tot erklärt.

In der großen Halle der Pohland-Werke fand eine stille Trauerfeier statt. Im gläsernen Foyer des Verwaltungsgebäudes enthüllte Dr. Corbeck eine bronzene Gedenktafel für Pohland und Dr. Heidkamp. Dann ging das Leben weiter. Als Alleinerbin übertrug Gerda Pohland alle Geschäftsgewalt Dr. Corbeck; sie selbst zog sich nach Gut Heidfeld zurück und lebte nur noch der Stunde entgegen, in der Michaels Kind geboren werden sollte. Wöchentlich einmal kam Dr. Corbeck hinaus auf das Gut und berichtete, legte Verträge vor, hielt Vorträge und weihte Gerda in die Dinge der Werke ein, soweit sie sie verstand. Mit Problemen belastete Dr. Corbeck sie nie; er übernahm sie selbst und führte die Stahlwerke so, als säße Pohland noch immer in seinem riesigen Arbeitszimmer und überwachte die Realisierung seiner Ideen.

»Fahren Sie nach Oberholzen«, sagte Dr. Wehrmann eines Tages zu Gerda Pohland. »Befreien Sie sich von diesen Dingen um Sie herum, die nach Erinnerung schreien. Gehen Sie spazieren, horchen Sie nur in sich hinein, leben Sie dem großen Augenblick entgegen. Es wäre ganz im Sinne Michas.«

Dr. Dornburg richtete für Gerda ein Zimmer in seinem Sanatorium ein; im Privatflügel, der eine schöne Terrasse zum Park hin hatte. Im Gasthaus »Zur Sonne« zu wohnen hielt Dr. Wehrmann nicht für angebracht. Auch hier war alles Erinnerung. Im stillen hatte er die Hoffnung, daß der tägliche Umgang mit Tutti eine ganz andere Welt für Gerda erschloß. Was sie früher ängstlich verborgen gehalten hatte, würde sich jetzt als neuer Lebenskreis erweisen.

»Es ist eine verfluchte Tragik, daß wir eine so schöne und lebensfrohe Frau aus dem glänzenden Leben wegdrücken«, sagte er am Telefon zu Dr. Dornburg. »Aber was bleibt uns anderes übrig? Wenn sie jetzt das Kind nicht hätte, würde der Tod Pohlands zu einem völligen Zusammenbruch geführt haben. Bitte, Herr Kollege, passen Sie auf sie auf wie auf Ihren Augapfel.«

Tutti empfing ihre Mutter mit dem freudigen Quietschen, das für Außenstehende grauenhaft wirkte und eine Gänsehaut erzeugte. Sie umfing mit ihren deformierten Armen den Hals Gerdas und drückte den Kopf, dieses unförmige Gebilde mit den hellen, blauen, klugen, unheimlich lebenden Augen an ihre Brust. Dann zeigte sie, was sie in den vergangenen Monaten alles getan hatte ... Bilder von ergreifender Zartheit, aus Plastillin modellierte Tiere von begeisternder Grazie.

»Ich überlege, ob wir ihr nicht Ton geben sollten«, sagte Dr. Dornburg, als er mit Gerda im Park spazierenging. »Sie hat eine ungeheure Begabung. Es ist immer wieder verblüffend und unverständlich, wie unter diesen Fingern solche Werke entstehen können. Es ist, als habe die Natur alles, was sie an Tutti verleugnete, in diese eine Begabung gesteckt. Bisher hatte ich immer Angst, sie würde den Ton in den Mund stecken, aber mit dem Plastillin ist es gutgegangen; sie hatte sofort begriffen, was man damit machen kann, und sie war glücklich wie nie, als sie das erste Tier, übrigens bezeichnenderweise einen Vogel mit ausgebreiteten Schwingen, modelliert hatte.«

Dr. Dornburg schwieg und rauchte nervös seine Zigarette. Gerda sah, daß er etwas mit sich herumtrug, das er schwer sagen konnte. Sie blieb stehen und sah zu dem Kind hinüber, das auf der Wiese saß und ein Windrädchen in den Wind hielt. Das Spiel eines Säuglings in der Hand einer Neunjährigen.

»Sie verschweigen mir noch etwas, Doktor?« fragte sie leise. Dr. Dornburg nickte.

»Vor vier Wochen gab es einen Zusammenbruch bei Tutti . . .«

»Wie soll ich das verstehen?« Gerda sah Dr. Dornburg fragend an. Der Arzt nickte ein paarmal schwer.

»Ich habe Ihnen nichts davon geschrieben, weil ich nicht wußte, ob wir Tutti wieder unter Kontrolle bekommen oder nicht. Wäre das Letztere eingetroffen, hätte ich Sie sofort angerufen. Sie hat fast zwei Wochen getobt, geschrien, sich in Krämpfen gewälzt, mit Schaum vor dem Mund, und es hatte allen Anschein, als suchte sie in dieser Zeit irgendeine Gelegenheit, sich zu töten. Im letzten Augenblick konnte eine Schwester verhindern, daß sie sich aus dem Fenster stürzte. Es bleibt uns bis heute ein Rätsel, wie sie auf die Fensterbank gekommen ist.«

»Um Gottes willen!« stammelte Gerda bleich.

»Aber dann konnten wir sie beruhigen. Wie Sie sehen, ist es die alte Tutti, im Gegenteil, sie erscheint mir nun noch fröhlicher. Und das macht mich nachdenklich. Es kann eine große Komödie sein, die sie uns vorspielt. Darum bin ich so froh, daß Sie hier sind. Solange Sie hier sind, besteht keine Gefahr.«

»Und warum . . . wie ist das alles gekommen . . .?«

»Durch eine Unachtsamkeit eines der Putzmädchen. Es vergaß in Tuttis Zimmer die Schürze, und in der Schürzentasche war ein Handspiegel.«

»Mein Gott!« stammelte Gerda.

»Zum erstenmal sah Tutti, wie sie ist. Ihre Glieder ... das kannte sie ja. Aber sie hatte noch nie ihren Kopf gesehen. Nun erkannte sie, welches Wesen sie ist ... sie, die die Schönheit der Umwelt so zart malen kann. Und sie begreift ...« Dr. Dornburg senkte den Kopf. »Es war schrecklich«, sagte er leise. »Ich habe viel erlebt ... aber diesen Aufschrei werde ich nie aus dem Gehör verlieren.«

An dem Nachmittag dieses Tages waren Gerda und Tutti allein im Park. Sie saßen auf der Wiese, und Gerda hatte sich vorgenommen, ihrer Tochter zu erzählen, daß sie ein Schwesterchen oder Brüderchen bekommen würde. Es war möglich, daß sie es gar nicht begriff – aber wenn sie es verstand, sollte sie sich freuen.

»Hör einmal, Tutti«, sagte Gerda und legte den Arm um den unförmigen Körper des Kindes, »ich muß dir etwas Schönes erzählen.«

Die schönen, großen blauen Augen Tuttis sahen Gerda fragend und etwas kritisch an. Der Kopf nickte.

»Mami hat sich vom lieben Gott noch ein Kind bestellt. Wir werden bald zu dritt sein ... Stell dir vor: ein Babychen.«

Tutti sagte nichts. Nur ihre Augen wurden plötzlich dunkel und abgrundtief. Gerda sah es nicht ... sie blickte hinauf in die Wolken und dachte an Micha. Dabei legte sie die Hände auf ihren schon gewölbten Leib und empfand ein großes Glücksgefühl.

Sie schrak auf, als neben ihr ein merkwürdiger Laut aufquoll. Es war erst wie ein Gurgeln, dann ging es in ein Greinen über, das sich zu einem wilden Kreischen steigerte. Mit Armen und Beinen schlug Tutti um sich, sie schnellte vor und wäre wie ein Stein auf Gerda gefallen, wenn sich diese nicht schnell zur Seite gewälzt hätte und aufgesprungen wäre. Das Kind lag mit dem Gesicht in der Wiese und biß in die Erde, schlug mit den Händen ins Gras und brüllte mit unheimlichen, menschenunähnlichen Lauten.

»Tutti!« schrie Gerda Pohland entsetzt. Sie beugte sich über das Kind, wollte es umdrehen, aber Tutti trat um sich, hieb mit der Stirn auf den Boden und kreischte ... kreischte ...

Vom Haupthaus her kam Dr. Dornburg. Er hatte weit entfernt dieses Gebrüll gehört, als er zu den Labors hinüber wollte, die in einem Anbau des Sanatoriums lagen. Als er das sich im Gras wälzende Bündel sah, lief er mit langen Schritten herbei. Gerda Pohland rannte ihm entgegen, völlig aufgelöst, vom Entsetzen geschüttelt.

»Doktor!« rief sie ihm entgegen. »Doktor! Helfen Sie! Es ist schrecklich ... es ist ...« Sie blieb stehen, wie plötzlich gelähmt, schlug die Hände vors Gesicht und wandte sich ab.

Dr. Dornburg kniete bei Tutti nieder. Das Kind lag auf dem Rücken, zuckte in Krämpfen, und die schönen, blauen Augen waren verkniffen und wie weggesunken in dem unförmigen Kopf.

»Fassen Sie mit an!« rief er. »Sie muß sofort ins Haus! Was haben Sie denn gesagt? Was ist denn geschehen?«

»Ich habe nur gesagt, daß wir noch ein Baby bekommen«, stammelte Gerda.

»Das hätten Sie nicht tun dürfen.« Dr. Dornburg faßte Tutti an den Schultern, Gerda nahm die Beine. So liefen sie zurück zum Haus, zwischen sich das kreischende Bündel Mensch. »Sie hat Angst, daß Sie nun das neue Kind lieben. Für Tutti ist in diesem Augenblick ihre Mutter weggegangen. Wer weiß, was jetzt daraus entsteht.«

Erst nach zwei Injektionen wurde Tutti ruhiger und schlief ein ...

Drei Thais, Dschungelbauern, die Wasserschweine jagten, fanden die erschöpften und ausgelaugten Körper Pohlands und Dr. Heidkamps.

Sie lagen im Schilf am Ufer des Wasserlaufes, nebeneinander, auf dem Rücken, bereit, so zu sterben. Sie zeigten kaum noch Leben, als die Thais sie schüttelten, sie anriefen, ihnen die

Uniform über der Brust öffneten und die Rippen massierten. Erst als man ihnen einige Hände voll Wasser über Gesicht und Brust geschüttet hatte, regten sie sich, stöhnten leise und streckten sich. Dann fielen sie wieder in die Besinnungslosigkeit zurück, in den bleiernen Schlaf der völligen Erschöpfung.

Die Wasserschweinjäger berieten miteinander. Immer wieder betrachteten sie die beiden Körper, die verhaßten Uniformen der Rebellen, und es schien, als beratschlagten sie, ob sie diese Fremden einfach töten sollten. Schließlich war man sich einig. Sie luden sich die schlaffen Körper über den Rücken und stapften durch das Schilf davon. Der dritte Thai trug die Waffen Pohlands und Heidkamps, und immer wieder blieb er stehen, sah sich um, sicherte wie ein verfolgtes Wild, und in seinen Augen sah man die Angst, daß noch mehr Rebellen im Dschungel sein und sie aufspüren könnten.

Auf einer Insel im Schilf blieben sie stehen und legten die Körper auf den glitschigen Boden. Eine notdürftige Schutzhütte war hier aufgebaut, ein Ruheplatz der Jäger, die hier den Morgen abwarteten, bis die Tiere zur Tränke kamen.

Aus einem Tonkrug flößten sie Pohland einen scharfen Schnaps ein. Sie mußten dazu die Kiefer auseinanderziehen, die zusammengebissenen Zähne mit einem Messer auseinanderdrücken, um einige Tropfen in den Mund zu träufeln.

Stöhnend bewegte sich Pohland und zog die Beine an.

Der Thai, der die Waffen getragen hatte, richtete die Maschinenpistole auf Pohland. Er rief etwas in seiner siamesischen Sprache und trat Pohland in die Seite. Der Getretene rollte auf den Bauch und schlug mit der Stirn in den glitschigen Humusboden. Das war der Anstoß, daß er langsam die Augen öffnete und sich zurück auf den Rücken rollte. Er starrte in die kleine, schwarze Mündung der automatischen Waffe über seiner Stirn. Ein winziges Auge des Todes.

»Wasser ... Wasser ...« Pohland schloß die Augen. Seine Kehle brannte wie Feuer. Es war der scharfe Schnaps, der seinen ausgetrockneten Gaumen wie versengt hatte. Er wollte sich aufrichten, doch die Muskeln waren schlaff und versagten den Dienst. Mit Mühe bewegte er den Kopf auf dem Boden hin und her, und als er flehend den Arm heben wollte, hob sich nur seine Hand ein paar Zentimeter von der Erde und fiel dann kraftlos zurück.

Um so intensiver wurde seine Erinnerung.

Ein Grabhügel, das Gebrüll der Tiger, die zur Tränke kamen. Sie beschnupperten den Kadaver des erschossenen Tigers, hoben die herrlichen Köpfe, zogen die Lefzen hoch und knurrten zu den beiden stummen Männern hin. Aber sie waren satt, sie hatten nur noch Durst ... sie schlappten das Wasser in sich hinein, duckten sich am Wasserlauf, scharrten die Erde unter sich, tapsten vorsichtig in das Schlammufer und peitschten mit ihren Schwänzen den Boden. Dann schlichen sie zurück in das Schilf, lautlose, schwebende Riesenkörper ... und immer ferner wurde ihr Knurren, das Fauchen und dumpfe Brüllen. Dann kam die Nacht ... und die beiden Männer erwachten, weil sie froren und sich wie im Wasser liegend vorkamen. Es regnete in Strömen, das Wasser klatschte auf sie herunter, wie aus weltraumgroßen Eimern geschüttet. Sie waren zu müde und zu erschöpft, um Schutz zu suchen. Sie lagen im Regen, fühlten, wie sie aufweichten, wie ihre Körper formlos wurden, wie die Kraft wegrann mit den Bächen, die von ihren Leibern flossen.

Am Morgen dampften sie in der glühenden Sonne. Heidkamp erwachte als erster und schüttelte Pohland hoch.

»Wir können hier nicht verdursten«, stöhnte er und schob sich an dem Grabhügel hoch, bis er stand und wie ein Betrunkener einige schwankende Schritte versuchte. »Wenn meine Uhr stimmt, weiß ich, wo Süden ist. Können Sie gehen, Herr Pohland?«

»Es muß.« Michael Pohland stützte sich an den aufgeschichteten Steinen und stand wie Heidkamp schwankend und dampfend unter der Sonne. Sein Herz krampfte sich zusammen, er bekam kaum Luft, die feuchte Glut nahm ihm den Atem. Der

Dunst des Dschungels, dieser heiße Fieberhauch aus gärenden Sümpfen, drückte auf Lungen und Herzschlag. »Immer dem Wasserlauf nach, nicht wahr?«

»Und den Tigern vor die Mäuler.« Heidkamp drückte die Maschinenpistole an sich. »Man sollte, wenn man keine Chance mehr hat ...«

»Quatschen Sie nicht!« schrie Pohland mit letzter Anstrengung. »Es gibt im Leben immer eine Chance ... Gehen wir ...«

Drei Tage tappten sie durch den Dschungel, immer am Wasserlauf entlang, den sie verließen, wenn die Dämmerung kam. Sie schossen ein Wasserschwein und aßen es roh, weil die Zündhölzer des Obersten im Regen aufgeweicht waren und die Phosphorkuppen sich wegschabten wie Ölkreide. Heidkamp erbrach sich nach dem ersten rohen Fleischgenuß, der Ekel krümmte ihn, und er aß den ganzen Tag über nichts mehr und sah zur Seite, wenn er Pohland in das blutige widerlich streng schmeckende Fleisch beißen sah. Aber am zweiten Tag aß auch er davon, weil er spürte, wie die letzte Kraft aus ihm wegschwamm, und am dritten Tag schoß er zwei Vögel, die sie ebenfalls roh aßen. Der Rest des Wasserschweinfleisches war im Wechsel von Regen und glühender Hitze bereits am zweiten Abend in Fäulnis übergegangen und stank süßlich.

Am dritten Tag ging es nicht mehr ... sie brachen einfach zusammen, dort, wo sie gerade standen, am Rande des Wasserlaufes. Es war ihnen völlig gleichgültig, ob die Tiger kommen würden, sie hatten keine Gedanken mehr an Gefahr oder Tod. Sie fielen um wie gefällte Bäume und merkten gar nicht, wie das Bewußtsein sie verließ und ihre Körper ein aufgesaugter Teil der grünen Hölle wurden.

An diese Stunden erinnerte sich Pohland mit einer Klarheit, die ihn erschreckte. Er versuchte wieder, den Arm zu heben, mit dem Kopf zu nicken, sich umzusehen nach Heidkamp. Es wurde daraus eine schwache Zuckung des Leibes, weiter nichts. Aber hinter dem kleinen Mündungsloch über seiner Stirn erkannte er jetzt das breite, undurchdringliche Gesicht des Thais.

Augen, die ihn voll Haß anstarrten. Einen schmalen Mund, der in seiner Verkniffenheit tödliche Mitleidslosigkeit ausdrückte.

»Wasser ...«, sagte Pohland noch einmal und schloß die Augen. »Wasser ...«

Obwohl ihn die Thais nicht verstanden, ahnten sie, wonach er bettelte. Sie hoben seinen Kopf an und setzten einen ledernen Wasserbeutel an seine Lippen. Gierig trank Pohland das warme, faulig schmeckende Wasser, dann fiel sein Kopf auf den Boden zurück, und er sah über sich wieder den blauen Himmel, die kochende Luft; er spürte erneut den Druck auf dem Herzen und die Mühe, atmen zu können. In seinem Zustand zwischen Ohnmacht und Wachsein spürte er, wie man ihn an den Stiefeln ergriff und über die Erde schleifte. Ein paarmal öffnete er für ein Wimpernzucken die Augen und merkte, wie es plötzlich dunkler um ihn war, wie die Sonnenglut nachließ. Er lag unter einem Dach, er war in die Hütte gezerrt worden, und einer der Thais saß vor ihm, die Maschinenpistole auf den Knien und bewachte ihn.

Das zweite Erwachen aus der Bewußtlosigkeit war wie ein erfrischtes Aufstehen im Vergleich zur ersten Rückkehr ins Leben. Er lag in einer großen Bambushütte, ein Feuer brannte und qualmte zwischen aufgeschichteten Steinen, der Rauch biß in den Augen ... aber gleichzeitig roch er gebratenes Fleisch und hörte das Brutzeln über der Flamme.

Pohland richtete sich auf und sah an sich herunter. Er war nackt. Die Uniform hatte man ihm ausgezogen, die Stiefel, die Unterwäsche. Völlig unbekleidet lag er an der Hüttenwand, und Dr. Heidkamp lag neben ihm, ebenfalls nackt, und schlief noch.

»Bonjour, monsieur«, sagte eine helle Stimme in diesem Augenblick. »Fühlen Sie sich besser? Sprechen Sie Französisch?«

Michael Pohland wandte mit größter Mühe den Kopf zur Seite. Auf einem etwas erhöhten Lager aus großen Blättern und Bambusgeflecht, über dem einige Felle lagen, saß ein kleiner, alter Mann mit einem runzligen Gesicht und weißen, schütteren Haaren. Seine geschlitzten Augen, fast versinkend in den gelben Falten der Haut, besaßen im Widerschein des Feuers den phosphoreszierenden Glanz der Katze.

»Ja«, sagte Pohland mühsam auf französisch. »Ich spreche Französisch.«

»Mein Name ist Puan Lampun.« Der Alte verbeugte sich im Sitzen. »Ich bin in einer Klosterschule erzogen worden.«

»Michael Pohland.« Pohland richtete sich auf und lehnte sich gegen die Hüttenwand.

»Das klingt sehr fremd, Monsieur.«

»Ich bin Deutscher.«

»Und wie kommen Sie zu den Rebellen?«

»Man hat mich überfallen und verschleppt.«

»Und dabei trugen Sie ihre Uniformen . . .?«

»Sie wurden uns gegeben.« Pohland sah an sich herunter. »Wir sind nicht daran gewöhnt, so herumzulaufen.«

Puan Lampun lächelte schwach. »Eine Schutzmaßnahme, Monsieur. Im Dorf ist man in zwei Gruppen gespalten. Die einen wollen Sie sofort erhängen, die anderen wollen Sie als Geiseln festhalten. Ich habe die Entscheidung zurückgestellt, bis man genau weiß, wer Sie sind und warum Sie in unserem Jagdgebiet waren.«

»Wir sind auf der Flucht vor den Rebellen.« Pohland wischte sich den Schweiß vom Gesicht. In der Hütte mit dem rauchigen Feuer war es glühendheiß. Aber es war trocken, nichts dampfte, man konnte atmen und sogar vor Rauch husten. Es drückte nicht aufs Herz, und die Lungen quollen nicht auf wie Hefeteig. »Wo sind wir hier, Monsieur?«

»Im Dorfe Muang Thao. Mitten im Dschungel. Sie müssen wissen, daß wir schon sechsmal von Rebellen überfallen wurden und jedesmal unser ganzes Vieh verloren. Man hat uns erpreßt und allen Reis weggenommen. Wir wären fast verhungert. Sechsmal in vier Jahren. Sie können sich denken, wie gern meine Brüder Sie aufhängen möchten.«

»Wir sind keine Rebellen.«

»Sie haben ihnen geholfen.«

»Wir wurden gezwungen.«

»Einem Mann kann man das Herz aus der Brust reißen, aber man kann ihn nicht zwingen! Man stirbt eher.«

»Das ist eine asiatische Einstellung.« Pohland hob die Arme. Es gelang wieder ... das Blei aus den Adern war weggeschmolzen. »Wir Europäer hängen mehr am Leben.«

»Das ist durchaus keine stolze Einstellung. Ich kenne sie aus meiner Missionserziehung, ich habe viele europäische Bücher gelesen, Bücher von Kriegen und Morden. Vielleicht wäre manches anders in Ihren Ländern, wenn das Leben Ihrer Regierenden mit der gleichen Selbstverständlichkeit ausgelöscht werden könnte, wie sie das Leben der anderen auslöschen. Das Nichtwagen, das Zögern, die Angst um das eigene Opfer, das Tausende retten könnte ... daran erkennt man, wo die wirklichen Sklaven wohnen.« Puan Lampun stand von seinem Sitz auf und kam auf Pohland zu. Er war dürr und etwas nach vorn gebeugt, eine laufende Mumie mit den Augen eines Tigers. »Sie sehen doch ein, daß Ihr persönlicher Mut so gering war, daß meine Brüder Ihren Tod fordern können?«

Pohland holte tief Luft und krümmte sich in einem Hustenanfall, weil er mit diesem Luftholen eine Menge Rauch eingesogen hatte. Mein Gott, was ist das? dachte er und breitete die Arme wie ein Erstickender aus. Nackt und armselig hockt man in einer Dschungelhütte, und ein Mensch mit dem Aussehen einer Ameise hält einen Vortrag über europäische Geisteshaltung.

»Sie wollen mich töten?« fragte er heiser, als der Hustenanfall vorbei war.

»Ich werde es müssen, Monsieur.« Puan Lampun wiegte den verrunzelten, zusammengeschrumpften Kopf. »Was wollen Sie Besseres?«

»Nach Hause, zurück nach Deutschland«, keuchte Pohland. Mit der körperlichen Erstarkung kam auch das Gefühl der

Angst zurück. Die fatale Gleichgültigkeit fiel von ihm ab, Stück um Stück, mit jedem kräftigeren Schlag seines Herzens. Der Lebenswille wuchs, und mit ihm wuchs die Erkenntnis der Furcht und des Grauens.

»Wie könnte das sein? Wir sind von Rebellen umgeben. Unser Dorf ist wie eine Insel, um das zwei Meere branden. Von Norden die Kommunisten, die uns erpressen, von Süden die Regierungstruppen, die uns bestrafen, weil wir uns erpressen lassen. Wir müssen nach allen Seiten bluten, so lange, bis der letzte Mensch von Muang Thao zerrieben ist.« Puan Lampun schnitt ein Stück Fleisch ab und reichte es auf der Messerspitze Pohland hin. »Vorsicht, Monsieur, es ist heiß. – Man wird Sie sicherlich suchen, nicht wahr?«

»Ich weiß nicht.« Er biß gierig in das Fleisch, verbrannte sich die Lippen, aber der Schmerz war nicht so stark wie der Hunger, der seinen Magen zusammenzog. Puan Lampun ließ ihn ein paar Bissen essen, ehe er weitersprach.

»Natürlich wird man Sie suchen. Und man wird wieder zu uns kommen, unsere Häuser plündern, unsere Frauen schänden, unsere Vorräte wegnehmen . . . sie sind wie die Aasfliegen, sie überdecken alles. Und wenn man Sie bei uns findet, werden sie unser Dorf verbrennen und alle töten! Sie sehen doch ein, daß es besser ist, zwei Menschen zu töten als neunundsechzig Familien . . . Oder sehen Sie es nicht ein, Monsieur?«

»Diese Rechnung stimmt nicht. Vielleicht kommen sie gar nicht.«

»Vielleicht ist ein Wort der Unsicherheit. Unsicherheit im Dschungel aber ist tödlich. Hier bestehen nur die eindeutigen Dinge.« Puan Lampun nickte mehrmals. »Bitte, essen Sie gut, Monsieur. Und dann trinken Sie bitte. Hier diesen Schnaps. Er ist sehr stark, und es wird Ihnen ein Vergnügen sein, erschossen zu werden . . .«

»Das glaube ich nicht.« Pohland hörte, wie sich auch Dr. Heidkamp rührte. Er stöhnte, dehnte sich, hustete, richtete sich an der Hüttenwand zum Sitzen auf und starrte zunächst mit leeren Augen um sich. Dann bemerkte auch er seine völlige Nacktheit und den kleinen Greis, der zwischen dem Feuer und ihm stand und ihn freundlich ansah.

»Spricht Monsieur auch Französisch?« fragte Puan Lampun.

»Ja.«

»Man muß ihm sagen, daß er sterben muß.«

»Wasser!« stöhnte Dr. Heidkamp. »Ich verbrenne ja. Wasser ... Wasser ...«

Er begriff noch nicht, wo er war und was gesprochen wurde. Der Alte reichte ihm eine Tonschale mit kaltem Tee. Mühsam begann Dr. Heidkamp zu schlucken, dann sank er wieder gegen die Hüttenwand und schloß die Augen. Um ihn zu erfrischen, schüttete Puan Lampun den Rest des Tees über Heidkamps Kopf. Er schüttelte sich, riß die Augen wieder auf und gewann die Klarheit des Denkens zurück.

»Wo sind wir denn hier, Herr Pohland?« fragte er mit schwerer Zunge.

Heidkamp versuchte sich aufzurichten, aber die Kraft reichte nicht aus. »Warum hat man uns denn ausgezogen?« stöhnte er.

»Wir trugen die Uniform der Rebellen. Wie beliebt sie hier sind, habe ich gerade gehört. Der Greis da ist der Dorfälteste. Ich versuche die ganze Zeit schon, mit ihm einen Modus auszuhandeln, wie wir weiterleben können.«

»Sind Sie verrückt geworden, Herr Pohland?«

»Sie verkennen die Lage, Doktor. Man will uns erschießen, weil man fürchtet, die Rebellen suchen uns, finden uns hier und jagen das ganze Dorf in die Luft. Wo aber nichts mehr ist, kann man auch nichts mehr finden.«

»Und Sie glauben auch, daß man uns sucht?«

»Den Oberst auf jeden Fall. Wir müssen mit allem rechnen.«

»Ein Stück Fleisch, Monsieur?« Puan Lampun hielt Heidkamp ein dampfendes Stück vor. Der Ingenieur sah Pohland in grenzenloser Verwunderung an.

»Der spricht ja Französisch.«

»Ein ehemaliger Missionsschüler.«

»Merci, Monsieur.« Heidkamp nahm mit spitzen Fingern das Fleisch und biß vorsichtig hinein. Dann trank er wieder Tee, roch an dem Schnaps und schüttelte den Kopf.

»Es ist aber besser damit«, sagte der Greis eigensinnig. »Man spürt nachher gar nichts.«

»Wovon redet er?« fragte Heidkamp zu Pohland.

»Vom Erschießen, Doktor.«

»Quatsch.« Heidkamp aß, wie nur ein Ausgehungerter essen kann. Noch zweimal reichte ihm Puan Lampun neues Fleisch, bis er endlich seufzend die Arme um die nackten Knie schlang. »Das ist besser als Ihre Wasserschweine und Paradiesvögel. Jetzt bin ich wieder Mensch, und mit einem satten Bauch kommt auch das Denken wieder. Warum sollte man uns erschießen und vorher so füttern?«

»Mir scheint das ein Überbleibsel der christlichen Erziehung des Alten zu sein: Die Henkersmahlzeit. – Immerhin läßt er mit sich diskutieren. Er hegt keinerlei Feindschaft gegen uns. Es geht ihm nur um die Erhaltung seines Dorfes, das wir durch unsere Anwesenheit gefährden.« Interessiert hörte Puan Lampun dem Gespräch zu, auch wenn er kein Wort verstand. Aber er wußte, daß sich die beiden Männer über ihr Leben unterhielten oder vielmehr über ihren Tod, der draußen vor der Hütte wartete. Stumm, in Viererreihen, zerlumpte, halb verhungerte, in Fetzen gekleidete Gestalten mit kleinen, runden, gelblichen Schädeln unter geflochtenen Reisstrohhüten. Sie warteten darauf, daß Puan Lampun die beiden nackten, weißen Gestalten aus der Hütte stieß. Eine Stelle im Sumpf war schon bestimmt, in der die Körper versinken sollten.

»Mir fällt etwas ein, Doktor.« Pohland nahm Heidkamp den Teekrug aus der Hand. »Hören Sie mal auf mit Fressen und Saufen. Sie waren doch, soviel ich mich erinnere, im Krieg Spezialist für Stellungsbau?«

»Allerdings. Soll ich hier einen Bunker bauen?« Heidkamp verzog den Mund zu einem wehmütigen Grinsen.

»Ja.«

»Herr Pohland, bitte verzeihen Sie, aber . . .«

»Hören Sie doch zu! Die Leute hier haben ihr Dorf schon sechsmal überrannt bekommen. Wenn wir dem Alten einreden, daß wir aus dem Dorf eine Festung machen, ein Dschungelfort gewissermaßen . . .«

»Herr Pohland, das ist billigster Abenteuerroman!«

»In unserer Situation ist das Unglaubwürdige vielleicht die Rettung. Versuchen wir es.«

Drei Stunden sprachen sie mit Puan Lampun. Sie redeten auf ihn ein, Heidkamp zeichnete auf ausgebreiteter und festgetretener Asche einen Plan, entwarf Wälle und Erdbunker, Bambussperren und Fallgruben . . . der Alte hockte auf dem Boden, schwieg und dachte nach. Er betrachtete die Zeichnungen in der Asche, schob die Unterlippe vor und stützte den verrunzelten Kopf mit den weißen Haaren in die Hände.

Einmal trat Pohland an den Ausgang und sah hinaus. Vor der Hütte stand noch immer die zusammengeballte Mauer der Thais, stumm, mit ausdruckslosen Blicken, wartend. Schnell ging Pohland zurück in die Dunkelheit der Hütte und trat hinter Heidkamp. Der Ingenieur schilderte gerade in eindringlichen Worten den Wert von Fallgruben, deren Boden man mit angespitzten Bambuspfählen auslegen konnte. Es war ein höllisches Bild. Zwei nackte Männer, überzuckt vom Feuerschein, erklärten den Bau einer Dschungelfestung und rangen damit gleichzeitig um ihr Leben.

Puan Lampun schwieg noch immer. Erschöpft setzte sich Dr. Heidkamp wieder an die Hüttenwand und wischte sich über die schweißnasse Stirn.

»Ich kann nicht mehr«, stöhnte er. »Man redet ja auf eine Mumie ein.«

»Lassen wir ihn denken, Doktor.«

Auch Pohland setzte sich an die Wand und sah wartend auf den Alten. Der knöcherne Finger Puan Lampuns glitt langsam über die Linien, die Heidkamp gezeichnet hatte. Dann fuhr seine Hand über die Asche und wischte mit einer weiten Bewegung alles fort. Pohland und Heidkamp sahen sich an. Sie dachten beide das gleiche: Das Ende. Man hat uns weggewischt.

»Bevor er uns denen da draußen ausliefert, erwürge ich den Alten noch«, zischte Heidkamp. »Wenn schon, dann wird richtig gestorben.«

»Messieurs!« Puan Lampun drehte den dürren Kopf zu ihnen. »Ich werde mit meinen Brüdern sprechen. Wenn Sie essen wollen oder trinken ... Sie sind meine Gäste ...«

Er erhob sich von der Asche empor und schlurfte ins Freie. Heidkamp riß die Arme empor und zerwühlte sich das Haar.

»Hurra!« schrie er übergeschnappt. »Hurra! Es gelingt! Seine Gäste! Hurra!«

»Halten Sie den Mund, Doktor.« Pohland stand auf und ging zum Feuer. »Er kann gleich wieder hereinkommen und uns abführen lassen.«

Sie warteten über eine Stunde. Draußen war es still, als seien sie allein im Dschungel. Dann öffnete sich die Tür wieder, aber nicht Puan Lampun kam herein, sondern ein junges Mädchen. Es lächelte breit und machte einen höflichen Knicks. Dr. Heidkamp legte die Hände über seine Scham und schnaufte durch die Nase. Auch Pohland drehte sich um und kam sich in seinem Zustand denkbar peinlich vor.

»Das ist eine Gemeinheit von dem Alten«, sagte Heidkamp wütend.

Das junge Mädchen sagte etwas auf siamesisch, knickste wieder und legte ein paar Stoffballen neben das Feuer. Dann verließ es die Hütte wieder und schloß die Tür. Pohland wühlte den Ballen auseinander. Es waren thailändische Gewänder: zwei alte, weite, geflickte, schmutzige Hosen, zwei Fetzen von einem Obergewand, wie es die Bauern in den Reisfeldern tragen, zwei Paar aus Maisstroh geflochtene Sandalen mit einer dicken Ledersohle, zwei Gürtel aus grünen, gedrehten Fasern, mit denen man das Obergewand zusammenhielt.

»Kleidung!« rief Pohland. »Doktor! Kleider! Wissen Sie, was das bedeutet? Doktor! Wir leben! Leben!«

Sie umarmten sich wie glückliche Kinder, und es kam eine Freude über sie, eine Art Euphorie, die sie um das Feuer tanzen ließ unter Lachen und sinnlosen Ausrufen. Dann zogen sie die Kleider an und lachten jeder über den anderen, wie er aussah.

Puan Lampun kam in die Hütte. Er brachte zwei andere Thais mit, die sich höflich verbeugten und still ans Feuer setzten.

»Messieurs!« sagte der Alte. »Man soll nicht sagen, daß die Vernunft nicht der wertvollste Bestandteil des Denkens ist. Wir haben alles besprochen ... fangen wir morgen an ...«

Dr. Wehrmann war von der gynäkologischen Klinik zurückgekommen. Er hatte ein langes Gespräch mit Professor Dr. Kanoldt gehabt und fuhr nun ohne Aufenthalt gleich weiter nach Gut Heidfeld zu den Petermanns.

Anna hing im Garten Wäsche auf, und Gotthelf bewegte die beiden Reitpferde Pohlands, als er durch die Wiesen gestapft kam und zunächst Anna um die Hüften nahm. Sie quietschte und wurde rot.

»Aber Herr Doktor!« sagte sie verschämt.

»Ich muß mit euch sprechen.« Dr. Wehrmann winkte Petermann zu, der in der Reitbahn stand und einen Rappen an der Longe traben ließ. »Rüberkommen! Laß den Gaul allein laufen.«

»Gaul?« Anna schüttelte strafend den Kopf. »Wenn das Herr Pohland hört!« Im gleichen Augenblick biß sie sich auf die Lippen und senkte den Kopf. »Verzeihung ...«, stotterte sie. »Ich ... ich habe vergessen ...«

»Schon gut, Anna.« Dr. Wehrmann zerwühlte wieder seine Löwenmähne. »Meinen Sie, mir geht es nicht genau so? Auch für mich ist Herr Pohland nicht tot. Ich kann mich nicht an den

Gedanken gewöhnen, daß er nicht wiederkommt. Es geht einfach nicht. Verdammt noch mal.«

In der Wohnstube der Petermanns ließ sich Dr. Wehrmann erst einmal eine Flasche Bier einschenken und trank sie genußvoll und stumm. Die Petermanns sahen ihm zu, unruhig hin und her rutschend, tausend Fragen in den Augen.

»Was ist, Herr Doktor?« fragte Gotthelf, als ihm das Schweigen des Arztes fast die Nerven zerriß. »Waren ... waren Sie in der Klinik?«

»Ja. Da komme ich eben her.« Dr. Wehrmann lehnte sich zurück und sah Anna nachdenklich an. »Professor Kanoldt ist der Ansicht, daß man eine Tubensterilisation vornehmen sollte. Der Eingriff wäre bei der Sachlage Annas gerechtfertigt.«

»Ist das eine schwere Operation?« fragte Anna leise.

»Im allgemeinen nicht. Wie es bei dir ist, wird sich zeigen.«

»Und dann?« Petermann zündete sich mit zitternden Fingern eine Zigarette an.

»Dann werdet ihr keine Kinder mehr bekommen. Nie mehr.«

»Und Anna braucht diese Anti-Baby-Pillen nicht mehr zu nehmen?«

»Nein.«

»Und ... und es kommt alles wieder ... das Gefühl ... und ... und so ...«

»Das wollen wir hoffen, Petermann.« Dr. Wehrmann klopfte an das Glas. »Habt ihr noch 'ne Flasche Bier kalt stehen?«

»Aber ja, Herr Doktor.« Anna lief zum Kühlschrank. Man sah, wie sie sich Mühe gab, ihre Schwäche zu verbergen. Im Schlafzimmer krähte das Neugeborene. Es hatte Hunger, die Zeit der vierten Mahlzeit war schon überschritten. Anna stellte die Flasche Bier vor Dr. Wehrmann und verbarg die bebenden Hände unter der Schürze. »Wann ... wann soll ich denn operiert werden?«

»Nicht bevor das Kleine so weit ist, daß man es in Pflege geben kann. Sagen wir, frühestens im Herbst.«

»Und bis dahin muß Anna die Pillen weiternehmen?«

»Unbedingt.« Dr. Wehrmann sah Petermann groß an. Ein schrecklicher Verdacht war ihm plötzlich gekommen. »Petermann, seien Sie ehrlich: Anna nimmt doch nach wie vor die Pillen?«

»Aber ja, Herr Doktor.«

»Petermann!« Dr. Wehrmann beugte sich vor und umklammerte die Bierflasche. »Wenn Sie eines Tages zu mir kommen und sagen, Anna sei wieder schwanger – ich erschlage Sie. Ich sage es Ihnen noch einmal in aller Deutlichkeit: Wenn Anna wieder schwanger wird, sind Sie ihr Mörder. Verstanden?«

Petermann schwieg und senkte den Kopf.

»Verstanden?« brüllte Dr. Wehrmann.

Petermann zuckte zusammen. »Ja«, stammelte er kaum hörbar.

»Anna!« In Wehrmanns Kopf rauschte es. »Sieh mich an, Anna!« schrie er. »Belüg mich nicht wie dein Mann! Wann hast du die Pillen zum letztenmal genommen?«

»Herr Doktor . . .« Anna versuchte Haltung zu bewahren. Aber dann brach ihr Widerstand zusammen. Sie hob die Schürze ans Gesicht und weinte.

»Also doch!« schrie Dr. Wehrmann und hieb mit der Flasche auf den Tisch. Gotthelf Petermann sprang auf und flüchtete zur Tür. Er kannte den Jähzorn des Arztes und wußte, daß Wehrmann zu allen Reaktionen fähig war. Er war ein Landdoktor, der störrische Bauern wie störrische Ochsen behandelte, und es war bekannt, daß er Muskeln besaß, die niemand unter der Jacke ahnte. »Wie lange nicht?«

»Zehn Tage«, weinte Anna.

»Man sollte euch den Hintern blau hauen! Und in den zehn Tagen habt ihr natürlich . . .« Er sprang auf und trat auf Petermann zu. Der hob abwehrend die Arme. »Na?« brüllte Wehrmann.

»Ja, Herr Doktor.«

»Ja, Herr Doktor! Ja, Herr Doktor! Das ist alles, was du zu

sagen hast! Nur, weil dich der Hafer sticht, machst du sechs Kinder zu Waisen! Anna!«

»Herr Doktor ...?«

»Zieh dich an. Wir fahren in die Stadt. Ich muß dich untersuchen, ob was passiert ist. *Ist* das der Fall ... Petermann, ich sage dir ... wandere aus. Sieh dir das an!« Dr. Wehrmann hob beide Fäuste und hielt sie dem bebenden Petermann vor die Augen. Es waren kräftige, dicke Fäuste, deren Hiebe wie Hammerschläge sein mußten. Der Verwalter senkte den Kopf und atmete schwer.

»Er ist ja nicht schuld«, schluchzte Anna und band die Schürze ab. »Ich habe es getan ... ich wollte es ja ... Er tat mir so leid, Herr Doktor ... und da habe ich ganz allein die Pillen nicht mehr genommen ... er wollte es gar nicht.«

»Auch das noch! Mein Gott! Los, zieh dich an! Wir fahren gleich.«

»Das Kind muß erst noch zu essen bekommen, Herr Doktor.«

»Gut. Ich warte im Herrenhaus. Wie lange dauert es?«

»Vielleicht eine halbe Stunde.«

Dr. Wehrmann nahm seine Tasche vom Stuhl und rannte hinaus. Petermann, der ihn hinausbegleiten wollte, stieß er grob zur Seite.

»Kümmern Sie sich um Ihre Frau!« schrie er dabei. »Solange sie noch da ist.«

Gotthelf Petermann lehnte sich leichenblaß an die Flurwand und wischte sich den kalten Schweiß vom Gesicht. Im Schlafzimmer schrie das Kind. Er hörte, wie Anna begütigend auf es einsprach, wie das Schreien in Greinen überging und schließlich erstarb. Jetzt trinkt es, dachte er. Er riß sich den Schlips herunter und den Kragen auf. Ich hänge mich auf, dachte er, und es war keine bloße Redensart, sondern ein verzweifelter Entschluß. Ich hänge mich auf, wenn Anna etwas passiert ... im Pferdestall, oben auf dem Dachboden, wo die Säcke mit dem Hafer lagern. Dort findet man mich nicht so schnell, dort ist es sicher ...

Schwankend ging er hinüber zum Stall, setzte sich auf die Futterkiste und stierte auf die leeren Pferdeboxen. Er brach unter einem Problem zusammen, das stärker war als seine Natur.

Im Kaminzimmer des Herrenhauses traf Dr. Wehrmann den Schwiegervater Pohlands, den Architekten Ernst Ludwig an. Er saß im Kaminsessel, las die Morgenzeitung und hatte vor sich eine halbe Flasche Rotwein stehen.

»Sie bekommen auch noch mal einen Schlaganfall«, sagte Dr. Wehrmann giftig. »Bei einem bestimmten Prozentsatz Alkohol im Blut weigert sich das Herz . . .«

»Sie sind ja nur neidisch, Doktor.« Ernst Ludwig lachte laut und winkte mit der Zeitung. »Sie bekommen ja Sodbrennen, wenn Sie Wein trinken.«

»Gott sei Dank. Richtige Magensäure ist der beste Schutz gegen Magenkrebs«, sagte Wehrmann gehässig.

»Ein Gläschen, Doktor?« Ludwig hob lachend die Flasche.

»Danke.«

»Ich erwarte in ein paar Minuten den Dechanten.«

»Wunderbar.« Wehrmann setzte sich Ernst Ludwig gegenüber. »Dann bleibe ich. Ich habe eine Neuigkeit für ihn, die er nicht verdauen wird.«

»Woher eigentlich diese Haßliebe?«

»Weil wir beide uns mögen. Nur, wenn kirchliches Dogma und medizinische Freizügigkeit aufeinanderprallen, fliegen die Fetzen.«

»Luzifer ringt mit dem Erzengel.«

»Man kann's so nennen.« Dr. Wehrmann schielte auf den dunkelroten Wein in Ludwigs Glas. Er rang mit sich, kratzte sich den Kopf, räusperte sich und schlug schließlich den Blick nieder. »Gut . . . schütten Sie mir einen ein . . .«, sagte er endlich. »Der Mensch ist eben ein schwaches Geschöpf . . .«

Der Tobsuchtsanfall Tuttis war nach der Injektion und einem zehnstündigen Schlaf vorüber. Gerda Pohland saß die ganze Zeit über neben ihrem Bett und wartete auf ihr Erwachen.

Erschöpft war sie schließlich selbst eingeschlafen, die Stirn auf dem Fußstück des Bettes liegend, und als sie erwachte, gepeinigt von Rückenschmerzen und einem stechenden Ziehen im Leib, sah sie in die großen, blauen Augen Tuttis.

»Mein Liebling!« sagte sie und atmete ein paarmal tief durch, um die Müdigkeit aus sich herauszupumpen, »du bist ja wach.« Sie beugte sich über Tutti, aber das Kind drehte den Kopf weg zur Wand und zog den Körper wie frierend zusammen. Gerda spürte, wie ihr Herz einen Schlag lang aussetzte. »Willst du mich nicht ansehen, Tutti?« fragte sie bittend.

Das Kind schwieg. Es drückte das Gesicht seitlich in die Kissen, unter der Wolldecke ballten sich die Fäuste.

»Hast du Hunger?« fragte Gerda stockend.

Keine Antwort.

»Hast du Durst, Tutti?«

Schweigen.

»Soll ich dich anziehen, und wollen wir draußen in der Sonne spielen? Auf der Wiese ... es ist so schönes Wetter draußen.«

Verbissene Stille. Keine Regung. Es war, als liege ein zusammengekrümmter, lebloser Körper unter der weißen Decke.

Eine ganze Zeit saß Gerda stumm neben dem Bett. Sie kam sich wie geschlagen vor, wie vor die Tür getreten, wie verachtet und ausgestoßen. Noch einmal versuchte sie, einen Kontakt zu ihrem Kind herzustellen ... sie streichelte sanft über die zerwühlten Haare Tuttis. Das Kind regte sich, aber es zog sich in verbissener Abwehr nur noch mehr zusammen, krümmte sich im Bett und schob den Kopf aus den tastenden, zärtlichen Händen.

Da stand sie auf und verließ schnell das Zimmer.

Als die Tür zuklappte, warf sich Tutti herum und starrte auf die zurückschnellende Klinke. Dann hob sie die Fäuste, streckte sie drohend empor und hieb mit aller Kraft gegen die Wand.

Aber sie schrie nicht mehr. In stummer, fast erstickender Wut trommelte sie gegen die Mauer, biß sich die Lippen blutig, wischte das Blut am Kissen ab, stierte auf die hellroten Flecken und zerfetzte dann das Kissen mit wilden Kräften, die niemand in den dünnen, deformierten Armen vermutete. Dann ließ sie sich aus dem Bett fallen, kroch wie ein Käfer durch das Zimmer zum Fenster und zog sich am Fensterbrett hoch auf die Beine.

So fand sie die Stationsschwester, die nach dem Weggang Gerda Pohlands die Wache übernehmen sollte.

»Tutti!« schrie sie und riß das Kind vom Fenster weg.

Das Kind schlug und biß um sich wie eine Wildkatze. Lautlos kämpfte es gegen die Schwester, riß sie an den Haaren, grub die Zähne in die Handballen, spuckte und kratzte, trat sie gegen den Unterleib und warf sich dann mit dem Kopf gegen die Wand, um sich den Schädel zu zertrümmern.

Mit letzter Kraft schleifte die Schwester das lautlos tobende Kind zum Bett zurück, warf sich über den armseligen, unmenschlichen Körper und drückte, während ihr Gesicht zerkratzt wurde, auf die Alarmklingel neben dem Bett. Das schrille Läuten jagte den wachhabenden Arzt aus seinem Zimmer; auch Dr. Dornburg, der sich in seinem Büro um die weinende Gerda kümmerte, rannte hinaus auf den Flur, um auf der elektrischen Anzeigetafel zu sehen, woher der Alarm kam. Doch bevor er die Tür aufriß, wußte er schon, welche Zimmernummer er auf dem Leuchtschild sehen würde.

Es war das letzte Aufflackern eines Aufstandes in Tutti. Von dieser Stunde an verfiel sie in Trübsinn. Stumpf, ohne Regung, lag sie im Bett oder hockte auf der Erde. Sie spielte nicht mehr, sie malte oder zeichnete nicht mehr, sie war nicht zu bewegen, in den Park zu fahren ... sie stierte mit hohlen Augen in die Gegend, aß automatisch, was man ihr in den Mund stopfte, gab keine Antwort mehr, sah durch alle hindurch, als seien sie aus Glas ... sie starb ab. Das einzige, das in diesem unförmigen Körper gewohnt hatte, ihre Seele, löste sich auf und verflüchtigte sich wie Gas. Sie ließ sich herumtragen, waschen, kämmen, auf das Zimmerklosett setzen, ausziehen und zu Bett legen – ohne äußere Regung, ohne einen Ton. Ein biegsames Stück Holz, weiter nichts mehr.

»Sie will sterben«, sagte Dr. Dornburg erschüttert zu seinen Ärzten, nachdem er Tutti zum wiederholten Male untersucht hatte. »Sie tötet systematisch ihren Lebenswillen ab. Es ist wie eine Kerze, die den letzten Sauerstoff um sich verbrennt und dann erlischt. Und das schlimmste ist – wir können dagegen gar nichts tun. Ich habe soviel Kreislaufmittel injiziert, wie ich verantworten kann . . . fühlen Sie den Puls an . . . er schläft langsam ein, als hätte ich klares Wasser gespritzt. Wir müssen mit dem Schlimmsten rechnen.«

Gerda Pohland erlebte dieses Verlöschen Tuttis nicht mehr in Oberholzen. Nach zwei Tagen erlitt sie einen Nervenschock und wurde in die Klinik Dr. Carstens gebracht. Dr. Wehrmann wurde sofort benachrichtigt, und er tat etwas, was er noch nie in seinem langen Leben getan hatte und wozu er sich bis zu diesem Tage standhaft geweigert hatte: Er flog mit der nächsten erreichbaren Maschine nach München und jagte vom Flugplatz Riem mit einem Mietwagen zu Dr. Carstens. Er wußte, worauf es ankam: Es galt, das werdende Leben in Gerda zu erhalten, das große Erbe Michael Pohlands. Seelische Erschütterungen, wie sie Gerda Pohland in den letzten Wochen erlitten hatte, konnten immer der Anlaß einer Fehlgeburt sein. Das galt es zu verhindern. Nicht mit Medikamenten oder einer psychogenen Therapie, wie sie Dr. Carstens anwandte und von deren Unwirksamkeit in diesem Falle er selbst überzeugt war. Nein, nur die Anwesenheit Dr. Wehrmanns, seine Grobheit und Geradlinigkeit, seine Menschlichkeit und seine psychologische Leitung – nur das allein konnte vielleicht die drohende Katastrophe eines Abortus aufhalten.

»Nun hören Sie mal zu, Gerda!« war das erste, was Dr. Wehrmann sagte, als er mit Gerda Pohland im Garten des Sanatoriums zusammentraf. Sie lag in einem Liegestuhl unter einem Sonnenschirm und sah teilnahmslos in den blauen Himmel und auf die träge ziehenden, geballten, weißen Wolken, die den Sommer mitnahmen und den Herbst ahnen ließen. »Wenn Sie so weitermachen, verlieren Sie auch noch Ihr zweites Kind. Ist das klar verständlich?«

»Lassen Sie mich, Doktor«, sagte Gerda müde.

Wehrmann schüttelte sein Löwenhaupt. »Das könnte Ihnen so passen. Im Gegenteil. Ich bleibe Ihnen auf der Haut wie eine Laus. Und wenn Sie sich kratzen, beiße ich um so mehr. Tutti ist ein Mensch, aber ein armer, kranker Mensch, der jenseits eines wirklichen Lebens steht. Natürlich, sie kann nichts dafür, aber man muß das Leben real sehen, Gerda. *Sie* haben zu leben für das gesunde Kind, das Sie unter dem Herzen tragen, für Michas Kind, sein Vermächtnis. Sie haben die verdammte Pflicht, nicht den Kopf hängen zu lassen, sondern nur für diese Stunde der Geburt zu leben, einzig allein nur dafür.«

»Tutti liegt im Sterben.« Gerda Pohland legte den Kopf zurück und schloß die Augen. »Dr. Dornburg hat vorhin angerufen. Ich sollte es nicht wissen, aber ich habe es aus einem offenen Fenster gehört. Sie erlischt einfach ... sie löst sich auf ...«

»Und Sie leben, und das Kind in Ihnen lebt auch. Legen Sie die Hände auf Ihren Leib! Spüren Sie, wie es sich bewegt ... Das ist eine neue Welt, die Sie da in sich tragen, ein neuer Mensch, der auf das Licht wartet; ein mit Ihnen und durch Sie atmendes Wesen; noch ein Stück von Ihnen, aber doch schon in allen Anlagen fertig und ein Wunder der Schöpfung. Es ist im Leben nun einmal so, daß die einen gehen und die anderen kommen, daß Geburt und Tod nebeneinander liegen, nur getrennt durch eine Spanne Zeit, die man Leben nennt und die unbegreiflich kurz und doch so ereignisreich ist ... Und ein solches neues, reiches Leben liegt in Ihrer Hand! Begreifen Sie diese Verantwortung vor Micha und vor Gott?«

»Ich habe Tutti getötet«, sagte Gerda Pohland leise.

»Quatsch!« rief Dr. Wehrmann grob. »Früher oder später wäre es zu dieser Katastrophe gekommen.«

»Wie unmenschlich rauh Sie sind.«

»Zugegeben. Auch Tutti ist ein fühlender Mensch, ein hilfloses Kind, das immer Kind bleiben wird und das sich mit dem Altern immer schrecklicher verändern wird. Gerda!« Dr. Wehrmann ergriff ihre Hände und zog sie zu sich. Er zwang sie damit, ihn anzusehen. »Seien Sie ehrlich! Haben Sie nie im stillen gedacht: Mein Gott, wenn du Tutti erlösen könntest ...«

Gerdas Kopf fiel auf die Brust. Sie wäre zurückgefallen, wenn Wehrmann sie nicht an den Armen gepackt hätte.

»Ja«, sagte sie kaum hörbar. »Ja, das habe ich.« Und plötzlich schnellte sie vor und umklammerte Dr. Wehrmanns Schulter. »Das war Frevel! Sagen Sie, daß es ein Frevel war!« schrie sie mit überschlagender Stimme. »So darf keine Mutter denken. Ich habe mich an meinem Kind versündigt!«

»Ruhe, Ruhe ...« Dr. Wehrmann drückte Gerda Pohland in den Liegestuhl zurück und hielt ihre unruhigen, zuckenden Hände fest. »Sie dürfen keine Anklagen sehen, wo es keine gibt. Tutti hat schon einmal Ihr Leben völlig verändert. Acht Jahre lang lebten Sie in der Angst vor einem neuen Kind. Diese Angst haben wir Ihnen genommen. Soll nun an Tutti das werdende, gesunde Leben auch noch zerbrechen? Wie man auch denken mag – das kann nicht Gottes Wille sein. Das müssen Sie einsehen lernen. Und Sie werden es einsehen.« Dr. Wehrmann zog Gerda an den Händen aus dem Liegestuhl hoch. »Los! Aufstehen! Wir gehen jetzt spazieren.«

»Doktor!«

»Keine Widerrede. Heben Sie den Kopf hoch, sehen Sie über die Wiesen und Wälder, blicken Sie in die Sonne ... Himmel noch mal, wie schön ist das Leben. Bitte!« Er reichte Gerda seinen Arm, und sie legte ihre Hand hinein, eine kalte weiße Hand, als sei sie abgefroren.

So gingen sie über die leicht ansteigende Wiese dem Wald entgegen, der den Berg hinanstieg und mit dem Himmel zusammenstieß. Sie gingen langsam, Schritt um Schritt, so vorsichtig, als müsse Gerda das Laufen wieder lernen, und sie sprachen miteinander, man hörte nicht die Worte, sondern nur den Ton ihrer Stimmen, und plötzlich lachte sie. Es war ein helles, klingendes Lachen, begleitet von einem Zurückwerfen des Kopfes, bei dem das goldene Haar aufleuchtete.

Dr. Carstens, der in einer Nische der Terrasse stand, zündete sich etwas nervös eine Zigarette an.

»Gott sei Dank«, sagte er leise und wie befreit. »Gott sei Dank!«

In diesen Tagen erlebte Dr. Corbeck als Generalbevollmächtigter des Pohland-Konzerns eine kleine verwandtschaftliche Überschwemmung. Sie kam unangemeldet wie alle Unwetter und überspülte die Barrieren von Vorzimmer und Sekretariat.

Drei Vettern mit ihren Frauen und ein schwergewichtiger Onkel, Besitzer einer Brauerei in Bayern, erstürmten das Zimmer Dr. Corbecks. Sie brachten, um die Lage gleich zu klären und beim richtigen Namen zu nennen, zwei Rechtsanwälte mit, die diesen Weg nur unternahmen, weil sie einen anständigen Vorschuß erhalten hatten.

Dr. Corbeck begrüßte die Pohland-Verwandtschaft kühl, aber höflich. Er bot Platz an, ließ Whisky für die Herren und Sherry für die Damen kommen, ordnete an, bis auf andere Weisungen nicht gestört zu werden und stellte sich an die holzgetäfelte Wand.

»Ich gehe wohl nicht fehl in der Annahme«, sagte er kalt, »daß Sie gekommen sind, um über den Nachlaß Herrn Michael Pohlands mit mir zu sprechen. Ich kann Ihnen lange Erörterungen sparen: Das Testament ist klar und setzt als Alleinerben Frau Gerda Pohland ein.«

Philipp Pohland, der Brauereibesitzer, schnaufte heftig durch die Nase. Er hatte sich ausbedungen, zum Sprecher der Familie zu werden. Mit bajuwarischer Zähigkeit wollte er den Riegel aufsprengen.

»Dieses Testament!« Seine dicke Hand wischte durch die

Luft. »Sagen Sie doch selbst, Doktor: Da stimmt doch was nicht.«

»Wieso bitte? Wollen Sie mir das erklären?« Dr. Corbeck fühlte einen körperlichen Widerwillen gegen Philipp Pohland in sich aufsteigen. Der dicke Brauereibesitzer lächelte mokant.

»Zunächst: Ich habe ein Versprechen meines seligen Bruders Franz, des Vaters vom armen Michael, daß seine Geschäftsanteile an meiner Brauerei an mich zurückfallen, wenn er das Zeitliche segnet.«

»Und wieviel ist das?«

»Zweihunderttausend Mark.«

»Das haben Sie sicherlich schriftlich?«

»Nein.« Philipp Pohland tat sehr verwundert und beleidigt. »Ein Wort unter Brüdern ist wie ein Vertrag. Oder nicht?«

»Für den Juristen nicht. Ich kann diese Abmachung ohne schriftliche Bestätigung nicht mehr nachprüfen. Überhaupt ist Herr Franz Pohland schon vor siebzehn Jahren gestorben, und es ist merkwürdig, daß Sie erst jetzt Ihre Forderung anmelden und nicht schon damals bei dem Tode Ihres Bruders.«

»Damals brauchte Michael das Geld. Ich habe es großzügig so belassen, wie es war. Die prozentuale Gewinnbeteiligung an meiner Brauerei finanzierte immerhin seinen persönlichen Lebensunterhalt. Ich kann die genauen Zahlen vorlegen. Dr. Bender, mein Rechtsanwalt«, – Philipp Pohland zeigte nach links auf einen Herren – »hat alle Bilanzen und Anweisungen bei sich.«

»Was soll ich damit?« Dr. Corbeck sah kühl auf seinen Kollegen Dr. Bender. »Ohne einen Vertrag über diesen Punkt ist er indiskutabel.«

»Sie behaupten also, ich lüge?« Philipp Pohland sprang ächzend auf. »Mein Herr, das ist eine Unverschämtheit! Mein Bruder Franz hat immer gesagt ...«

»Unter Zeugen?« fragte Dr. Corbeck in den Wortschwall hinein.

»Nein.«

»Es tut mir leid, Herr Pohland.« Corbeck hob die Schultern. »Herr Michael Pohland war laut vorliegendem Testament Franz Pohlands Alleinerbe der Werke. Er wiederum hat testamentarisch seine Frau Gerda als Alleinerbin eingesetzt beziehungsweise seine Kinder, falls dieser Fall eintreten sollte. Dann wäre Frau Gerda Pohland neben dem Erbe von fünfzig Prozent aller Werte Verwalterin des Vermögens bis zur Großjährigkeit der Kinder.«

»Wir werden dieses Testament anfechten.« Einer der Neffen betrachtete Dr. Corbeck von oben bis unten, als sei er ein Kellner in einem fleckigen Frack und mit unsauberen Händen. »Es steht den Blutsverwandten ein Pflichtteil zu, zumal keine Kinder vorhanden sind.«

»Auch das ist ein Irrtum.«

»Doktor, bluffen Sie nicht!« Philipp Pohland lachte fett. »Wir wissen alle, daß Gerda Pohland eine heillose Angst vor einer Schwangerschaft hatte. Wir wissen auch, daß es in der Ehe meines Neffen kriselte. Darum ist dieses Testament unlogisch.«

»Lassen Sie sich in knapp vier Monaten vom Gegenteil überzeugen«, sagte Dr. Corbeck ruhig.

Seine Worte schlugen ein. Die Frauen erstarrten, Philipp Pohland fingerte nach einem Taschentuch und betupfte sich die Stirn. Sein aufgedunsenes Gesicht wurde hochrot, sein Atem kurz und pfeifend.

»Das ist nicht wahr!« sagte er rauh. »Wir möchten Frau Pohland selbst sprechen. Melden Sie uns bitte für morgen auf Gut Heidfeld an.«

»Frau Pohland ist nicht auf dem Gut. Sie weilt zur Kur in den Bergen und stärkt sich für die Niederkunft.«

»Ein schöner Trick.« Einer der Neffen holte seine Zigarettendose aus der Tasche und klappte sie auf und zu. »Wir hätten uns so etwas denken können. Fern der Heimat, Geburt unter Ausschluß der Öffentlichkeit, Rückkehr mit einem Baby . . .« Er lachte mokant. »Als ob man Babys nicht überall in Kinderheimen adoptieren kann.«

Dr. Corbeck senkte den Kopf. Es kostete ihn Mühe, die Haltung zu bewahren. Schroff wandte er sich ab und ging zu seinem Schreibtisch. Philipp Pohland sah, wie er auf einen Knopf drückte.

»Was machen Sie denn da, Doktor?« rief er dröhnend.

»Ich lasse Sie hinauswerfen«, sagte Dr. Corbeck, heiser vor Erregung.

Wie auf ein Kommando sprang die Verwandtschaft geschlossen auf. Selbst die beiden Rechtsanwälte schnellten aus den Sesseln.

Einen Augenblick lag lähmende Stille in dem großen Raum, dann atmete Philipp Pohland röchelnd auf und holte Luft zu einem Brüllen.

»Eine Frechheit! Eine Infamie! Eine Beleidigung! Mein Herr – das wird ein Nachspiel haben.«

»Das hoffe ich sehr, Herr Pohland.« Dr. Corbeck stand hochaufgerichtet, korrekt und höflich neben seinem Schreibtisch. Er hob weder die Stimme, noch merkte man ihm die ungeheure Erregung an. »Die beiden Herren Kollegen werden als Zeugen benannt werden, daß man uns soeben eine Kindesunterschiebung vorgeworfen hat.«

»Lieber Kollege!« Einer der Anwälte zupfte nervös an seiner Krawatte. »Wir sollten diesen ganzen Komplex leidenschaftslos bereden.«

»Ich glaube, dieser Zeitpunkt ist versäumt worden.« Die Stimme Dr. Corbecks war kühl und überlegen.

»Herr Pohland befindet sich in einer großen Erregung. Ich muß zur Entschuldigung sagen, daß er von Natur aus Choleriker ist und über zweihundert Blutdruck hat. Uns liegt nichts ferner, als auch nur einen Augenblick die Schwangerschaft Frau Gerda Pohlands anzuzweifeln. Es geht hier nur um ein Testament Herrn Franz Pohlands, das ausgesprochen einseitig ist.«

»Es ist das Recht eines jeden Erblassers, seinen Nachlaß so zu verteilen wie er will.«

»Wir wissen aber, daß Herr Franz Pohland im letzten Jahr

seines Lebens an einer zerebralen Sklerose litt. Diese langsame Verkalkung der Gehirnarterien bringt – das weiß jeder Mediziner – Schübe von Denkstörungen mit sich, vor allem im Bereich des logischen Denkens und des realen Handelns. Das Testament wurde aber gerade in dieser Zeit abgefaßt, als Herr Franz Pohland unter dieser schleichenden Krankheit litt. Es liegt nahe, daß das Testament *nicht* im Vollbesitz der geistigen Kräfte aufgesetzt wurde.«

»Natürlich nicht!« rief Philipp Pohland dazwischen. »Franz und ich waren wirklich Brüder, wie sie sein sollen. Ein Herz und eine Seele. Er hätte mich und die andere Verwandtschaft nie im Testament vergessen, wenn er noch geistig klargewesen wäre.« Er sah sich zu seiner stummen, etwas blaß gewordenen Verwandtschaft um und heischte nach anerkennenden Blicken. Was er sah, war nackte Furcht in den Augen der Neffen und den angeheirateten Nichten. »Punktum!« Seine Stimme hob sich wieder wie ein Trompetenstoß. »Das Testament wird angefochten! Und solange das nicht geklärt ist, verlangen wir die Einsetzung eines Vermögensverwalters und Treuhänders! Eines neutralen! Nicht Sie, Doktor Corbeck! Mit Ihnen wird man noch anders reden müssen.«

»Ich glaube, das zu klären ist jetzt Sache unter Juristen.« Dr. Corbeck blickte den hochroten, zappelnden Philipp Pohland kalt an. Welch ein Gegensatz zu Franz Pohland, dachte er. Wie ungleich doch Brüder sein können – hier der dicke, geldgierige, rücksichtslose Bierbrauer, dort der schmale, zartgliedrige Aristokrat mit dem Gelehrtenkopf und der Vorliebe für klassische Musik und Bildhauerei. Hier der Geldsammler – dort der Mäzen der Künstler an Rhein und Ruhr. Es überlief ihn wie ein kalter Schauer, wenn er daran dachte, was aus den Pohland-Werken würde, wenn jemals diese Verwandtschaft das Erbe antreten sollte.

Es klopfte an die Tür. Zwei große Männer in der Uniform der Werkpolizei traten ein und bauten sich auf. Philipp Pohland schluckte krampfhaft an einem Kloß aus Wut und Geifer.

»Wie Verbrecher . . . wie Halunken . . .«, stöhnte er. »So behandelt man uns . . . Meine Herren Anwälte, merken Sie sich diesen beschämenden Auftritt. Durch Gorillas läßt man uns abführen.«

»Sie beherrschen die Fachausdrücke der Gangsterwelt aber fließend«, sagte Dr. Corbeck freundlich.

»Bitte, Herr Kollege, ist das notwendig?« Dr. Corbeck sah, daß sich der Anwalt für seinen Klienten schämte. Er konnte nachempfinden, wie unangenehm es dem Rechtsanwalt war, in eine solche Situation gekommen zu sein. Sie war mit Geld nicht mehr aufzuwiegen. Er nickte deshalb leicht und legte die Hände auf den Rücken.

»Es hat mich gefreut, die Verwandtschaft Herrn Michael Pohlands so zahlreich und so aktiv kennenzulernen.« Seine Stimme schwamm im Spott und trieb an der Stirn Philipp Pohlands die Adern dick auf. »Wir werden die ganze Angelegenheit aushandeln. Wozu ich Ihnen raten kann, ist Geduld. Sie werden sie am nötigsten brauchen. Guten Tag.«

Er drehte sich um, wies den Anwesenden den Rücken und hörte, wie einer der Werkpolizisten höflich sagte: »Der Ausgang ist hier, meine Damen und Herren!«

Philipp Pohland holte erneut tief Luft. Er wollte brüllen, er wollte mit bayerischer Lautstärke diesen windigen Juristen zusammenschnauzen, ja, er war bereit, nach guter, alter Wies'n-Tradition um sich zu schlagen; aber sein Anwalt hielt ihn am Ärmel fest und zerrte ihn zur Seite.

»Seien Sie still, Herr Pohland«, zischte er. »Jedes Verfahren wegen Beleidigung oder dergleichen kompliziert nur alles. Wir können froh sein, wenn Ihre unbedachten Äußerungen vorhin kein Nachspiel haben.«

»Unbedachte Äußerungen?« Philipp Pohland wischte sich mit seinen dicken Händen über das glühende Gesicht. »Alles Scheißer!« schrie er. »Alles Scheißer miteinander! Zum Kotzen!«

An der Spitze der von einer lähmenden Stille befallenen

Verwandtschaft stürmte er aus dem Zimmer. Einer der Werkpolizisten zeigte ihm den Weg, ein Mann von fast zwei Metern Körpergröße. Allein dies genügte, daß der Brauereibesitzer seinen Zorn nicht an ihm auslassen konnte, sondern fast daran erstickte.

Unten im Auto nahm er eine Pille gegen Bluthochdruck und brüllte seinem verstörten Chauffeur in den Nacken: »Alles Scheißer!«

Dann ließ er abfahren und kümmerte sich nicht um die andere Verwandtschaft, die verlassen wie ein Rudel verängstigter Rehe am Straßenrand stand und nach vorbeifahrenden Taxis winkte.

Der Bau des Dschungelforts war zum richtigen Zeitpunkt abgeschlossen worden. Dr. Heidkamp hatte die Erfahrungen, die er im Partisanenkrieg in Rußland sammeln konnte, auf die Bedürfnisse des Dschungels umgestellt und aus dem Dorf eine Festung gemacht, die durch Menscheneinsatz nicht zu nehmen war, falls den Angreifern nicht schwere Waffen wie Panzer oder Artillerie zur Verfügung standen.

Aus dem dreckigen Dorf war eine Igelstellung geworden. Palisaden aus dicken, oben angespitzten Bambusstämmen umschlossen die Hütten. Vor den Palisaden waren Fallgruben angelegt, abgedeckt mit dünnen Grasmatten und Erde. Auf dem Boden der Gruben stachen messerscharfe Bambusspitzen nach oben. Wer in diese Gruben fiel, wurde aufgespießt. Es gab kein Zurück mehr. Vor diesen Gruben zog sich durch das Schilf die dritte, äußere Sicherung: in den Boden gerammte, angespitzte Bambusstämme, eng nebeneinander und in zwölf versetzten Reihen hintereinander – ein Wall aus einer Art spanischer Reiter, nur daß es hier keinen Stacheldraht gab, sondern geschlitzten und gesplissenen Bambus, der schärfer war als ein Rasiermesser.

Puan Lampun besichtigte stolz das Werk seiner Leute. Mit

der Grausamkeit, die Asiaten eigen ist, ließ er ein Schwein über die Abdeckung einer Fallgrube jagen ... es brach, wie es sein sollte, durch und wurde unten aufgespießt. Das gräßliche Schreien beendeten die Thais durch zwei sichere Pfeilschüsse.

»Eine gute Arbeit, Messieurs«, sagte Puan Lampun zufrieden nach dieser Generalprobe. »Auf diese Idee hätten wir auch kommen können. Aber Sie wissen ja: Angst lähmt, und wir hatten uns darin ergeben, das Trommelfell zu sein, das von zwei Seiten geschlagen wird ...«

Drei Tage nach der Fertigstellung der Befestigung von Muang Thao meldeten zwei Jäger das Herannahen einer Rebellengruppe. Man hatte sie am Flußlauf gesichtet. Sie kamen den üblichen Weg durch das Schilf, direkt auf das Dorf zu. Die Gruppe mußte lange unterwegs gewesen sein; sie war zerlumpt, ausgelaugt, halb verhungert und würde wie ein Schwarm blutgieriger Tiger über das Dorf herfallen.

Puan Lampun ließ die Palisaden besetzen. Dr. Heidkamp saß mit der Maschinenpistole des Oberst an einer Schießscharte. Von ihr aus konnte man den Zugangsweg überblicken, den normalen Pfad aus dem Dschungel zum Dorf, der jetzt allerdings durch die dreifachen Sperren unpassierbar geworden war. Die Dorfbewohner kamen über einen neuen, schmalen Trampelpfad ins Dorf, der im Zickzack um die Gruben führte und nur für die Bewohner durch fast unsichtbare Markierungen gekennzeichnet war.

Gegen Mittag erreichte die Rebellengruppe das erste Hindernis. Sie blieb erstaunt stehen und beratschlagte. Man kannte diese Bambusverhaue und wußte, wie schwer sie zu überwinden waren.

Als Antwort auf diese Behinderung gingen die Rebellen zunächst im Schilf in Deckung und überschütteten das Dorf mit einem Hagel von Geschossen. Sie brachten zwei Maschinengewehre in Stellung und einen Granatwerfer, der mit dem dritten Schuß ein Loch in die Palisade riß und drei Thais tötete. Unter diesem Feuerschutz legten die Rebellen eine Sprengladung an den Bambuswall und jagten eine Lücke von drei Meter Breite in die Luft.

»Keine Angst«, sagte Dr. Heidkamp zu dem unruhig werdenden Puan Lampun. »Sie werden nicht durchkommen ... so nicht ...«

Noch war kein Schuß aus dem Dorf gefallen. Die zehn Gewehrträger hockten rechts und links von Dr. Heidkamp hinter der Palisade und warteten. Michael Pohland lag mit seiner Pistole hinter einem Erdwall, den man hinter den Palisaden aufgeschüttet hatte, gewissermaßen als Beobachtungsstand. Den ersten Plan, einen Wachturm zu bauen, hatte man aufgegeben. Einen Turm konnte man zu leicht umschießen.

Die Rebellen warteten wieder. Über dem Dschungel lag nach der Explosion eine unheimliche Stille. Die Vögel und Tiere waren geflohen, die Riesenfrösche hockten stumm im Sumpf und versteckten sich.

»Jetzt kommen sie.« Dr. Heidkamp drückte den stählernen Klappkolben der Maschinenpistole an die Schulter. »Wenn die ersten in die Gruben fallen, schießen wir.«

Was kurz darauf auf dem Weg zum Dorfe Muang Thao geschah, war wie ein furchtbarer Spuk, der das Blut in den Adern erstarren ließ. Eine Höllenminute, die sich wie eine Ewigkeit langzog.

Die Rebellen drangen durch die Sprenglücke herein, schießend und mit wildem Geschrei, das vordem stets genügt hatte, um die Dorfbewohner flüchten zu lassen oder um Gnade winselnd auf den Boden zu drücken. Sie liefen sechs oder sieben Schritte, als der Boden unter ihnen wegsank und vier Körper versanken. Im gleichen Augenblick gellte ein vierstimmiger, gräßlicher Schrei durch den Dschungel, übergellte das Schießen und Kampfgebrüll der anstürmenden Rebellen und hing wie etwas Klebriges, Unabschüttelbares in den Ohren. Michael Pohland biß die Zähne zusammen und umklammerte den Kolben der Pistole, bis die Knöchel weiß wurden.

Dem nervenzerreißenden Viererschrei folgten andere, vereinzelte Aufschreie, grell, unmenschlich, nicht vergleichbar ... die Fallgruben vor dem Dorf hatten sich geöffnet, ein wirres, gestaffeltes System, in das die Rebellen hineinrannten, blindlings, um sich schießend und erst die Fallen erkennend, als der Boden unter ihnen wegsank und sie auf die messerspitzen Bambuspfähle stürzten und ihre Körper aufgespießt wurden.

Die sechs Angreifer, die bis an die Palisade gelangten, brachen im Feuer der Gewehre zusammen. Auch Dr. Heidkamp schoß nach langem Zögern. Er hatte einmal geschworen – im Jahre 1947 war es, nach seiner Entlassung aus sowjetischer Gefangenschaft –, daß er nie mehr ein Gewehr in die Hand nehmen würde, um auf einen Menschen zu zielen. Jetzt blieb ihm zur Rettung des nackten Lebens nichts anderes übrig. Als er sah, daß die Thais miserabel schossen und vier Rebellen bis an den Bambuszaun herankamen, drückte er den Zeigefinger durch und gab einen kurzen Feuerstoß. Zwei Meter vor seiner Schießscharte brachen die Rebellen zusammen, kugelten übereinander und starben stumm.

Hinter ihnen, aus der Erde, aus den Löchern, gellten noch immer die gräßlichen Schreie; ein tierisches Gebrüll, das unerträglich wurde. Puan Lampun ging zu Pohland, der bleich hinter seinem Beobachtungshügel lag und an einem Brechreiz würgte.

»Eine schöne Schlacht, Monsieur«, sagte der Alte und rieb sich die Hände. »Wie sie in die Grube fielen ... es war fast lustig anzuschauen. Nun schreien sie ... aber sollen sie es ... Bestien müssen brüllen.«

»Ich flehe Sie an, Puan Lampun, lassen Sie die Verwundeten heraufholen!« Pohland hielt sich die Ohren zu. »Machen Sie ein Ende!«

»Warum?« Der Alte setzte sich neben Pohland, als gelte es, eine interessante Unterhaltung zu führen. »Mitleid? Ich bitte Sie ... wenn Sie gesehen hätten, was sie mit unseren Frauen und Mädchen gemacht haben ... und was diese da, die jetzt schreien, auch mit Ihnen gemacht hätten ... Nein, sie sollen sich die Seele aus dem Leib brüllen.«

»Puan Lampun, waren Sie nicht einmal ein Christ? Haben Sie vergessen, was man Sie lehrte?« Pohland sah, wie Dr. Heidkamp hinter einer Hütte stand und sich erbrach. »Machen Sie ein Ende!« schrie Pohland grell. Puan Lampun sah ihn erstaunt an, zuckte die mageren Schultern und ging.

Wenig später gingen ein paar Thais von Grube zu Grube und schossen in die Tiefe. Das fürchterliche Schreien erstarb. Dr. Heidkamp lag in seiner Hütte und betrank sich an dem scharfen Schnaps, als Pohland eintrat. Er war schon so betrunken, daß er Pohland nicht mehr erkannte, sondern an ihm vorbeistierte und Worte murmelte, die niemand mehr verstand.

Draußen kletterten die Dorfbewohner mit Strickleitern in die Gruben und holten die Leiber der toten Rebellen von den Bambuspfählen. Man trug die durchspießten Körper zum Sumpf und ließ sie dort versinken. Die Natur fraß sie auf wie alles in dieser grünen Hölle.

Drei Tage später – die Thais hatten die Sprenglücke im Bambusverhau wieder geschlossen und die Fallgruben wieder abgedeckt – zogen zwei Hubschrauber der Regierungstruppen Kreise über dem Dorf Muang Thao. Der alte Puan Lampun starrte hinauf in den blauen Himmel und verfolgte die schwirrenden und brummenden Rieseninsekten mit besorgten Blikken. Dr. Heidkamp, der ein Signalfeuer entfachen wollte, wurde durch einen Fausthieb daran gehindert.

»Es tut mir leid, Monsieur«, sagte Puan Lampun zu Michael Pohland. »Aber Sie wissen: Unsere Feinde sind überall. Auch die da oben sind im Grunde nicht anders als die Rebellen. Die Rebellen berauben uns, und die Regierungstruppen bestrafen uns, weil wir uns berauben lassen. Sie nennen es Konspiration mit den Rebellen. Was sollen wir tun? Wir müssen wie die Ratten leben ...«

Es zeigte sich bald, daß Puan Lampun recht hatte. Die beiden Hubschrauber gingen tiefer, überflogen ein paarmal das

Dschungeldorf und warfen dann kleine Bomben und Sprenghandgranaten ab. Mitten zwischen den Hütten explodierten sie und schleuderten Erde, Menschenkörper, Hausteile in die kochende Luft. Puan Lampun saß steif inmitten des Chaos, hatte die Hände über der Brust gekreuzt und erwartete den Tod. Er war so ruhig wie nie, hatte den Kopf zurückgelegt und sah auf die Hubschrauber, die immer wieder anflogen und neue kleine Bomben abwarfen. Der zweite Hubschrauber begann jetzt auch, mit einem Maschinengewehr auf alles zu schießen, was sich zwischen den Hütten und innerhalb der Palisaden bewegte. Er kreiste wenige Meter über dem Boden, und Pohland sah deutlich unter der ledernen Fliegerkappe das breite, gelbe Gesicht des Schützen.

Das Dorf war verlassen. Die Überlebenden, Männer, Frauen, Kinder, Greise, waren in das Schilf geflüchtet und versteckten sich im Sumpf wie Wasserratten. Nur Puan Lampun war allein zurückgeblieben. Wie eine in der Sonne vertrocknete Buddhastatue saß er ungedeckt auf dem Beobachtungshügel, die Hände gefaltet, die Augen geschlossen, in einer Trance der Todesbereitschaft. Pohland und Dr. Heidkamp lagen in Dekkung hinter einer niedergesprengten Hütte und sahen zu, wie die Hubschrauber gleich Rieseninsekten die regungslose Gestalt umschwirrten und beobachteten. Sie schossen nicht mehr, sie flogen suchend herum und machten einen Platz aus, auf dem sie landen konnten.

Pohland hatte plötzlich eine Idee. Ob in Asien oder Afrika – ein weißes Tuch war überall das Zeichen der Ergebung. Ehe ihn Dr. Heidkamp festhalten konnte, war er aufgesprungen und schwenkte aus den Trümmern der Hütte sein weißes Taschentuch, neben der Armbanduhr das letzte europäische Stück, das er besaß und das ihm sowohl die Rebellen gelassen wie auch Puan Lampun zurückgegeben hatte.

»Sind Sie verrückt?« brüllte Dr. Heidkamp. »Sollen wir im letzten Moment noch draufgehen?!«

Es war zu spät, den Irrtum wieder gutzumachen. Einer der

Hubschrauber kehrte zurück, während der andere auf dem Dorfplatz niederging. Noch im Hinwerfen sah Pohland, wie aus der gläsernen Kanzel der Lauf des Maschinengewehres auf ihn schwenkte, er sah den zuckenden Feuerstrahl, hörte das Gedröhn des Motors und spürte den Wirbelwind der kreisenden Propeller.

Neben ihm ächzte Dr. Heidkamp auf und rollte zur Seite. »Hunde!« schrie Pohland in ohnmächtiger Wut. »O ihr Hunde!« Dann traf es auch ihn ... er bekam einen Schlag an die Schulter, als sause ein Schmiedehammer auf ihn herab. Im Weggleiten in die Bewußtlosigkeit spürte er noch, wie es warm über seine Brust rann, wie ein wildes Zittern durch seinen Körper flog. Dann wurde es dunkel.

Die Besatzungen der beiden Regierungshubschrauber standen wenig später vor den zusammengekrümmten Körpern in den Hüttentrümmern. Ein Offizier kniete neben ihnen und riß ihnen die Kleiderfetzen von der Brust.

»Ausländer«, sagte er erstaunt zu den ihn umstehenden Männern. »Wir fliegen sofort zum Hauptquartier zurück. Sie leben noch.«

Pohland und Dr. Heidkamp wurden notdürftig verbunden, auf Bambusstangen festgebunden und zu den Hubschraubern getragen. Puan Lampun saß noch immer auf seinem Hügel, die Arme gekreuzt, die Augen geschlossen. Als einer der Soldaten ihn anstieß, fiel er um wie ein Holzklotz. Sein Herz hatte einfach ausgesetzt, weil er es so wollte. Keine Kugel hatte ihn getroffen, kein Splitter; er hatte sich selbst getötet mit dem Befehl: Schlafe ... und gehe hinüber ins Nirwana ... Ein Rätsel Asiens, das wir nie begreifen werden.

Die große Stunde Gerda Pohlands stand bevor. Sie war nach Gut Heidfeld zurückgekehrt, und Dr. Corbeck hatte ihr bis heute den Aufmarsch der Verwandtschaft verschwiegen. Als Bevollmächtigter mit Unterschrift führte er allein den ganzen unerfreulichen Schriftwechsel mit den gegnerischen Anwälten und den Gerichten und war so weit gekommen, daß man von einer offiziellen Anfechtung des Testaments absehen wollte, wenn ein Vergleich zustande käme. Ein Vergleich, der viermal hunderttausend Mark kosten sollte. Dr. Corbeck lehnte schroff ab. So standen die Verhandlungen, als Gerda Pohland in die Privatklinik Professor Dr. Kanoldts kam, um dem Erben der Pohland-Werke das Leben zu schenken.

Dr. Wehrmann war in heller Aufregung, als man ihm telefonisch mitteilte, daß die Wehen eingesetzt hätten. Er trank ein paar Kognaks hintereinander und rief Dechant Bader an, als er merkte, daß die Kognaks nicht halfen, seine Unruhe zu glätten.

»Können Sie das verstehen?« rief er ins Telefon. »Fast vierzig Jahre bin ich Arzt. Aus den Kindern, die ich schon geholt habe, könnte man ein Regiment zusammenstellen. Und jetzt sitze ich hier herum, kaue Nägel, besaufe mich und benehme mich, als sei ich selbst ein junger Vater! Dechant, ich gestehe, ich bin in einem Zustand höchster Erregung. Stellen Sie sich vor, auch dieses Kind würde so wie Tutti ... es wäre nicht auszudenken ...«

»Wie nervenschwach ihr alle seid!« Die Stimme Baders dröhnte in alter Stärke. »Auch Herr Ludwig sitzt seit heute morgen auf Heidfeld und säuft sich quer durch den Weinkeller. Vertrauen Sie auf Gott, Doktor.«

»Wenn das hilft ...«

»Versuchen Sie es mal, zum erstenmal!«

»Dechant!« Die Stimme Dr. Wehrmanns war etwas säuerlich. »Ich schlage vor, wir treffen uns alle in der Klinik. Sie holen Herrn Ludwig ab und kommen mit ihm in die Stadt.«

»Wenn es Sie beruhigt ... gut, ich komme.«

Eine Stunde später saßen auf der Privatstation von Professor Kanoldt, in einem hellen, von dem langen Flur abgeteilten Warteraum mit Glaswänden, drei würdige Herren, rauchten, liefen ab und zu unruhig hin und her, standen am Fenster, tranken aus Wassergläsern Rotwein und nebelten sich mit Tabakqualm ein.

»Wie in einem gläsernen Käfig«, seufzte Dr. Wehrmann einmal. »Überhaupt ist es eine Infamie, mich hier einzusperren, statt mich in die Nähe des Kreißsaales zu lassen.«

Nach zwei Stunden des Wartens erschien endlich Professor Kanoldt selbst aus dem Kreißsaal. Dr. Wehrmann riß die Tür des gläsernen Wartezimmers auf, als er ihn über den langen Flur kommen sah.

»Was ist es?« rief er ihm entgegen. »Alles klar?«

Professor Kanoldt antwortete zunächst nichts, sondern betrat den Warteraum. Er hustete etwas und wedelte mit beiden Händen durch die Luft.

»Himmel noch mal ... wie kann man hier noch atmen?« rief er. Mit einigen schnellen Schritten ging er zum Fenster und riß es auf. Ein Luftzug fegte über die alkoholschweren Köpfe der Wartenden.

»Man soll es nicht für möglich halten«, sagte Professor Kanoldt und steckte die Hände in seinen weißen Arztmantel. »Ich hab schon vieles erlebt, aber das hier ist bisher das Verrückteste. Ein besoffener Großvater, ein animierter Priester, ein schwankender Arzt – und alle drei warten auf ein Kind, das sie gar nichts angeht.«

»Mich als Großvater schon«, protestierte Ernst Ludwig.

»Und ich bin der Seelsorger«, sagte Dechant Bader streng.

»Ich kann für mich in Anspruch nehmen, gewissermaßen der vorgeburtliche Manager dieses Kindes zu sein.« Dr. Wehrmann hob erklärend den Finger. Professor Kanoldt winkte mit beiden Händen entsetzt ab.

»Das ist ja fürchterlich. Ich werde Sie zur Ernüchterung in einen anderen Raum bringen lassen.« So streng seine Worte klangen, so wenig ernst waren sie gemeint. Man bemerkte in seinen Augen jenen schalkhaften Glanz, den Männer immer haben, wenn sie von kindlicher Fröhlichkeit sind oder für diese viel Verständnis aufbringen.

»Trinken Sie lieber einen mit, Herr Professor.« Ernst Ludwig hing in seinem Sessel und wischte sich immer wieder über die Stirn. »Wie geht es denn meiner Tochter? Immer noch nichts? Das sind ja jetzt schon fünf Stunden.«

»Es geht langsam. Aber es ist alles normal, meine Herren. Ich möchte nur empfehlen, die Exzesse abzustoppen, denn ich befürchte, daß Sie nicht aufnahmefähig sind, wenn das Kind endlich da ist.«

»Vor der Geburt selbst habe ich keine Angst ... Sie wissen ja, Herr Professor, wir sprachen schon darüber ... Aber es muß ein gesundes Kind sein, darum geht es.«

»Das liegt in Gottes Hand«, sagte Dechant Bader ernst.

»Jetzt fängt der schon wieder an!« schrie Dr. Wehrmann.

Professor Kanoldt hob die breiten Schultern. »Lieber Kollege ... das ist das einzige, was auch ich sagen kann: Hoffen wir es. Wenn es Gottes Wille ist ...«

Dr. Wehrmann setzte sich schwer in einen der Sessel und zerwühlte sich seine Löwenmähne. »Ich bin mir noch nie so armselig vorgekommen wie in diesen Stunden. Da sitzt man rum und kann nichts, gar nichts tun. Stellen Sie sich vor, wenn es ein Kind wie Tutti wird – und ich habe es durch das Vertauschen der Pillen ermöglicht. Nicht auszudenken!«

Am Ende des Ganges kam eine Schwester aus einem Zimmer und winkte Professor Kanoldt zu. Sie hob die Hand, zeigte ins Zimmer und rannte wieder zurück.

»Es ist soweit, meine Herren.« Professor Kanoldt sah die drei Männer streng an. »Wie gesagt, so etwas wie Sie ist mir noch nie untergekommen. An diese Geburt werde ich noch lange denken.«

Mit großen Schritten eilte er zum Kreißsaal, und Dr. Wehrmann hatte große Lust, ihm nachzulaufen, um dabei zu sein, wenn Michael Pohlands Kind den ersten Schrei tat.

Ernst Ludwig trank wie ein Verdurstender, Dechant Bader stand am Fenster und hatte die Hände über dem Bauch gefaltet. Er stierte in den Klinikgarten wie eine steinerne Statue.

Die drei Männer wurden aus ihren Gedanken gerissen, als eine Schwester die Glastür aufriß.

»Was ist es?« brüllte Ernst Ludwig und umklammerte die Flasche.

»Telefon!«

»Wieso Telefon?« schrie Ludwig völlig entgeistert zurück.

»Telefon für Herrn Doktor Wehrmann ... Es ist zum Stationstelefon auf dem Flur umgestellt ...«

Dr. Wehrmann rannte der Schwester nach zu einer der Stützsäulen, an der der schwarze Apparat hing. Er nahm ab. Die beiden anderen sahen, wie er sprach, wie sein Gesicht ernst und betreten wurde und wie er den Hörer ganz langsam, als sei er unendlich schwer oder aus zerbrechlichstem Glas, auf die Gabel zurücklegte. Dann kam er langsam zurück, den Kopf gesenkt, setzte sich still in seinen Sessel und trank einen kleinen Schluck Wein. Bader und Ludwig sahen sich an, und der Dechant war der erste, der etwas sprach.

»Was ist denn, Doktor? Mann, reden Sie ... Sie sehen ganz verwirrt aus ...«

»Ein Anruf aus Oberholzen von Dr. Dornburg. Tutti ist vor einer Stunde gestorben.«

Dechant Bader schlug ein Kreuz und trat an das Fenster. Ernst Ludwig stierte in sein leeres Glas.

»Sie ist verlöscht wie eine Kerze ...« Dr. Wehrmann legte den Kopf weit in den Nacken und sah an die gestuckte Decke. »Als wenn sie gewußt hätte, daß mit dem neuen Kind ihr Leben einsam und damit sinnlos würde. Es ist furchtbar.«

»Man darf es Frau Pohland auf gar keinen Fall in den ersten Tagen sagen.« Dechant Bader drehte sich um. »Ich weiß, es klingt merkwürdig aus dem Mund eines Priesters, wenn er lügt ... aber gerade weil ich Seelsorger bin, wird mir Gott verzeihen, daß ich einmal einen Menschen eben seiner Seele wegen hintergehe. Lassen Sie das bitte mich machen, meine Herren. Kein Wort von dieser Schreckensnachricht.«

»Und wenn sie danach fragt?«

»Ich werde antworten, wie es nötig ist.«

»Wie lange wollen Sie das hinauszögern?« Ernst Ludwig hatte als erster den Gedanken, an den niemand in dieser Situation dachte. »Das geht ja gar nicht. Nach dem Gesetz muß Tutti innerhalb von drei Tagen beerdigt sein. Wollen Sie sie heimlich in Oberholzen verscharren lassen?«

»Ich fahre hin«, sagte Dechant Bader fest. »Und Sie, Doktor?«

»Ich komme selbstverständlich mit.«

Über den Flur kam die Hebamme. Sie lachte, schüttelte den Kopf, als sie die drei Köpfe der Männer hinter der Glasscheibe sah, umgeben von Qualmnebeln und mit geröteten Augen, in denen der Alkohol gläsern stand. Sie riß die Tür auf, wehrte den herbeistürmenden Dr. Wehrmann ab und rief kurz: »Ein gesunder Junge!«

Dann warf sie die Tür wieder zu und rannte weiter zur Teeküche.

»Ein Junge!« schrie Ernst Ludwig und hob die Flasche. »Ein Junge!«

»Ein gesunder Junge! Das ist wichtig.« Dr. Wehrmann sank wie entkräftet in den Sessel zurück und fühlte, wie ihn eine hektische Fröhlichkeit überkam. Er lachte plötzlich, so laut und unmotiviert, daß Dechant Bader herumfuhr und ihn entgeistert anstarrte. »Gesund!« lachte Dr. Wehrmann. »Meine Herren! *Gesund!* Mein Gott, bin ich glücklich.«

»Es freut mich, daß Sie in dieser schönen Minute an Gott denken.« Dechant Bader wehrte ab, als Wehrmann etwas entgegnen wollte. »Nein, protestieren Sie nicht. Das kam Ihnen aus tiefster Seele. Ich kenne Sie viel zu genau, Doktor ... das Erzvieh, das Sie uns vorspielen, ist ja nur ein Panzer um Ihre Weichheit.«

»Sie sind ein widerlicher Moralprediger!« schrie Dr. Wehrmann wütend. Aber auch dieser Ausbruch war nur eine Gegenwehr gegen das Schlucken, das in seiner Kehle saß. Er hätte weinen können in diesem Augenblick, da er von aller Qual und allen Zweifeln erlöst war. Ein gesunder Junge, dachte er. Der große Wunsch Michael Pohlands, von dessen Erfüllung ihn das Schicksal weggerissen hatte.

Professor Kanoldt stand plötzlich im Wartezimmer. Keiner hatte die Tür aufgehen hören, im Gegenteil, sie schreckten aus ihren Gedanken auf, als plötzlich eine andere Stimme zu ihnen sprach.

»Jetzt können Sie zu Frau Pohland.«

»Herr Professor!« Dr. Wehrmann und Dechant Bader sprachen gleichzeitig. Ernst Ludwig erhob sich schwankend und stützte sich mit beiden Händen auf den Tisch. »Wie geht es ihr?«

»Wie allen jungen Müttern. Etwas schlapp, aber glücklich. Halt!« Er hielt Ludwig am Rock fest, als dieser aus dem Wartezimmer hinaus wollte. »Sie glauben doch nicht etwa«, sagte er zu den drei Herren, »daß ich Sie so ins Krankenzimmer lasse? Ich darf Sie bitten, mit mir zu kommen. Ich will versuchen, Sie mittels kalten Wassers wieder einigermaßen ansehnlich zu machen. Darf ich bitten?«

»Müssen wir uns das gefallen lassen, Doktor?« brummte Dechant Bader zu Dr. Wehrmann hinüber. »Ich bin noch wie ein Fels . . .«

»Aber die Brandung schäumt oben im Gaumen. Gehen wir.« Dr. Wehrmann winkte resignierend ab. »Professor Kanoldt ist Ordinarius. Haben Sie schon mal erlebt, daß ein Ordinarius Widerspruch duldet?«

Etwas unsicher auf den Beinen trabten die drei dem Professor nach in dessen Privaträume. Die Hebamme, die ihnen entgegenkam, lachte und schüttelte wieder den Kopf. Vor allem Dechant Bader sah sie lange und groß an, und der bärenhafte Priester wurde rot und senkte schuldbewußt den Kopf.

»So«, sagte Professor Kanoldt und reichte in seinem Zimmer ein Tablettenröhrchen herum. »Chlorophyll-Tabletten, zwei Stück. Das nimmt die ›Fahne‹ weg. Und dann gibt's Sprudelwasser. Und nebenan ist eine Brause, da halten Sie die Köpfe drunter. Verstanden?«

»Ein Ordinarius«, seufzte Dr. Wehrmann und ging als erster ins nebenliegende Bad. »Da kann man gar nichts machen.«

Eine halbe Stunde später saßen drei fröhliche, jetzt ziemlich nüchterne, nur in den Augen noch etwas stiere Männer um das Bett Gerdas und beglückwünschten sie. Es stellte sich heraus, daß jeder von ihnen telefonisch Blumen bestellt hatte, die unten beim Pförtner aufbewahrt worden waren.

Dr. Wehrmann hatte einen großen Strauß roter Rosen gebracht. Erst als er in der Vase stand und Dr. Wehrmann Gerdas Blick auf diesen Blumen ruhen sah, wußte er, daß er die falschen gewählt hatte und ärgerte sich maßlos.

Rote Rosen, dachte Gerda Pohland. Es wären die Blumen gewesen, die mir Micha geschenkt hätte. O Micha!

Sie zwang sich zu lächeln und tapfer zu sein. Dann fielen ihr die Augen zu, so sehr sie sich bemühte, dagegen anzukämpfen. Eine wohltuende Schwäche überzog sie und nahm sie fort in einen tiefen Schlaf.

Auf Zehenspitzen verließen die drei Männer das Zimmer.

Tutti war in aller Stille begraben worden.

Dechant Bader hatte seine Pfarrei für drei Tage seinen beiden Vikaren überlassen, Dr. Wehrmann schloß die Praxis offiziell wegen Todesfalles.

Es war ein trauriges Begräbnis. Hinter dem kleinen weißen Sarg gingen neben Dr. Dornburg nur noch die Schwestern der Station und die Wirtsleute vom Gasthaus »Sonne« aus Oberholzen, die Tutti nie gesehen, aber über acht Jahre hinweg mit Gerda Pohland gefühlt hatten.

Dechant Bader hielt die Totenmesse in der kleinen Dorfkirche von Oberholzen. Er sprach von der Unerforschlichkeit Gottes, von der beschränkten Logik der Menschen, die Gottes Willen einfach nicht begreifen könnten ... es war eine Predigt, die keiner der biederen oberbayerischen Bauern verstand und die an dem Dechanten neben seiner hünenhaften Gestalt nur noch die Urgewalt seiner Stimme bewunderten. Es war eine Predigt, die auch niemand verstehen sollte; sie war in Wirklichkeit eine Abrechnung Baders mit seinem Gott, eine Bußpredigt über sich selbst, der im geheimen auch nicht den Sinn dieses Lebens begriffen hatte und der – als er Tutti in ihrem weißen Sarg sah, ein Mensch, der kaum aussah wie ein Mensch, jetzt um so mehr, da die großen blauen, sprechenden Augen erloschen waren – einen ganzen Tag mit Gott haderte und mit ihm rang wie Hiob. Mit dieser Predigt versuchte er eine Rechtfertigung. Dr. Wehrmann war der einzige, der ihn verstand. Nach dem Gottesdienst trat er zu Bader und drückte ihm stumm die Hand.

»Was soll das?« fragte Bader rauh.

»Sie können mich jetzt in den Hintern treten«, Dr. Wehrmann atmete ein paarmal tief durch, »aber ich möchte Ihr Freund sein.«

Dechant Bader legte sein Meßgewand zusammen und schwieg. Dann, nach einer ganzen Zeit, sagte er leise:

»Doktor, ich hätte nie geglaubt, daß mich noch etwas im Leben erschüttern könnte. Ich habe nie gewagt, Gott eine Frage zu stellen. Gestern habe ich es getan, und er hat geantwortet. Ich glaube, ich habe mich bisher fast dreißig Jahre lang dämlich und stur benommen. Vor allem habe ich Gott erkannt – das ist ein Glück, das mein Leben wie vollendet werden läßt.«

»Nun geht es darum, Gerda alles zu sagen.« Dr. Wehrmann ging in der kleinen Sakristei nervös hin und her.

»Das hat noch Zeit.«

»Ich habe ein verdammt ungutes Gefühl dabei.«

»Glauben Sie, ich nicht?« Dechant Bader schloß den kleinen Handkoffer und ließ die Schlösser einschnappen. »Ich habe da eine andere Idee. Wenn Frau Gerda wieder so kräftig ist, eine längere Reise zu unternehmen, fahre ich mit ihr hier nach Oberholzen, um Tutti zu besuchen.«

»Unmöglich. Stellen Sie sich den Schock vor, wenn sie . . .«

»Gar kein Schock wird es werden!« Dechant Bader trat an

das Fenster und sah hinaus auf den kleinen Dorffriedhof, der hinter der Sakristei an der Kirche begann, wie es bei alten Dorfkirchen üblich ist. »Sie wird aufatmen«, sagte er leise. »Es ist schrecklich, daß ich so etwas sage, ohne schamrot zu werden. Aber um Gott zu dienen muß man die Menschen kennen.«

Einige Tage später – Gerda Pohland lag noch in der Klinik – kam große Aufregung über die Familie Petermann. Professor Dr. Kanoldt hatte bei Dr. Wehrmann angerufen, daß er jetzt ein Bett frei habe und Anna Petermann operieren könne.

Gotthelf Petermann verteilte seine Kinder wieder auf die Verwandtschaft. Das Kleinste übernahm eine Cousine, die ausgebildete Kinderschwester war. Dann saßen die Petermanns im leeren Haus, und es kam ihnen vor, als säßen sie in einem Grabe. Die ungewöhnliche Stille, das Fehlen des Kinderlachens, die immerwährenden Streitereien, die stündliche Sorge; das nächtliche Aufschrecken, wenn eines der Kinder im Schlafe schrie oder laut träumte – dieses warme Leben fehlte ihnen. Sie hockten nebeneinander auf dem Sofa, sahen vor sich hin und zwangen sich nicht, ihre Angst zu verbergen.

Am nächsten Morgen um neun Uhr früh wollte Dr. Wehrmann sie abholen. Es waren noch dreizehn Stunden bis dahin. Dreizehn Stunden, Abend, Nacht, Morgen. Dreizehn Stunden Denken und Angst, Einsamkeit und Warten. Dreizehn Stunden seelischer Qual, die das Herz zentnerschwer machte und den Pulsschlag lähmte. Dreizehn Stunden flimmernder Nervosität von der Kopfhaut bis zu den Zehen; ein Zittern in den Händen, die man krampfhaft in den Schoß oder auf den Tisch legte, damit sie ruhig waren.

»Du mußt schlafen, Anna«, sagte Gotthelf Petermann gegen Mitternacht und legte den Arm um ihre Schulter. »Du darfst morgen beim Professor nicht müde sein. Komm ins Bett!«

Aber sie schliefen nicht, sie konnten nicht die Augen schließen und sich zwingen, an nichts zu denken. Sie lagen wach nebeneinander und atmeten hastig, als läge ein schwerer Stein auf ihrer Brust.

»Du!« sagte Anna leise. Ihre Stimme war klein und kläglich. Petermann drehte den Kopf zur Seite.

»Ja, Anna?«

»Wenn es schiefgeht . . .«

»Wer denkt denn daran?«

»Aber es kann sein.«

»Nein.«

»Und wenn? Wirst du wieder heiraten?«

»Anna, red' nicht solchen Unsinn.«

»Was wird aus den Kindern? Du mußt wieder heiraten schon der Kinder wegen.«

»Ich will davon nichts hören.« Petermann ergriff Annas Hände, sie waren eiskalt, wie abgestorben. »Anna – daran darfst du nie denken. Nie. Es wird ja alles gut.«

»Man hat so komische Gedanken, Gotthelf.«

»Schlaf, Anna.«

»Ja, Männe.«

Aber sie lagen noch wach, als die Morgendämmerung über die Heide kroch und der Tau in den ersten Sonnenstrahlen zu glitzern begann.

Um neun Uhr standen sie bereit. Mit gepacktem Koffer, den Bademantel über dem Arm, tapfer und gefaßt, sich an den Händen haltend, jeder Schutz und Kraft bei dem anderen suchend.

Dr. Wehrmann war pünktlich. »Halli-hallo!« rief er fröhlich, als er sah, wie verkrampft die Mienen der Petermanns waren. »Einsteigen! Ist nichts vergessen? Zahnbürste? Liebesroman? Foto des Mannes?«

Anna lächelte säuerlich.

»Ich bin bereit, Herr Doktor.«

»Wie das klingt!« Dr. Wehrmann schob Anna und Gotthelf in seinen Wagen. »Du sollst nicht hingerichtet werden, sondern hergerichtet. Das ist ein großer Unterschied. Und nun will ich keine Sauertöpfe in meinem Wagen haben, sondern hoffnungsvolle Mienen. Verstanden?«

»Ja, Herr Doktor«, sagten die Petermanns leise.

»Also, denn mal los.«

Dr. Wehrmann fuhr forsch an und drehte einen Kreis auf dem Innenhof, um zum Ausgangstor zu kommen.

Anna Petermann drückte das Gesicht an die Scheibe und sah noch einmal über alles das hinweg, was ihre kleine, schöne Welt gewesen war. Das Verwalterhaus, die Ställe, die Scheune, das Herrenhaus, der Park, der kleine See zwischen den Birken und Kiefern, die Bleichwiese, die Reitbahn ... es war ihr, als solle sie das Ganze noch einmal sehen und in sich aufnehmen, als der Wagen den Kreis fuhr und dann aus dem Tor hinausschoß. Petermann ahnte die Gedanken Annas. Er tastete nach ihrer Hand und drückte sie fest.

»Wenn du zurückkommst, liegt schon Schnee«, sagte er zärtlich. »Und der Teich ist zugefroren. Ich werde uns neue Schlittschuhe kaufen ...«

»Ja, Gotthelf.« Sie lehnte den Kopf an seine Schulter und schloß die Augen.

Der Wagen rauschte über die Chaussee, der Stadt entgegen. Dr. Wehrmann sagte kein Wort. Er sah im Rückspiegel, was mit den Petermanns war und hielt es für besser, zu schweigen.

Als sie aufwachten, lagen sie in einem weißen Bett, zugedeckt mit einer sauberen Decke. Die Sonne glühte in das kleine Zimmer, aber es war erträglich, denn über ihnen drehte sich an der Decke ein großer Propellerventilator.

Dr. Heidkamp war schon wach, als Pohland die Augen öffnete und eine Weile brauchte, um sich zurechtzufinden. Er wollte sich aufrichten, aber ein stechender Schmerz in der Schulter warf ihn zurück.

»Sie haben einen saftigen Schulterschuß, Herr Pohland«, hörte er die Stimme Dr. Heidkamps, noch etwas undeutlich, wie durch Watte gesprochen und irgendwie ohne Tonschwingungen. Dann wurde das Bild seiner Umwelt wieder klar, und die Stimme des Ingenieurs vernahm er plötzlich überlaut, als brülle er in sein Ohr.

»Wo sind wir denn hier?« fragte Pohland schwach.

»In einem ganz netten Militärlazarett. Als ich aufwachte, saß sogar eine Schwester an meinem Bett. Leider war ich zu schlapp, sie gebührend zu begrüßen.«

»Ihnen scheint es ja verdammt gutzugehen.« Pohland drehte mühsam den Kopf. Dr. Heidkamp saß im Bett und rauchte. »Wo hat es Sie erwischt?«

»Diesmal in den Oberschenkel. Steckschuß. Außerdem habe ich bereits gegessen, und – wie man mir sagte – die Portion von drei ausgewachsenen Soldaten. Mir ist nur nicht ganz klar, ob man uns als Gefangene hier hält oder als Befreite. Der Arzt sagte darüber nichts. Übrigens spricht der Junge ganz gut Deutsch.«

»Was? Deutsch?« Pohland drehte sich auf die unverletzte Schulter. Auf einem Tischchen neben dem Bett stand ein Glas mit Orangensaft. Er nahm es mit zitternden Händen und trank gierig ein paar Schlucke. »Wieso denn das?«

»Er hat drei Semester in Bonn und eines in Würzburg studiert. Ein sympathischer Kerl ... da ist er übrigens.«

Michael Pohland sah den jungen Mann in einem weißen Arztkittel ins Zimmer kommen. Er sah zu Pohland hinüber, über sein gelbliches Gesicht flog ein freundliches Lächeln, und er kam mit schnellen Schritten näher.

»Da sind wir ja wieder«, sagte er mit einer hellen, leicht singenden Stimme auf deutsch. »Haben Sie Schmerzen, mein Herr?«

»In der Schulter.«

»Keine Sorge. Der Knochen ist unverletzt. Haben Sie Hunger?«

»Nein, danke.« Pohland setzte sich, wobei der junge Arzt ihn stützte. Die Schulter brannte, als läge sie in einem Feuer und schmorte zusammen. »Ich höre, Sie sprechen gut Deutsch. Darf ich fragen, was geschehen ist? Von der Minute des Hubschrauberangriffs an fehlt mir jede Erinnerung. Wo sind wir hier?«

»Im Militärlazarett von Ban Ngon. Man hat Sie und den anderen Herrn aus dem Kampfgebiet herausgeflogen. Alles Weitere wird General Tao Khuang Batun mit Ihnen besprechen.« Der junge Arzt lächelte verbindlich, aber eisig. »Sie sollten doch etwas essen, um zu Kräften zu kommen.«

»Sie gehören zu den Regierungstruppen?« fragte Pohland und trank wieder einige Schlucke Orangensaft.

»Natürlich.«

»Dann bitte ich darum, sofort die deutsche Botschaft in Bangkok zu benachrichtigen.«

Im Nebenbett lachte Dr. Heidkamp auf. »Damit machen Sie gar keinen Eindruck, Herr Pohland. Das habe ich schon vor vier Stunden verlangt. Man hält uns hier anscheinend für Deutsche, die auf seiten der Rebellen als Spezialisten eingesetzt waren. So eine Art rote Instrukteure.«

»Das ist doch Blödsinn. Doktor ... ist das wahr?«

Der junge Arzt hob die Schultern und lächelte höflich.

»Das wird der General mit Ihnen besprechen. Ich lasse Ihnen Essen bringen, nicht wahr?«

Er verließ schnell wieder das Zimmer. Pohland rutschte etwas ins Bett zurück und seufzte. »Jetzt wird es schwer sein, auch diese Leute zu überzeugen«, sagte er. »Auf jeden Fall müssen wir die Verbindung zur deutschen Botschaft durchsetzen.« Er seufzte wieder und schloß ermattet die Augen. »Eins weiß ich jedenfalls, lieber Heidkamp, und das macht mich im Augenblick gleichgültig gegen alles, was kommt: Wir werden weiterleben, und wir werden nach Hause zurückkommen.«

Eine junge Krankenschwester, unter deren kurzem, weißem Kittel die Tarnuniform der Regierungstruppen hervorsah, kam mit einem großen Tablett herein. Auch sie lächelte freundlich, stellte das Tablett auf das Bett Pohlands, nickte ihm zu und ging wieder hinaus. Dr. Heidkamp seufzte laut.

»Himmel noch mal«, sagte er, »bei so einem Anblick merke ich erst, wie gesund ich noch bin.«

»Aber Doktor!« Pohland lächelte schwach zurück. Er musterte das Essen. Weißbrotschnitten, eine halbe Melone, ein Stück kaltes Huhn, kandierte Kirschen, Apfelmus. Ein Becher mit einem süßen, nach Zimt riechenden Wein. Er nippte daran. Der Wein war dunkelrot, fast zähflüssig und schmeckte trotz des Zimtgeruchs nach Nelken. »Wenn ich das esse, falle ich um«, sagte er.

»Versuchen Sie's. Ich habe es auch gedacht. Aber mir scheint, in dieser Zusammenstellung liegt eine uralte Erfahrung. Ich fühle mich so kräftig, daß ich am liebsten wieder herumtraben möchte – vor allem nach dem Anblick der süßen Lazarettkrabbe.«

Michael Pohland aß langsam und vorsichtig, hörte ab und zu auf und horchte nach innen, wie sich sein Magen verhielt. Da er keinerlei Reaktion zeigte als lediglich ein Anwachsen des Hungergefühls, aß er das ganze Tablett leer und lag dann satt und vom Essen müde langgestreckt im Bett, zufrieden und seltsam erfrischt. Der starke, unbekannte Wein war von einer herrlichen, befreienden Wirkung; das Gehirn schwebte wie auf Wolken, die Gedanken waren leicht und lebensfroh und von einer geradezu impertinenten Daseinslust, als habe er Haschisch geraucht.

»Na?« fragte Dr. Heidkamp und gähnte. »Wie fühlen Sie sich, Chef?«

»Wie im achten Himmel, Doktor.«

»Ich auch. Nur habe ich Angst, daß der Sturz aus ihm sehr schmerzhaft werden kann.«

»Wir stürzen nicht mehr.«

»Bedenken Sie, daß man uns für Rebellen hält. Für prominente Rebellen.«

»Dieser Blödsinn wird sich schnell aufklären lassen.«

»Versuchen Sie, einem Asiaten etwas zu erklären.«

»Dieser General wird kein Spinner sein wie der Rebellenhäuptling.«

»Hoffen wir es, liebe Tante.«

»Gute Nacht!«

Pohland drehte sich auf die gesunde Schulter und schlief ein. Es war ein tiefer, satter Schlaf, aus dem er nicht einmal erwachte, als der junge Arzt mit der kleinen Schwester wieder erschien, Pohland aufrichtete und die Schulterwunde neu verband, nachdem er sie mit Penicillinpuder bestäubt hatte. Nach ihm betrat ein Offizier das Krankenzimmer, grüßte zu Dr. Heidkamp hinüber, ließ sich berichten und ging wieder.

»Das war der Adjutant des Generals«, erklärte der junge, höfliche Arzt.

»Was soll das, mein Lieber?« Heidkamp aß schon wieder Bananen und kleine, süße Äpfel. »Wenn Ihr General ein einziges Telegramm an den deutschen Konsul abschicken würde, wäre alles klar.«

»Das hier ist eine innerthailändische Angelegenheit. Wir lösen sie selbst.«

»Aber hoffentlich schnell.«

»Ich glaube, sehr schnell ...« Das Lächeln war wie gefroren. Heidkamp erkannte es, und es wurde ihm kalt ums Herz. Er fragte nicht weiter, aber auch die Bananen schmeckten ihm nicht mehr. Wenn ich hier heil herauskomme, dachte er, werde ich nie mehr Asien betreten. Nie mehr. Und wenn man mir Millionen bietet. Und wenn ich in einem Atlas jemals wieder eine Asienkarte sehen werde, werde ich frieren in der Erinnerung. Nie mehr betrete ich diesen Teil unserer Erde.

Am Abend kam der General. Michael Pohland war munter und fühlte sich gesund wie früher. Nur die Schulterwunde stach, aber die ungeheure körperliche Schwäche war verflogen.

Der General kam mit seinem Adjutanten. Er sprach Englisch und grüßte Pohland wie einen hohen Offizier.

»Tao Khuang Batun«, stellte er sich vor. »Es freut mich, Sie und Ihren Herrn Kameraden als meinen Gast begrüßen zu dürfen.«

»Das hat ein anderer General auch schon gesagt«, warf Pohland ein.

»Ich weiß.«

»Sie wissen auch, wer ich bin?«

»Ich weiß, als wen Sie sich ausgeben.«

»Da kommt der dicke Hund«, sagte Dr. Heidkamp und lehnte sich an das Rückengitter seines Bettes. Michael Pohland sah General Tao Khuang Batun forschend an.

»Wie soll ich das verstehen, Herr General?«

»Sie sagen, Sie seien Michael Pohland aus Deutschland?«

»Ja.«

»Herr Pohland ist vor etwa acht Monaten von Rebellen getötet worden.«

»Irrtum, gefangengenommen!«

»Das sagen Sie, Sir. Wir wissen aber, daß Herr Pohland tot ist. Es gibt eine amtliche Verlautbarung. Die Regierung unseres Landes irrt sich nicht.«

»Aber das ist doch Blödsinn, Herr General!« Pohland hob beschwörend den gesunden Arm. »Wir wurden als Abgesprengte von den Rebellen aufgelesen. Nach Monaten gelang uns die Flucht, wir kamen in ein Dschungeldorf, dort wurden wir erst von den Rebellen, dann von Ihren Truppen überfallen.«

Der General lächelte etwas sauer. »Sie kennen nicht die Verhältnisse des Landes, Sir«, sagte er höflich, aber bestimmt. »Wir überfallen nicht, wir befreien.«

»Die Auswirkung blieb die gleiche, General. Gut ... sagen wir, wir wurden von Ihren Truppen befreit. Wir sind glücklich, den Dschungel und die Rebellen überlebt zu haben. Und wenn Sie die deutsche Botschaft in Bangkok benachrichtigen ...«

»Wozu?«

»Um festzustellen, daß wir Michael Pohland und Dr. Hans Heidkamp sind!« schrie Pohland plötzlich. Der General lächelte mokant über diesen Erregungsausbruch. Er war den Asiaten fremd. Für sie galt es, immer und überall, in jeder Situation, das Gesicht zu wahren.

»Das haben wir«, sagte Tao Khuang Batun gemütlich.

»Und?«

»Sie sind nicht Michael Pohland. Mister Pohland ist tot.«

»Ich lebe!« schrie Pohland.

»Das streite ich nicht ab. Sie sind auch Deutscher, das stimmt. Aber Sie sind einer der Spezialisten der Rebellen. Und Sie tragen die Maske des Mister Pohland, weiter nichts. Wo ist Ihr Paß?«

»Irgendwo im Norden in einer Bergfestung des Generals Nai Tuan Dien.«

Bei Nennung des Namens wurde das Gesicht des Generals ernst. Das verbindliche, unergründliche Lächeln verschwand, als wische es eine unsichtbare Hand von den Lippen.

»Sie kennen ihn?«

»Wir waren zwei Monate mit ihm zusammen.«

»Sie gestehen also, ein Spezialist zu sein?«

»Wir waren Gefangene bei ihm.«

»Lüge! Nai Tuan Dien macht keine Gefangenen.«

»Das dachten wir auch. Aber wenn Sie wüßten, wieviel Weiße auf seiten der Rebellen arbeiten . . .«

»Interessant.« Der General warf seinem Adjutanten einen schnellen Blick zu. »Nennen Sie Namen, Sir.«

»Die kenne ich nicht.«

»Sie wollen sich nicht erinnern?«

»Ich habe nie Namen gehört.«

»Versunkene Erinnerungen kann man zurückholen, wissen Sie das?« Es war eine gefährliche, drohende Frage. Pohland wußte, was hinter ihr hockte: Die ganze, unbegreifliche Grausamkeit Asiens und ihrer Verhörmethoden. Hilflos hob er wieder den gesunden Arm.

»Wie soll ich Ihnen klarmachen, General, daß ich Michael Pohland bin? Es gibt nur einen Weg: Rufen Sie die deutsche Botschaft an.«

»Um uns zu blamieren? Nein.«

»Mein Gott . . . ich kann Ihnen alle Daten nennen, die Sie nachprüfen können.«

»Daten kann man sich beschaffen. Wenn Sie den Paß des getöteten Mr. Pohland auswendig gelernt haben.«

»Der Junge ist clever«, sagte Dr. Heidkamp. Es war bisher das einzige, was er sagte. Der General überhörte die Bemerkung, nur der junge Arzt senkte den Kopf, als erwarte er einen Ausbruch seines Militärchefs.

Michael Pohland sah an die Decke mit dem kreisenden Propellerventilator. Was soll ich tun, dachte er. Wie kann ich beweisen, wer ich bin? Aus der Sicht des Generals kann alles eine Tarnung sein. Ich muß ihm etwas sagen, was nur ich, Michael Pohland, weiß und sonst niemand. Aber was kann das sein?

General Tao Khuang Batun schlug mit der Reitgerte an seine staubigen Stiefel. »Es wäre besser, Sir«, sagte er, »Sie erinnerten sich an Ihre Tätigkeit bei Nai Tuan Dien. So sehr wir Rebellen sonst hassen: Für Spezialisten haben wir immer ein Ohr. Ich vermute, Sie sind Truppenausbilder.«

»Sehe ich so aus?« rief Dr. Heidkamp.

»General!« Michael Pohland wischte sich über die trotz des Ventilators schweißnasse Stirn. »Wenn ich Ihnen etwas sage, was nur der wirkliche Michael Pohland, also ich, wissen kann? Glauben Sie mir dann?«

Der General zog erstaunt die Augenbrauen hoch. Man sah trotz seiner Maske von Freundlichkeit, wie er unsicher wurde.

»Bitte!«

»Es ist ein Irrsinn, ich weiß. Aber wenn Sie auf diplomatischem Weg das feststellen lassen, was ich Ihnen sage, müßte Ihnen klarwerden, wer ich bin.« Michael Pohland atmete tief auf. »Meine Frau, Gerda Pohland, hat an der Innenseite des linken Oberschenkels einen kleinen, runden Leberfleck . . .«

General Batuns Gesicht wurde steinern. Er sah Pohland an, als begriffe er nicht, welch ein Wesen da vor ihm lag. Dann drehte er den Kopf schnell zu seinem Adjutanten und zu dem jungen Arzt. Bei beiden sah er die umwerfende Betroffenheit.

»Ich . . . ich werde es nachprüfen, Sir«, sagte der General leise. »Bis dahin bleiben Sie meine Gäste und haben alle Wünsche frei, deren Erfüllung uns möglich ist. Guten Abend!«

»Guten Abend, Herr General!«

Dr. Heidkamp sank ins Bett zurück, als die Männer das Krankenzimmer verlassen hatten. Ein paarmal strich er sich über die Augen, mit zitternden Händen.

»Chef«, sagte er mit heiserer Stimme, »wenn der Leberfleck Ihrer Gattin uns das Leben rettet ... Sie sollten ihn vergolden lassen oder mit Brillanten bedecken ...«

Und plötzlich lachte er, laut, hysterisch, grell. Michael Pohland hatte die Augen geschlossen und die Hände über der Decke gefaltet.

Wir kommen zurück, dachte er immer und immer wieder. Wir werden nach Hause kommen. Wir haben das Leben wiedergewonnen.

Und dann lachte auch er, aber nicht hysterisch wie Dr. Heidkamp, sondern leise, verhalten, in sich hinein.

Das Leben hängt an einem Leberfleck ... und da sagt man immer, das Leben eines Menschen gehe von der Geburt bis zum Tod und was zwischen beiden Ereignissen liege, sei nicht nennenswert ...

Das Unsinnige wurde durch die moderne Technik zu einem diplomatischen Fall.

Die deutsche Botschaft in Bangkok wurde benachrichtigt. Nach einigem verständnislosen Zögern wurde die Frage weitergegeben nach Bonn, von Bonn ging die Anfrage nach weiterem Rätselraten und dummen Witzen der untergeordneten Beamten zu Dr. Corbeck. Dr. Corbeck rief sofort empört Dr. Wehrmann an. Dr. Wehrmann tobte und fuhr hinaus nach Gut Heidfeld. Ganz beiläufig stellte er die Frage nach dem Leberfleck, und Gerda Pohland antwortete ebenso beiläufig. Ja. Es gab diesen Leberfleck. Dann trank man Kaffee und sprach von Tagesereignissen.

Die Meldung aber flog über einige tausend Kilometer zurück nach Asien und über ein Militärfunkgerät in die Dschungelfestung Ban Ngon. General Tao Khuang Batun las die Funkmeldung, die ihm der Adjutant beim Rapport vorlegte, dreimal durch, ehe er aufsah.

»Was sagen Sie dazu?« fragte er heiser.

»Es ist Michael Pohland.«

»Und was nun?«

»Von Bangkok kommen morgen zwei Herren des Generalstabs und ein Vertreter der deutschen Botschaft zu uns geflogen, Herr General.«

»Und wie stehe ich dann da?«

»Sie werden einen Orden bekommen.«

»Oder einen Tritt.«

»Warum? Sie haben ihn sofort erkannt. Wir alle haben es erlebt. Sie wollten nur noch hundertprozentige Klarheit.«

»Das stimmt.«

»Man kann nichts anderes sagen, Herr General.«

»Danke.«

Von dieser Stunde an ging alles sehr schnell.

Michael Pohland und Dr. Heidkamp wurden schon am nächsten Tag von Ban Ngon mit einem Militärhubschrauber nach Bangkok geflogen. General Tao Khuang Batun winkte ihnen zu, solange er den ratternden Vogel sehen konnte. In Bangkok stand der deutsche Botschafter auf dem Flugplatz und umarmte stumm und mit sichtlicher Ergriffenheit Michael Pohland, als er aus der gläsernen Kabine kletterte.

»Willkommen!« sagte der Botschafter rauh von innerer Erschütterung. »Wenn man auch nicht mehr an Wunder glauben will ...« Seine Stimme versagte. Er drückte Dr. Heidkamp stumm die Hand, faßte die beiden unter und führte sie zu dem am Rande des Flugplatzes wartenden Wagen.

»Wann können wir nach Deutschland fliegen?« war die erste Frage Pohlands, nachdem sich ihre Erschütterung gelegt hatte.

»In vier Tagen.«

»Vier Tage?«

»Es müssen eine Menge Protokolle aufgenommen werden.

Sie wissen ja . . . die diplomatische Bürokratie. Und die Presse . . . Es wird einen großen Rummel geben.«

»Darauf bin ich gar nicht erpicht. Ich möchte sofort fliegen.«

»Vier Tage werden Sie auch noch überleben Herr Pohland.« Der Wagen glitt durch die Straßen Bangkoks, vorbei an Tempeln mit goldenen Dächern, Bankgebäuden, Hotels, Palästen und Hütten, hinaus zur deutschen Botschaft. Der Botschafter hielt die Hand Pohlands fest, als sei er ein kleiner Junge, der Schutz bedürfe und väterlichen Händedruck. »Die Meldung von Ihrer Rückkehr ist bereits unterwegs nach Deutschland.«

Dr. Corbeck hing in seinem Schreibtischsessel wie nach einem Schlaganfall. Der Telefonhörer pendelte an der Schnur neben ihm; er hatte vergessen, ihn wieder aufzulegen und einfach neben sich fallengelassen, als er die kurze Nachricht vom Auswärtigen Amt in Bonn erhielt. Es war ein solcher Schock der Freude, daß er wie gelähmt dasaß und unfähig war, in den ersten Minuten irgend etwas zu unternehmen. Er starrte an die getäfelte Wand, fühlte, wie sein Herz zuckte und ab und zu aussetzte, spürte, daß seine Augen schwammen und es ihm unmöglich war, seine Männlichkeit zu bewahren und nicht zu weinen. Er konnte sich nicht entsinnen, wann dies zuletzt geschehen war . . . daß ihm jetzt die Tränen einfach über die Wangen liefen, ergriff ihn mehr als alles jemals zuvor. Dieses Wunder innerer Verbundenheit mit einem Menschen war ein tiefes Erlebnis, und er erkannte, daß es auch zwischen zwei Männern mehr geben kann als Freundschaft, Kameradschaft oder Partnerschaft. In diesem Augenblick der höchsten Erschütterung offenbarte sich ein Geheimnis der Seele, eine Bruderschaft, die er nie für möglich gehalten hatte.

Nach diesem Schock aber tat Dr. Corbeck genau das, was ein Mann in solcher Situation tut: Er sprang auf, warf den Telefonhörer zurück, rannte zu seinem Wandschrank und stürzte ein paar Kognaks hinunter. Dann ließ er an alle durchsagen, daß er nicht zu sprechen sei, fuhr mit dem Aufzug hinunter, setzte sich in seinen Wagen und raste durch die Stadt zu Dr. Wehrmann. In der Manteltasche hatte er zwei Flaschen Kognak, und er schwenkte sie in den Händen, als Dr. Wehrmann ungehalten über das verrückte Sturmklingeln die Tür aufriß und in seiner Art losbrüllen wollte.

»Corbeck!« sagte Wehrmann verblüfft. »Und besoffen. Das ist neu. Kommen Sie rein ... Wollen Sie eine Ernüchterungsinjektion? Los, legen Sie sich aufs Sofa und machen Sie den Arm frei.«

»Doktor!« Dr. Corbeck blieb mitten im Zimmer stehen und schwenkte die Flaschen wie zwei Fahnen. »Sie sehen vor sich den glücklichsten Menschen der Welt. Den im Moment noch glücklichsten Menschen. Es wird in einer Stunde einen noch glücklicheren geben, und auch Sie werden versuchen, an der Decke spazierenzugehen.«

»Hinlegen!« sagte Dr. Wehrmann sanft. »Sie haben ja ganz schön getankt. Und dann Auto fahren. Ihre Euphorie ist ja schon bedenklich.«

»Doktor ... trinken Sie.« Corbeck entkorkte eine Flasche. »Ich wette, in spätestens einer Minute haben Sie die Pulle am Mund sitzen wie ein Trompetenmundstück.«

»Hinlegen!« Dr. Wehrmann drückte Corbeck kräftig, aber sanft auf das Sofa. »Was hat Sie denn so umgehauen?«

Dr. Corbeck lachte und hielt seine Flasche Dr. Wehrmann entgegen. »Sie werden gleich aussehen wie ein Fisch, dem das Salzwasser plötzlich süß wird. Bitte, setzen Sie sich, Doktor.«

»Mein lieber Corbeck ...«

»Setzen!«

»Bitte. Besoffenen und Irren soll man ihren Willen lassen. Ich sitze.« Dr. Wehrmann hockte sich neben Corbeck auf das Sofa. »Nun, was ist?«

»In vier Tagen landet auf dem Flughafen Düsseldorf-Lohhausen eine Maschine.«

»Na und? Das tun einige Dutzend täglich.«

»Aber wer sitzt in der Maschine? Wer? Na, mein kleiner Doktor ... wer?« Dr. Corbeck war versucht, aufzuspringen und herumzutanzen. Dr. Wehrmann erbleichte, rang nach Luft und umklammerte Corbecks Arm.

»Nein!« brüllte er plötzlich.

»Doch!« schrie Corbeck zurück. »Vor einer Stunde hat das Auswärtige Amt angerufen. Er und Dr. Heidkamp sind wieder da ... sie waren im Dschungel von Rebellen festgehalten worden und konnten jetzt erst flüchten.«

Dr. Wehrmann verfiel in die völlige Sprachlosigkeit, die auch Corbeck bei dieser Nachricht erlitten hatte. Stumm griff er zur Flasche, riß sie Corbeck aus den Fingern und setzte sie an den Mund.

»Täterätetäää!« schrie Corbeck wie ein kleiner Junge. »Habe ich es nicht gesagt?«

Dr. Wehrmann atmete ein paarmal tief auf, ehe er nach den kräftigen Schlucken sprechen konnte. Die Kehle brannte ihm, in seinem Hirn rauschte es, sein Herz war wie aufgebrochen und schmerzte in einer merkwürdigen Art, wie sie auch Dr. Corbeck unbekannt gewesen war.

»Das ... das kann man getrost die beste Nachricht meines Lebens nennen ...«, sagte er tonlos. »Corbeck ... stimmt das auch? Ist es nicht wieder eine Vermutung?«

»Nein. Ich habe sofort telegrafieren lassen, er soll sich an niemanden wenden. Er soll ein Telegramm zu Ihnen schicken.«

»Zu mir?«

»Natürlich. Denken Sie an die gnädige Frau. Es wird Ihre Aufgabe sein, sie auf die Rückkehr ihres Mannes vorzubereiten.« Dr. Corbeck entkorkte die andere Flasche, da Dr. Wehrmann anscheinend nicht gewillt war, den an sich genommenen Kognak wieder herzugeben. »Man kann ja nicht einfach sagen: Hier bin ich. Das wäre ein zu großer Schock.«

»Mein Gott, mein Gott ...« Dr. Wehrmann starrte vor sich hin. »Micha lebt. Er kommt zurück. Doktor, ich möchte mit Ihnen wetten. Wer fällt zuerst um: Frau Gerda, wenn sie erfährt, daß ihr Mann lebt – oder Pohland, wenn er nach Hause kommt und hört, daß er Vater eines strammen Jungen ist?«

»Andere Sorgen haben Sie wohl nicht?«

»Ehrlich gesagt: nein. Nun geht ja das Leben weiter wie bisher. Es ist ja alles in Ordnung.«

»In Ordnung? Himmel, sind Sie weltfremd. Denken Sie an die Testament-Anfechtungsklage der Verwandtschaft, die eingereicht ist. Nun kommt der Tote quicklebendig zurück. Allein schon das wird ein Aufwaschen geben, wie es noch nicht vorgekommen ist. Wir alle kennen doch Herrn Pohland.« – »Er wird ganz friedlich sein.« Dr. Wehrmann setzte die Flasche wieder an die Lippen und nahm ein paar lange Schlucke. »Er wird vor dem Kinderbett hocken und sich wie alle Väter benehmen, nämlich reichlich blöd. Und es wird seine Hauptaufgabe sein, seinen Sohn großzuziehen. Er wird ein Narr seines Kindes werden. Herrgott noch mal, was steht mir da noch bevor!«

Dr. Wehrmann schlug die Hände über dem Kopf zusammen und sprang auf. Er schlug mit der Faust den Korken in den Flaschenhals und steckte die Flasche in seine Rocktasche.

»Los, Doktor!« rief er. »Wo steht Ihr Wagen?«

»Vor der Tür.«

»Wir fahren zu Dechant Bader.«

»Warum denn das?«

»Wenn Sie keine Worte finden, und wenn auch ich versage – der Priester hat immer noch ein paar Sprüche, mit denen er auch Frau Gerda die Nachricht schonend beibringen kann. Stellen Sie sich vor, ich komme zu ihr und sage: Es war Gottes Wille, daß ... Sie hält mich für verrückt. Nein, nein, der Bader muß jetzt ran. Auf, auf, fahren wir!«

Die Einfahrt in den Pfarrhof war derartig, daß die Haushälterin entsetzt in die Küche flüchtete und es Dechant Bader überließ, die Ankommenden zu empfangen.

Zunächst fuhr der schwere Wagen auf dem Hof immer im Kreise herum. Die Fenster waren heruntergekurbelt, und man hörte lauten, fast grölenden Gesang, sah schwitzende, in Freude verzerrte Männergesichter und winkende Arme, als Bader das Fenster seines Arbeitszimmers aufriß und hinausbrüllte:

»Hier ist Gottes Burg, aber kein Bierpuff!«

Dann krachten einige Türen in dem wehrhaften Haus, die Haustür sprang auf und Dechant Bader stand auf der Freitreppe, einen dicken und gut abgelagerten Eichenknüppel in der rechten Faust. Der Wagen hielt mit aufkreischenden Bremsen genau vor ihm, und Dr. Wehrmann war der erste, der heraussprang und die Kognakflasche wie eine Pistole auf den Priester anlegte. Dr. Corbeck folgte, taumeliger als Wehrmann, singend und wie ein Karnevalsprinz Handküsse in eine imaginäre Menge werfend. Dechant Bader starrte seinen Freund Wehrmann entgeistert an.

»Am hellen Tage!« schrie er mit seiner tiefen Bärenstimme. »Und der Syndikus auch dabei! Eine schöne Bande! Reinkommen!« Er trat die Tür auf und winkte mit dem dicken Eichenknüppel. Die Flaschen geschultert, marschierten die beiden ins Pfarrhaus, durchzogen die Bibliothek, kamen in das Arbeitszimmer, stellten sich nebeneinander auf und sangen schreiend: »Was kommt dort von der Höh' . . .?«

Dechant Bader hieb mit dem Knüppel auf den Tisch.

»Ruhe!«

Er nahm Corbeck und Wehrmann die Flaschen ab. Es geschah ohne Gegenwehr, im Gegenteil, sie grinsten Bader an und zwinkerten ihm zu.

»Er wird sie beide brauchen«, sagte Corbeck und hob schelmisch drohend den Finger. »Liebes Priesterlein, in der Mäßigung liegt der Genuß.«

»Wetten, daß er gleich mit der Flasche Posaune bläst?« rief Dr. Wehrmann. Er tippte Bader auf die Brust und zerwühlte sich dann die Löwenmähne. »Sie sehen uns in fröhlicher Stimmung, Dechant.« – »Besoffen seid ihr!«

»Enthusiasmiert.«

»Zwei alte, kindische Säufer.«

»Sagen wir's ihm?« Dr. Corbeck ließ sich auf das mächtige Ledersofa fallen und streckte die Beine von sich. »Doktor, setzen Sie sich neben mich. Ein Logenplatz für die gleich stattfindende Vorstellung: Die Verwandlung des Dechanten. Drama in einem Akt. Kommen Sie!«

Dr. Wehrmann setzte sich neben Corbeck und winkte Bader fröhlich zu. Nicht allein der Alkohol erzeugte in ihnen diese kindliche Fröhlichkeit und ein Benehmen, das würdigen Herren wie ihnen nicht anstand. Die Freude überspülte alles, was durch Vernunft und Erziehung ihre Haltung ausmachte. Dechant Bader drückte die beiden Flaschen Kognak an seine riesige Brust, als müsse er sie gegen den Teufel verteidigen.

»Blödiane!« schrie er.

»Jetzt sagen wir's ihm.« Wehrmann hob den rechten Zeigefinger. »Siehe, es geschehen noch Wunder, mein Sohn. Ein Verlorener kehrt zurück. Ein Toter lebt. In vier Tagen schwebt er vom Himmel in einem riesigen, silberglitzernden Vogel.«

Dechant Bader preßte die Flaschen an sich, als wolle er sie zerdrücken. Sein Blick wurde starr, wanderte von Wehrmann zu Dr. Corbeck und zurück, ungläubig, in einer stummen, aber schreienden Frage. Dann stellte er eine Flasche auf dem Schreibtisch ab, riß den Korken der Flasche heraus und zögerte keinen Augenblick, sie an den Mund zu setzen.

»Gewonnen!« rief Dr. Corbeck. »Auch Priester sind nur Männer.«

»Das ist nicht wahr«, keuchte Dechant Bader nach einigen tiefen Zügen. »Das ist ein ganz übler Scherz, und ich scheue mich nicht, euch aus dem Haus zu prügeln.«

»Vor drei Stunden rief das Auswärtige Amt an. Michael Pohland lebt, er sitzt in Bangkok und wird zur Zeit über seine Erlebnisse im Dschungel befragt. Wenn Sie es nicht glauben ...« Dr. Corbeck sah auf seine Uhr. »Wir haben durch den Postauftragsdienst alle Gespräche auf Ihre Telefonleitung legen lassen; es müßte schon längst ein Telegramm aus Thailand hier sein.«

Dechant Bader trank wieder. Dann eilte er zu seinem Wandschrank, holte große, geschliffene, venezianische Gläser und eine bauchige Flasche mit Rotwein. Dr. Wehrmann seufzte laut.

»Doktor!« sagte er zu Corbeck und stieß ihn in die Seite. »Den kenne ich. Das Gift des Dechanten. Um das zu überleben, muß man ein Goliath sein. Und dabei verrät mir der Duckmäuser nicht, woher er ihn bezieht.«

In dem Augenblick, in dem Bader die Gläser mit dem fast öligen Wein füllte, klingelte das Telefon. Mit einem Ruck riß er die Flasche hoch und sah die beiden anderen an.

»Das ist er«, sagte Dr. Wehrmann heiser.

»Heben Sie ab, Dechant!« Dr. Corbeck schwitzte plötzlich und war blaß geworden.

Bader stellte die Flasche auf den Tisch und sah auf das rappelnde Telefon. »Wollen Sie nicht abheben, Doktor?« fragte er Wehrmann. Der Arzt schüttelte heftig den Kopf.

»Es ist Ihr Telefon.«

»Aber Ihr Anruf.«

»Mich trifft der Schlag.« Wehrmann preßte das Kinn an den Kragen. »Meine Herren, ich gestehe es: Ich habe Angst, daß alles widerrufen wird. Daß es nur ein Irrtum war.«

»Also denn!« Dechant Bader nahm den Hörer ab. »Ja. Hier Pfarramt. Ja, ich nehme an für Herrn Dr. Wehrmann und spreche mit: Telegramm aus Bangkok – Thailand. Worttext: Bin gesund stop Abgesehen von einer leichten Verwundung wohlauf stop Fliege mit JET 357 übermorgen und lande Freitag um 16 Uhr in Lohausen stop Bitte meine Frau schonend darauf vorbereiten stop Immer der Ihre Ihr Michael Pohland ende. – Danke.«

Dechant Bader legte langsam den Hörer zurück. Wehrmann und Corbeck saßen wie Wachsfiguren auf dem Ledersofa. Auch Bader brauchte eine Zeit, bis er reden konnte.

»Kurz und knapp ... wie immer ...«, sagte er rauh. »Dr. Wehrmann ... jetzt sollten auch Sie Gott danken für diese Gnade ... denn das ist Gottes Hand gewesen, die über Michael Pohland lag.«

»Ich glaube es.« Dr. Wehrmann senkte den Kopf. Seine Stimme war ganz klein, als er weitersprach. »Jetzt sollten wir hinausfahren nach Heidfeld ... und Sie werden es ihr sagen!«

»Ich?« Bader schüttelte den Kopf.

»Ja. Sie. Ich ... ich kann das nicht ... Verdammt, ich würde dabei losheulen ...«

»Fahren wir, meine Herren.« Dr. Corbeck stand schwankend auf. Er hielt sich an der Schreibtischkante fest und ließ den Kopf hin und her pendeln. »Nur Mut. Nur Mut.«

»Wenn einer fährt, bin ich es.« Dechant Bader schob die beiden Trunkenen vor sich her in die große Diele. Die Haushälterin sah entsetzt aus der Küche, als sie den Lärm hörte.

»Wir fahren fort!« schrie Bader, aber er wußte nicht, daß er schrie. Auch ihn versetzte der Alkohol in eine laute und ausbruchartige Stimmung. »Wann wir wiederkommen, weiß ich nicht. Die Abendmesse soll Vikar Klothe lesen.«

»Jawohl, Herr Dechant.« Mit weiten Augen sah die Haushälterin den drei Männern nach, die sich untergefaßt zu dem Auto zogen und vor der Tür nicht einigen konnten, wer fahren sollte.

Schließlich siegte der Dechant, der Motor heulte auf, der schwere Wagen machte einen Kavalierstart, schoß nach vorn, ließ die Räder pfeifend durchdrehen und rauschte wie die wilde Jagd aus dem Pfarrhof auf die Chaussee.

So kamen sie auf Gut Heidfeld an. Wie ein donnernder Spuk, der sich in drei schwankende, laute Gestalten menschlichen Aussehens verwandelte. Gotthelf Petermann, der aus dem Verwalterhaus stürzte, prallte zuerst auf den Dechanten.

»Die gnädige Frau zu Hause, mein Sohn?« dröhnte Bader.

»Ja, aber ... Herr Dechant,« Petermann roch den alkoholischen Nebel, der den drei Herren vorausschwebte, und strich sich nervös über die Oberlippe. Der Doktor, dachte er. Und der Herr Dechant. Und der Herr Syndikus ... und alle besoffen. Das geht doch nicht mit rechten Dingen zu ... vor allem der Herr Dechant ...

»Was aber?«

»Die gnädige Frau liegt schon ...«

»Um so besser! Dann kann sie nicht umfallen.« Dr. Wehrmann nickte zufrieden. Er dachte wie immer praktisch, nur behinderte ihn der Alkohol, auch angemessen feierlich zu denken.

»Wieso umfallen?« Petermann spürte ein Jucken unter den Haaren. »Ist irgendwas geschehen? Bringen die Herren eine Nachricht?«

»Ein kleiner Schlaumeier, unser Gotthelf, was?« Dechant Bader tätschelte dem Verwalter die Wange wie einem pausbäckigen Mädchen. Dabei lachte er, und Petermann wagte nicht, diese merkwürdige und ungewohnte Sympathiekundgebung des Dechanten durch Wegziehen des Kopfes zu beenden.

»Ist ... ist etwas mit Herrn Pohland?« stotterte er.

»Meine Herren, gehen wir.« Bader stapfte die Stufen des Herrenhauses hinauf, schob das öffnende Hausmädchen zur Seite und ging geradewegs in den Schlafzimmertrakt. Dr. Wehrmann zeigte in der Diele auf einen Sessel.

»Bitte, Doktor, hier bleiben Sie. Als Syndikus haben Sie keine Verbindung zu Chefinnen im Bett.«

Dr. Corbeck ließ sich in den Sitz fallen, er war plötzlich müde, viel zu müde, um auf Wehrmanns Worte eine nötige Antwort zu geben. Er schloß die Augen und ruhte sich wohlig aus. Dr. Wehrmann rannte dem Dechanten nach in das Schlafzimmer Gerda Pohlands. Er kam hinzu, als Bader gerade lautstark erklärte.

»... ist es einem Priester erlaubt, in außergewöhnlichen Fällen auch eine Dame im Bett zu besuchen ...«

Gerda Pohland saß in ihrem Bett, die Decke ans Kinn gezogen, und musterte Bader und Dr. Wehrmann mit halb erschrockenen, halb belustigten Blicken. Der Anblick Wehrmanns schien zu bestätigen, was sie bei dem Dechanten nicht für möglich gehalten hatte: Sie hatte Betrunkene vor sich.

»Wenn Sie mich fünf Minuten entschuldigen«, sagte sie lächelnd. »Ich bin dann soweit und lasse Ihnen einen starken Kaffee machen.«

»Am besten, sie bleibt liegen«, sagte Bader und wandte sich an Wehrmann. »Was sagt der Arzt?«

»Im Augenblick strenge Bettruhe.«

»Meine Herren!« Gerda Pohland hob beide Hände, aber Bader winkte mit seinen riesigen Händen ab.

»Gott hat es gefügt, daß seine Gnade ...«, setzte er an, aber dann sah er Dr. Wehrmann an und schüttelte den Kopf. »Nein«, sagte er laut. »Das ist falsch. Das sind Phrasen. Es handelt sich um eine große Freude, und man soll die Freude nicht zerreden. Frau Gerda!«

»Dechant!« rief Dr. Wehrmann dazwischen. »Diplomatisch!«

»Ruhe! Immer diese Ärzte! Frau Gerda ...« Bader trat neben das Bett, ein Turm in einem schwarzen Mantel. »Geburt und Tod sind zwei Dinge, die Menschwerdung und Rückkehr zu Gott sind ein Kreislauf voll von Schicksal. Selten ist in diesem vorgeschriebenen Weg des Menschen eine Wiedergeburt ...«

Weiter kam er nicht. Gerda Pohland zuckte hoch und warf beide Arme empor.

»Micha!!« schrie sie. Es war ein Aufschrei, der alle Hüllen einer Seele aufriß.

»Er kommt«, sagte Bader schlicht. »In vier Tagen landet er in Düsseldorf.«

Das letzte Wort vernahm Gerda Pohland schon nicht mehr. Sie war zurückgesunken und lag ohnmächtig quer über dem Kopfkissen. Dr. Wehrmann saß am Bettrand, hielt ihren Puls und sah grollend zu Dechant Bader hinauf.

»Das nennt man nun diplomatisch«, brummte er. »Was soll ich jetzt tun? Ich habe doch meine Tasche zu Hause gelassen ... Los, Sie Riesenbär ... holen Sie kaltes Wasser!«

Und Dechant Peter Bader rannte los und brachte aus dem Badezimmer eine Schüssel mit Wasser und einen Waschlappen.

Am Tage nach diesem umwälzenden Ereignis, als die ersten Zeitungen in Schlagzeilen von der wunderbaren Rettung Michael Pohlands und Dr. Heidkamps aus dem hinterasiatischen Dschungel berichteten; als die Werkhallen geschmückt wurden, das Arbeitszimmer und die gläserne Empfangshalle des Verwaltungshochhauses einem tropischen Garten glichen mit einer unwahrscheinlichen duftenden Blütenfülle; als man die Frau des Ingenieurs Heidkamp behandelte, die nach der Nachricht einen Nervenschock erlitten hatte und wie gelähmt dalag – an diesem Tag, der ganz Michael Pohland gehörte, wurde in der gynäkologischen Klinik von Professor Dr. Kanoldt die kleine, dralle, hübsche und fröhliche Anna Petermann operiert und für alle Zeiten unfruchtbar gemacht.

Es war eine einfache Operation, für einen Chirurgen eine Routinearbeit, eine simple Tubensterilisation, die normal keinerlei Komplikationen nach sich zieht. Bei Anna Petermann hingegen ging es wieder um Leben und Tod. Die Fäden hielten nicht in den Muskeln, die Ligaturen rissen ein, als stäken die Fäden in einer morschen Masse, die unter den Nadeln zerbröckelte.

Professor Kanoldt fluchte und warf mit Ausdrücken um sich, von denen das klassische Wort ›Scheiße‹ noch das mildeste war. Vier Stunden dauerte es, bis die Blutungen zum Stillstand gebracht werden konnten, bis die Nähte hielten, bis man weit über das Notwendige hinaus herausnahm, um überhaupt Ligaturen in haltbare Adern zu setzen. Nach der Operation war Anna Petermann fast ausgeblutet, sie bekam vier Transfusionen und Injektionen direkt in den Herzmuskel, um einen Stillstand zu verhindern.

Als man sie aus dem OP zurück ins Zimmer rollte, zugedeckt mit warmen Decken wie eine Tote, mußten zwei Krankenpfleger mit Gewalt Gotthelf Petermann daran hindern, sich vor das Rollbett zu werfen.

»Sie ist tot!« schrie er. »Anna! Anna! Laßt mich los, laßt mich los, ich will nicht mehr! Anna, Anna . . .«

Als er begriff, daß sie lebte und weiterleben würde, lag er selbst in einem halbdunklen Zimmer und dämmerte langsam nach einer Beruhigungsinjektion in den Schlaf hinüber. Noch zuckten seine Arme und Beine wie in einem wilden Kampf, aber sein Gesicht war entspannt und von einem seligen Lächeln überzogen.

Am nächsten Morgen saß er an Annas Bett, sie sprachen nicht, sie hielten sich an den Händen und sahen, Kopf an Kopf, wie in eine leere Weite. Ihr Schicksal war so unbegreiflich, wie ihre Liebe zueinander so groß war. Irgendwie, das fühlten sie, standen sie am Ende ihres Lebens, auch wenn es jetzt erst ohne Angst wiederbeginnen sollte. Sie sprachen es nicht aus, aber sie drückten sich die Hände und sagten sich so, daß diese Stunde die innigste war, die sie je erlebten.

Ihr Schicksal, klein und still, ging unter im Sturm, den ein anderes, die Welt für einen Tag interessierendes Schicksal entfachte: Michael Pohland kehrte zurück. Der Dschungel hatte zwei Menschen freigegeben, von deren körperlichen Strapazen die Zeilen sich füllten und die Reporter sich ernährten. Gut Heidfeld, die Pohland-Werke, die Praxis Dr. Wehrmanns, ja sogar die Pfarrburg Peter Baders wurden belagert von Fotografen und Berichterstattern. Es war eine nutzlose Belagerung, denn jeder der Bedrängten schirmte sich ab, empfing niemanden und verwies auf die wenigen Zeilen der amtlichen Verlautbarung.

Für die Petermanns war diese Aufregung weit, weit weg. Nur als der Tag von Pohlands Ankunft nahte, nahm sich Petermann Urlaub vom Krankenbett Annas und kehrte nach Heidfeld zurück, um seinen Herrn mit Girlanden und einer Ansprache zu empfangen. Er putzte die Pferde, schirrte sie mit dem alten silberbeschlagenen Geschirr an und bürstete seinen Jagdanzug.

Dann setzte er sich an den Tisch im Wohnzimmer, trank Orangensaft und wartete und hätte lieber neben Anna am Krankenbett gesessen als hier, wo er bisher seine Heimat wähnte.

Das Flugzeug JET 357 landete planmäßig und rollte auf der Betonpiste aus. Ein Heer von Reportern stürzte zur Gangway, als sie angefahren wurde. Die große Tür öffnete sich ... die Passagiere verließen den Riesenvogel ... Dreiundachtzigmal starrten einige Dutzend Augen auf die Tür ... dann kam die Besatzung, die Stewardessen, der Flugkapitän ... aber kein Michael Pohland.

Zehn Minuten früher war ein normales Flugzeug im innerdeutschen Dienst von München gelandet, eine kleine Propellermaschine, die unbemerkt und unbeachtet ausrollte und seitlich der großen Hallen abgestellt wurde. Hier standen ein paar Männer und hielten sich im Propellerwind die Hüte fest. Dr. Wehrmann, Dr. Corbeck, Dechant Bader, ein Herr der Regierung ... sie schwenkten die Hüte, als Michael Pohland über die Treppe schritt, und dann war es eine Begrüßung, als lägen keine acht Monate Dschungel zwischen ihnen, keine Todesnachricht, kein Schicksal fast unerträglichen Grauens. Die Männer gaben sich die Hand, sie umarmten sich wie gute Freunde, klopften sich auf die Schulter, und Dr. Wehrmann sagte sogar: »Früher waren Sie besser rasiert, Michael.«

Das Lachen befreite. Man ging durch einen Seitenausgang aus dem Flughafengelände hinaus, hinüber zu den Parkplätzen, wo Pohlands großer, schwarzer Wagen wartete. Bevor er einstieg, sah er Dechant Bader und Dr. Wehrmann fragend an. Es waren die ersten privaten Worte, die sie miteinander wechselten.

»Wohin?«

»Nach Hause.«

»Weiß Gerda, daß ich ...«

»Natürlich.«

»Und warum ...« Pohland schluckte und sah zu Boden. »Warum ist sie nicht hier?«

»Sie hat eine Überraschung.« Dr. Wehrmann gab Pohland einen Puff in den Rücken. »Nicht zuviel fragen, mein Lieber. Überraschen lassen. Sie mußte in Heidfeld bleiben, um diese Überraschung aufzubauen.«

»Aufbauen?«

»Oder zurechtlegen ... wie Sie wollen. Los, einsteigen, ehe die JET ankommt und man den Schwindel merkt ...«

Je näher sie Gut Heidfeld kamen, um so unruhiger wurde Pohland. Auch Dr. Heidkamp nagte an der Unterlippe und verlor seinen Humor. Er fuhr mit hinaus auf die Besitzung Pohlands, weil seine Frau zusammen mit Frau Pohland auf die Rückkehrenden wartete. Als sie das Gut in der Abenddämmerung liegen sahen, tippte Pohland dem Chauffeur auf die Schulter und ließ halten. Lange blickte er hinüber zu dem schönen Besitz, über die Häuser, den Teich, die Wälder.

»Ich kann noch gar nicht fassen, daß ich wieder hier bin«, sagte er leise.

Dr. Wehrmann lehnte sich zurück und blinzelte Dechant Bader zu.

»Er wird noch manches nicht sofort fassen können, was, Dechant?«

»Mir scheint, als hätten Sie wahr gesprochen.«

Langsam fuhren sie in den Innenhof ein.

Vor der Freitreppe des Herrenhauses stand das Personal. Gotthelf Petermann blies ins Jagdhorn. Die Mädchen knicksten, der Eingang war mit Girlanden umkränzt. Gerda lief Michael entgegen, als er aus dem Wagen stieg, den verletzten Arm noch in der Schlinge.

Es war kein Wort zwischen ihnen, kein Name, kein Zuruf ... sie standen voreinander, legten den Arm um sich und küßten sich. Aber gerade diese Stummheit war überwältigend, war so verinnerlicht, so hingegeben in Freude, Glück und Sehnsucht, daß jeder Laut dieses Empfinden gestört hätte.

Behutsam, als könne es weh tun, faßte Gerda ihn unter und zog ihn die Treppe hinauf. Sie kümmerten sich nicht um die anderen. Sie hörten ganz weit weg hinter sich das Weinen Frau Heidkamps, die Stimme des Dechanten, ein Wort des Arztes, dem Lachen folgte ... sie gingen in das Haus, durch die Diele, seitlich zum Schlaftrakt, und es war wie selbstverständlich, ja wie unter einem Zwang, daß sie nicht in den Salon gingen, sondern in das Privateste ihres Hauses.

Vor einem Zimmer, es war Gerdas früheres Damenzimmer, blieb sie stehen und legte den Finger auf die Lippen.

»Du mußt ganz leise sein«, sagte sie zärtlich. »Gerade ist er eingeschlafen.«

Sie öffnete vorsichtig und langsam die Tür, damit sie nicht quietschte ... wie durch einen Nebel kam ihr Michael Pohland nach ... unfähig, zu denken, unfähig, zu fragen ...

Gardinen vor dem Fenster ... ein weißer Fellteppich ... ein mit Batist bespanntes, kleines Bett ... in blau überzogenen Kissen ein schwarzer, winziger Kopf, eine Knopfnase, geballte Fäustchen, die an den Ohren lagen, ein schmaler Mund, halb offen, stoßweise atmend.

Michael Pohland umklammerte das Bett und starrte auf das kleine, rosazarte Gesicht.

»Gerda!« stammelte er. Es war kaum hörbar, es ertrank bereits in der Brust.

»Wenn er die Augen aufhat, sieht er genau aus wie du, Micha. Und kräftig ist er, und gesund ...«

»Gerda!« Michael Pohland wandte sich ab und legte den Kopf auf die Schulter seiner Frau. Und dann weinte er, umklammerte ihre Schulter und schluchzte laut, und mit diesem Weinen löste sich alles in ihm auf, alle Anspannung, alle Qual, alle Nervenkraft ... es war eine herrliche Befreiung, die aus den Tränen geboren wurde.

Das Kind bewegte sich. Es schlug mit den Fäustchen gegen die Bettwand und lallte im Schlaf. Michael Pohland fuhr herum und beugte sich zu seinem Sohn hinab.

»Ich muß ihn wecken«, sagte er leise. »Gerda, bitte, bitte ... laß mich ihn wecken.«

»Er wird ungnädig sein, er wird schreien.«

»Soll er. Ich will ihn ja hören. Ich will meinen Sohn hören.« Er griff nach den kleinen Fäusten und hielt sie fest. »Ich will dieses neue Leben hören.«

Wenige Minuten später war er wie alle Väter. Er trug seinen Sohn auf dem Arm herum, redete auf ihn ein, ließ ihn schreien und versuchte, durch Fingerspiele und Kitzeln den aufgerissenen Mund zu schließen.

Dr. Wehrmann stand plötzlich in der Tür und zeigte lachend in das Kinderzimmer.

»Mit Ihnen rede ich noch, Doktor.« Pohland drückte seinen Sohn an sich. »Warum haben Sie mir das nicht schon auf dem Flugplatz gesagt!«

Stunden später waren sie wieder allein. Das Kind schlief wieder, müde vom Weinen. Sie standen auf der Terrasse und sahen hinüber in den Park und zu dem im Mondlicht liegenden See.

»Woran denkst du, Micha?« fragte sie und lehnte den Kopf an seine Schulter.

»An nichts.« – »Schmerzt die Schulter noch sehr?«

»Nein.«

»Bist du müde? Komm, laß uns ins Haus gehen.«

Sie standen hinter den Fenstern, im dunklen Zimmer und küßten sich. »Was wäre ich ohne deine Liebe«, sagte er leise.

»Was wäre ich ohne dich?« fragte sie zurück.

»Im Dschungel habe ich immer an dich gedacht ... am meisten, wenn der Tod vor mir stand ...«

»Nicht darüber sprechen, Micha. Nicht daran denken.« Sie strich ihm über die Lippen, die Nase, die Augen, die Schläfen. »Jetzt ist das Leben bei dir, immer und immer wieder. Ein Leben ohne Geheimnis, das dir, nur dir gehört.«